CRAVE

A MARCA

LIVROS DE
VERONICA ROTH

Divergente

Insurgente

Convergente

Quatro: Histórias da série Divergente

CRAVE A MARCA

VERONICA ROTH

TRADUÇÃO DE
PETÊ RISSATTI

Rocco

Título original
CARVE THE MARK

Copyright © 2017 *by* Veronica Roth

Copyright da arte da capa e do mapa TM & © 2017 *by* Veronica Roth
Arte de capa: Jeff Huang
Design de capa: Joel Tippie
Ilustração do mapa: Virginia Allyn
Todos os outros elementos de design: Tipografia do mapa de Joel Tippie

Todos os direitos reservados. Nenhuma parte desta obra pode ser reproduzida
ou transmitida por qualquer forma ou meio eletrônico ou mecânico,
inclusive fotocópia, gravação ou sistema de armazenagem
e recuperação de informação, sem a permissão escrita do editor.

Direitos para a língua portuguesa reservados
com exclusividade para o Brasil à
EDITORA ROCCO LTDA.
Rua Evaristo da Veiga, 65 – 11º andar
20031-040 – Rio de Janeiro – RJ
Passeio Corporate – Torre 1
Tel.: (21) 3525-2000 – Fax: (21) 3525-2001
rocco@rocco.com.br | www.rocco.com.br

Printed in Brazil/Impresso no Brasil

CIP-Brasil. Catalogação na Publicação.
Sindicato Nacional dos Editores de Livros, RJ.

R756c Roth, Veronica
Crave a marca / Veronica Roth ; tradução Petê Rissatti. - 1. ed. - Rio de Janeiro : Rocco, 2022.

Tradução de: Carve the mark
ISBN 978-65-5532-290-3
ISBN 978-85-7980-331-4 (e-book)

1. Ficção americana. I. Rissatti, Petê. II. Título.

22-79263
CDD: 813
CDU: 82-3(73)

Gabriela Faray Ferreira Lopes - Bibliotecária - CRB-7/6643

O texto deste livro obedece às normas do Acordo Ortográfico da Língua Portuguesa

Para Ingrid e Karl —
porque não há versão de vocês que eu não ame.

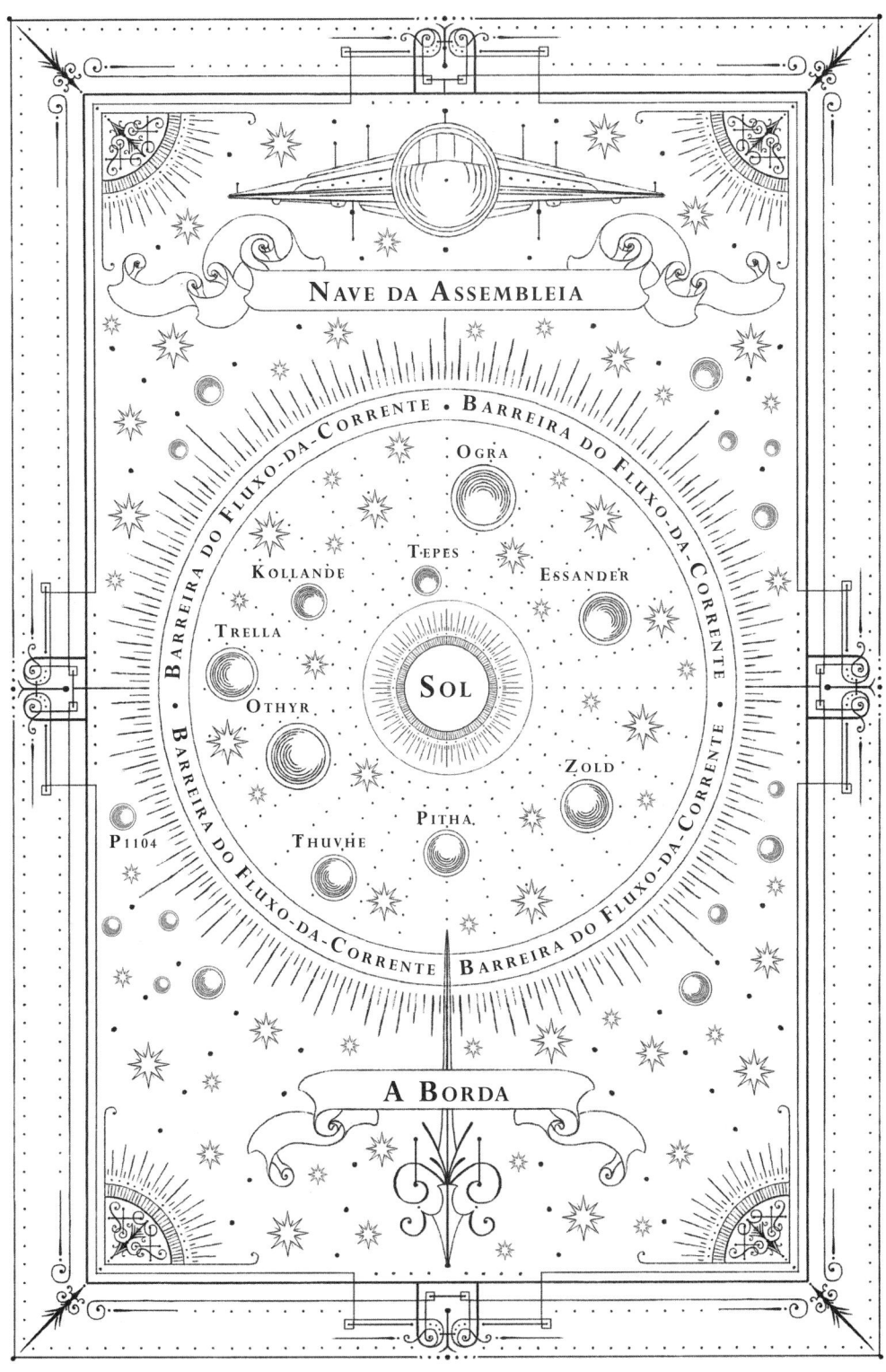

1

CAPÍTULO 1 | AKOS

As flores-sossego sempre se abriam durante a noite mais longa. A cidade inteira celebrava o dia em que o conjunto de pétalas desabrochava em um intenso vermelho — por um lado porque as flores-sossego eram o sangue da nação e, por outro, pensou Akos, para impedir que todo mundo enlouquecesse no frio.

Naquela noite, no dia do ritual do Florescimento, Akos estava suando em seu casaco enquanto aguardava o restante da família se aprontar, então foi até o pátio se refrescar. A casa dos Kereseth havia sido construída em um círculo ao redor de uma fornalha, as paredes mais próximas e as mais distantes eram curvadas. Para dar sorte, ao que parecia.

Assim que abriu a porta, seus olhos arderam com o ar congelante. Akos abaixou rapidamente os óculos de proteção, e o calor de sua pele embaçou o vidro no mesmo instante. Tateou em busca do atiçador metálico com a mão enluvada e empurrou-o sob a tampa da fornalha. As pedras ardentes embaixo dela pareciam torrões pretos antes de a fricção acendê-las, e depois cintilaram em cores diferentes, em consequência do pó usado para atiçá-las.

As pedras ardentes batiam umas nas outras e brilhavam vermelhas como sangue. Não estavam ali fora para aquecer ninguém nem para iluminar coisa alguma — serviam para lembrá-los da corrente. Como se não bastasse o zumbido que percorria o corpo de Akos. A corrente fluía por tudo que era vivo e se exibia no céu em todas as cores. Como as pedras ardentes. Como as luzes dos flutuadores que passavam zunindo lá no alto em direção à cidade. Os fora-do-mundo imaginavam o seu planeta vazio por conta da neve, mas, na verdade, jamais botaram os pés nele.

O irmão mais velho de Akos, Eijeh, colocou a cabeça para fora de casa.

— Querendo congelar, é? Vamos, mamãe está quase pronta.

A mãe sempre demorava mais para se vestir quando iam ao templo. Afinal, ela era a oráculo. Seria o centro das atenções.

Akos repousou o atiçador e entrou, tirando os óculos de proteção e puxando o protetor facial para baixo, até o pescoço.

O pai e a irmã mais velha, Cisi, estavam em pé ao lado da porta, encapuzados dentro de seus casacos mais quentes feitos com o mesmo material — pele de kutyah, impossível de ser tingida, então era sempre cinza gelo.

— Tudo pronto, Akos? Muito bem. — Sua mãe começava a fechar o próprio casaco. Ela olhou para as botas velhas que haviam pertencido ao avô deles. — Em algum lugar por aí, as cinzas do seu pai estão se revirando por conta da sujeira desses seus sapatos, Aoseh.

— Eu sei, é por isso que saio por aí sujando de propósito — disse o pai, lançando um sorrisinho para a mãe.

— Muito bem — disse ela, com a voz quase aguda. — *Eu* gosto delas assim.

— Você gosta de qualquer coisa que meu pai não gostava.

— Isso porque ele não gostava de nada.

— Podemos entrar no flutuador enquanto ainda está quente? — perguntou Eijeh, em tom um pouco queixoso. — Ori está esperando a gente lá no memorial.

A mãe terminou de fechar o casaco e vestiu o protetor facial. Eles desceram bamboleantes pelo caminho aquecido na frente da casa, encasacados, de óculos protetores e mitenes. Uma nave redonda e achatada os esperava, pairando na altura do joelho sobre os montes de neve. Ao toque da mãe, a porta se abriu, e eles embarcaram. Cisi e Eijeh tiveram de erguer Akos pelos braços, porque ele era pequeno demais para subir sozinho. Ninguém se preocupou em colocar os cintos de segurança.

— Para o templo! — gritou o pai com o punho no ar. Ele sempre dizia isso quando iam ao templo. Como se fosse uma espécie de comemoração por uma palestra entediante ou uma longa fila em dia de votação.

— Se ao menos pudéssemos engarrafar essa empolgação e vendê-la para todos em Thuvhe — comentou a mãe com um leve sorriso. — Vejo a maioria das pessoas uma vez por ano, e apenas porque há comida e bebida esperando por elas.

— Aí está a sua solução — destacou Eijeh. — Pode atraí-los com comida durante a estação inteira.

— A sabedoria das crianças — disse a mãe, apertando o botão de ignição com o dedão.

O flutuador sacudiu para cima e para frente, e todos caíram, uns sobre os outros. Eijeh empurrou Akos para longe com um soco, gargalhando.

As luzes de Hessa cintilavam logo à frente. A cidade contornava uma colina, a base militar no sopé, o templo no topo e, entre eles, todos os outros prédios. O templo, para onde os Kereseth se dirigiam, era uma enorme estrutura de pedra com a cúpula — feita de centenas de vitrais coloridos — bem no meio. Quando o Sol se refletia nela, o pico de Hessa brilhava vermelho alaranjado. O que significava que quase nunca brilhava.

O flutuador reduziu a velocidade, pairando sobre a pedregosa Hessa, tão antiga quanto Thuvhe, como era chamado o planeta-nação deles, exceto por inimigos — uma palavra escorregadia que os fora-do-mundo tendiam a engasgar ao pronunciá-la. Metade das casas estreitas estava soterrada por montes de neve. A maioria, vazia. Naquela noite, todas as pessoas importantes encaminhavam-se para o templo.

— Vê algo interessante hoje? — o pai perguntou à mãe enquanto conduzia o flutuador para longe de um anemômetro especialmente alto que se projetava para o céu e girava em círculos.

Pelo tom de voz do pai, Akos percebeu que a pergunta à mãe era sobre suas visões. Cada planeta na galáxia tinha três oráculos: um ascendente, um atuante, como a mãe deles, e um descendente. Akos não entendia bem o que aquilo significava, sabia apenas que a corrente sussurrava o futuro nos ouvidos da mãe, e que a metade do povo que encontravam a reverenciava por isso.

— Acho que tive uma visão da sua irmã outro dia... — a mãe começou a falar. — Mas duvido que ela queira saber.

— Minha irmã só defende que o futuro deva ser tratado com o devido respeito e de acordo com a sua importância.

Os olhos da mãe passaram alternadamente por Akos, Eijeh e Cisi.

— É isso que recebo por ter entrado em uma família de militares — disse ela por fim. — Vocês querem que tudo seja regulado, até mesmo o meu dom-da-corrente.

— Veja bem, *eu* ignorei as expectativas da minha família e escolhi ser fazendeiro, não um capitão militar — argumentou o pai. — E minha irmã não quer dizer nada com isso, ela apenas fica nervosa.

— Hum — resmungou a mãe, como se aquilo não fosse tudo.

Cisi começou a cantarolar baixinho, uma melodia que Akos tinha ouvido antes, mas não conseguia se lembrar de onde. A irmã olhava pela janela, sem prestar atenção à discussão. E alguns tiques depois, o bate-boca dos pais cessou, e o som do cantarolar foi o que restou. Cisi tinha algo especial em seu jeito de ser, o pai gostava de dizer. Uma calma.

O templo estava iluminado por dentro e por fora, fios com lanternas não maiores que o punho de Akos pendiam sobre o arco da entrada. Havia flutuadores por toda parte, faixas de luz colorida envolviam suas barrigas redondas, estacionados em grupos na encosta ou pairando ao redor do telhado abobadado em busca de um espaço para aterrissar. A mãe conhecia os lugares secretos ao redor do templo, então apontou para o pai seguir em direção a um nicho obscurecido próximo ao refeitório. De lá, num piscar de olhos, conduziu-os até uma porta lateral, que ela teve de forçar com as duas mãos para abrir.

Eles entraram num corredor de pedra escuro, caminharam por tapetes tão gastos que era possível ver através deles, e passaram pelo memorial – baixo e iluminado por velas dedicadas aos thuvhesitas que morreram na invasão dos shotet antes de Akos ter nascido.

Akos desacelerou ao percorrerem o memorial, quis observar as velas tremeluzentes. Eijeh agarrou o irmão por trás, pelos ombros, fazendo-o arquejar, assustado. Ele corou assim que percebeu quem era, e Eijeh apertou sua bochecha, rindo.

— Consigo dizer até no escuro o quanto você está vermelho!

— Cala a boca!

— Eijeh – repreendeu a mãe. – Não provoque.

Ela precisava dizer isso o tempo todo. Akos sempre sentia que estava ficando vermelho por *alguma coisa*.

— Foi só uma *brincadeira*...

Eles encontraram o caminho para o meio do prédio, onde uma multidão havia se formado diante do Salão da Profecia. Todos batiam os pés para tirar as botas protetoras, erguiam os ombros para se livrar dos casacos, afofavam os cabelos achatados pelos capuzes e sopravam ar morno nos dedos congelados. Os Kereseth empilharam casacos, óculos, mitenes, botas e protetores faciais em uma alcova escura, bem embaixo de uma janela púrpura com o caractere thuvhesita da corrente gravado nela. Quando voltaram ao Salão da Profecia, Akos ouviu uma voz familiar:

— Eij! — Ori Rednalis, a melhor amiga de Eijeh, vinha em disparada pelo corredor. Era magra, de aparência desajeitada, toda joelhos, cotovelos e cabelos bagunçados. Akos nunca tinha visto a garota de vestido, mas naquele momento ela usava um, feito em tecido pesado vermelho arroxeado e abotoado nos ombros como um uniforme militar formal.

As juntas dos dedos de Ori estavam vermelhas de frio. Ela deu um pulo e parou na frente de Eijeh.

— Achei você. Eu escutei duas falações da minha tia sobre a Assembleia, e estou prestes a explodir. — Akos já tinha ouvido um dos discursos da tia de Ori sobre a Assembleia, o órgão governamental da galáxia, valorizando Thuvhe apenas por sua produção de flor-do-gelo e minimizando os ataques dos shotet, chamando-os de "conflitos civis". A mulher tinha certa razão, mas Akos sempre se sentia incomodado com adultos reclamões. Ele nunca sabia o que dizer.

Ori continuou:

— Oi, Aoseh, Sifa, Cisi, Akos. Feliz Florescimento. Venha, vamos, Eij! — Ela falou tudo isso de uma vez, sem nem tomar fôlego.

Eijeh olhou para o pai, que acenou com a mão, concordando.

— Pode ir. Nos vemos mais tarde.

— E se pegarmos os dois com um cachimbo na boca, como no ano passado — alertou a mãe —, vamos fazer vocês engolirem o que estiver dentro.

Eijeh franziu as sobrancelhas. Nunca ficava envergonhado com nada, nunca ficava vermelho. Nem mesmo quando as crianças da escola o provocavam por ter a voz mais aguda que a da maioria dos garotos ou por ser rico, o que não tornava ninguém popular ali, em Hessa. Também não reagia. Apenas tinha o talento de deixar as coisas de lado e permitir que voltassem só quando ele quisesse.

Eijeh puxou firme o irmão pelo cotovelo, para que juntos seguissem Ori. Cisi ficou para trás, com os pais, como sempre. Eijeh e Akos correram no encalço da garota até o Salão da Profecia.

Ori suspirou, e Akos, ao olhar para dentro do salão, quase a acompanhou no suspiro. Alguém havia pendurado centenas de lanternas – cada uma salpicada de flores-sossego para deixá-las vermelhas. Do ápice da cúpula até as paredes mais distantes, em todas as direções, uma abóbada de luz pendia sobre eles. Ao sorrir para Akos, os dentes de Eijeh cintilaram vermelhos. No meio do salão, geralmente vazio, havia uma placa de gelo tão extensa quanto a altura de um homem. Dentro, prestes a florescer, havia dúzias de flores-sossego.

Mais lanternas de pedra ardente, do tamanho do dedão de Akos, circundavam a placa de gelo onde as flores-sossego esperavam para desabrochar. Elas brilhavam brancas, provavelmente para que todos pudessem ver a verdadeira cor das flores-sossego, um vermelho mais intenso do que qualquer lanterna. Intenso como o sangue, alguns diziam.

Muitas pessoas circulavam por ali trajadas com requinte: vestidos longos que cobriam tudo, exceto mãos e cabeça, presos com elaborados botões de vidro de todas as cores; coletes até a altura do joelho, forrados com a pele macia de eltes, e cachecóis em duas voltas. Tudo em cores fortes e escuras, exceto cinza ou branco, para contrastarem com os casacos. A jaqueta de Akos era verde-escuro, uma das antigas de Eijeh, ainda grande demais nos ombros para ele, e a de Eijeh era marrom.

Ori foi direto até a comida. Sua tia carrancuda estava lá, oferecendo pratos aos passantes, mas nem olhou para Ori. Akos teve a impressão de que Ori não gostava da tia nem do tio, por isso vivia a maior parte do tempo na casa dos Kereseth, mas ele não sabia o que havia acontecido com os pais da garota. Eijeh enfiou um pão na boca e quase engasgou com o farelo.

— Cuidado! — disse Akos para ele. — Morrer por causa de um pão não é maneira digna de partir.

— Ao menos vou morrer fazendo o que eu amo — retrucou Eijeh, com pães por todos os lados.

Akos gargalhou.

Ori passou o braço ao redor do pescoço de Eijeh, trazendo a cabeça para perto.

— Não olhe agora. Gente nos encarando à esquerda.

— E daí? — disse Eijeh, cuspindo farelo. Mas Akos já sentia um calor subindo pelo pescoço. Arriscou olhar à esquerda de Eijeh. Um pequeno grupo de adultos estava lá, em pé, quieto, os olhos os seguindo.

— Pensei que você estivesse um pouco mais acostumado com isso, Akos — disse Eijeh. — Acontece sempre, no fim das contas.

— Pensei que *eles* estivessem acostumados *com a gente* — disse Akos. —Vivemos aqui a vida inteira e tivemos as nossas fortunas a vida inteira. Por que precisam ficar nos encarando?

Todos tinham futuro, mas nem todos tinham fortuna — ao menos era o que a mãe deles gostava de dizer. Apenas partes de certas famílias "afortunadas" tinham fortunas, recitadas em segredo no momento do nascimento pelos oráculos em cada planeta. Em uníssono. Quando aquelas visões chegavam, dizia a mãe, conseguiam acordá-la de um sono profundo de tão poderosas que eram.

Eijeh, Cisi e Akos tinham fortunas. Só não sabiam qual, embora a mãe fosse uma das poucas pessoas que as tinham visto. Ela sempre dizia que não precisava contar a eles; o mundo se encarregaria disso.

As fortunas tinham o intuito de determinar o movimento dos mundos. Quando Akos pensava demais no assunto, ficava enjoado.

Ori deu de ombros.

— Minha tia diz que a Assembleia tem criticado os oráculos pelo canal de notícias nos últimos tempos, é provável que isto já esteja na boca do povo.

— Criticou? — quis saber Akos. — Por quê?

Eijeh ignorou os dois.

— Venham, vamos encontrar um lugar legal.

Ori animou-se.

— Sim, vamos. Não quero ficar aqui parada encarando a bunda de todo mundo como no ano passado.

— Acho que você já cresceu e passou da altura das bundas este ano — disse Eijeh. — Talvez esteja no nível do meio das costas.

— Ah, ótimo, porque, afinal, botei esse vestido a pedido da minha tia só para ficar olhando um monte de costas. — Ori revirou os olhos.

Dessa vez, foi Akos quem se esgueirou primeiro entre a multidão do Salão da Profecia, desviando de taças de vinho e gestos estabanados até chegar lá na frente, ao lado da placa de gelo e das flores-sossego fechadas. Chegaram bem a tempo também — a mãe deles estava se aproximando da placa de gelo e havia tirado os sapatos, embora estivesse frio ali. Ela disse que era uma oráculo melhor quando seu contato com a terra era maior.

Alguns tiques antes, ele estava gargalhando com Eijeh, mas, assim que a multidão se calou, tudo em Akos também silenciou.

Eijeh inclinou-se para perto e sussurrou em seu ouvido:

— Você está sentindo? A corrente está zumbindo loucamente aqui dentro. É como se meu peito estivesse vibrando.

Akos não havia percebido, mas Eijeh tinha razão — sentia o peito quase vibrar, como se o sangue estivesse cantando. Antes que conseguisse responder, a mãe começou a falar. Não alto, nem precisava, porque todos sabiam as palavras de cor.

— A corrente flui através de cada planeta na galáxia, entregando-nos a luz como lembrança de seu poder. — Por coincidência ou não, todos olharam para a cúpula e, através do vitral vermelho, viram o fluxo-da-corrente que aparecia no céu. Naquela época do ano, estava quase sempre vermelho escuro, como as flores-sossego, como o próprio vitral. O fluxo-da-corrente era o sinal visível da corrente que fluía por todos eles e através de tudo que era vivo. Cruzava a galáxia, ligando todos os planetas como contas de um único colar.

— A corrente flui através de tudo que tem vida — continuou Sifa. — Criando um espaço para ela prosperar. A corrente flui através de cada pessoa que respira, e emerge de forma diferente pela peneira da mente de cada um. A corrente flui através de cada flor que se abre no gelo.

Eles se espremeram — não apenas Akos, Eijeh e Ori, mas todos no salão, em pé, ombro a ombro, para poderem ver o que estava acontecendo com as flores-sossego na placa de gelo.

— A corrente flui através de cada flor que se abre no gelo — repetiu Sifa —, dando-lhes a força para florescer na escuridão mais profunda. A corrente dá a maior parte da força à flor-sossego, nossa marcadora de tempo, nosso florescer que traz a morte e a paz.

Por um momento, houve silêncio, e não parecia estranho como deveria. Era como se estivessem cantando-zumbindo-zunindo juntos, sentindo a força estranha que impulsionava o universo, como a fricção entre partículas impulsionava as pedras ardentes.

E então... movimento. Uma pétala se movendo. Um caule estalando. Um tremor atravessou o pequeno campo de flores-sossego que crescia entre eles. Ninguém fez um ruído.

Akos ergueu os olhos por um instante para o vitral vermelho, a abóbada de lanternas, e quase perdeu... as flores abrindo-se num estouro. Pétalas vermelhas desdobraram-se todas de uma vez, exibindo seus centros brilhantes, caindo sobre os caules. A placa de gelo transbordou de cores.

Todos arfaram e aplaudiram. Akos aplaudiu junto até suas palmas arderem. O pai aproximou-se, tomou as mãos da mãe e lhe deu um beijo. Para todos os outros, ela era intocável: Sifa Kereseth, *uma oráculo*, aquela cujo dom-da-corrente lhe dava visões do futuro. Mas o pai sempre a tocava, cutucando com a ponta do dedo as covinhas quando ela sorria, arrumando as mechas de cabelo de volta para o coque quando ela estava de cabelos presos, deixando impressões digitais de farinha em seus ombros quando estava amassando pão.

O pai não podia ver o futuro, mas conseguia consertar coisas com os dedos, como pratos quebrados ou a rachadura na tela da parede ou a barra desfiada de uma camisa velha. Às vezes, fazia parecer que podia também consertar pessoas, se elas se metessem em confusão. Então, quando caminhou até Akos, tirando-o do chão com um abraço, ele nem ficou envergonhado.

— Filho Pequenino! — gritou o pai, jogando Akos no ombro. — Ooh... não tão pequenino, na verdade. Quase não consigo mais te levantar.

— Não porque eu seja grande, é porque você está velho — retrucou Akos.

— Que palavras são essas! E do meu *filho* — disse o pai. — Que punição uma língua afiada dessas merece, hein?

— Não...

Mas era tarde demais; o pai já havia se curvado e deixado Akos deslizar até segurá-lo pelos tornozelos. Pendurado de cabeça para baixo, Akos apertou a camisa e a jaqueta contra o corpo, mas não conseguiu evitar as gargalhadas. Aoseh abaixou-o, soltando apenas quando Akos já estava seguro no chão.

— Que isso sirva de lição sobre insolência — comentou o pai, inclinando-se sobre ele.

— Insolência faz todo o sangue correr para a cabeça? — perguntou Akos, piscando de forma inocente para ele.

— Exatamente — respondeu Aoseh, sorrindo. — Feliz Florescimento.

Akos devolveu o sorriso.

— Para você também.

Naquela noite, eles ficaram acordados até tão tarde que Eijeh e Ori dormiram sentados à mesa da cozinha. A mãe levou Ori para o sofá da sala de estar, onde ela havia passado uma boa metade de suas noites naqueles dias, e o pai acordou Eijeh. De um jeito ou de outro, todos se recolheram depois disso, exceto Akos e a mãe. Sempre eram os últimos a dormir.

A mãe ligou a tela para que as notícias da Assembleia passassem em um murmúrio. Havia nove planetas-nações na Assembleia, os maiores ou mais importantes. Tecnicamente, cada planeta-nação era independente, mas a Assembleia regulava o comércio, as armas, os tratados e as viagens, e executava as leis no espaço não regulamentado. As notícias da Assembleia passavam de um planeta-nação para outro: falta d'água em Tepes, inovação médica em Othyr, piratas a bordo de uma nave na órbita de Pitha.

A mãe estava abrindo latas de ervas secas. A princípio, Akos achou que ela faria uma beberagem calmante para ajudar os dois a descansar. Porém, ela foi ao armário do corredor e pegou a jarra de flor-sossego, guardada na prateleira de cima, fora do caminho.

— Quero dar uma aula especial hoje — disse Sifa. Akos pensava nela daquele jeito, pelo nome, não como "mãe", quando aprendia sobre flores-do-gelo. Dois anos antes, ela havia começado a chamar essas sessões noturnas de preparo de poções de "aulas", uma brincadeira, mas agora ela parecia séria aos olhos de Akos. Difícil dizer, tendo a mãe que tinha. – Pegue uma tábua de cozinha e corte um pouco de raiz de harva – pediu ela, e calçou um par de luvas. – Já usamos flor-sossego antes, certo?

– Em elixir do sono – respondeu Akos, e fez o que ela havia pedido, ficando à esquerda da mãe com a tábua de cozinha, a faca e a raiz de harva suja de terra. Tinha um tom pálido doentio e era coberta com uma fina penugem.

– E em bebida recreativa – acrescentou ela. – Acho que lhe disse que seria útil em festas, um dia. *Quando você for mais velho.*

– Disse – confirmou Akos. – E frisou "*quando você for mais velho*" na hora também.

Sifa esboçou um meio sorriso. Na maior parte do tempo, era o melhor que se podia arrancar de sua mãe.

– Os mesmos ingredientes que uma versão *mais velha* de você poderia usar para recreação também podem ser usados como veneno – revelou ela, olhando com seriedade. – Desde que você duplique a quantidade de flor-sossego e tire metade da raiz de harva. Entendeu?

– Por que...? – começou a perguntar Akos, mas ela já estava mudando de assunto.

– Então – continuou ela, enquanto jogava pétalas de flor-sossego na própria tábua. Ainda estavam vermelhas, mas murchas, com mais ou menos o comprimento de seu dedão. – Por que sua mente está agitada hoje?

– Por nada – disse Akos. – As pessoas encarando a gente no Florescimento, talvez.

– Eles ficam muito fascinados com os afortunados. Adoraria dizer que vão parar de encará-los um dia – disse ela com um suspiro –, mas acho que vocês... *você* sempre será encarado.

Ele queria perguntar por que ela havia enfatizado "você", mas ficava cauteloso com a mãe durante as aulas. Se fizesse a pergunta errada, ela terminaria a aula de repente. Se fizesse a pergunta certa, ele poderia descobrir coisas que não deveria saber.

— E você? — perguntou ele. — Digo, por que sua mente está agitada?

— Ah. — A mãe picava folhas e raízes com muita suavidade, a faca fazia tap-tap-tap na tábua. Akos estava melhorando, embora ainda cravasse sulcos onde não precisava. — Minha cabeça está cheia de pensamentos sobre a família Noavek esta noite.

Os pés dela estavam descalços, os dedos dobrados de frio. Os pés de uma oráculo.

— Eles são a família governante de Shotet — disse ela. — A terra de nossos inimigos.

Os shotet eram um povo, não um planeta-nação, e eram conhecidos por serem violentos, brutais. Cravavam linhas nos braços para cada vida que tiravam, e treinavam até os filhos na arte da guerra. Viviam em Thuvhe, no mesmo planeta de Akos e sua família — embora os shotet não chamassem aquele planeta de "Thuvhe" ou a si mesmos de "thuvhesitas" –, em uma imensa extensão de capim-pena. O mesmo capim-pena que resvalava nas janelas da casa da família de Akos.

Sua avó — a mãe de seu pai — havia morrido em uma das invasões shotet, armada apenas com uma faca de pão, ou assim diziam as histórias de seu pai. E a cidade de Hessa ainda carregava as cicatrizes da violência dos shotet, os nomes dos caídos talhados nas muralhas baixas de pedra, janelas quebradas remendadas em vez de trocadas, para que as fissuras pudessem ser vistas.

Logo depois do capim-pena. Às vezes, parecia tão próximo, como se estivesse ao alcance da mão.

— Sabia que a família Noavek é afortunada? Como você e seus irmãos? — continuou Sifa. — Os oráculos nem sempre veem fortunas naquela linhagem familiar, aconteceu apenas na minha época. E, quando aconteceu, deu aos Noavek poder sobre o governo shotet para tomar o controle, que está em suas mãos desde então.

— Eu não sabia que isso poderia acontecer. Digo, uma família nova de repente conseguir fortunas.

— Bem, nós, que temos o dom de ver o futuro, não controlamos quem consegue fortuna — explicou a mãe. — Vemos centenas de *futuros*, de possibilidades. Mas fortuna é algo que acontece a uma pessoa em especial em toda versão de futuro que vemos, o que é muito raro. E essas fortunas determinam quem são as famílias afortunadas... não o contrário.

Akos nunca pensou daquela forma. As pessoas sempre falavam de oráculos distribuindo fortunas de forma parcimoniosa a pessoas especiais, importantes, mas ouvir sua mãe falar aquilo, que era tudo ao contrário. Fortunas *tornavam* certas famílias importantes.

— Então, você viu a fortuna deles. As fortunas dos Noavek.

Ela concordou com a cabeça.

— Apenas do filho e da filha. Ryzek e Cyra. Ele é mais velho, ela tem a sua idade.

Ele já tinha ouvido aqueles nomes, junto com alguns rumores ridículos. Histórias sobre eles espumando pela boca ou guardando os globos oculares dos inimigos em jarros, ou linhas de marcas de assassínio do punho até o ombro. Talvez essa última não parecesse tão ridícula.

— Às vezes, é fácil ver por que as pessoas se transformam no que são — disse a mãe baixinho. — Ryzek e Cyra, filhos de um tirano. O pai, Lazmet, filho de uma mulher que assassinou os próprios irmãos e irmãs. A violência infecta cada geração. — Ela balançou a cabeça para cima e para baixo, e seu corpo acompanhou, sacudindo para frente e para trás. — E eu vejo isso. Vejo tudo isso.

Akos segurou a mão da mãe.

— Desculpe, Akos — disse ela, e ele não sabia ao certo se ela estava se desculpando por falar demais ou por outra coisa, mas, na verdade, não importava.

Os dois ficaram ali parados por um tempo, ouvindo o murmurar das notícias, a noite mais escura, de algum jeito, mais escura do que antes.

CAPÍTULO 2 | AKOS

— Aconteceu no meio da noite — disse Osno, enchendo o peito de ar. — Eu tinha esse arranhão no joelho, ele começou a queimar... e, quando joguei os cobertores para o lado, sumiu.

A sala de aula tinha uma parede curvada e duas retas. Uma fornalha enorme, cheia de pedras ardentes, ficava no centro, e a professora sempre a contornava enquanto ensinava, as botas rangendo no assoalho. Às vezes, Akos contava quantos giros ela dava durante uma aula. Nunca era um número pequeno.

Ao redor da fornalha, havia cadeiras de metal com telas de vidro afixadas diante delas, inclinadas, como tampos de mesa. Brilhavam, prontas para mostrar a aula do dia. Mas a professora ainda não havia chegado.

— Quero ver, então — disse outra colega de classe, Riha. Sempre usava cachecóis bordados com mapas de Thuvhe, uma verdadeira patriota, e nunca confiava nas palavras de ninguém. Quando alguém afirmava algo, ela torcia o nariz sardento até que a afirmação fosse provada.

Osno ergueu um pequeno canivete sobre o dedão e apertou. O sangue borbulhou do ferimento, e mesmo Akos, sentado longe de todos na sala, conseguiu ver que a pele começava a se fechar, como um zíper.

Todos desenvolviam um dom-da-corrente quando ficavam mais velhos, depois que seus corpos mudavam — a julgar pelo seu tamanho pequeno, às catorze estações de idade, Akos ainda demoraria um pouco para conseguir o seu. Às vezes, os dons eram de família, às vezes, não. Às vezes, eram úteis, e às vezes, não. O de Osno era útil.

— Incrível! — disse Riha. — Mal posso esperar pelo meu. Você tinha ideia do que seria?

Osno era o garoto mais alto da sala, e se aproximava das pessoas sempre que falava com elas para que o notassem. A última vez que ele havia falado com Akos foi no ano passado, e a mãe de Osno dissera, enquanto se afastava: "Para um menino afortunado, ele não parece grande coisa, né?" Osno respondera: "Ele é legal."

Mas Akos não era "legal"; isso era o que diziam sobre pessoas quietas.

Osno enganchou o braço no encosto da cadeira e jogou os cabelos pretos para o lado, tirando-os dos olhos.

— Meu pai disse que, quanto melhor você se conhecer, menos surpreso vai ficar com seu dom.

A cabeça de Riha balançou em concordância, a trança deslizando para cima e para baixo sobre as costas. Akos fez uma aposta consigo mesmo que Riha e Osno estariam namorando até o final da estação.

A tela afixada ao lado da porta piscou e desligou. As luzes da sala se apagaram, inclusive aquelas que brilhavam sob a porta, no corredor. Fosse lá o que Riha estivesse prestes a dizer, ficou congelado nos lábios. Akos ouviu uma voz alta vinda do corredor. E o ranger da própria cadeira quando ele a empurrou para trás.

— Kereseth...! — sussurrou Osno, em alerta. Mas Akos não sabia o que havia de assustador em espiar o corredor. Não haveria nada que pudesse pular nele e mordê-lo.

Ele abriu a porta o suficiente para deixar o corpo passar e inclinou-se para fora, no corredor estreito. O prédio era circular, como muitos dos edifícios em Hessa, com as salas de professores no centro, salas de aula ao redor da circunferência, e um corredor separando os dois. Quando as luzes se apagaram, o corredor ficou tão escuro que ele conseguia enxergar apenas as luzes de emergência brilhando alaranjadas no topo de cada lance de escadas.

— O que está acontecendo? — Akos reconheceu aquela voz, era Ori. Ela entrou na luz laranja ao lado da escadaria à direita. Em pé, na frente dela, estava a tia Badha, parecia mais desgrenhada do que jamais a vira, com mechas de cabelo que haviam escapado do coque pendendo ao redor do rosto, e com o suéter abotoado errado.

— Você está em perigo — disse Badha. — É hora de fazermos o que praticamos.

— *Por quê?* — questionou Ori. — Você entra aqui, me arrasta para fora da aula, quer que eu deixe tudo, todo mundo...

— Todos os afortunados estão em perigo, entende? Você está exposta. Precisa ir.

— E os Kereseth? Estão em perigo, também?

— Não tanto quanto você. — Badha agarrou o cotovelo de Ori e levou-a até o patamar da escadaria à direita. O rosto de Ori estava no escuro, por isso Akos não conseguiu ver sua expressão. Mas, pouco antes de ela dobrar a curva, virou-se, os cabelos caindo sobre o rosto, o suéter deslizando nos braços, deixando os ombros à mostra.

Ele teve certeza de que os olhos de Ori encontraram os dele, arregalados e temerosos. Mas era difícil dizer. E, então, alguém chamou o nome de Akos.

Cisi estava saindo às pressas de uma das salas centrais. Estava com seu vestido cinza pesado, botas pretas, e a boca era um risco tenso.

— Venha — disse ela. — Fomos chamados ao gabinete do diretor. Papai está vindo nos buscar, podemos esperar lá.

— O que... — começou Akos, mas, como sempre, ele falava baixo demais para a maioria das pessoas prestar atenção.

— Vamos! — Cisi empurrou a porta que havia acabado de fechar. A mente de Akos partiu em várias direções. Ori era afortunada. Todas as luzes foram apagadas. O pai deles vinha buscá-los. Ori estava em perigo. *Ele* estava em perigo.

Cisi o guiou pelo corredor escuro. Em seguida: uma porta aberta, uma lanterna acesa, Eijeh virando-se em sua direção.

O diretor continuava sentado diante dele. Akos não sabia seu nome; apenas chamavam-no de "Diretor" e o viam somente quando fazia um anúncio ou a caminho de algum outro lugar. Akos não dava a mínima para ele.

— O que está acontecendo? — perguntou a Eijeh.

— Ninguém vai dizer — respondeu o irmão, os olhos voltando-se ao diretor.

— É política da escola deixar esse tipo de situação a critério dos pais — informou o diretor. Às vezes, as crianças brincavam que o diretor tinha partes mecânicas no lugar da carne; que, se o abrissem, fios despencariam de dentro dele. Seu jeito de falar era robótico.

— E o senhor não pode dizer que tipo de situação é essa? — questionou Eijeh, da maneira que a mãe deles faria se estivesse ali. *Aliás, onde está minha mãe?*, pensou Akos. O pai estava indo buscá-los, mas ninguém havia dito nada sobre a mãe deles.

— Eijeh — disse Cisi, e a voz sussurrada chamou a atenção de Akos também. Era quase como se ela falasse junto com o zumbido da corrente dentro dele, aumentando-a apenas o suficiente. O encanto durou um tempo, o diretor, Eijeh, Cisi e Akos permaneceram quietos, esperando.

— Está ficando frio — disse Eijeh por fim, e veio uma lufada de vento se esgueirando por baixo da porta, resfriando as canelas de Akos.

— Eu sei. Precisei derrubar a energia — contou o diretor. — Pretendo esperar até vocês estarem seguros a caminho de casa antes de religar.

— O senhor desligou a energia por nossa causa? Por quê? — perguntou Cisi com suavidade. A mesma voz aduladora que usava quando queria ficar acordada até tarde ou comer um doce a mais de sobremesa. Não funcionava com os pais deles, mas o diretor derreteu como uma vela. Akos quase esperou ver uma poça de cera espalhando-se embaixo da mesa.

— A única maneira de as telas serem desligadas durante alertas de emergência da Assembleia — explicou o diretor, baixinho — é derrubando a energia.

— Então, houve um alerta de emergência — disse Cisi, ainda bajuladora.

— Sim. Foi expedido pelo líder da Assembleia nesta manhã.

Eijeh e Akos trocaram olhares. Cisi sorria, calma, as mãos repousadas sobre os joelhos. Àquela luz, com os cabelos cacheados emoldurando o rosto, ela era a filha de Aoseh, pura e simplesmente. O pai também podia conseguir o que quisesse com sorrisos e risadas, sempre acalmando as pessoas, os corações, as situações.

Um punho pesado bateu na porta do diretor, impedindo que o homem de cera derretesse ainda mais. Akos sabia que era seu pai, pois a maçaneta caiu na última batida, a placa que a segurava firme à madeira rachou ao meio. Ele não conseguia controlar seu temperamento, e seu dom-da-corrente deixava aquilo bem claro. O pai vivia consertando coisas, mas metade das vezes era porque ele mesmo havia quebrado.

— Desculpe — murmurou Aoseh quando entrou na sala. Ele empurrou a maçaneta de volta ao lugar e passou o dedo na rachadura. A placa ficou um pouco amassada, mas quase nova. A mãe insistia que nem sempre ele consertava as coisas direito, e eles tinham pratos de jantar desiguais e asas de caneca irregulares para provar.

— Senhor Kereseth — começou a falar o diretor.

— Obrigado, diretor, por reagir com tanta rapidez — disse o pai. Ele não estava sorrindo. A seriedade no rosto assustou Akos, mais do que os corredores escuros ou a tia de Ori gritando ou a boca tensa de Cisi. O pai sorria sempre, mesmo quando a situação não era propícia. A mãe dizia que o sorriso era a sua melhor armadura.

— Vamos, Filha Pequena, Filho Menor e Filho Pequenino — disse Aoseh, sem entusiasmo. — Vamos para casa.

Assim que ele disse "casa", eles se levantaram de uma vez e marcharam em direção à entrada da escola. Foram direto para os armários de casaco para buscar, entre as bolotas de pelo cinza idênticas, aquelas com os nomes bordados nas golas: *Kereseth, Kereseth, Kereseth.* Cisi e Akos confundiram os seus por um tique e tiveram de trocar, o de Akos era um pouco pequeno para os braços dela, o dela, um pouco longo para a altura dele.

O flutuador aguardava em frente, a porta ainda aberta. Era um dos mais robustos, embora achatado e circular, com o metal escuro do lado de fora manchado de lama. O canal de notícias, em geral ligado em uma torrente de palavras dentro do flutuador, estava desligado. A tela de navegação também estava desligada, então era apenas Aoseh apertando botões e empurrando alavancas e controles sem o flutuador lhes dizer o que ele fazia. Novamente, não botaram o cinto de segurança; Akos sentia que era estupidez perder tempo.

— Pai... — começou Eijeh.

— A Assembleia decidiu anunciar as fortunas das linhagens afortunadas esta manhã — disse o pai. — Os oráculos compartilharam as fortunas com a Assembleia anos atrás, em sigilo, como um gesto de confiança. Em geral, a fortuna de uma pessoa não é divulgada até ela morrer, é conhecida apenas por ela e seus familiares, mas agora... — Os olhos pairaram sobre cada um deles. — Agora todo mundo sabe a fortuna de vocês.

Akos perguntou em um sussurro:

— Quais são elas?

Ao mesmo tempo, Cisi questionou:

— Por que é tão perigoso?

O pai respondeu a Cisi, não a ele.

— Não é perigoso para todo mundo com uma fortuna. Mas algumas são mais... reveladoras do que outras.

Akos pensou na tia de Ori arrastando-a pelo cotovelo até a escadaria. *Você está exposta. Você precisa ir.*

Ori tinha uma fortuna — uma perigosa. Mas pelo que Akos conseguia lembrar, não havia nenhuma família "Rednalis" na lista de linhagens afortunadas. Não devia ser seu nome verdadeiro.

— Quais são as nossas fortunas? — perguntou Eijeh, e Akos invejou-o por sua voz alta e clara. Às vezes, quando tentavam ficar acordados até mais tarde do que deviam, Eijeh tentava sussurrar, mas um dos pais sempre aparecia um instante depois na porta do quarto para mandar que ficassem quietos. Não como Akos; ele mantinha os segredos mais próximos de si do que a própria pele, por isso ainda não havia contado aos outros sobre Ori.

O flutuador zuniu sobre os campos de flores-do-gelo que seu pai administrava. Estendiam-se por quilômetros em todas as direções, divididos por cercas baixas de arame: flores de inveja amarelas, purezas brancas, trepadeiras verdes de harva, folhas marrons de sendes e, por último, protegidas por um cercado de arame com corrente passando ao redor delas, as flores-sossego vermelhas. Antes do cercado de arame, as pessoas costumavam tirar a própria vida correndo direto para dentro dos campos de flores-sossego; morriam lá, entre as pétalas brilhantes, o veneno trazendo a morte sonolenta em alguns suspiros. Não parecia um jeito ruim de partir, pensou Akos. Com flores ao seu redor e o céu branco lá em cima.

— Eu conto quando estivermos em segurança — disse o pai, tentando mostrar-se animado.

— Onde está a mamãe? — perguntou Akos e, dessa vez, Aoseh o ouviu.

— Sua mãe... — Aoseh cerrou os dentes, e um rasgo enorme se abriu no assento embaixo dele, como a parte de cima de um pão partindo-se no forno. Ele praguejou e correu a mão sobre a fenda, remendando-a. Akos olhou assustado para Aoseh. O que o teria deixado tão irritado?

— Não sei onde está sua mãe — terminou ele. — Tenho certeza de que ela está bem.

— Ela não avisou você sobre isso? — questionou Akos.

— Talvez não soubesse — sussurrou Cisi.

Mas todos sabiam que havia alguma coisa errada. Sifa sempre, *sempre* sabia.

— Sua mãe tem motivos para tudo que faz. Às vezes, não conseguimos entendê-los — disse Aoseh, um pouco mais calmo. — Mas precisamos confiar nela, mesmo quando fica difícil.

Akos não sabia se seu pai acreditava naquilo. Talvez estivesse falando apenas para se lembrar.

Aoseh fez o flutuador pousar no capinzal diante da casa, esmagando moitas e caules sarapintados de capim-pena. Atrás da casa, o capim-pena ia até onde os olhos de Akos alcançavam. Coisas estranhas aconteciam às vezes com as pessoas nos capinzais. Ouviam sussurros ou viam figuras escuras entre os caules; elas caminhavam pela neve, saíam do caminho e eram engolidas pela terra. Com frequência, ouviam histórias sobre isso, ou alguém avistava do flutuador um esqueleto completo. Por viver tão perto dos capinzais, Akos se acostumara a ignorar os rostos que vinham para cima dele de todas as direções, sussurrando seu nome. Às vezes, eram nítidos o bastante para identificá-los: avôs mortos, a mãe ou o pai com rosto cadavéricos, deformados; crianças malvadas com ele na escola, provocando.

Mas, quando Akos saiu do flutuador e ergueu o braço para tocar as moitas, percebeu, assustado, que não via nem ouvia mais nada.

Ele parou e buscou no capinzal um sinal das alucinações em qualquer lugar. Mas não havia nenhum.

— Akos! — sussurrou Eijeh.

Estranho.

Ele saiu no encalço de Eijeh até a porta da frente. Aoseh a destrancou, e eles todos avançaram para o vestíbulo para tirar os casacos. Porém, enquanto respirava o ar morno, Akos percebeu que algo não cheirava bem. A casa sempre tinha um aroma temperado, como o pão de café da manhã que o pai gostava de fazer nos meses mais frios, mas agora cheirava a óleo de motor e suor. Dentro do peito, Akos sentiu como se uma corda o apertasse.

— Pai — disse ele quando Aoseh acendeu as luzes tocando um botão.

Eijeh gritou. Cisi arquejou. E Akos paralisou, em choque.

Havia três homens parados na sala de estar. Um era alto e magro, outro era mais alto e parrudo, e o terceiro, baixo e atarracado. Os três vestiam armaduras que brilhavam à luz amarelada das pedras ardentes, tão escuras que pareciam pretas, mas a cor na verdade era azul, um azul bem fechado. Seguravam lâminas-da-corrente, o metal preso nos punhos e os tentáculos pretos da corrente envolvendo as mãos, prendendo-as às armas. Akos tinha visto espadas daquelas antes, apenas nas mãos dos soldados que patrulhavam Hessa. Não havia necessidade de ter lâminas-da-corrente dentro de casa, na casa de um fazendeiro e de uma oráculo.

Akos percebeu sem realmente saber: aqueles homens eram shotet. Inimigos de Thuvhe, inimigos *deles*. Pessoas assim eram responsáveis pelas velas acesas no memorial da invasão shotet; tinham deixado marcas nos prédios de Hessa, estourado suas vidraças, que mostravam imagens fragmentadas; haviam destruído os mais bravos, os mais fortes, os mais brutais, e deixado suas famílias aos prantos. A avó de Akos e sua faca de pão entre eles, assim dizia seu pai.

— O que vocês estão fazendo aqui? — perguntou Aoseh, tenso. A sala de estar parecia intocada, as almofadas ainda arrumadas ao redor da mesa de centro baixa, o cobertor de pele enrolado ao lado da lareira onde Cisi o havia deixado quando estava lendo. Na lareira, havia apenas brasas, ainda incandescentes, e o ar estava frio. O pai empertigou-se para que seu corpo cobrisse os três filhos.

— Sem mulher — um homem disse para um dos outros. — Imagina onde ela esteja?

— Oráculo — respondeu um deles. — Não é fácil de capturar.

— Sei que vocês falam nossa língua — interveio Aoseh, mais sério dessa vez. — Parem de falar assim, como se não me entendessem.

Akos franziu a testa. O pai não ouviu aqueles homens falando de sua mãe?

— Ele é bem exigente, esse daí — afirmou o mais alto. Tinha olhos dourados, Akos percebeu, como metal derretido. — Qual é o nome mesmo?

— Aoseh — respondeu o mais baixo. Trazia cicatrizes no rosto inteiro, pequenos cortes em todas as direções. A pele ao redor da mais longa, próxima ao olho, era enrugada. O nome do pai soava desajeitado em sua boca.

— Aoseh Kereseth — completou o de olhos dourados, e dessa vez soou... diferente. Como se de repente estivesse falando com um sotaque forte. Só que antes não tinha, como podia ser? — Meu nome é Vas Kuzar.

— Eu sei quem você é – disse Aoseh. – Não passei minha vida com a cabeça dentro de um buraco.

— Peguem-no – ordenou o homem chamado Vas. O menor avançou sobre o pai. Cisi e Akos pularam para trás quando o pai e o soldado shotet começaram a brigar, os braços travados. Os dentes de Aoseh rangeram. O espelho na sala de estar estilhaçou-se, pedaços voaram para todo lado, e depois o porta-retratos na prateleira da lareira, aquele com a foto de casamento dos pais, rachou ao meio. Mas o soldado shotet ainda segurava o pai, arrastando-o para dentro da sala de estar e deixando os três, Eijeh, Cisi e Akos, expostos.

O soldado baixo forçou o pai a ficar de joelhos e apontou a lâmina-da-corrente para sua garganta.

— Não deixe as crianças saírem – ordenou Vas para o magro. Foi quando Akos se lembrou da porta atrás dele. Ele agarrou a maçaneta, girou-a. Mas, no momento em que puxou a porta, mãos grosseiras fecharam-se ao redor de seus ombros, e o shotet ergueu-o com um braço. O ombro de Akos doeu; ele chutou o homem com força na perna. O shotet apenas riu.

— Garotinho de pele fina – rosnou o soldado. – Seria melhor se você e sua espécie patética se rendessem.

— Não somos patéticos! – retrucou Akos. Era estúpido dizer aquilo... algo que uma criancinha diria se não soubesse vencer uma discussão. Mas, por algum motivo, a frase fez todo mundo parar. Não apenas o homem com a mão apertando o braço de Akos, mas Cisi e Eijeh, e Aoseh também. Eles olharam para Akos e, *caramba*, o calor subia ao rosto, o enrubescer mais fora de hora que jamais havia sentido na vida, o que dizia muita coisa.

Então, Vas Kuzar gargalhou.

— Seu filho mais novo, suponho – disse Vas a Aoseh. – Você sabia que ele fala shotet?

— Não falo shotet — disse Akos, baixo.

— Acabou de falar — insistiu Vas. — Eu me pergunto como a família Kereseth conseguiu um filho de sangue shotet.

— Akos — sussurrou Eijeh, espantado. Como se estivesse fazendo uma pergunta a Akos.

— Eu não tenho sangue shotet! — insistiu Akos, e todos os três soldados shotet gargalharam ao mesmo tempo. Foi então que Akos ouviu... ele ouviu as palavras saindo da própria boca, certo de seus significados, e também ouviu sílabas secas, com paradas repentinas e vogais fechadas. Ouviu shotet, uma língua que ele nunca havia aprendido. Tão diferente do gracioso thuvhesita, que era como pegar flocos de neve pairando no ar.

Estava falando shotet. Falava como os soldados. Mas como... *como* ele podia falar uma língua que nunca havia aprendido?

— Onde está sua mulher, Aoseh? — quis saber Vas, voltando a atenção para o pai. Virou a lâmina-da-corrente no pulso e os tentáculos pretos se moveram sobre a pele. — Poderíamos perguntar se ela teve um caso com um homem shotet, ou se ela compartilha de nossa fina linhagem e nunca achou adequado contar isso a você. Certamente a oráculo sabe como seu filho mais novo se tornou fluente na língua reveladora.

— Ela não está aqui — frisou Aoseh. — Como você deve ter percebido.

— O thuvhesita se acha esperto? — retrucou Vas. — Penso que esperteza com inimigos faz um homem morrer.

— Tenho certeza de que você pensa muitas idiotices — disse Aoseh e, de alguma forma, ele encarou Vas de cima a baixo, apesar de estar no chão, aos pés do shotet. — Servo dos Noavek. Você é como a sujeira que eu tiro de baixo das minhas unhas.

Vas golpeou o pai, acertando seu rosto com tanta força que ele caiu de lado. Eijeh gritou, debatendo-se para se aproximar, mas foi interceptado pelo shotet que ainda segurava o braço de Akos. O homem segurou os dois irmãos facilmente, na verdade, sem o menor esforço, embora Eijeh, com dezesseis estações, fosse quase do tamanho de um adulto.

A mesa baixa na sala de estar rachou de ponta a ponta, dividindo-se pela metade e caindo para os lados. Os pequenos objetos sobre ela – uma velha caneca, um livro, alguns pedaços de madeira talhados pelo pai – espalharam-se pelo chão.

— Se eu fosse você – disse Vas, baixinho –, eu manteria esse dom-
-da-corrente sob controle, Aoseh.

Aoseh levou as mãos ao rosto por um tique, em seguida mergulhou, agarrando o pulso do soldado shotet baixinho e cheio de cicatrizes que estava ao lado, e girou com força para que sua pegada vacilasse. Aoseh agarrou a lâmina pelo cabo e soltou-a da mão do inimigo com um solavanco, depois a virou para o dono, as sobrancelhas erguidas.

— Vá em frente e mate-o – disse Vas. – Há mais dezenas de onde ele veio, mas você tem um número limitado de filhos.

O lábio de Aoseh estava inchado e sangrando. Ele lambeu o sangue com a ponta da língua e olhou para Vas, atrás dele.

— Não sei onde ela está – repetiu Aoseh. – Vocês deveriam ter olhado no templo. Em casa é o último lugar onde ela estaria se soubesse que vocês estavam vindo para cá.

Vas sorriu para a lâmina em sua mão.

— Melhor assim, eu acho – disse ele em shotet, olhando para o soldado que segurava Akos com uma das mãos e Eijeh com a outra contra a parede. – Nossa prioridade é a criança.

— Sabemos quem é o mais novo – retrucou o soldado no mesmo idioma, puxando Akos de novo pelo braço. – Mas qual dos outros dois é o segundo?

— Pai — disse Akos em desespero. — Eles querem saber sobre o Filho Menor. Querem saber qual deles é o mais novo...

O soldado soltou Akos apenas para golpeá-lo com as costas da mão, atingindo-o diretamente no rosto. Akos cambaleou para trás, batendo na parede, e Cisi engoliu um soluço, curvando-se sobre ele, os dedos acariciando o rosto do irmão.

Aoseh gritou entredentes e avançou, enterrando a lâmina-da-corrente roubada no corpo de Vas, bem embaixo da armadura.

Vas sequer se moveu. Apenas sorriu de soslaio, envolveu a mão no cabo da lâmina e puxou-a para fora. Aoseh ficou surpreso demais para impedi-lo. O sangue vazou do ferimento, encharcando as calças escuras de Vas.

— Você sabe meu nome, mas não conhece meu dom? — disse Vas com suavidade. — Eu não sinto dor, lembra?

Ele agarrou de novo o cotovelo de Aoseh e puxou seu braço para o lado. Enterrou a faca na parte carnuda do braço do pai e arrastou-a para baixo, fazendo-o gemer como Akos nunca tinha ouvido antes. O sangue espirrou no chão. Eijeh gritou de novo e se debateu, e o rosto de Cisi se contorceu, sem que soltasse um gemido.

Akos não aguentou olhar para aquilo. Ele se levantou, embora o rosto ainda estivesse latejando, embora não houvesse por que se mover e nada a fazer.

— Eijeh — disse ele, em voz baixa. — Fuja.

Em seguida, jogou o corpo sobre Vas, querendo enterrar os dedos no ferimento no flanco do homem, fundo e cada vez mais fundo, até conseguir arrancar os ossos, arrancar o coração.

Brigas, gritos, soluços. Todas as vozes combinadas nos ouvidos de Akos, cheias de horror. Ele socou inutilmente a armadura que cobria o flanco de Vas. O golpe fez sua mão doer. O soldado cheio de cicatrizes foi até ele e o jogou no chão como um saco de farinha. Ele pôs a bota sobre o rosto de Akos e pisou. O garoto sentiu os grãos de terra na pele.

— Pai! — Eijeh estava gritando. — Pai!

Akos não conseguia mover a cabeça, mas, quando ergueu os olhos, viu o pai no chão, na metade do caminho entre a parede e a porta, o cotovelo curvado para trás em um ângulo estranho. O sangue espalhava-se como uma auréola ao redor da cabeça. Cisi estava agachada ao lado de Aoseh, as mãos trêmulas pairando sobre o ferimento na garganta. Vas estava em pé com a faca ensanguentada.

Akos ficou sem forças.

— Deixe que se levante, Suzao — ordenou Vas.

Suzao — o que estava apertando a bota contra o rosto de Akos — ergueu o pé e levantou o garoto. Ele não conseguia afastar os olhos do corpo do pai, na pele que havia se partido como a mesa na sala de estar, no sangue que o rodeava — *como uma pessoa pode ter tanto sangue?* — e na cor dele, o marrom escuro meio avermelhado, meio alaranjado.

Vas ainda segurava a faca manchada de sangue na lateral do corpo. As mãos estavam úmidas.

— Tudo certo, Kalmev? — perguntou Vas para o shotet alto. O homem grunhiu em resposta. Agarrou Eijeh e pôs uma algema de metal ao redor dos pulsos do garoto. Se no início Eijeh havia resistido, naquele momento estava acabado, encarando o pai caído no chão da sala de estar com olhos vazios.

— Obrigado por responder à minha pergunta sobre qual dos irmãos estamos procurando — disse Vas a Akos. — Vocês dois virão conosco por conta de suas fortunas.

Suzao e Vas cercaram Akos e empurraram-no para frente. No último segundo, ele se desvencilhou, caindo de joelhos ao lado do pai e tocando o rosto. Aoseh estava morno e úmido. Os olhos, ainda abertos, perdiam vida segundo a segundo, como água escorrendo por um ralo. Eles se voltaram para Eijeh, que estava a meio caminho da entrada, empurrado pelos soldados shotet.

—Vou trazê-lo de volta para casa — disse Akos, puxando a cabeça do pai de leve para que olhasse para ele. — Prometo.

Akos não estava mais lá quando a vida de seu pai finalmente se esvaiu. Akos estava no capinzal, nas mãos dos inimigos.

2

CAPÍTULO 3 | CYRA

Eu tinha apenas seis estações quando parti para minha primeira temporada.

Quando saí, esperava que estivesse sol lá fora. No entanto, caminhei sob a sombra da nave de temporada que cobria a cidade de Voa – a capital de Shotet – como uma nuvem imensa. Era mais longa do que larga, o nariz formando uma ponta suave com painéis de vidro inquebrável sobre ela. Sua barriga, com placas de metal, estava surrada por mais de uma década de viagens espaciais, mas algumas das placas tinham sido polidas na substituição. Logo estaríamos dentro dela, como comida mastigada na barriga de um animal imenso. Próximo dos jatos traseiros havia o terminal aberto onde logo embarcaríamos.

A maioria das crianças shotet podia ir em sua primeira temporada – nosso rito mais importante – quando alcançasse oito estações. Mas como filha do soberano Lazmet Noavek, eu estava preparada para minha primeira jornada pela galáxia duas estações antes. Seguiríamos o fluxo-da-corrente às margens da galáxia, até ele assumir aquele tom de azul mais intenso, e depois desceríamos à superfície de um planeta para a coleta, a segunda parte do ritual.

Era tradição que a soberana ou o soberano e sua família entrassem primeiro na nave de temporada. Ou, ao menos, passou a ser tradição desde que a minha avó, a primeira Líder Noavek dos shotet, assim declarou.

— Minha cabeça está coçando — eu disse à minha mãe, batendo com a ponta do dedo nas tranças apertadas ao lado da cabeça. Havia apenas algumas, puxadas para trás e entremeadas para que os cabelos não caíssem no meu rosto. — O que tem de errado com meu cabelo solto?

Minha mãe sorriu para mim. Usava um vestido feito de capim, os talos cruzando-se sobre o corpete e estendendo-se para emoldurar o rosto. Otega — minha tutora, entre outras coisas — me ensinou que os shotet plantaram um oceano de capim-pena entre nós e nossos inimigos, os thuvhesitas, para impedir que invadissem nossa terra. Ao usar aquele vestido, minha mãe celebrava esse ato inteligente. Intencionalmente, tudo que minha mãe fazia ecoava nossa história.

— Hoje — disse ela — é o primeiro dia em que a maioria dos shotet verá você, sem mencionar o restante da galáxia. A última coisa que queremos é que prestem atenção em seus cabelos. Ao prendê-los, nós os deixamos invisíveis. Entendeu?

Não entendi, mas também não insisti. Eu estava olhando para os cabelos de minha mãe. Eram escuros, como os meus, mas tinham uma textura diferente — os dela eram tão cacheados que os dedos ficavam presos, e os meus eram tão lisos que os dedos escapavam.

— O restante da galáxia? — Tecnicamente, eu sabia da vastidão da galáxia, que continha nove planetas importantes e incontáveis outros planetas marginais, bem como estações aninhadas nas rochas insensíveis de luas irregulares, e naves orbitais tão grandes quanto seus planetas-nações. Mas, para mim, planetas ainda pareciam tão grandes quanto a casa onde eu havia passado a maior parte da vida, e não maiores do que isso.

— Seu pai autorizou que a gravação da Procissão fosse enviada para o canal geral de notícias, aquele acessado por todos os planetas da Assembleia – respondeu minha mãe. – Qualquer um que tenha curiosidade sobre nossos rituais estará assistindo.

Mesmo naquela idade, eu não achava que outros planetas fossem como o nosso. Sabia que éramos os únicos que perseguiam a corrente pela galáxia, que nossa indiferença a lugares e posses era singular. Claro, os outros planetas tinham curiosidade sobre nós. Talvez até inveja.

Os shotet partiam em temporada uma vez por estação desde o início de nosso povo. Otega me disse uma vez que a temporada era a tradição, e a coleta, que vinha logo em seguida, era a renovação – passado e futuro, tudo em um ritual. Mas ouvi meu pai dizer com amargor que nós "sobrevivíamos do lixo de outros planetas". Meu pai sabia como arrancar a beleza das coisas.

Meu pai, Lazmet Noavek, seguia à frente. Foi o primeiro a passar pelos grandes portões que separavam a mansão Noavek das ruas de Voa, a mão erguida em cumprimento. Aplausos irrompiam quando era visto pela imensa e pulsante multidão reunida diante de nossa casa, tão densa que eu não conseguia ver a luz entre os ombros das pessoas nem ouvir meus pensamentos entre a cacofonia de gritos e júbilos. Ali, no centro da cidade de Voa, a poucas ruas do anfiteatro onde as disputas de arena eram realizadas, as ruas estavam limpas e as pedras sob os meus pés, intactas. Os edifícios eram colchas de retalhos entre o antigo e o novo, obras de pedra comum e portas altas e estreitas misturadas com trabalho intrincado em metal e vidro. Era uma mistura eclética tão natural para mim como meu corpo. Sabíamos manter a beleza das coisas antigas frente à beleza do novo, sem perder nada de um nem de outro.

Era minha mãe, não meu pai, que provocava os gritos mais altos do mar de súditos. Ela estendia as mãos para o povo que tentava alcançá-la, passando a ponta de seus dedos nos deles e sorrindo. Eu observava, confusa, quando olhos marejavam-se assim que a avistavam, quando vozes sussurradas entoavam seu nome. *Ylira,Ylira,Ylira*. Ela puxou um caule de capim-pena da barra do vestido e encaixou atrás da orelha de uma garotinha. *Ylira,Ylira,Ylira*.

Eu corri à frente para alcançar meu irmão, Ryzek, que tinha dez estações completas a mais que eu. Ele usava uma armadura falsa — ainda não havia merecido a armadura feita da pele de um Encouraçado morto, símbolo de prestígio entre nosso povo —, e aquilo o deixava mais parrudo que de costume, o que eu suspeitava ser o objetivo. Meu irmão era alto, mas magro como uma vareta.

— Por que estão falando o nome dela? — perguntei a Ryzek, tropeçando para acompanhar seus passos.

— Porque eles a amam — respondeu Ryz. — Do mesmo jeito que nós.

— Mas eles não a *conhecem* — insisti.

— Verdade — admitiu ele. — Mas acreditam que conhecem, e às vezes isso basta.

Os dedos da minha mãe ficaram manchados de tinta ao tocar tantas mãos estendidas, decoradas. Não acho que eu gostaria de tocar tantas pessoas ao mesmo tempo.

Fomos rodeados por soldados com armaduras que abriram um caminho estreito para nós entre os corpos. Na verdade, não pensei que precisávamos deles — a multidão abria-se para o meu pai como se ele fosse uma faca que a fatiava. Podiam não gritar seu nome, mas abaixavam a cabeça para ele, afastando o olhar. Vi, pela primeira vez, como era ínfima a linha entre o medo e o amor, entre a reverência e a adoração. Ela era traçada entre os meus pais.

— Cyra — chamou meu pai, e eu fiquei tensa, quase paralisada, quando ele se virou para mim. Estendeu a mão, e eu a peguei, embora não quisesse. Meu pai era o tipo de homem a que as pessoas simplesmente *obedeciam*.

Ele me puxou para seus braços, rápido e forte, arrancando uma risada de mim, e me segurou contra a lateral de sua armadura com um dos braços, como se eu não pesasse nada. Seu rosto estava próximo ao meu, cheirava a ervas e coisas queimadas, a bochecha áspera com a barba. Meu pai, Lazmet Noavek, soberano dos shotet. Minha mãe chamava-o de "Laz" quando achava que ninguém a ouvia, e falava com ele em versos shotet.

— Pensei que talvez você quisesse ver seu povo — disse ele, sacudindo-me um pouco enquanto mudava minha posição para a curva de seu cotovelo. O outro braço, que voltava para a lateral do corpo, estava marcado do ombro até o punho com cicatrizes, pintadas em cores escuras para ressaltar. Ele me disse uma vez que eram o registro das vidas, mas eu não sabia o que aquilo significava. Minha mãe tinha algumas também, mas não chegavam à metade das do meu pai.

— Essas pessoas anseiam por força — continuou meu pai. — E sua mãe, seu irmão e eu vamos lhes dar essa força. Um dia, você também dará. Certo?

— Certo — respondi em voz baixa, embora não tivesse ideia de como eu faria aquilo.

— Ótimo — disse ele. — Agora, acene.

Tremendo um pouco, estendi a mão, imitando meu pai. Encarei o vazio, atônita, enquanto a multidão reagia da mesma forma.

— Ryzek — disse meu pai.

— Vamos, pequena Noavek — falou Ryzek. Meu pai não precisou pedir que ele me tomasse de seus braços; meu irmão viu a ordem estampada na postura do homem de forma tão clara quanto eu a senti no movimento impaciente de seu corpo. Pus meus braços ao redor do pescoço de Ryzek e subi em suas costas, apoiando minhas pernas nas correias da armadura.

Olhei para sua bochecha marcada pelas espinhas, com as covinhas de um sorriso.

— Pronta para correr? — perguntou a mim, erguendo sua voz para que eu pudesse ouvi-lo mesmo com o barulho da multidão.

— Correr? — devolvi a pergunta, apertando mais forte.

Em resposta, ele segurou firme meus joelhos nas laterais do corpo e saiu em disparada pelo caminho que os soldados haviam aberto, gargalhando. O impacto de seus passos arrancou aos solavancos de mim uma risadinha, e em seguida a multidão — nosso povo, meu povo — imitou, sorrisos por toda parte à altura de meus olhos.

Vi a mão erguida adiante, estendida na minha direção, e passei meus dedos por ela, como minha mãe faria. Minha pele ficou úmida de suor. Descobri que não me incomodava tanto quanto imaginava. Meu coração ficou pleno.

CAPÍTULO 4 | CYRA

Havia corredores escondidos nas paredes da mansão Noavek, construídos para os serviçais atravessarem sem nos atrapalhar ou perturbar nossos convidados. Eu caminhava por eles com frequência, aprendendo os códigos que os serviçais usavam para percorrê-los, talhados nos cantos das paredes e no alto das entradas e saídas. Às vezes, Otega me dava broncas por chegar a suas aulas coberta de teias de aranha e sujeira, mas em geral ninguém se importava com o jeito que eu passava o tempo livre, contanto que não perturbasse o meu pai.

Ao alcançar sete estações recém-completadas, minhas caminhadas me levaram às paredes atrás do gabinete de meu pai. Eu segui um som de estalos até lá, mas quando ouvi a voz dele, alta e furiosa, parei e me agachei.

Por um momento, flertei com a ideia de dar meia-volta, correr pelo mesmo caminho de onde viera para que pudesse ficar segura no meu quarto. Quando meu pai levantava a voz, nunca era bom, e nunca seria. A única pessoa que conseguia acalmá-lo era minha mãe, mas nem mesmo ela podia controlá-lo.

– Diga – ordenou meu pai. Encostei a orelha na parede para ouvi-lo melhor. – Diga *exatamente* o que você falou para ele.

— Eu... Eu pensei... — A voz de Ryz tremia como se estivesse prestes a chorar. Aquilo também não era bom. Meu pai odiava choro. — Pensei, porque ele está treinando para ser meu intendente, que seria confiável...

— Diga o que você falou para ele!

— Eu disse... disse a ele que minha fortuna, pelo que os oráculos declararam, era... era ser derrubado pela família Benesit. Que era uma das duas famílias thuvhesitas. Foi só isso.

Eu me afastei da parede. Uma teia de aranha ficou presa na minha orelha. Eu ainda não conhecia a fortuna de Ryzek. Sabia que meus pais haviam compartilhado com ele quando a maioria das crianças com fortuna descobriam suas próprias fortunas: ao desenvolverem um dom-da-corrente. Eu descobriria a minha em algumas estações. Mas saber a de Ryzek — saber que Ryzek devia ser *derrubado* pela família Benesit, que se mantinha escondida por tantas estações que nem sequer sabíamos seu codinome ou planeta de residência — era um presente raro. Ou um fardo.

— Imbecil. "Foi só isso"? — disse meu pai, desdenhoso. — Acha que pode se dar ao luxo de confiar, com uma fortuna de covarde como a sua? Deve mantê-la em segredo! Ou perecer com sua fraqueza!

— Desculpe. — Ryz pigarreou. — Não vou esquecer. Nunca mais vou fazer isso.

— Tem razão. Não vai. — A voz do meu pai era grave agora, e indiferente. Era quase pior do que gritar. — Vamos ter que trabalhar mais para descobrir uma maneira de contornar essa situação. Das centenas de futuros que existem, descobriremos aquele em que você não será uma perda de tempo. E, enquanto isso, você vai se esforçar para parecer o mais forte possível, inclusive para as pessoas mais próximas. Entendido?

— Sim, senhor.

– Ótimo.

Fiquei agachada ali, ouvindo as vozes abafadas, até a poeira no túnel me deixar com vontade de espirrar. Pensei na minha fortuna, se ela me alçaria ao poder ou me derrubaria. Mas naquele momento, parecia mais assustadora que antes. Tudo que meu pai queria era conquistar Thuvhe, e Ryzek estava destinado a fracassar, condenado a decepcionar meu pai.

Era perigoso deixar meu pai irritado com algo que não se podia mudar.

Fiquei com dó de Ryz, lá no túnel, enquanto tateava o caminho de volta ao meu quarto. Fiquei com pena antes de saber de fato o que viria.

CAPÍTULO 5 | CYRA

Uma estação depois, quando estava com oito, meu irmão irrompeu no meu quarto, ofegante e encharcado de chuva. Eu havia terminado de arrumar a última das minhas estatuetas no tapete diante da cama. Haviam sido coletadas no ano anterior, na temporada para Othyr, onde tinham uma predileção por objetos pequenos e inúteis. Ele atravessou o quarto e as espalhou pelo caminho. Gritei em protesto — ele havia arruinado a formação do exército.

— Cyra — disse ele, agachando-se ao meu lado. Estava com dezoito estações, os braços e pernas longos demais, com pintas na testa, mas o terror fazia com que parecesse mais jovem. Pousei a mão em seu ombro.

— O que foi? — perguntei, apertando de leve.

— Nosso pai alguma vez a levou a algum lugar apenas para... mostrar uma coisa?

— Não. — Lazmet Noavek não me levava a lugar nenhum; mal me olhava quando estávamos juntos no mesmo aposento. O que não me incomodava. Sabia, já naquela época, que ser alvo do olhar de meu pai não era uma coisa boa. — Nunca.

— Isso não é muito justo, não é? — disse Ryz, ansioso. — Você e eu somos filhos dele, deveríamos ser tratados da mesma forma. Não acha?

— Eu... acho que sim — respondi. — Ryz, o quê...

Mas Ryz apenas tocou meu rosto com a palma da mão.

Meu quarto, com suas cortinas de um azul intenso e seus painéis de madeira na parede, escureceu.

"Hoje, Ryzek", disse a voz de meu pai, "você dará a ordem."

Eu estava em um quarto escuro pequeno, com paredes de pedra e uma janela imensa diante de mim. Meu pai, em pé, à minha esquerda, parecia menor do que era — eu batia apenas na cintura dele, mas naquela sala eu encarava diretamente seu rosto. Minhas mãos estavam cerradas diante de mim. Meus dedos eram longos e finos.

"Você quer..." Minha respiração ficou leve e rápida. "Você quer que eu..."

"Recomponha-se", rosnou meu pai, me agarrando pela frente da armadura e me empurrando na direção da janela.

Através dela eu vi um homem mais velho, enrugado e encanecido. Era macilento, de olhos vidrados, e com as mãos algemadas. Quando o pai fez que sim com a cabeça, os guardas na sala ao lado se aproximaram do prisioneiro. Um deles segurou os ombros para mantê-lo parado, e o outro envolveu o pescoço do homem com uma corda, amarrando-a bem firme junto à nuca. O prisioneiro não protestou; seus membros pareciam mais pesados do que deveriam ser, como se tivesse chumbo no lugar de sangue.

Estremeci e continuei tremendo.

"Este homem é um traidor", disse meu pai. "Ele conspira contra nossa família. Espalha mentiras sobre estarmos roubando a ajuda estrangeira dos famintos e doentes de Shotet. As pessoas que falam mal de nossa família não podem simplesmente ser mortas... têm que morrer lentamente. E você precisa estar pronto para ordenar essa morte. Precisa estar pronto até para executá-la, mas essa lição virá mais tarde."

O medo contorcia-se na minha barriga como uma minhoca.

Meu pai fez um ruído de frustração no fundo da garganta e empurrou algo na minha mão. Era um frasco selado com cera.

"Se não conseguir se acalmar, isso o acalmará", disse ele. "Mas, de um jeito ou de outro, você fará o que eu disser."

Procurei a ponta de cera, tirei-a e derramei o conteúdo do frasco na boca. A bebida calmante queimou minha garganta, mas levou apenas alguns instantes para meu coração desacelerar e o tamanho de meu pânico diminuir.

Assenti com a cabeça para meu pai, que apertou o botão dos amplificadores da sala ao lado. Levou um momento para eu encontrar a palavra na névoa que preenchia minha mente.

"Executem-no", falei com uma voz estranha.

Um dos guardas recuou um passo e puxou a ponta da corda, que correu através de um aro de metal no teto, como linha no buraco de agulha. Puxou até os dedos do prisioneiro mal tocarem o chão. Observei quando o rosto do homem ficou vermelho, em seguida, roxo. Ele se debateu. Quis virar o rosto, mas não consegui.

"Nem tudo que é eficaz precisa ser feito em público", disse o pai, casualmente, enquanto apertava o botão para desligar os amplificadores. "Os guardas contarão o que você está disposto a fazer com aqueles que falarem mal de você, e aqueles a quem eles contarem também espalharão o boato, e assim sua força e poder serão conhecidos em toda Shotet."

Um grito crescia dentro de mim, e eu o segurei na garganta como um pedaço de comida grande demais para ser engolido.

A pequena sala escura desapareceu aos poucos.

Estava em uma rua brilhante, fervilhando de gente, recostada no quadril da minha mãe, meu braço envolvendo sua perna. A poeira subia pelo ar ao nosso redor — na capital do planeta-nação Zold, com o nome estúpido de Cidade de Zoldia, que havíamos visitado na minha primeira temporada, tudo se recobria com uma fina camada de poeira cinzenta naquela época do ano. Não *vinha de pedra nem terra, como imaginei, mas de um campo vasto de flores que crescia a leste dali e se desintegrava no forte vento sazonal.*

Eu conhecia aquele lugar, aquele momento. Era uma das minhas lembranças favoritas de minha mãe comigo.

Minha mãe inclinou a cabeça em direção ao homem que a havia encontrado na rua, sua mão acariciando meus cabelos.

"Obrigada, Vossa Graça, por nos receber em nossa coleta de forma tão graciosa", disse minha mãe para ele. "Farei o melhor para garantir que peguemos apenas o que vocês não precisarem mais."

"Eu agradeço. Houve relatos de saques durante a última coleta com soldados shotet. Hospitais, ainda por cima", respondeu o homem com irritação. A pele brilhava com a poeira, e quase parecia cintilar à luz do sol. Encarei-o com surpresa. Usava uma túnica longa e cinza, como se quisesse parecer uma estátua.

"A conduta desses soldados foi aterradora e punida severamente", disse minha mãe de um jeito firme. Ela se virou para mim. "Cyra, minha querida, esse é o líder da capital de Zold. Vossa Graça, esta é minha filha, Cyra."

"Eu gosto de sua poeira", falei. "Não entra nos olhos?"

O homem pareceu mais afetuoso ao responder.

"O tempo todo. Quando não estamos recebendo visitantes, usamos óculos protetores."

Ele tirou um par do bolso e ofereceu-os para mim. Eram grandes, com vidros verde-claros servindo de lentes. Eu os experimentei, e eles caíram diretamente do meu rosto para o meu pescoço, então tive de segurá-los com uma das mãos. Minha mãe riu, leve, fácil, e o homem também.

"Vamos nos esforçar bastante para honrar sua tradição", disse o homem para minha mãe. "Embora eu confesse que não a entendo."

"Bem, buscamos a renovação acima de tudo", explicou ela. "E encontramos o que deve ser renovado no que foi descartado. Nada valioso deveria ser desperdiçado. Nisso, com certeza, vamos concordar."

E então as palavras dela soaram ao contrário, e os óculos de proteção ergueram-se para os meus olhos, depois passaram pela minha cabeça e voltaram à mão do homem. Era minha primeira coleta e estava passando de trás para frente, desdobrando-se em minha mente. Depois de a lembrança ter passado ao contrário, sumiu.

De volta ao meu quarto, com as estatuetas me cercando, eu sabia que *havia tido* uma primeira coleta, e que conhecêramos o líder da Cidade de Zoldia, mas não conseguia mais trazer as imagens à mente. No seu lugar, estava o prisioneiro com a corda ao redor do pescoço, e os tons graves da voz de meu pai nos meus ouvidos.

Ryz trocou uma de suas lembranças por uma das minhas.

Eu o vira fazer isso antes, uma vez com Vas, seu amigo e intendente, e uma vez com minha mãe. Cada vez que voltava de uma reunião com meu pai, parecia que havia sido despedaçado. Punha a mão no seu mais antigo amigo, ou na nossa mãe, e um momento depois se empertigava, secava os olhos, parecendo mais forte. E eles pareciam... de alguma forma, mais vazios. Como se tivessem perdido algo.

— Cyra — disse Ryz. As lágrimas manchavam seu rosto. — É justo. É justo que a gente compartilhe esse fardo.

Ele estendeu a mão novamente. Algo dentro de mim queimava. Quando a mão tocou meu rosto, veias escuras como tinta espalharam-se sob minha pele como insetos de muitas pernas, como teias de sombra. Elas se moveram, subindo pelos meus braços, trazendo calor ao meu rosto. E dor.

Gritei mais alto do que jamais havia berrado na vida, e a voz de Ryz juntou-se à minha, quase em harmonia. As veias escuras trouxeram a dor; a escuridão *era* dor, e eu era feita daquela escuridão, eu era a própria dor.

Ele tirou a mão rapidamente, mas as sombras-de-pele e a agonia ficaram, meu dom-da-corrente manifestou-se cedo demais.

Minha mãe entrou correndo no quarto, a camisa apenas semiabotoada, o rosto pingando por ter sido lavado e não enxugado. Ela viu as manchas pretas na minha pele e correu até mim, pousando as mãos no meu braço por um momento antes de puxá-las com tudo, encolhendo-se. Havia sentido a dor, também. Gritei de novo e arranhei as teias pretas com as unhas.

Minha mãe teve de me dopar para me acalmar.

Como nunca suportou bem a dor, Ryz não tocou em mim de novo, não enquanto pôde evitar. E ninguém mais tocou.

CAPÍTULO 6 | CYRA

— Aonde estamos indo?

Corri atrás da minha mãe pelos corredores polidos, o assoalho brilhando com meu reflexo riscado de preto. À minha frente, ela segurava o vestido, a espinha ereta. Sempre parecia elegante, minha mãe. Usava vestidos com placas de um Encouraçado presas em seus corpetes, drapeadas com tecido para parecerem leves como o ar. Sabia traçar uma linha perfeita na pálpebra, que criava a ilusão de cílios longos no canto dos olhos. Tentei fazer uma vez, mas não consegui deixar a mão firme por tempo suficiente para traçar a linha, e precisava parar a cada poucos segundos para arquejar com a dor. Agora, eu preferia simplicidade à elegância, camisas soltas e sapatos sem laços, calças que não exigissem abotoamento e suéteres que cobrissem a maior parte da minha pele. Eu tinha quase nove estações e já me despia de frivolidades.

A dor havia se tornado parte da vida. Tarefas simples levavam o dobro do tempo porque eu precisava parar para respirar. As pessoas não me tocavam mais, então eu precisava fazer tudo sozinha. Tentei remédios e poções fracas de outros planetas na vã esperança de que suprimiriam meu dom, e eles sempre me deixavam enjoada.

— Quieta — disse minha mãe, tocando os lábios com o dedo. Abriu uma porta, e caminhamos até a plataforma de aterrissagem no telhado da mansão Noavek. Havia uma embarcação de transporte pousada lá como um pássaro descansando a meio voo, as portas de embarque abertas para nós. Ela olhou ao redor uma vez, em seguida agarrou meu ombro, coberto de tecido para que eu não a ferisse, e me empurrou na direção da nave.

Assim que entramos, ela me sentou em um dos bancos e puxou o cinto com força sobre meu colo e meu peito.

— Vamos ver alguém que talvez seja capaz de ajudar você — disse ela.

A placa na porta do especialista dizia *Dr. Dax Fadlan*, mas ele me pediu para chamá-lo de Dax. Chamei-o de dr. Fadlan. Meus pais me criaram para demonstrar respeito a pessoas que tinham poder sobre mim.

Minha mãe era alta, com o pescoço longo sempre inclinado à frente, como se fizesse reverência. Naquele momento, os tendões saltavam de sua garganta, e eu conseguia ver a pulsação ali, estremecendo na superfície da pele.

Os olhos do dr. Fadlan pairavam o tempo inteiro pelo braço de minha mãe. Ela estava com as marcas de assassínio expostas, e ainda assim eram lindas, não brutais, cada linha reta, todas em intervalos regulares. Não acho que o dr. Fadlan, um othyriano, recebia muitos shotet em seu consultório.

Era um lugar estranho. Quando cheguei me puseram numa sala com um monte de brinquedos esquisitos, e eu brinquei com algumas pequenas estatuetas do jeito que Ryzek e eu fazíamos em casa, quando ainda brincávamos juntos: eu os alinhava como um exército e marchava com eles para a batalha contra o bicho gigante e polpudo no canto da sala. Mais ou menos uma hora depois, dr. Fadlan me disse para sair, pois já tinha terminado a avaliação. Mas eu não havia feito nada ainda.

— Oito estações é um pouco cedo, claro, mas Cyra não é a criança mais nova que eu soube ter desenvolvido um dom — disse dr. Fadlan à minha mãe. A dor aumentou, e eu tentei respirar para afastá-la, como diziam a soldados shotet quando precisavam ser costurados e não havia tempo para um entorpecente. Eu tinha visto gravações disso. — Em geral acontece em circunstâncias extremas, como medida de proteção. A senhora tem ideia de que circunstâncias podem ter sido? Talvez elas nos deem uma dica do motivo por que esse dom em particular se desenvolveu.

— Já falei — respondeu minha mãe. — Eu não sei.

Ela mentiu. Eu havia dito o que Ryzek fizera comigo, mas não ousaria desmenti-la naquele momento. Quando minha mãe mentia, era sempre por um bom motivo.

— Bem, sinto lhe dizer que Cyra não está simplesmente desenvolvendo seu dom — comentou dr. Fadlan. — Parece ser sua manifestação completa. E as implicações disso são um tanto perturbadoras.

— Como assim? — Eu não achei que minha mãe pudesse ficar ainda mais empertigada, e ela se empertigou.

— A corrente flui através de cada um de nós — respondeu dr. Fadlan com gentileza. — E como metal líquido fluindo para dentro de um molde, assume uma forma diferente em cada um de nós, mostrando-se de um jeito diferente. Enquanto uma pessoa se desenvolve, essas mudanças podem alterar o molde em que a corrente flui, então o dom também pode mudar... mas as pessoas em geral não mudam em um nível básico desses.

Dr. Fadlan tinha um braço sem marcas e não falava a língua reveladora. Havia linhas profundas ao redor da boca e dos olhos do homem, e elas ficavam ainda mais fundas quando ele olhava para mim. No entanto, sua pele tinha o mesmo tom que a de minha mãe, sugerindo uma linhagem comum. Muitos shotet tinham sangue misturado, então não era surpreendente – minha pele tinha um tom amarronzado, quase dourado sob certas luzes.

– O fato de o dom de sua filha fazer com que ela traga a dor para dentro de si e projete-a em outros sugere algo que acontece dentro dela – continuou dr. Fadlan. – Eu precisaria estudar mais para saber exatamente o quê. Mas uma avaliação rápida revela que, em algum nível, ela sente que merece a dor. E sente que os outros também a merecem.

– O senhor está dizendo que esse dom é culpa de minha filha? – A pulsação no pescoço de minha mãe ficou mais rápida. – Que ela quer ser assim?

Dr. Fadlan inclinou-se para frente e olhou diretamente para mim.

– Cyra, o dom vem de você. Se você mudar, o dom mudará também.

Minha mãe levantou-se.

– Ela é uma criança. Não é culpa dela, e não é o que ela deseja para si. Sinto muito que tenhamos perdido nosso tempo aqui. Cyra.

Ela estendeu a mão enluvada e, recuando, eu a peguei. Não estava acostumada a vê-la tão agitada. O que fazia todas as sombras sob a minha pele se moverem mais rapidamente.

– Como pode ver – disse dr. Fadlan –, piora quando ela fica emotiva.

– Chega – protestou minha mãe. – Não vou permitir que envenene a mente dela mais do que já fez.

– Com uma família como a da senhora, temo que ela já tenha visto coisas demais para sua mente ser salva – retorquiu ele enquanto saíamos do consultório.

Minha mãe caminhou apressada pelos corredores até a plataforma de embarque. Havia soldados othyrianos cercando nossa nave quando chegamos à plataforma. As armas pareciam fracas para mim, varetas finas com a corrente escura ao redor delas, feitas para atordoar em vez de matar. A armadura também era patética, de material sintético acolchoado que deixava os flancos expostos.

Minha mãe ordenou que eu entrasse na nave e foi para falar com um deles. Eu me demorei no caminho até a porta para ouvir o que diziam.

— Estamos aqui para escoltá-la para fora deste mundo – disse o soldado.

— Sou esposa do soberano de Shotet. Devem usar "milady" ao tratar comigo – bronqueou minha mãe.

— Perdão, senhora, mas a Assembleia dos Nove Planetas não reconhece nenhuma nação Shotet, portanto não há soberania. Se deixar o planeta imediatamente, não causaremos nenhum problema.

— Nenhuma nação Shotet. – Minha mãe soltou uma gargalhada. – Chegará o momento em que vocês desejarão não ter dito isso.

Ela segurou o vestido, suspendeu-o um pouco e marchou para dentro da nave. Entrei aos tropeços e fui até meu banco, e ela sentou ao meu lado. A porta fechou em seguida e, diante de nós, o piloto deu o sinal para a decolagem. Dessa vez, eu puxei o cinto sobre o peito e o colo, pois as mãos de minha mãe tremiam demais para fazê-lo por mim.

Naquele momento, eu não tinha como saber, claro, mas foi a última estação que passei com ela. Depois da temporada seguinte, quando eu estava com nove estações, ela faleceu.

Acendemos uma pira para ela no centro da cidade de Voa, e a nave de temporada carregou suas cinzas para o espaço. Enquanto nossa família passava o luto, o povo de Shotet se enlutava conosco.

"Ylira Noavek passará temporadas eternas atrás da corrente", disse o sacerdote quando as cinzas foram lançadas atrás de nós. *"Ela a levará por um caminho de maravilhas."*

Por muitas estações, eu não consegui sequer pronunciar seu nome. Afinal, ela se foi por minha culpa.

CAPÍTULO 7 | CYRA

A PRIMEIRA VEZ que vi os irmãos Kereseth foi pela passagem de criados que corria paralela à Sala de Armas. Eu era várias estações mais velha, quase próxima da fase adulta.

Meu pai havia se juntado à minha mãe na vida pós-morte poucas estações antes, morto em um ataque durante nossa última temporada. Meu irmão, Ryzek, trilhava o caminho que nosso pai havia definido para ele, o caminho para a legitimidade dos shotet. Talvez até para o domínio shotet.

Otega foi a primeira a me contar sobre os Kereseth, pois os serviçais em nossa casa estavam sussurrando a história entre panelas e frigideiras na cozinha, e ela sempre me contava os boatos dos serviçais.

— Foram trazidos pelo intendente de seu irmão, Vas — disse ela para mim enquanto verificava erros gramaticais no meu ensaio. Ainda me dava aulas de literatura e ciências, mas eu a havia superado em muitas outras matérias, e estudava sozinha. Então, ela voltava a supervisionar nossas cozinhas.

— Pensei que Ryzek tinha enviado soldados para capturar a oráculo. A mais velha — falei.

— E mandou — confirmou Otega. — Mas a oráculo se matou durante a luta para evitar a captura. De qualquer forma, em vez disso, Vas e seus homens receberam a missão de ir atrás dos irmãos Kereseth. Vas arrastou-os pela Divisão, chutando e gritando, foi o que ouvi dizer. Mas o mais jovem, Akos, conseguiu escapar das algemas, roubou uma espada e usou contra um dos soldados de Vas. E o matou.

— Qual deles? — perguntei. Sabia com quais homens Vas viajava. Sabia como um gostava de doces, outro tinha o ombro esquerdo fraco e outro ainda havia treinado um pássaro de estimação para comer petiscos direto de sua boca. Era bom saber essas coisas das pessoas. Por via das dúvidas.

— Kalmev Radix.

Ah, o que amava doces.

Ergui as sobrancelhas. Kalmev Radix, um dos soldados de elite de confiança de meu irmão, foi morto por um garoto thuvhesita? Não era uma morte honrosa.

— Por que os irmãos foram raptados? — perguntei.

— Suas fortunas. — Otega agitou as sobrancelhas. — Ou assim diz a história. E como suas fortunas são, obviamente, conhecidas apenas por Ryzek, a história acaba aqui.

Eu não conhecia as fortunas dos garotos Kereseth nem nenhuma outra além da minha e a de Ryzek, embora tivessem sido divulgadas poucos dias antes no canal de notícias da Assembleia. Ryzek ordenou a interrupção do canal de notícias poucos momentos depois de o líder da Assembleia ter aparecido na tela. O líder da Assembleia fez o anúncio em othyriano, e, embora fosse proibido falar e aprender outros idiomas em nosso país que não fossem a língua shotet há mais de dez estações, era melhor não arriscar.

Meu pai me contou sobre a minha fortuna só depois de o meu dom-da-corrente ter se manifestado, e com pouca cerimônia: *A segunda criança da família Noavek cruzará a Divisão*. Uma fortuna estranha para uma filha afortunada, mas apenas porque isso era muito estúpido.

Eu não perambulava mais com frequência pelas passagens dos serviçais — havia coisas acontecendo em casa que eu não queria ver —, mas dar uma olhada nos Kereseth sequestrados... Bem, eu precisei abrir uma exceção.

Tudo que eu sabia sobre o povo thuvhesita — além do fato de serem nossos inimigos — era que tinham a pele fina, fácil de perfurar com uma lâmina, e se refestelavam nas flores-do-gelo, a seiva vital de sua economia. Aprendi a língua deles por insistência de minha mãe — a elite shotet ficava isenta das proibições de meu pai quanto ao aprendizado de idiomas, claro — e era difícil para minha língua, acostumada aos sons ríspidos e fortes do shotet, pronunciar os sons rápidos e sussurrados do thuvhesita.

Sabia que Ryzek ordenaria que levassem os Kereseth para a Sala de Armas, então me agachei nas sombras e deslizei o painel de parede para trás, abrindo apenas uma fresta para enxergar, quando ouvi passos.

A sala era como todas as outras na mansão Noavek, as paredes e o chão feitos de madeira escura tão polida que pareciam cobertos por uma película de gelo. Pendendo do teto alto ficava um candelabro elaborado, feito de globos de vidro e metal torcido. Pequeninos insetos fenzu flutuavam dentro dele, banhando a sala com uma luz misteriosa e tremeluzente. O espaço estava quase vazio, as almofadas — equilibradas sobre banquetas baixas de madeira para dar conforto — juntavam poeira, então sua coloração creme tinha virado cinza. Meus pais davam festas naquela sala, mas Ryzek a usava apenas com pessoas que ele pretendia intimidar.

Avistei Vas antes de qualquer outro. A lateral longa de seus cabelos estava engordurada e murcha. A parte raspada estava vermelha, irritada pelo atrito da navalha. Ao lado dele, um garoto, muito menor do que eu, andava arrastando os pés, sua pele toda manchada de escoriações. Tinha ombros estreitos, era magro e baixo. Tinha a pele clara, e um tipo de tensão desconfiada no corpo, como se estivesse se preparando para algo.

Soluços abafados vieram detrás dele, quando um segundo garoto, com cabelos densos, encaracolados, entrou aos tropeços. Era mais alto e mais largo do que o primeiro Kereseth, mas encolhido parecia menor.

Aqueles eram os irmãos Kereseth, os filhos afortunados de sua geração. Não era uma visão impressionante.

Meu irmão esperava por eles do outro lado da sala, seu corpo longilíneo estendido sobre os degraus que levavam a uma plataforma elevada. Usava uma armadura no peito. Seus braços à mostra exibiam uma fileira de marcas de assassínio que subiam do pulso até o cotovelo. Foram as mortes ordenadas pelo meu pai para neutralizar quaisquer rumores sobre a fraqueza de meu irmão que poderiam ter sido espalhados entre as classes mais baixas. Ele segurava uma pequena lâmina-da-corrente na mão direita, e poucos segundos depois a girava novamente na palma da mão, sempre agarrando-a pelo cabo. À luz azulada, sua pele ficava tão pálida que quase parecia a de um cadáver.

Sorriu até mostrar os dentes no momento em que viu seus cativos thuvhesitas. Ficava bonito quando sorria, meu irmão, mesmo se o sorriso significasse que estava prestes a matar alguém.

Ele se reclinou, balançando os cotovelos, e inclinou a cabeça.

— Ai, ai — disse ele. A voz era grave e rouca, como se tivesse passado a noite gritando a plenos pulmões. — Foi *sobre este aqui* que ouvi tantas histórias? — Ryzek meneou a cabeça para o garoto Kereseth escoriado. Ele falou em thuvhesita claro. — O garoto thuvhesita que ganhou uma marca antes mesmo de o enfiarmos dentro de uma nave? — Ele riu.

Olhei para o braço do escoriado. Havia um corte profundo nele, na parte macia do braço pouco abaixo do cotovelo, e um risco de sangue seco escorrido pelo pulso e entre os dedos. Uma marca de assassínio, incompleta. Uma bem nova que pertencia, se os rumores fossem verdadeiros, a Kalmev Radix. Esse era Akos, então, e o choroso era Eijeh.

— Akos Kereseth, terceiro filho da família Kereseth. — Ryzek levantou-se, girando a faca na palma da mão, e desceu os degraus. Fazia até Vas parecer baixo. Parecia um homem de tamanho regular esticado, mais alto e mais fino do que deveria ser, os ombros e quadris estreitos demais para aguentar seu tamanho.

Eu era alta também, mas as semelhanças físicas com meu irmão terminavam aí. Não era incomum que irmãos shotet fossem diferentes, devido à mistura de nosso sangue, mas éramos mais diferentes do que a maioria. O garoto – Akos – ergueu os olhos para fitar os de Ryzek.

A primeira vez que vi o nome "Akos" foi num livro de histórias shotet. Pertencia a um líder religioso, um clérigo que tirou a própria vida em vez de desonrar a corrente portando uma lâmina-da-corrente. Então, esse garoto thuvhesita tinha um nome shotet. Seus pais simplesmente esqueceram suas origens? Ou quiseram honrar alguma linhagem shotet esquecida muito tempo antes?

— Por que estamos aqui? — perguntou Akos, rouco, em shotet.

O sorriso de Ryzek apenas se alargou.

— Vejo que os rumores são verdadeiros... você *sabe* falar a língua reveladora. Que fascinante. Fico me perguntando como conseguiu seu sangue shotet. — Ele empurrou o canto do olho de Akos, na escoriação que havia ali, fazendo-o se retorcer. — Pelo visto, você recebeu uma bela punição por assassinar um de meus soldados. Suponho que suas costas estejam prejudicadas.

Ryzek encolheu-se um pouco enquanto falava. Apenas alguém que o conhecia tanto quanto eu podia perceber, disso eu tinha certeza. Ryzek odiava ver a dor, não por empatia pela pessoa que sofria, mas porque não gostava de lembrar que aquela dor existia, que ele era tão vulnerável quanto qualquer outra pessoa.

— Quase tivemos que carregá-lo até aqui — disse Vas. — Fomos obrigados a arrastá-lo para dentro da nave.

— Em geral, você não sobreviveria ao gesto desafiador de matar um de meus soldados — continuou Ryzek, falando com Akos como se ele fosse uma criança. — Mas sua fortuna é morrer servindo a família Noavek, morrer *me* servindo, e antes eu prefiro aproveitar você durante algumas estações, entende?

Akos estava tenso desde que botei os olhos nele. Enquanto observava, era como se toda a sua dureza houvesse derretido, fazendo com que parecesse tão vulnerável quanto uma criancinha. Os dedos estavam dobrados, mas não em forma de punho. Passivamente, como se estivesse dormindo.

Eu acho que nem ele sabia a sua fortuna.

— Isso não é verdade — retrucou Akos, esperando que Ryzek o tranquilizasse de seu medo. Reprimi uma dor aguda na barriga com a palma da mão.

— Ah, tenho certeza de que é. Quer que eu leia a transcrição do anúncio? — Ryzek pegou um pedaço de papel quadrado do bolso de trás da calça; tinha vindo a esta audiência preparado para causar um estrago emocional, pelo visto. Leu o papel. Akos tremia.

— A terceira criança da família Kereseth — leu Ryzek em othyriano, a língua mais comum da galáxia. De alguma forma, ouvir a fortuna no idioma em que foi anunciada soava mais real para mim. Imaginei se Akos, estremecendo a cada sílaba, sentia o mesmo. — Morrerá a serviço da família Noavek.

Ryzek deixou o papel cair no chão. Akos agarrou-o com tanta rapidez que quase o rasgou. Ficou agachado enquanto o lia várias vezes, como se ao relê-lo pudesse mudar as palavras. Como se sua morte, e seus serviços à nossa família, não fossem predeterminados.

— Não vai acontecer — disse Akos, mais firme dessa vez, quando levantou. — Eu prefiro... eu prefiro *morrer* a...

— Ah, não acho que seja verdade — disse Ryzek, abaixando a voz até quase virar um sussurro. Ele se curvou para ficar próximo do rosto de Akos. Os dedos do garoto abriram buracos no papel, embora o resto do corpo estivesse parado. — Sei como ficam as pessoas quando desejam morrer. Eu mesmo levei várias a esse ponto. E você ainda está muito desesperado pela sobrevivência.

Akos suspirou, e seus olhos encontraram os de meu irmão com uma firmeza renovada.

— Meu irmão não tem nada a ver com você. Não há nenhuma reivindicação sobre ele. Deixe-o ir, e eu... e eu não causarei nenhum problema para você.

— Parece que você fez várias suposições incorretas do motivo por que você e seu irmão estão aqui — disse Ryzek. — Não cruzamos a Divisão, como você acreditava, apenas para acelerar sua fortuna. Seu irmão não é o ônus inevitável; *você* é. Fomos à procura dele.

— *Você* não cruzou a Divisão — retrucou Akos. — Ficou aqui sentado e deixou que seus lacaios fizessem tudo por você.

Ryzek virou-se e foi até o topo da plataforma. A parede acima estava coberta de armas de todos os tamanhos e formas. Eram lâminas-da-corrente, na maioria, tão longas quanto meu braço. Ele selecionou uma faca larga e grossa com cabo sólido, igual a um cutelo de açougueiro.

— Seu irmão tem uma fortuna especial — disse Ryzek, olhando para a faca. — Imagino que, como você não sabia sua fortuna, não conheça a dele também.

Ryzek sorriu do jeito que sempre fazia quando sabia de algo que outras pessoas desconheciam.

— Ver o futuro da galáxia — recitou Ryzek, em shotet dessa vez. — Em outras palavras, ser o próximo oráculo deste planeta.

Akos ficou em silêncio.

Eu me afastei da fresta na parede, fechando os olhos para evitar a luz e conseguir pensar.

Para meu irmão e meu pai, cada temporada desde a juventude de Ryzek havia sido uma busca por um oráculo, e cada busca havia sido em vão. Provavelmente porque era quase impossível capturar alguém que soubesse que você estava a caminho. Ou alguém que pudesse confiar em uma lâmina para evitar a captura, como a oráculo mais velha confiou na mesma invasão que havia trazido os Kereseth até ali.

Mas, finalmente, parecia que Ryzek encontrara a solução: foi atrás de dois oráculos de uma vez. Uma evitou ser pega, morrendo. E o outro — esse Eijeh Kereseth — não sabia que era. Ainda era suave e maleável o suficiente para ser moldado pela crueldade dos Noavek.

Aproximei-me de novo da fresta para ouvir Eijeh falar, sua cabeça encaracolada inclinada para frente.

— Akos, o que ele está dizendo? — perguntou Eijeh em thuvhesita esquivo, limpando o nariz com as costas da mão.

— Ele está dizendo que não foram a Thuvhe por minha causa — disse Akos sem olhar para trás. Era estranho ouvir alguém falar duas línguas de forma tão perfeita, sem sotaque. Eu invejei sua capacidade. — Eles foram por sua causa.

— Por minha causa? — Os olhos de Eijeh eram verde-claros. Uma cor incomum, como asas de inseto iridescentes, ou o fluxo-da-corrente após o período de Apagamento. Contra sua pele marrom clara, como a terra leitosa do planeta Zold, quase cintilavam. — Por quê?

— Porque você é o próximo oráculo deste planeta — disse Ryzek a Eijeh na língua materna do garoto, descendo da plataforma com a faca na mão. — Você verá o futuro, em todas as suas muitas, muitas variações. E há uma variação em especial que desejo conhecer.

Uma sombra passou pelas costas da minha mão como um inseto, meu dom-da-corrente fazendo os nós de meus dedos doerem como se estivessem quebrando. Abafei um gemido. Sabia que futuro Ryzek queria: governar Thuvhe e Shotet, conquistar nossos inimigos, ser reconhecido como um líder mundial legítimo pela Assembleia. Mas essa fortuna pendia sobre ele de forma tão pesada como a de Akos, provavelmente dizendo que Ryzek cairia pelas mãos dos inimigos e não os governaria. Precisava de um oráculo se quisesse evitar esse fracasso. E agora tinha um.

Tanto quanto meu irmão, eu queria que Shotet fosse reconhecida como nação em vez de ser vista como uma série de arrivistas rebeldes. Então, por que a dor do meu dom-da-corrente – presente o tempo todo – estava aumentando a cada segundo?

– Eu... – Eijeh estava olhando a faca na mão de Ryzek. – Eu não sou um oráculo, nunca tive uma visão, não posso... talvez eu não possa...

Apertei novamente a barriga.

Ryzek balançou a faca na palma da mão e deu um tapinha para virá-la. Ela virou, movendo-se em um círculo. *Não, não, não.* Eu me peguei pensando, sem saber por quê.

Akos entrou no caminho entre Ryzek e Eijeh, como se pudesse parar meu irmão apenas com seu corpo.

Ryzek observou a faca girar enquanto avançava na direção de Eijeh.

– Então, você precisa aprender a ver o futuro logo – disse Ryzek. – Quero que descubra para mim a versão do futuro de que necessito e me diga o que preciso fazer para chegar até ele. Por que não começamos com uma versão do futuro em que Shotet, não Thuvhe, controla este planeta... hein?

Ele meneou a cabeça para Vas, que forçou Eijeh a ficar de joelhos. Ryzek pegou a lâmina pelo cabo e tocou o fio na cabeça de Eijeh, bem abaixo da orelha. Eijeh choramingou.

– Não posso... – disse Eijeh. – Não sei como invocar as visões, não...

E então Akos atacou meu irmão pela lateral. Não era grande o bastante para tombar Ryzek, mas ele foi pego desprevenido e caiu. Akos puxou o cotovelo para golpear – *estúpido,* pensei comigo –, mas Ryzek era rápido demais. Do chão, desferiu um chute para cima, acertando a barriga de Akos, em seguida, se levantou. Agarrou Akos pelos cabelos, erguendo a cabeça do garoto, e passou a lâmina da orelha até o queixo. Akos gritou.

Era um dos lugares preferidos de Ryzek ao cortar pessoas. Quando decidia deixar uma cicatriz em alguém, queria que ela fosse visível. Inevitável.

– Por favor – implorou Eijeh. – Por favor, não sei como fazer o que você está pedindo, por favor, não o machuque, não me machuque, por favor...

Ryzek encarou Akos de cima, que estava com as mãos no rosto, o pescoço lavado de sangue.

– Não conheço essa expressão thuvhesita, "por favor" – disse Ryzek.

Mais tarde, naquela noite, ouvi um grito ecoar nos corredores silenciosos da mansão Noavek. Sabia que não era de Akos – ele foi enviado ao nosso primo, Vakrez, para "engrossar a pele", como disse Ryzek. Em vez disso, reconheci quando a voz de Eijeh se ergueu em demonstração de dor, enquanto meu irmão tentava arrancar o futuro de sua cabeça.

Sonhei com isso por muito tempo depois.

CAPÍTULO 8 | CYRA

Acordei com um gemido. Alguém estava batendo à porta.

Meu quarto parecia um quarto de hóspedes, sem toques pessoais, todas as roupas e objetos amados escondidos em gavetas ou atrás das portas dos armários. Nessa casa fria, com assoalhos de madeira polida e grandes candelabros, as lembranças ruins eram tantas quanto os jantares realizados ali. Na noite anterior, uma daquelas lembranças – a do sangue de Akos Kereseth escorrendo pela garganta, duas estações atrás – entrou nos meus sonhos.

Eu não queria criar raízes nesse lugar.

Sentei e passei o punho no rosto para limpar as lágrimas. Chamar de choro seria impreciso; era mais um vazamento involuntário, causado por ondas especialmente fortes de dor, frequentes enquanto dormia. Corri os dedos pelos cabelos e cambaleei até a porta, cumprimentando Vas com um grunhido.

– Quê? – perguntei, me afastando. Às vezes, ajudava caminhar pelo quarto; era tranquilizador, como ser embalada.

– Vejo que encontrei você de bom humor – disse Vas. – Estava dormindo? Sabe que já passamos da metade do dia?

— Não espero que entenda — falei. Afinal, Vas não sentia dor. Significava que ele era a única pessoa que já encontrei que podia me tocar com as mãos descobertas, e ele fazia questão de que eu me lembrasse disso. *Quando você for mais velha*, às vezes dizia para mim quando Ryzek não estava por perto, *talvez reconheça o valor do meu toque, pequena Cyra*. E eu sempre lhe disse que preferiria morrer sozinha. O que era verdade.

Ele não sentir dor significava não conhecer o espaço cinzento logo abaixo da consciência que a tornava mais tolerável.

— Ah — disse Vas. — Bem, sua presença foi solicitada na sala de jantar esta noite para uma refeição com os apoiadores mais próximos de Ryzek. Vá bem arrumada.

— Não estou nem um pouco a fim de compromissos sociais agora — retruquei com dentes cerrados. — Diga que eu lamento.

— Eu disse "solicitada", mas talvez devesse ter escolhido as palavras com mais cuidado — avisou Vas. — "Exigida" foi a palavra que seu irmão usou.

Fechei meus olhos, retardando meu caminhar por um instante. Sempre que Ryzek exigia minha presença, era para intimidar, mesmo quando estava jantando com seus amigos. Havia um ditado shotet: *Um bom soldado não janta desarmado nem com amigos*. E eu era sua arma.

— Vim preparado. — Vas estendeu um pequeno frasco marrom, tampado com cera. Não tinha rótulo, mas eu sabia o que era: o único analgésico forte o suficiente para me deixar pronta para ser uma companhia educada. Ou suficientemente pronta.

— Como vou conseguir jantar se tomar essa coisa? Vou vomitar nos convidados.

Talvez melhorasse alguns deles.

— Não coma. — Vas deu de ombros. — Mas você não consegue funcionar de verdade sem ele, não é?

Agarrei a garrafa da mão dele e empurrei a porta com o calcanhar para fechá-la.

Passei boa parte da tarde agachada no banheiro sob um jorro de água quente, tentando tirar a tensão dos meus músculos. Não ajudou.

E assim, destampei o frasco e bebi.

Por vingança, usei um dos vestidos de minha mãe para ir ao jantar daquela noite. Era azul-claro e alcançava os pés, seu corpete bordado com um padrão geométrico pequeno que me lembrava penas em camadas sobrepostas. Sabia que magoaria meu irmão quando ele me visse naquele vestido — me ver em qualquer coisa que ela havia trajado —, mas não poderia dizer nada. Afinal, eu estava bem arrumada. Conforme instruções.

Foram dez minutos até eu fechá-lo, meus dedos muito adormecidos pelo analgésico. E quando caminhei pelos corredores, apoiei uma das mãos na parede para me equilibrar. Tudo tombava, chacoalhava e girava. Levei meus sapatos na outra mão — eu os colocaria pouco antes de entrar na sala para não escorregar no assoalho de madeira polida.

As sombras espalhavam-se pelos meus braços à mostra, do ombro ao pulso, em seguida se enrolavam em meus dedos, juntando-se embaixo das unhas. A dor aumentava em mim sempre que elas se moviam, atenuada pelas drogas, mas não eliminada. Balancei a cabeça para o guarda à porta da sala de jantar para impedir que ele as abrisse, e calcei os sapatos.

— Tudo bem, agora pode — falei, e ele puxou as maçanetas.

A sala de jantar era grande, mas quente, iluminada pelas lanternas que brilhavam ao longo da mesa e pela lareira na parede ao fundo. Ryzek, banhado de luz, levantou-se com uma bebida na mão, e Yma Zetsyvis à sua direita. Yma era casada com um amigo próximo de minha mãe, Uzul Zetsyvis. Embora fosse relativamente jovem — ao menos mais nova do que Uzul —, seus cabelos eram brancos e brilhosos, os olhos de um azul desconcertante. Estava sempre sorrindo.

Eu sabia o nome de todos que estavam reunidos ao redor deles: Vas, claro, à esquerda de meu irmão. Seu primo, Suzao Kuzar, rindo avidamente de algo que Ryzek havia dito um momento antes; nosso primo, Vakrez, que treinava os soldados, e seu marido, Malan, engolindo o resto da bebida de uma vez; Uzul e a filha adulta dele e de Yma, Lety, com a longa trança brilhante; e por fim Zeg Radix, que eu vira pela última vez no funeral de seu irmão, Kalmev. O funeral do homem que Akos Kereseth havia assassinado.

— Ah, aí está ela — disse Ryzek, apontando para mim. — Vocês se lembram de minha irmã, Cyra.

— Usando as roupas da mãe — observou Yma. — Que adorável.

— Meu irmão disse para eu me vestir bem — retruquei, esforçando-me para falar, embora meus lábios estivessem dormentes. — E ninguém conhecia a arte de se vestir bem como minha mãe.

Os olhos de Ryzek cintilaram maldade. Ele ergueu a taça.

— A Ylira Noavek — disse ele. — Que a corrente a leve para um caminho de maravilhas.

Todos os outros ergueram as taças e beberam. Eu recusei a taça que um serviçal silencioso me ofereceu — minha garganta estava apertada demais para engolir. O brinde de Ryzek era uma repetição do que o padre havia dito no funeral de minha mãe. Ryzek quis me lembrar disso.

— Venha cá, pequena Cyra, deixe-me ver você direito — disse Yma Zetsyvis. — Não é mais tão pequena, suponho. Quantas estações você completou?

— Participei de dez temporadas — respondi, usando nossa referência tradicional de tempo, marcando o que eu sobrevivi em vez de quanto tempo eu existia. Então, esclareci. — Mas comecei cedo... farei dezesseis estações em poucos dias.

— Ah, como é bom ser jovem e pensar em dias! — Yma riu. — Então, ainda uma criança, por mais alta que seja.

Yma tinha um dom para insultos elegantes. Chamar-me de criança era um dos mais amenos, eu tinha certeza. Caminhei para a luz da lareira com um sorrisinho.

— Lety, você conheceu Cyra, não? — perguntou Yma para a filha. Lety Zetsyvis era um palmo menor do que eu, embora tivesse várias estações a mais; seu amuleto pendia na base da garganta, um fenzu preso no vidro. Ainda brilhava, mesmo estando morto.

— Não, não conheci — disse Lety. — Eu apertaria sua mão, Cyra, mas...

Ela deu de ombros. Minhas sombras, como se reagindo ao seu chamado, subiram pelo meu peito e garganta. Abafei um gemido.

— Vamos esperar que você nunca tenha esse privilégio — retruquei com frieza. Os olhos de Lety arregalaram-se, e todos ficaram em silêncio. Tarde demais, percebi que eu estava apenas fazendo o que Ryzek desejava; ele queria que me temessem, ainda que o seguissem com devoção, e eu estava conseguindo.

— Sua irmã tem dentes afiados — disse Yma para Ryzek. — Péssimo para aqueles que se opõem a você.

— Mas não é melhor para meus amigos, ao que parece — ironizou Ryzek. — Eu ainda não a ensinei quando não morder.

Lancei um olhar furioso para ele, mas, antes que eu pudesse morder de novo — por assim dizer —, a conversa seguiu outro rumo.

— Como vai nosso lote recente de recrutas? — perguntou Vas ao meu primo Vakrez. Era alto, bonito, mas velho o suficiente para já ter rugas nos cantos dos olhos, mesmo quando não estava sorrindo. Uma cicatriz profunda, no formato de um meio círculo, fora talhada no centro da bochecha.

— Bem — disse Vakrez. — Melhor, agora eles vão passar da primeira etapa.

— Por isso voltou para fazer uma visita? — perguntou-lhe Yma. O exército treinava mais perto da Divisão, fora de Voa, então levava algumas horas de jornada até Vakrez chegar aqui.

— Não. Tive de entregar o Kereseth — respondeu Vakrez, assentindo para Ryzek. — Quer dizer, o jovem Kereseth.

— A pele dele está mais grossa do que quando vocês o pegaram? — perguntou Suzao. Era baixo, mas forte como pele de armadura, riscado de cicatrizes. — Quando o pegamos, era só tocar nele e... bum!... ficava escoriado.

Os outros riram. Lembrei-me da aparência de Akos Kereseth quando foi arrastado para dentro desta casa, seu irmão soluçante no encalço, o sangue ainda seco nas mãos de sua primeira marca de assassínio. Ele não me pareceu fraco.

— Não era tão fina — disse Zeg Radix, irritado. — A menos que esteja insinuando que meu irmão, Kalmev, morreu com muita facilidade.

Suzao afastou o olhar.

— Tenho certeza — disse Ryzek com suavidade — de que ninguém quis insultar Kalmev, Zeg. Meu pai foi morto por alguém que não era digno dele, também. — Ele bebericou a bebida. — Agora, antes de jantarmos, providenciei um pouco de diversão para nós.

Fiquei tensa quando as portas se abriram, certa de que o que Ryzek chamava de "diversão" era muito pior do que soava. Mas era apenas uma mulher, vestida da garganta ao tornozelo em um tecido apertado e escuro que mostrava cada músculo, cada junta ossuda. Seus olhos e lábios estavam riscados com algum tipo de giz pálido, chamativo.

— Minhas irmãs e eu, do planeta Ogra, oferecemos aos shotet nossos cumprimentos — disse a mulher com a voz rouca. — E vamos apresentar aos senhores uma dança.

Em sua última palavra, ela bateu uma palma aguda. De uma vez, o fogo na lareira e o brilho bruxuleante dos fenzu desapareceram, deixando-nos na escuridão. Ogra, um planeta coberto pela escuridão, era um mistério para a maioria na nossa galáxia. Não permitiam muitos visitantes, e mesmo a tecnologia de supervisão mais sofisticada não conseguia penetrar em sua atmosfera. O máximo que alguém sabia sobre eles vinha da observação de espetáculos como aquele. Pela primeira vez, fiquei grata pela maneira livre como Ryzek se refestelava com as ofertas de outros planetas, enquanto proibia o restante dos shotet de fazer o mesmo. Sem essa hipocrisia, eu nunca teria a oportunidade de ver essa apresentação.

Ansiosa, inclinei o corpo para frente e esperei. Tentáculos de luz enroscaram-se nas mãos juntas da dançarina ograna, entremeando-se nos dedos. Quando ela separou as palmas das mãos, as línguas laranja de fogo vindas da lareira ficaram em uma palma e as órbitas azuladas de brilho fenzu pairaram sobre a outra. A luz ínfima ressaltava o giz ao redor dos olhos e da boca e, quando ela sorria, os dentes se mostravam como presas no escuro.

Duas outras dançarinas entraram na sala atrás dela. Ficaram paradas por longos momentos, e o movimento vinha devagar, quando vinha. A dançarina mais distante à esquerda bateu no peito de leve, mas não foi o som de pele com pele que surgiu do movimento – foi o som de um tambor grande. A próxima dançarina moveu-se naquele ritmo inesperado, a barriga se contraindo, as costas se encurvando e os ombros se erguendo. O corpo assumiu a forma curvada, e, em seguida, a luz tremeluziu através de seu esqueleto, fazendo a espinha brilhar, cada vértebra visível por alguns hesitantes segundos.

Eu arfei junto com vários outros.

A manipuladora de luz girou as mãos, curvando a luz da lareira ao redor da luz dos fenzu como se tecesse uma tapeçaria com elas.

O brilho revelou movimentos complexos, quase mecânicos, nos dedos e nos pulsos. Quando o ritmo da percussionista mudou, a manipuladora de luz juntou-se à terceira, aquela com ossos reluzentes, em uma dança brusca, cambaleante. Fiquei tensa ao observá-las, sem saber se deveria ficar perturbada ou impressionada. A cada movimento eu sentia que perderiam o equilíbrio e iriam ao chão, mas elas se agarravam a cada vez, gingando e se inclinando, erguendo e se retorcendo, tudo piscava com luzes multicoloridas.

Eu estava ofegante quando a apresentação terminou. Ryzek puxou nossos aplausos, a que eu me juntei com relutância, sentindo que não faziam jus ao que eu tinha acabado de ver. A manipuladora de luz mandou as chamas de volta para nossa lareira e o brilho de volta a nossas luminárias de fenzu. As três mulheres bateram as mãos e curvaram-se para nós, sorrindo com os lábios fechados.

Quis falar com elas — embora não soubesse o que poderia dizer —, mas elas já estavam saindo. Quando a terceira dançarina foi até a porta, no entanto, ela puxou o tecido do meu vestido entre o dedão e o indicador. Suas "irmãs" pararam com ela. A força de todos aqueles olhos sobre mim ao mesmo tempo foi assoladora — as íris eram de um preto profundo e ocupavam mais espaço do que o normal, disso eu tinha certeza. Quis me encolher diante deles.

— Ela é mesmo uma pequena ograna — disse a terceira dançarina, e os ossos em seus dedos piscaram, bem quando as sombras envolveram meus pulsos como braceletes. — Toda vestida na escuridão.

— É um dom — disse a manipuladora de luz.

— É um dom — repetiu a percussionista.

Eu não concordava.

Havia apenas brasas na lareira na sala de jantar. Meu prato estava cheio de comida beliscada — pedaços de pássaro-morto assado, fruta-sal em conserva e uma espécie de beberagem folhosa salpicada com especiarias –, e minha cabeça latejava. Mordisquei a ponta de um pedaço de pão e ouvi Uzul Zetsyvis se gabar sobre seus investimentos.

A família Zetsyvis era encarregada de criar e coletar fenzu das florestas ao norte de Voa havia cerca de cem estações. Em Shotet, usávamos os insetos bioluminescentes para iluminação com mais frequência do que dispositivos canalizadores de corrente, diferente do restante da galáxia. Era uma relíquia de nossa história religiosa, agora em declínio – apenas os verdadeiros religiosos não usavam a corrente à vontade.

Talvez por conta da indústria da família Zetsyvis, Uzul, Yma e Lety eram extremamente religiosos, recusando-se a tomar flor-sossego nem mesmo em medicamentos – diziam que qualquer substância que alterasse o "estado natural" de uma pessoa, inclusive a anestesia, desrespeitava a corrente. Também não viajavam em veículos impulsionados pela corrente. Consideravam um uso frívolo demais de energia da corrente – exceto em naves de temporada, claro, que eles definiam como um rito religioso. Suas taças estavam todas cheias de água, em vez de capim-pena fermentado.

— De fato foi uma estação difícil – disse Uzul. – Nesse momento, em nossa rotação planetária, o ar não se aqueceu o bastante para promover o crescimento adequado dos fenzu, então precisamos introduzir sistemas de aquecimento móvel...

Enquanto isso, à minha direita, Suzao e Vakrez estavam tendo um tipo de discussão tensa sobre armamentos.

— Tudo o que estou dizendo é, independentemente do que nossos ancestrais acreditavam, que as lâminas-da-corrente não são suficientes para todas as formas de combate. Combate de longa distância ou espacial, por exemplo...

— Qualquer idiota pode disparar um raio-da-corrente – retrucou Suzao. – Você quer que deixemos nossas lâminas-da-corrente de lado e fiquemos suaves e molengas ano após ano, como os planetas-nações da Assembleia?

— Eles não são tão molengas — respondeu Vakrez. — Malan traduz othyriano para o canal de notícias de Shotet; ele me mostrou os relatórios. — A maioria das pessoas naquela sala, sendo da elite shotet, falava mais de uma língua. Fora daquela sala, era proibido. — As coisas estão ficando tensas entre os oráculos e a Assembleia, e existem rumores de que os planetas estão escolhendo lados. Em alguns casos, até se preparando para o maior conflito que já presenciamos. E quem sabe que tipo de tecnologia armamentista eles terão quando esse conflito se deflagrar? Você quer mesmo que fiquemos para trás?

— Rumores — zombou Suzao. — Você acredita demais em fofocas, Vakrez, e sempre acreditou.

— Há um motivo por que Ryzek deseja uma aliança com Pitha, e não é porque ele gosta de paisagens oceânicas — retrucou Vakrez. — Eles têm algo que podemos *usar*.

— Em minha opinião, estamos indo muito bem só com a coragem shotet.

— Vá em frente e diga isso a Ryzek. Tenho certeza de que ele vai te dar ouvidos.

Diante de mim, os olhos de Lety estavam concentrados nas teias de cor escura que manchavam minha pele, surgindo em novos lugares a cada poucos segundos — na curva do meu cotovelo, no meu colo, no canto da minha mandíbula.

— Como você as sente? — perguntou ela quando fitou meus olhos.

— Não sei, como se sente qualquer dom? — falei, com irritação.

— Bem, eu apenas me lembro das coisas. De tudo. Com nitidez — contou ela. — Então, sinto meu dom como todo mundo... como um tilintar nos ouvidos, como energia.

— Energia. — Ou agonia. — Parece certo.

Engoli um pouco da mistura de capim-pena fermentada da minha taça. O rosto dela parecia um buraco ínfimo, estático, tudo girava ao seu redor; lutei para me concentrar nela, derramando um pouco de bebida pelo queixo.

— Eu acho sua fasci... — Parei. *Fascinação* era uma palavra difícil de dizer com tanto analgésico correndo em minhas veias. — Sua *curiosidade* sobre meu dom um pouco estranha.

— As pessoas têm muito medo de você – disse Lety. — Eu simplesmente quero saber se eu deveria ter também.

Eu estava prestes a responder quando Ryzek se levantou na ponta da mesa, os dedos longos ao redor do prato vazio. Levantar-se era um sinal para todos saírem, e eles foram aos poucos, Suzao primeiro, em seguida Zeg, depois Vakrez e Malan.

Mas quando Uzul começou a caminhar na direção da porta, Ryzek impediu-o com a mão.

— Gostaria de falar com você e com sua família, Uzul – disse Ryzek.

Lutei para me levantar, usando a mesa para conseguir equilíbrio. Atrás de mim, Vas encaixou uma barra nas maçanetas das portas, prendendo todos nós lá dentro. Prendendo a *mim*.

— Ah, Uzul – disse Ryzek com um sorriso pálido. — Temo que a noite hoje será bem difícil para você. Veja, sua mulher me disse algo interessante.

Uzul olhou para Yma. Seu sorriso sempre presente por fim desapareceu, e agora seu olhar era ao mesmo tempo acusatório e temeroso. Eu sabia que ela não tinha medo de Uzul. Mesmo sua aparência era inofensiva – tinha uma barriga redonda, sinal de riqueza, e os pés um pouco abertos quando caminhava, dando a seus passos um leve bambolear.

—Yma? – perguntou Uzul à mulher em voz baixa.

— Eu não tive escolha — respondeu Yma. — Estava procurando um endereço na rede e vi seu histórico de contatos. Vi as coordenadas lá e me lembrei de você falando sobre a colônia de exílio...

A colônia de exílio. Quando eu era nova, era apenas uma piada que as pessoas contavam, que muitos shotet que conheceram o descontentamento de meu pai haviam estabelecido residência em outro planeta, onde não podiam ser descobertos. Quando fiquei mais velha, a piada transformou-se em rumor, e um rumor sério. Mesmo agora, a menção dela fez Ryzek mexer a mandíbula como se tentasse rasgar um pedaço de carne velha. Considerava os exílios, como os inimigos de meu pai até os da minha avó, uma das maiores ameaças existentes à sua soberania. Cada shotet precisava estar sob seu controle, ou ele nunca se sentiria seguro. Se Uzul tivesse entrado em contato com eles, aquilo seria considerado traição.

Ryzek puxou uma cadeira da mesa e apontou para ela.

— Sente-se.

Uzul obedeceu.

— Cyra — disse Ryzek para mim. — Venha cá.

Ele não precisava me ameaçar. Deixaria minha taça de lado e iria até ele para fazer o que dissesse para eu fazer. Sempre faria, enquanto nós dois estivéssemos vivos, ou Ryzek diria a todos o que fiz com minha mãe. Essa certeza pesava como pedra em meu estômago.

Abaixei a taça e fui ao seu encontro. E quando Ryzek me disse para pôr as mãos em Uzul Zetsyvis até ele entregar todas as informações que ele precisasse saber, eu pus.

Senti a conexão se formar entre Uzul e mim, e a tentação de forçar toda a sombra para dentro dele, manchá-lo de preto como o espaço e encerrar minha agonia. Eu poderia matá-lo se quisesse, apenas com meu toque. Eu já tinha feito isso antes. Queria fazer de novo, escapar disso, da horrível força que triturava meus nervos como ácido.

Yma e Lety estavam abraçadas, chorando, Yma segurando Lety quando ela tentou avançar em mim. Nossos olhos encontraram-se no momento em que empurrei a dor e as manchas de escuridão para dentro do corpo de seu pai, e tudo o que vi nela foi ódio.

Uzul gritou. Gritou tanto que fiquei cada vez mais entorpecida pelo som.

— Pare! — choramingou ele por fim, e, ao ver o sinal de Ryzek, tirei as mãos de sua cabeça. Cambaleei para trás, vendo pontinhos, e as mãos de Vas encostaram em meus ombros, segurando-me.

— Tentei encontrar os exilados — revelou Uzul, com o rosto melado de suor. — Queria fugir de Shotet, ter uma vida livre dessa... tirania. Ouvi dizer que estavam em Zold, mas o contato que descobri lá não deu em nada. Não tinha nada. Então desisti, eu desisti.

Lety estava soluçando, mas Yma Zetsyvis permanecia parada, o braço envolvendo o tronco da filha.

— Acredito em você — disse Ryzek com suavidade. — Sua honestidade é perceptível. Cyra vai executar sua punição agora.

Eu queria que as sombras no meu corpo secassem como água em um pano torcido. Queria que a corrente me deixasse e nunca voltasse — blasfêmia. Mas havia um limite para a minha vontade. Ao olhar de Ryzek, as sombras-da-corrente espalharam-se, como se ele as controlasse mais do que eu. E talvez controlasse mesmo.

Eu não esperei pelas ameaças dele. Toquei minha pele contra a de Uzul Zetsyvis até seus gritos preencherem todos os espaços vazios de meu corpo, até Ryzek dizer para eu parar.

CAPÍTULO 9 | CYRA

VI ONDE ESTAVA através de minha visão turva, o degrau liso embaixo do meu pé — descalço, devo ter perdido um sapato na sala de jantar — e a luz de fenzu trêmula refletida nas tábuas do assoalho e as teias pretas subindo e descendo pelos meus braços. Meus dedos pareciam retorcidos, como se eu os tivesse quebrado, mas era apenas o ângulo em que estavam dobrados, cavando o ar e, às vezes, a palma das minhas mãos.

Ouvi um grito abafado vindo de algum lugar nas entranhas da mansão Noavek, e meu primeiro pensamento foi em Eijeh Kereseth, embora eu não tivesse ouvido sua voz durante meses.

Vi Eijeh apenas uma vez desde a sua chegada. Foi de passagem, em um corredor próximo ao gabinete de Ryzek. Ele estava magro, e os olhos, desfocados. Quando um soldado o empurrou com força para passar por mim, eu encarei as depressões acima de sua clavícula, trincheiras fundas agora vazias de carne. Ou Eijeh Kereseth tinha uma vontade ferrenha ou realmente não sabia como usar seu dom-da-corrente, como alegava. Se eu precisasse apostar em uma ou outra, seria na última opção.

— Mande buscá-lo — disse Ryzek com rispidez para Vas. — Afinal, é para isso que ele serve.

O peito de meu pé raspava a madeira escura. Vas, o único que podia me tocar, quase precisou me carregar de volta ao meu quarto.

— Buscar quem? — murmurei a pergunta, mas não ouvi a resposta. Uma onda de agonia envolveu-me, e eu me contorci nas mãos de Vas, como se isso fosse me ajudar a escapar delas.

Não funcionou. Obviamente.

Ele tirou os dedos de meus braços, fazendo com que eu deslizasse para o chão. Entrei de quatro no meu quarto. Um pingo de suor — ou de lágrima, era difícil dizer — caiu de meu nariz.

— Quem... — rouquejei. — Quem estava gritando?

— Uzul Zetsyvis. É evidente que seu dom tem um efeito duradouro — respondeu Vas.

Toquei a testa no chão frio.

Uzul Zetsyvis colecionava cascas de fenzu. Certa vez, ele me mostrou as mais coloridas, presas a um quadro em seu escritório, rotuladas pelo ano da coleta. Eram iridescentes, multicoloridas, como se retivessem filamentos do próprio fluxo-da-corrente. Ele as tocava como se fossem as coisas mais finas em sua casa, que era repleta de riquezas. Um homem gentil, e... e eu... eu fiz com que gritasse.

Um tempo depois — não sei quanto tempo —, a porta se abriu de novo, e vi os sapatos de Ryzek, pretos e limpos. Tentei me sentar, mas meus braços e pernas tremiam, e eu precisei me contentar com uma virada de cabeça para olhá-lo. Hesitando no corredor atrás dele havia alguém que reconheci de longe, como se de um sonho.

Era *alto* — quase tão alto quanto meu irmão. E tinha a postura de um soldado, costas eretas, seguro de si. No entanto, apesar daquela postura de soldado, era magro, macilento, na verdade, pequenas sombras juntavam-se sob as maçãs do rosto marcadas pelas antigas escoriações e cortes. Havia uma cicatriz fina correndo por baixo da mandíbula, da orelha ao queixo, e uma atadura branca enrolada no braço direito. Uma marca recente, pelo que eu via, ainda cicatrizando.

Ele ergueu os olhos cinza até fitar os meus. Foi a exaustão deles — a exaustão *dele* — que me fez lembrar de quem ele era. Akos Kereseth, terceiro filho da família Kereseth, agora quase um homem crescido.

Toda a dor que se formava em mim recuou de uma vez, e eu segurei a cabeça com as duas mãos, reprimindo um grito. Mal conseguia ver meu irmão através da névoa de lágrimas, mas tentei me concentrar em seu rosto, que espelhava uma palidez cadavérica.

Houve rumores sobre mim em toda Shotet e Thuvhe, incentivados por Ryzek — e talvez esses rumores tivessem viajado pela galáxia inteira, pois todo mundo amava tagarelar sobre as linhagens afortunadas. Falavam da agonia que minhas mãos podiam causar, de um braço coberto de marcas de assassínio do pulso ao ombro duas vezes, e da minha mente, apodrecida ao ponto da insanidade. Eu era temida e odiada ao mesmo tempo. Mas essa versão de mim — essa garota em colapso, lamuriosa — não era a mesma pessoa dos rumores.

Meu rosto queimava por algo que não era dor: era humilhação. Ninguém devia me ver daquele jeito. Como Ryzek pôde trazê-lo aqui quando sabia como eu sempre me sentia depois de... bem, depois de tudo?

Tentei engolir a raiva para que Ryzek não a ouvisse em minha voz.

— Por que você o trouxe aqui?

— Não vamos mais postergar — disse Ryzek, e acenou para Akos avançar. Os dois aproximaram-se de mim, o braço direito de Akos colado ao corpo como se tentasse ficar o mais longe possível de meu irmão sem desobedecê-lo.

— Cyra, este é Akos Kereseth. A terceira criança da família Kereseth. Nosso... — Ryzek abriu um sorriso afetado. — Servo *fiel*.

Ele estava se referindo, claro, à fortuna de Akos, morrer por nossa família. Morrer *a serviço*, como o canal da Assembleia havia proclamado duas estações antes. A boca de Akos se retorceu com a lembrança.

— Akos tem um dom-da-corrente peculiar que acho ser de seu interesse – disse Ryzek.

Ele assentiu para Akos, que se agachou ao meu lado, em seguida estendeu a mão com a palma para cima para que eu a pegasse.

Eu a encarei. No início, quase não soube o que ele queria com aquilo. Queria que eu o ferisse? Por quê?

— Confie em mim – insistiu Ryzek. – Você vai gostar.

Quando estendi a mão para Akos, a escuridão espalhou-se embaixo da minha pele como tinta derramada. Toquei a mão dele com a minha e esperei pelo grito.

Em vez disso, todas as sombras-da-corrente recuaram e sumiram. E com elas se foi minha dor.

Não era como o remédio que eu havia tomado mais cedo, que me deixava enjoada, no pior dos casos, e anestesiava todas as minhas sensações, no melhor deles. Era como voltar a ser antes de meu dom se desenvolver; não, nem isso havia me deixado tão tranquila e tão silenciosa como me sentia ali, de mão dada com ele.

— O que é isso? – perguntei.

A pele dele era áspera e seca, parecia um seixo não alisado por completo pela maré. Ainda assim, havia calor. Encarei nossas mãos unidas.

— Eu interrompo a corrente. – Sua voz era surpreendentemente grave para alguém de sua idade, mas falhava, como era de se imaginar. – Não importa o que ela faça.

— O dom da minha irmã é importantíssimo, Kereseth – disse Ryzek. – Mas, nos últimos tempos, perdeu a maior parte de sua utilidade pela forma que a incapacita. Para mim, parece que *dessa forma* você poderá cumprir melhor sua fortuna. – Ele se inclinou para falar ao ouvido de

Akos. — Claro, você nunca deve esquecer quem realmente manda nesta casa.

Akos não se moveu, embora a expressão de repulsa estampasse em seu rosto.

Inclinei-me para trás, com cuidado para manter a palma da minha mão na de Akos, mas eu não conseguia fitar seus olhos. Era como se ele tivesse entrado em mim enquanto eu estava mudando; ele viu mais do que eu jamais deixei as pessoas verem.

Quando me levantei, ele se levantou comigo. Embora eu fosse alta, eu batia apenas na altura de seu nariz.

— O que devemos fazer, ficar de mãos dadas em todos os lugares aonde formos? – perguntei. — O que as pessoas vão pensar?

— Vão pensar que ele é um serviçal – disse Ryzek. — Porque é o que ele é.

Ryzek avançou na minha direção, erguendo a mão. Eu me encolhi, soltando a mão de Akos, e ficando novamente coberta de tentáculos pretos.

— Estou percebendo uma ingratidão? – questionou Ryzek. — Não valoriza os esforços que fiz para garantir seu conforto, do que abri mão ao oferecer nosso servo predestinado como companhia constante?

— Valorizo. — Eu precisava ser cuidadosa para não provocá-lo. A última coisa que eu queria era mais das lembranças de Ryzek substituindo as minhas. — Obrigada, Ryzek.

— Por nada. — Ryzek sorriu. — Tudo para manter minha melhor general em condições excelentes.

Mas ele não pensava em mim como uma general, eu sabia disso. Os soldados me chamavam de "Flagelo de Ryzek", o instrumento de tortura em sua mão, e, de fato, o jeito com que ele me olhava era o mesmo com que admirava uma arma impressionante. Eu era apenas uma lâmina para ele.

§

Fiquei parada até Ryzek sair, e, então, quando Akos e eu ficamos sozinhos, comecei a caminhar de um lado para o outro, da mesa até o pé da cama, até os armários fechados onde estavam minhas roupas, de volta para a cama. Apenas minha família e Vas tinham entrado nesse quarto. Não gostava do jeito que Akos encarava tudo, como se estivesse deixando pequenas impressões digitais em todo o canto.

Ele me olhou com a testa franzida.

— Há quanto tempo você está vivendo assim?

— Assim como? — perguntei de forma mais ríspida do que queria. Tudo que conseguia pensar era em minha aparência quando ele me viu, encolhida no chão, lavada de lágrimas e encharcada de suor, como o filhote de um animal selvagem.

A voz dele suavizou-se com pena:

— Assim, mantendo em segredo seu sofrimento.

Pena, eu sabia, era apenas desrespeito recoberto de gentileza. Precisava lidar com aquilo depressa ou mais tarde cresceria e ficaria difícil de manejar. Como meu pai havia me ensinado.

— Meu dom se manifestou quando eu tinha apenas oito estações. Para grande deleite de meu irmão e de meu pai. Concordamos que eu manteria minha dor escondida, pelo bem da família Noavek. Pelo bem de Shotet.

Akos bufou baixinho. Bem, ao menos havia acabado a pena. Não demorou tanto assim.

— Estenda a mão — falei em voz baixa. Minha mãe sempre falava baixo quando estava irritada. Disse que isso fazia as pessoas ouvirem. Eu não tinha seu toque leve; o que eu tinha era toda a sutileza de um soco na cara. Mas ainda assim ele ouviu, estendendo a mão com um suspiro resignado, palma para cima, como se quisesse aliviar minha dor.

Levei meu pulso direito até o dele, agarrei-o embaixo do ombro com a mão esquerda e virei com tudo. Era como uma dança — uma troca de mão, uma transferência de peso, e eu estava atrás dele, torcendo o braço com força, obrigando-o a se curvar.

— Posso ter dor, mas não sou fraca — sussurrei. Ele ficou imóvel com meu golpe, mas podia sentir a tensão de suas costas e do meu braço. — Você é conveniente, mas não é necessário. Entendeu?

Não esperei uma resposta. Soltei-o, recuei, minhas sombras-da-corrente voltando com uma dor lancinante que fez meus olhos marejarem.

— Tem um quarto com uma cama na porta ao lado — falei. — Saia.

Depois de ouvi-lo sair, recostei-me na estrutura da cama, olhos fechados. Não queria isso; não queria isso de jeito nenhum.

CAPÍTULO 10 | CYRA

Não esperava que Akos Kereseth fosse voltar, não sem ser arrastado. Mas apareceu na minha porta na manhã seguinte, uma guarda poucos passos atrás dele, e segurava um grande frasco de líquido vermelho arroxeado.

— *Milady* — disse ele, irônico. — Pensei que, como nenhum de nós deseja manter contato físico constante, talvez pudesse experimentar isso aqui. É o último de minhas provisões.

Eu me empertiguei. Quando a dor chegava a seu auge, eu me tornava apenas um amontoado de partes de corpo, tornozelo e joelho e cotovelo e espinha, cada um trabalhando para me deixar em pé. Empurrei meus cabelos emaranhados sobre um ombro, de repente consciente de como eu devia estar estranha, ainda de camisola no meio do dia, uma tala de armadura ao redor do antebraço esquerdo.

— Analgésico? — perguntei. — Já tentei. Ou não funcionam ou são piores do que a dor.

— Tentou analgésicos feitos de flores-sossego? Em um país que não gosta de usá-la? — perguntou ele, as sobrancelhas erguidas.

— Sim — respondi sem rodeios. — Remédios othyrianos, os melhores disponíveis.

— Remédios othyrianos. — Ele estalou a língua. — Podem ser o melhor para a maioria das pessoas, mas seu problema não pede o que "a maioria das pessoas" precisa para ajudá-las.

— Dor é dor.

Ainda assim, ele tocou meu braço com o fundo do frasco.

— Experimente. Talvez não tire sua dor por completo, mas vai reduzir bastante, e não terá tantos efeitos colaterais.

Estreitei meus olhos para ele e chamei a guarda que estava em pé no corredor. Ela se aproximou a meu pedido, fazendo que sim com a cabeça quando chegou à porta.

— Experimente isso, por favor — falei, apontando para o frasco.

— Acha que estou tentando envenená-la? — perguntou Akos.

— Acho que é uma entre muitas possibilidades.

A guarda pegou o frasco, seus olhos arregalados de medo.

— Tudo bem, não é veneno — disse Akos para ela.

A guarda engoliu um tanto do analgésico, limpando a boca com as costas da mão. Ficamos imóveis por alguns segundos, esperando que alguma coisa, qualquer coisa, acontecesse. Ela não caiu, então peguei rápido o frasco, as sombras-da-corrente aumentando em meus dedos, formigando e agulhando. A guarda se afastou apressadamente, como quem corre de um Encouraçado.

O analgésico cheirava a malte e podridão. Engoli tudo de uma vez, certa de que seria tão nojento quanto essas poções em geral são, mas o sabor era floral e temperado. Cobriu minha garganta e bateu em meu estômago, pesado.

— Deve levar alguns minutos para fazer efeito — disse ele. — Você usa essa coisa para dormir? — Ele apontou para a parte de armadura ao redor de meu braço. Cobria do pulso ao cotovelo, feita da pele de Encouraçado. Era riscada em pontos de ataques de lâminas afiadas. Eu tirava apenas para tomar banho. — Estava esperando um ataque?

— Não. — Empurrei o frasco vazio de volta à sua mão.

— Ela cobre suas marcas de assassínio. — Ele franziu a testa. — Por que o Flagelo de Ryzek esconde suas marcas?

— Não me chame assim. — Senti a pressão dentro da cabeça, como se alguém empurrasse os dois lados das minhas têmporas. — Nunca me chame assim.

Uma sensação fria se espalhava pelo meu corpo, de dentro para fora, meu sangue parecia congelar. No início, pensei que fosse apenas raiva, mas era *físico* demais para ser assim... tão... indolor. Quando olhei para meus braços, as manchas de sombra ainda estavam lá, embaixo da pele, mas eram lânguidas.

— O analgésico funcionou, não? — quis saber Akos.

A dor ainda permanecia lá, incomodando e ardendo sempre que as sombras-da-corrente perambulavam, mas era mais fácil de ignorar. E embora eu começasse a me sentir um tanto sonolenta também, não me importava. Talvez eu finalmente tivesse uma boa noite de sono.

— Um pouco — admiti.

— Que bom — disse ele. — Porque tenho um acordo para oferecer, e depende de o analgésico ser útil para você.

— Um acordo? — perguntei. — Acha que está em posição de fazer acordos comigo?

— Sim, acho — respondeu ele. — Apesar da sua insistência em dizer que não precisa de minha ajuda com sua dor, você quer, eu sei disso. E você pode tentar me bater para conseguir ou pode me tratar como uma *pessoa*, ouvir o que tenho a dizer e, talvez, conseguir minha ajuda com facilidade. Claro, a escolha é sua, *milady*.

Era mais fácil pensar quando os olhos dele não se fixavam nos meus, então encarei as riscas iluminadas vindas da cobertura das janelas, mostrando a cidade em faixas. Além da cerca que separava a mansão Noavek, as pessoas caminhavam pelas ruas, aproveitando o calor, a poeira flutuando ao redor delas porque as ruas de terra estavam secas.

Comecei minha relação com Akos em uma posição de fraqueza – literalmente, encolhida a seus pés. E tentei forçar o caminho de volta a uma posição de força, mas não estava funcionando; eu não conseguiria apagar o que era tão óbvio para qualquer um que olhasse para mim: eu estava coberta de sombras-da-corrente, e quanto mais eu sofresse com elas, mais difícil para mim seria viver uma vida que valesse alguma coisa. Talvez fosse minha melhor opção.

— Vou ouvir – disse.

— Tudo bem. – Ele levou a mão à cabeça, tocando os cabelos. Eram castanhos e obviamente grossos, a julgar pela forma como seus dedos se prendiam neles. – Na noite passada, aquela... *manobra* que você fez. Você sabe lutar.

— Aquilo – falei – é o mínimo.

— Você me ensinaria se eu pedisse?

— Por quê? Para que você continue me insultando? Para que você possa tentar matar meu irmão... e falhar?

— Você deduz que eu quero matá-lo?

— Não quer?

Ele parou um instante.

— Quero levar meu irmão para casa. – Akos falou cada palavra com cuidado. – E para fazer isso, para sobreviver aqui, preciso ser capaz de lutar.

Não sabia o que era amar um irmão desse jeito, não mais. E do que vi de Eijeh – a personificação da derrota –, ele não parecia valer o esforço. Mas Akos, com sua postura de soldado e mãos calmas, mostrava-se determinado.

— Você ainda não sabe lutar? – perguntei. – Por que Ryzek o mandou para meu primo Vakrez por duas estações se não para ensiná-lo a ser capaz?

— Eu sou capaz. Quero ser *bom*.

Cruzei os braços.

— Você não chegou à parte do acordo que me beneficia.

— Em troca de sua instrução, posso ensiná-la a fazer esse analgésico que acabou de tomar — disse ele. — Não teria que depender de mim. Ou de ninguém mais.

Era como se ele me conhecesse e soubesse da única coisa que poderia dizer que mais me tentaria. Não era o alívio da dor que eu queria acima de tudo, mas autossuficiência. E ele me oferecia essa autossuficiência num frasco de vidro, numa poção de flor-sossego.

— Tudo bem — concordei. — Eu aceito.

Logo depois disso, levei-o pelo corredor até a porta de uma pequena sala. Aquela ala da mansão Noavek não havia sido atualizada; as trancas ainda tinham chaves e não a abertura com um toque ou uma pontada do dedo, como as salas onde Ryzek passava a maior parte do tempo. Peguei a chave no meu bolso — eu vestia roupas de verdade, calças largas e um suéter.

A sala tinha uma bancada longa com prateleiras acima e abaixo, cheia de frascos, copos, facas, colheres e tábuas de corte, e uma longa fileira de jarros brancos com símbolos shotet para flores-do-gelo — mantínhamos um pequeno estoque delas, mesmo de flor-sossego, embora Thuvhe não exportasse produtos para Shotet havia mais de vinte estações; por isso precisávamos importá-las ilegalmente usando um contrabandista — além de outros ingredientes coletados pela galáxia. Panelas, de todos os tipos, com metal vermelho-alaranjado, pendiam de um armário sobre os queimadores à direita, a maior ultrapassava o tamanho de minha cabeça, a menor tinha o tamanho de minha mão.

Akos pegou uma das panelas grandes e a pousou sobre um queimador.

— Por que aprendeu a lutar, se pode ferir com um toque? — perguntou ele. Encheu um copo com água da torneira que saía da parede e jogou-a na panela. Em seguida, acendeu o queimador embaixo dela e pegou uma tábua de corte e uma faca.

— Faz parte da educação de todo shotet. Começamos quando crianças. — Hesitei por um momento antes de acrescentar: — Mas eu continuei porque gostei.

— Vocês têm flor-sossego aqui? — perguntou ele, apontando para os jarros.

— No alto à direita.

— Mas os shotet não usam.

— "Os shotet" não — falei, tensa. — Somos a exceção. Temos tudo aqui. As luvas estão embaixo dos queimadores.

Ele bufou.

— Bem, *Senhora Exceção*, você deveria descobrir uma maneira de conseguir mais. Vamos precisar.

— Tudo bem. — Esperei antes de perguntar: — Ninguém no treinamento do exército ensinou você a ler?

Achei que meu primo, Vakrez, tivesse ensinado mais do que habilidades decentes de luta. Língua escrita, por exemplo. A "língua reveladora" referia-se apenas à língua falada, não à escrita — todos nós precisávamos aprender caracteres shotet.

— Eles não ligavam para esse tipo de coisa — disse ele. — Diziam "vai" e eu ia. Diziam "pare" e eu parava. Foi isso.

— Um garoto thuvhesita molenga não deveria reclamar de ser feito um homem shotet firme — falei.

— Não posso me transformar em um shotet — retrucou Akos. — Sou thuvhesita e sempre serei.

— O fato de você estar falando isso para mim em shotet sugere outra coisa.

— O fato de eu estar falando shotet neste momento é uma peculiaridade genética — retrucou ele. — Nada mais.

Não queria discutir. Tinha certeza de que, com o tempo, ele mudaria de ideia.

Akos pegou o jarro de flor-sossego e uma das flores com os dedos desprotegidos. Tirou um pedaço de uma das pétalas e pôs na boca. Fiquei tão surpresa que nem me mexi. Aquela quantidade de flor-do-gelo naquele nível de potência deveria ter derrubado o garoto instantaneamente. Ele engoliu em seco, fechou os olhos por um momento e virou-se novamente para a tábua de corte.

— Você é imune a elas também — falei. — Igual ao meu dom-da-corrente.

— Não — disse ele. — Mas seu efeito não é tão forte em mim.

Imaginei como ele descobriu aquilo.

Ele virou a flor-sossego e apertou a parte chata da lâmina no lugar onde todas as pétalas se juntavam. A flor desmontou, separando-se, pétala por pétala. Ele correu a ponta da faca no centro de cada pétala, e elas se desenrolaram, uma a uma, ficando retas. Era como mágica.

Fiquei olhando para ele enquanto a poção borbulhava, primeiro vermelha com a flor-sossego, depois laranja quando acrescentou fruta-sal com mel, e marrom quando acrescentou os talos de sendes, apenas os talos, não as folhas. Uma pitada de pó-de-inveja, e a beberagem toda avermelhou-se de novo, o que não fazia sentido, era impossível. Ele deixou a mistura no queimador ao lado para esfriar e se voltou para mim.

— É uma arte complexa — disse ele, acenando com a mão para apontar os frascos, copos, flores-do-gelo, panelas, tudo. — Especialmente o analgésico, porque usa flor-sossego. Se preparar um elemento incorretamente, pode se envenenar. Espero que saiba ser precisa da mesma forma que é brutal.

Tateou a lateral da panela com a ponta do dedo, apenas um toque leve. Não consegui evitar e admirei o movimento rápido, tirando a mão bem quando o calor ficou demais, os músculos se movimentando. Eu já podia identificar em qual escola de combate ele havia treinado: zivatahak, a escola do coração.

— Você acha que sou brutal porque foi o que ouviu sobre mim — falei. — Bem, e o que eu ouvi sobre você? Que tem pele fina, é covarde, é idiota?

— Você é uma Noavek — insistiu ele com teimosia, cruzando os braços. — A brutalidade está em seu sangue.

— Eu não escolhi o sangue que corre em minhas veias — retruquei. — Do mesmo jeito que você não escolheu seu dom, sua fortuna. Você e eu, nós nos tornamos o que era esperado de nós.

Quando saí, bati o pulso no batente da porta para a armadura atingir a madeira.

Na manhã seguinte, acordei quando o efeito do analgésico passou, pouco depois do nascer do sol, a luz ainda estava pálida. Saí da cama do jeito que faço normalmente, com dificuldade, parando para respirar fundo, como uma velha. Vesti minhas roupas de treino, feitas de fibra sintética de Tepes, leves, mas largas. Ninguém sabia como manter o corpo frio melhor do que o povo tepessar, cujo planeta era tão quente que nenhuma pessoa jamais havia andado em sua superfície com a pele exposta.

Encostei a testa em uma das paredes enquanto trançava os cabelos, olhos fechados, dedos sentindo cada fio. Não escovei mais meus grossos cabelos escuros, ao menos não da maneira como fazia quando criança, de forma tão meticulosa, esperando que cada escovada os persuadisse a ficar em cachos perfeitos. A dor tirou de mim esses luxos.

Quando terminei, peguei uma pequena lâmina-da-corrente – desligada para que os tentáculos da corrente não envolvessem o metal afiado – na câmara boticária no corredor para onde Akos havia transportado sua cama, fiquei sobre ele e apertei a lâmina em sua garganta.

Seus olhos se abriram e se arregalaram. Ele se debateu, mas quando apertei mais forte sua pele, ele ficou quieto. Dei um sorrisinho.

– Você ficou louca? – perguntou ele, a voz rouca de sono.

– Para com isso, você deve ter ouvido os rumores! – falei, com alegria. – Mas o mais importante: *você* é louco? Está aqui, com sono pesado, sem nem trancar a porta, a um corredor de distância de seus inimigos? Ou é insanidade ou estupidez. Só escolher.

Ele ergueu o joelho com tudo, mirando a lateral do meu corpo. Eu dobrei o braço para bloquear o golpe com o cotovelo, apontando a lâmina contra a barriga dele.

– Você perdeu antes de ter acordado – falei. – Primeira lição: a melhor maneira de vencer uma luta é evitá-la. Se seu inimigo dormir pesado, corte a garganta dele antes de ele acordar. Se ele tiver coração mole, apele para sua compaixão. Se estiver com sede, envenene sua bebida. Entendeu?

– Ou seja, jogue a honra pela janela.

– Honra – falei, bufando. – Não há lugar para honra na sobrevivência.

A frase, tirada de um livro ograno que li – traduzida para o shotet, claro; quem conseguia ler ograno? –, pareceu espantar o sono de seus olhos de um jeito que nem mesmo meu ataque havia sido capaz de afugentar.

– Agora, levante – ordenei. Arrumei o corpo, embainhei a faca na parte de trás do cós da calça e saí da sala para que ele pudesse se trocar.

§

Quando terminamos o café da manhã, o Sol havia se erguido, e eu pude ouvir os serviçais do outro lado das paredes, carregando lençóis e toalhas limpas para os quartos, através de passagens que corriam em paralelo de cada corredor Leste-Oeste. A mansão fora construída para excluir aqueles que a movimentavam, como a própria cidade de Voa, com a mansão de Noavek no centro, cercada pelos ricos e poderosos, e o restante à margem, lutando para entrar.

O ginásio, no fim do corredor do meu quarto, era iluminado e espaçoso, uma parede de janelas de um lado, uma parede de espelhos do outro. Um candelabro dourado pendia do teto, sua beleza delicada contrastando com o chão preto sintético e as pilhas de colchonetes e armas de treino na parede ao fundo. Era a única sala no casarão que minha mãe permitiu modernizar; para o restante, ela insistiu em preservar a "integridade histórica" da casa, até os canos que às vezes cheiravam a podridão e as maçanetas manchadas.

Eu gostava de treinar – não porque me tornava uma lutadora mais forte, embora fosse um benefício bem-vindo –, mas porque eu gostava da sensação. O calor crescente, o coração palpitando, a dor produtiva dos músculos cansados. A dor que eu *escolhi*, em vez da dor que me escolheu. Uma vez, tentei lutar contra soldados em treinamento, como Ryzek havia feito quando estava aprendendo, mas as sombras-da-corrente, correndo por todas as partes de meu corpo, causavam muita dor neles, então, depois disso, fui deixada por minha conta.

No último ano, li textos shotet sobre nossa forma de combate esquecida muito tempo antes, a escola da mente, elmetahak. Como muitas coisas em nossa cultura, foi coletada, assumindo um tanto da ferocidade ograna, da lógica othyriana e de nossa criatividade, e mesclando-as até ficarem indissociáveis. Quando Akos e eu fomos à sala de treinamento, agachei-me sobre o livro que eu havia deixado perto da parede no dia anterior, *Princípios de Elmetahak: Filosofia-Base e Exercícios Práticos*. Eu estava no capítulo "Estratégia Centrada no Oponente".

— Então, no exército você treinou em zivatahak — falei para começar.

Quando ele me devolveu um olhar confuso, continuei:

— Altetahak, a escola do braço. Zivatahak, a escola do coração. Elmetahak, a escola da mente — expliquei. — Aqueles que o treinaram não disseram em que escola foi treinado?

— Não se importaram em me ensinar o nome das coisas — respondeu Akos. — Como eu já disse.

— Bem, você treinou em zivatahak, posso dizer pelo jeito como se move.

Aquilo pareceu surpreendê-lo.

— Pelo jeito que me movo — repetiu. — Como me movo?

— Acho que não deveria me surpreender que um thuvhesita mal se conheça — falei.

— Saber como você luta não significa se conhecer — retrucou ele. — Lutar não é importante se as pessoas com quem você vive não são violentas.

— Ah! E que pessoas míticas são essas? Ou são imaginárias? — Balancei a cabeça. — Todas as pessoas são violentas. Algumas resistem ao impulso, e algumas não. Melhor reconhecer esse fato para usá-lo como ponto de acesso ao resto do seu ser do que mentir para si mesmo sobre ele.

— Não estou *mentindo para mi*... — Ele parou e suspirou. — Não importa. Ponto de acesso, você estava dizendo?

— Você, por exemplo. — Eu vi que ele não concordava comigo, mas ao menos estava disposto a ouvir. Avanço. — Você é rápido e não é especialmente forte. É reativo, antecipa ataques de qualquer um. Isso

significa zivatahak, escola do coração... velocidade. — Bati no peito.
—Velocidade exige resistência. Resistência no coração. Nós a trouxemos dos ascetas-guerreiros de Zold. A escola do braço, altetahak, significa "força". Adaptada a partir do estilo de mercenários da borda. A última, elmetahak, significa "estratégia". A maioria dos shotet não a conhece mais. É uma mistura de estilos, de lugares.

— E qual delas você estudou?

— Sou aluna de todas — respondi. — De qualquer coisa. — Eu endireitei o corpo, afastando-me do livro. —Vamos começar.

Abri uma gaveta na parede ao fundo. Ela rangeu quando madeira velha raspou contra madeira velha, e o puxador manchado estava solto, mas dentro da gaveta havia lâminas de treinamento feitas de um material novo, sintético, firme, mas também flexível. Se usada de forma efetiva, podia deixar escoriações, mas não rompiam a pele. Joguei uma para Akos e peguei uma para mim, segurando-a ao lado do corpo.

Ele me imitou. Conseguia ver como se ajustava, dobrando os joelhos e mudando o peso do corpo de lado para ficar mais parecido comigo. Era estranho ser observada por alguém tão sedento por aprender, alguém consciente de que sua sobrevivência dependia de quanto absorvia conhecimento. Fazia com que eu me sentisse útil.

Dessa vez, fiz o primeiro movimento, golpeando na altura de sua cabeça. Puxei de volta antes de tocá-lo e ralhei:

—Tem algo fascinante nas suas mãos?

— Quê? Não.

— Então, pare de olhar para elas e olhe para sua oponente.

Ele ergueu a mão, punho ao lado do rosto, e me atacou na lateral com a lâmina de treinamento. Esquivei-me e virei, rápida, acertando sua orelha com o cabo da faca. Encolhendo-se, ele girou, tentando me apunhalar enquanto estava sem equilíbrio. Peguei seu pulso e segurei firme, parando-o.

— Eu já sei como bater em você — falei. — Porque você sabe que sou melhor que você, mas ainda está parado, bem *aqui*. — Acenei com a mão, apontando para a área bem diante de meu corpo. — Essa área é a parte de mim que tem mais potencial de feri-lo, a parte onde todos os meus golpes terão o maior impacto e concentração. Precisa me manter em movimento para que possa atacar *fora* dessa área. Ao se afastar do meu cotovelo direito, fica difícil bloquear você. Não fique aí parado, deixando que eu corte você sem impedimentos.

Em vez de fazer um comentário sarcástico para mim, ele assentiu e ergueu as mãos de novo. Dessa vez, quando me movi para "cortá-lo", ele saiu do caminho, esquivando-se. E eu sorri um pouco.

Ficamos nos movendo daquele jeito por um tempo, um girando ao redor do outro. E quando percebi que ele estava sem fôlego, fiz ele parar.

— Então, me conte sobre suas marcas — pedi. Afinal, meu livro ainda estava aberto no capítulo "Estratégia Centrada no Oponente". Não havia oponente igual àquele que se marcava no braço.

— Por quê? — Ele agarrou o pulso esquerdo. A atadura não estava lá naquele dia, e uma velha marca de assassínio estava à mostra perto do cotovelo; a mesma que eu vira estações antes na Sala de Armas, mas estava terminada agora, pintada com a cor do ritual de marcação, um azul tão escuro que parecia preto. Havia outra marca ao lado dela, ainda em processo de cicatrização. Dois cortes no braço de um garoto thuvhesita. Que visão única.

— Porque conhecer seus inimigos é o início da estratégia — respondi. — E, pelo visto, você já enfrentou alguns de seus inimigos, marcado duas vezes como está.

Ele afastou o braço do corpo, franziu a testa para as riscas e disse, como se fosse um recital:

— A primeira foi do homem que invadiu minha casa. Eu o matei enquanto nos arrastavam, meu irmão e eu, através do capinzal.

— Kalmev — falei. Kalmev Radix era um dos soldados de elite escolhidos pelo meu irmão, um capitão de temporada e tradutor do canal de notícias; falava quatro idiomas, inclusive o thuvhesita.

— Você o conhecia? — perguntou Akos, fazendo uma breve careta.

— Sim. Era amigo de meus pais. Eu o conheci quando era criança e vi sua mulher chorar no jantar de homenagem depois de você tê-lo matado. — Inclinei a cabeça com a lembrança. Kalmev era um homem duro, mas sempre tinha doces nos bolsos. Eu vi como ele os colocava sorrateiramente na boca durante jantares luxuosos. Mas eu não sofri com sua morte; afinal, não era meu parente. — E a segunda marca?

— A segunda...

Ele engoliu em seco. Eu o perturbei. Ótimo.

— ... foi do Encouraçado cuja pele eu roubei para ter prestígio.

Eu havia ganhado minha armadura três estações antes. Fiquei agachada no capinzal baixo perto do acampamento do exército até a luz do dia cair, e então cacei uma das criaturas à noite. Rastejei para baixo dela enquanto dormia e me estiquei para apunhalar a parte macia, onde a perna se juntava ao corpo. Sangrou por horas antes de morrer, e seus gemidos horríveis me causaram pesadelos. Mas eu nunca pensei em cravar a morte do Encouraçado em minha pele do jeito que ele havia feito.

— As marcas de assassínio são para pessoas — falei.

— O Encouraçado talvez tenha sido uma pessoa — comentou ele com voz baixa. — Eu estava fitando seus olhos. Ele sabia o que eu era. Eu lhe dei um veneno, e ele adormeceu ao meu toque. Senti mais pelo animal do que pelo homem que roubou minha irmã de dois irmãos e de um pai.

Ele tinha uma irmã. Quase havia me esquecido disso, embora tivesse ouvido sua fortuna junto com todas as outras. Ouvi de Ryzek.

— Você deveria pôr um risco sobre a segunda marca — contei. — Na diagonal, de cima para baixo. É o que as pessoas fazem para perdas. Bebês abortados, cônjuges levados pela doença. Fugitivos que nunca voltam. Qualquer... dor significativa.

Ele apenas olhou para mim, curioso, e ainda com aquela ferocidade.

— Como meu pai...

— Seu pai está registrado no braço de Vas — falei. — Uma perda não pode ser marcada duas vezes.

— É um *assassinato* que está marcado. — Seu cenho cerrou-se. — Um assassinato.

— Não, não é — insisti. — "Marca de assassínio" é um nome errado. Sempre registram perdas. Não triunfos.

Sem querer, levei a mão direita sobre o corpo para pegar minha proteção de antebraço, encaixando os dedos nas tiras:

— Independentemente do que qualquer shotet idiota te diga.

As pétalas de flor-sossego na tábua diante de mim estavam bem enroladas. Eu puxei a faca pelo centro da primeira pétala, tendo um pouco de dificuldade com as luvas calçadas — as luvas não eram necessárias para ele, mas nós não éramos tão resistentes à flor-sossego.

A pétala não se estendeu.

— Precisa acertar a veia bem no centro — disse ele. — Procure a listra vermelha mais escura.

— Toda ela me parece *vermelha*. Tem certeza de que não está vendo coisas?

— Tente de novo.

Era como ele me respondia todas as vezes que eu perdia a paciência — ele apenas dizia baixinho "Tente de novo". Aquilo me fazia querer esmurrá-lo.

Toda noite nas últimas semanas ficamos no balcão do boticário, e ele me deu aulas de flores-do-gelo. Era quente e quieto no quarto de

Akos, o único som era o borbulhar da água e o estalar de sua faca. A cama sempre estava feita, os lençóis surrados bem esticados sobre o colchão, e ele costumava dormir sem travesseiro, jogando-o no canto do quarto, onde ficava juntando poeira.

Cada flor-do-gelo precisava ser cortada com a técnica correta: as flores-sossego precisavam ser persuadidas a ficarem retas, as flores de inveja fatiadas de forma que não explodissem em nuvens de pó, e a veia dura e indigesta da folha de harva precisava primeiro ser desprendida e puxada pela base — *Não com força. Mas mais forte do que isso*, disse Akos enquanto eu o olhava com raiva.

Eu era habilidosa com a faca, mas não tinha paciência para sutilezas com ela, e meu nariz era quase inútil como ferramenta. Em nosso treinamento de combate, a situação invertia. Akos ficava bem frustrado quando eu me demorava demais com teoria ou filosofia, que eu considerava serem os fundamentos. Era rápido e eficiente para fazer contato, mas relaxado e pouco hábil para examinar o oponente. Mas para mim era mais fácil lidar com a dor do meu dom quando eu o ensinava, ou quando ele me ensinava.

Toquei com a ponta da faca em outra pétala de flor-sossego e puxei-a em linha reta. Dessa vez, a pétala se desdobrou ao meu toque, ficando estendida na tábua. Eu sorri. Nossos ombros tocaram-se, e eu me afastei — tocar era algo com que eu não estava acostumada. Duvidava que me acostumaria de novo.

— Ótimo — disse Akos, e passou um punhado de folhas secas de harva na água. — Agora, faça isso mais umas cem vezes e vai começar a parecer fácil.

— Apenas cem? E eu aqui pensando que demoraria muito mais — falei com um olhar de soslaio. Em vez de revirar os olhos para mim, ou me dar uma bronca, ele abriu um sorrisinho.

— Vou trocar cem cortes de flor-sossego pelas cem flexões que você está me obrigando a fazer — disse ele.

Apontei a faca manchada de flor-sossego para ele.

— Um dia você vai me agradecer.

— Eu, agradecer a uma Noavek? Nunca.

Era para ser uma piada, mas também um lembrete. Eu era uma Noavek, e ele um Kereseth. Eu era da nobreza, e ele um prisioneiro. Qualquer que fosse a tranquilidade que encontrávamos um no outro era construída ignorando os fatos. Nosso sorriso esvaneceu, e voltamos a nossas tarefas em silêncio.

Um tempo depois, quando eu já havia terminado quatro pétalas — restavam apenas noventa e seis! —, ouvi passos no corredor. Rápidos, decididos, não eram passos de um guarda perambulando e fazendo sua ronda. Abaixei minha faca e tirei as luvas.

— O que foi? — perguntou Akos.

— Alguém está vindo. Disfarce o que estamos fazendo aqui de verdade — respondi.

Ele não teve tempo de perguntar por quê. A porta da câmara do boticário abriu-se, e Vas entrou com um jovem no seu encalço. Reconheci como Jorek Kuzar, filho de Suzao Kuzar, primo de segundo grau de Vas. Era baixo e magro, com pele amarronzada e um punhado de pelos no queixo. Eu mal o conhecia — Jorek havia escolhido não seguir o caminho de seu pai como soldado e tradutor e, como resultado, era visto como uma decepção e um perigo para meu irmão. Qualquer um que não se pusesse entusiasmadamente a serviço de Ryzek era suspeito.

Jorek meneou a cabeça para mim. Eu, tomada pelas sombras-da-corrente ao avistar Vas, mal consegui reagir ao gesto. Vas encaixou as mãos nas costas do rapaz e olhou para a saleta, divertindo-se com os dedos manchados de verde de Akos e a panela borbulhante no queimador.

— O que traz você à mansão, Kuzar? — perguntei a Jorek antes que Vas pudesse comentar. — Certamente não está visitando Vas. Não consigo imaginar alguém que faria isso por prazer.

Jorek tirou os olhos de Vas, encarando-me com raiva, e eu sorri de volta; Akos, determinado, encarou as próprias mãos, que agarraram a ponta do balcão. No início, não percebi como Akos havia ficado tenso no momento em que Vas apareceu. Vi como os músculos de seus ombros subiram onde a camisa se esticava sobre eles.

— Meu pai está em reunião com o soberano — disse Jorek. — E ele achou que Vas poderia botar um pouco de juízo na minha cabeça nesse meio-tempo.

Eu ri.

— Achou?

— Cyra tem muitas qualidades que são úteis ao soberano, mas "juízo" não é uma delas. Eu não levaria a opinião dela muito a sério — interveio Vas.

— Embora eu ame nossas conversinhas, Vas — falei —, por que você não diz logo o que quer?

— O que estão preparando? Um analgésico? — Vas abriu um sorrisinho. — Pensei que tocar o Kereseth fosse seu analgésico.

— O que você quer? — repeti, curta e grossa dessa vez.

— Sei que você tem noção de que o Festival da Temporada começa amanhã. Ryz queria saber se você assistiria às competições de arena ao seu lado. Ele gostaria de lembrá-la, antes de você responder, que em parte lhe concedeu os serviços de Kereseth para você conseguir ficar em pé e poder comparecer a eventos como esse, em público.

As competições de arena. Havia anos que eu não assistia, alegando dor como desculpa, mas na verdade eu só não queria ver pessoas se matando por prestígio social, vingança ou dinheiro. Era uma prática lícita — até mesmo celebrada nesses dias —, mas eu não precisava adicionar essas imagens a outras tão violentas que já existiam em minha mente. A expressão triste de Uzul Zetsyvis se dissolvia entre elas.

— Bem, ainda não estou muito "em pé" — respondi. — Diga que sinto muito.

— Muito bem. — Vas deu de ombros. — Talvez você queira ensinar Kereseth a relaxar um pouco, ou ele vai travar um músculo todas as vezes que me vir.

Olhei de volta para Akos, para os ombros curvados sobre a bancada.

— Vou levar esse conselho em consideração.

Mais tarde naquele dia, quando o canal de notícias fez a ronda pelos planetas, o relatório para o nosso incluiu o comentário: "O importante produtor shotet de fenzu, Uzul Zetsyvis, foi encontrado morto em sua casa. Investigações preliminares sugerem que a causa da morte foi suicídio por enforcamento." Lia-se na legenda em shotet: *Os shotet choram a perda do amado criador de fenzu, Uzul Zetsyvis. A investigação de sua morte sugere um assassino thuvhesita com o objetivo de eliminar uma fonte de energia essencial para Shotet.* Claro. As traduções eram sempre mentiras, e apenas as pessoas em quem Ryzek já confiava sabiam idiomas o suficiente para conhecer a verdade. Ele colocaria a culpa da morte de Uzul em Thuvhe, é claro, e não em si mesmo.

Ou em mim.

Recebi uma mensagem, entregue pelo guarda do corredor, no fim daquele dia. Nela, se lia:

> *Registre a perda de meu pai. Ela é sua.*
> *— Lety Zetsyvis*

Ryzek talvez tivesse culpado Thuvhe pela morte de Uzul, mas a filha dele sabia a quem pertencia. A mim, à minha pele.

Meu dom-da-corrente, quando vivenciado por longos períodos, permanecia no corpo por um bom tempo, mesmo depois de eu ter afastado as mãos. E quanto mais eu tocava uma pessoa, mais tempo ele durava – a menos, claro, que a pessoa a embotasse com flor-sossego. Mas a família Zetsyvis não acreditava no poder da flor-sossego. Algumas pessoas, quando enfrentam a escolha entre a morte e a dor, escolhem a morte. Uzul Zetsyvis foi uma dessas. Religioso ao ponto da autodestruição.

Eu cravei a marca de Uzul no meu braço, logo depois de queimar a mensagem de Lety. Pintei o ferimento fresco com extrato de raiz de capim-pena, que ardeu tanto que me fez marejar, e sussurrei o nome dele, sem ousar dizer o restante das palavras rituais, pois eram uma oração. Sonhei com ele naquela noite. Ouvi seus gritos e vi os olhos arregalados, injetados. Ele me perseguia por uma floresta escura, iluminada pelo brilho dos fenzu. Perseguiu-me para dentro de uma caverna onde Ryzek me esperava, os dentes eram pontas de faca.

Acordei encharcada de suor e gritando, com a mão de Akos em meu ombro. Seu rosto estava próximo ao meu, os cabelos e camisa amassados, pois estava dormindo. Os olhos eram sérios e cansados, e eles me faziam uma pergunta.

— Eu ouvi você. — Foi tudo que ele disse.

Senti o calor de sua mão através da minha camisa. As pontas do dedo chegaram ao colarinho, tocando minha garganta nua. Aquele leve toque suficiente para extinguir meu dom-da-corrente e aliviar minha dor. Quando os dedos dele deslizaram para longe, eu quase gritei, cansada demais para coisas como dignidade e orgulho, mas ele apenas buscava minha mão.

— Venha — disse ele. — Vou ensiná-la a se livrar de seus sonhos.

Naquele momento, com nossos dedos entrelaçados e sua voz calma em meus ouvidos, eu teria feito qualquer coisa que ele sugerisse. Fiz que sim com a cabeça e tirei as pernas dos lençóis retorcidos.

Ele acendeu as luzes de seu quarto, e ficamos lado a lado no balcão; os jarros, agora marcados com letras thuvhesitas, empilhavam-se sobre nós.

— Como quase tudo – disse ele –, essa mistura começa com flor-sossego.

CAPÍTULO 11 | CYRA

O FESTIVAL DA TEMPORADA COMEÇAVA a cada estação com o rufar de tambores ao nascer do sol. Os primeiros sons vinham do anfiteatro no meio da cidade e dali se propagavam, enquanto participantes fiéis se juntavam ao coro. As batidas do tambor simbolizavam nossos primórdios — as primeiras batidas de nosso coração, os primeiros movimentos da vida que nos levaram ao poder que tínhamos hoje. Por uma semana, celebraríamos nossos primórdios, e depois todas as pessoas capazes embarcariam numa nave de temporada para perseguir a corrente pela galáxia. Seguiríamos seu caminho até o fluxo-da-corrente azular, então, desceríamos no planeta para coletar e enfim voltaríamos para casa.

Sempre amei o som dos tambores, porque significava que logo partiríamos. Eu me sentia mais livre no espaço. Mas com Uzul Zetsyvis ainda em meus sonhos, naquela estação eu ouviria os tambores como suas batidas de coração cada vez mais lentas.

Akos apareceu à minha porta, o cabelo castanho curto espetado em todas as direções, e se recostou ao batente.

— Que som é esse? — perguntou com olhos arregalados.

Apesar da dor do dom-da-corrente percorrendo meu corpo, eu ri. Nunca o tinha visto desgrenhado antes. As calças de cordão estavam meio retorcidas, e a bochecha trazia a marca vermelha de uma fronha enrugada.

— É só o início do Festival da Temporada — respondi. — Relaxe. Arrume as calças.

As bochechas ficaram levemente rosadas, e ele arrumou a cintura das calças.

— Bem, como eu poderia saber? — disse ele, irritado. — Da próxima vez, quando alguma coisa que pareça muito com tambores de guerra for me acordar de madrugada, você poderia talvez me avisar?

— Você está determinado a ser meu desmancha-prazer.

— Isso porque, ao que parece, sua versão de "prazer" é me fazer acreditar que estou em perigo mortal.

Sorrindo um pouco, fui até a janela. As ruas estavam cheias de gente. Eu as observei erguendo poeira enquanto avançavam na direção do centro de Voa para participar das festividades. Todos vestiam azul, nossa cor favorita, púrpura e verde; com armaduras e armas, rostos pintados, pescoços e punhos envoltos em joias falsas ou coroas de flores frágeis. As flores aqui, na linha do equador do planeta, não precisavam ser tão resistentes como as flores-do-gelo para sobreviver. Viravam mingau entre os dedos das pessoas e tinham cheiro doce.

O festival apresentaria competições públicas no anfiteatro, visitantes de outros planetas e encenações de momentos importantes da história shotet, tudo enquanto a tripulação da nave de temporada trabalhava na limpeza e nos reparos. No último dia, Ryzek e eu sairíamos em procissão da mansão Noavek até a embarcação de transporte que nos levaria à nave de temporada como seus primeiros passageiros oficiais. Todas as outras pessoas embarcavam depois de nós. Era um ritual que eu conhecia bem, e amava, embora meus pais não estivessem mais aqui para me guiar por ele.

— Sabe, o governo de minha família é relativamente recente — contei, inclinando a cabeça. — Quando eu nasci, Shotet já havia mudado sob o reinado de meu pai. Ou foi o que li.

— Você lê muito? — perguntou ele.

— Sim. — Eu gostava de caminhar e ler. Ajudava a me distrair. — Acho que é o momento em que chegamos mais próximos de como as coisas eram antes. O festival. A nave de temporada. — Havia crianças correndo pela linha da cerca, mãos dadas, rindo. Outros rostos, borrados a distância, viravam para a mansão Noavek. — Éramos andarilhos no passado, não...

— Assassinos e ladrões?

Agarrei meu braço esquerdo, e a armadura enterrou-se na palma da minha mão.

— Se gosta tanto do festival, por que não vai? — perguntou Akos.

Bufei.

— E ficar colado em Ryzek o dia todo? Não.

Ele permaneceu ao meu lado, olhando pela janela. Uma senhora passou arrastando os pés no meio da rua, enrolando um xale brilhante ao redor da cabeça — havia se desprendido no caos, e seus dedos eram desajeitados. Enquanto a observávamos, um jovem carregando uma braçada de coroas de flores pousou uma em cima da cabeça da mulher, sobre o xale.

— Não entendo a viagem à deriva, a coleta — disse Akos. — Como vocês decidem aonde ir?

Os tambores ainda estavam palpitando no ritmo do coração shotet. Ao fundo havia um rugido fraco a distância, e música, tudo em diferentes camadas.

— Posso mostrar, se quiser — sugeri. — Logo devem começar.

Um pouco mais tarde, entramos nas passagens escondidas da casa Noavek, pela porta oculta na parede do meu quarto. Adiante, um globo de luz de fenzu iluminava um trecho do caminho, mas eu ainda pisava com cuidado – algumas das tábuas estavam soltas ali, os pregos se projetando das vigas em ângulos estranhos. Parei onde o túnel se dividia e toquei a viga para sentir os sulcos indicativos. Um sulco na viga à esquerda significava que o caminho levava para o primeiro andar. Estendi a mão para trás, encontrei a frente da camisa de Akos e puxei-o enquanto seguia para a esquerda.

Ele tocou meu pulso, guiando minha mão para a dele para que andássemos com os dedos entrelaçados. Esperava que o ruído das tábuas rangentes do assoalho disfarçasse o som de minha respiração.

Caminhamos pelos túneis até a sala em que os Examinadores trabalhavam, próxima à Sala de Armas, onde eu vira Akos e Eijeh pela primeira vez. Pressionei o painel para frente e o deslizei o suficiente para passarmos. A sala estava tão escura que os Examinadores não nos notaram – ficavam em pé entre os hologramas no centro da sala, medindo distâncias com feixes finos de luz branca, ou verificando as telas de pulso, dizendo as coordenadas em voz alta. Ainda assim, meu orgulho me fez dar um passo para longe dele, soltando sua mão.

Estavam apenas calibrando o modelo. Depois de verificarem sua precisão, começariam a análise da corrente. Seu declínio e fluxo revelavam para eles onde seria a próxima coleta.

— O modelo da galáxia – falei, baixinho.

— Galáxia – repetiu ele. – Mas ele mostra apenas nosso sistema solar.

— Os shotet são andarilhos – lembrei-o. – Fomos muito além das fronteiras de nosso sistema e encontramos apenas estrelas, não outros planetas. Pelo que sabemos, este sistema solar é único em nossa galáxia.

O modelo era um holograma que preenchia a sala de canto a canto, o Sol brilhante no centro e os fragmentos de luas pairando ao redor, à margem. Os hologramas pareciam sólidos até um Examinador atravessá-lo para medir outra coisa, e então mudavam como se estivessem evaporando. Nosso planeta passou diante de mim enquanto observávamos, de longe, o mais branco de todos os planetas simulados, como uma esfera de vapor. Flutuando próxima ao Sol estava a estação da Assembleia, uma nave ainda maior do que nossa nave de temporada, a central de nosso governo da galáxia.

— Tudo calibrado assim que obtivermos a maior distância possível entre Othyr e o Sol — disse um dos Examinadores. Era alto, com ombros curvados, como se os encolhesse para proteger o coração. — Um izito ou dois.

Um "izito" era gíria para IZ, uma medida com aproximadamente a largura do meu dedo mindinho. Na verdade, às vezes eu usava meus dedos para medir as coisas quando não tinha um projetor à mão.

— Medição realmente precisa aí — respondeu outro supervisor, era baixinho e tinha uma pequena pança balançando sobre as calças. — "Um izito ou dois", francamente. É como dizer "um planeta ou dois".

— 1,467IZ — disse o primeiro supervisor. — Como se fizesse diferença para a corrente.

— Você nunca admitiu de verdade a sutileza dessa arte — disse uma mulher, avançando através do Sol para medir sua distância de Othyr, um dos planetas mais próximos do centro da galáxia. Tudo nela era rígido, da linha do cabelo curto na altura do queixo até os ombros engomados do casaco. Por um instante, ficou envolta pela luz branco-amarelada, no meio do sol. — E é uma arte, embora alguns chamem de ciência. Senhorita Noavek, que honra termos a senhorita aqui conosco. E seu... acompanhante?

Ela não me olhava enquanto falava, apenas curvou a ponta do feixe de luz na linha do equador de Othyr. Os outros Examinadores sobressaltaram-se ao me ver, e juntos se afastaram um passo, embora já estivessem do outro lado da sala. Se soubessem quanto esforço me custava ficar em um lugar sem me agitar ou chorar, talvez não tivessem se preocupado.

— Ele é um serviçal – respondi. – Continuem, estou apenas observando.

Continuaram, de certa forma, mas a conversa relaxada cessou. Cerrei as mãos em punho e as encaixei entre minhas costas e a parede, espremendo com tanta força que minhas unhas beliscaram a palma das mãos. De soslaio, vi as sombras-da-corrente na curva de minhas bochechas. Mas esqueci da dor quando os Examinadores ativaram o holograma da corrente; ela teceu um caminho através dos planetas simulados como uma cobra, mas sem forma, etérea. Tocou cada planeta na galáxia, governados pela Assembleia ou à margem, e então formou uma listra sólida ao redor da sala como uma faixa segurando os planetas dentro dela. Sua luz mudava sempre, tão forte em alguns pontos que meus olhos doíam de olhá-la, e tão fraca em outros que era apenas um filete.

Otega me levava ali quando eu era criança para me ensinar como a coleta funcionava. Esses Examinadores passariam dias observando o fluxo-da-corrente.

— A luz e a cor da corrente são sempre mais fortes sobre nosso planeta – falei para Akos em voz baixa. – Ela gira três vezes ao redor dele, diz a lenda shotet... é por isso que nossos ancestrais shotet escolheram se estabelecer aqui. Mas sua intensidade oscila ao redor de outros planetas, recobrindo um depois do outro, sem padrão discernível. A cada estação seguimos sua direção, então aterrissamos e coletamos.

— Por quê? – perguntou Akos em um murmúrio.

Catamos a sabedoria de cada planeta e a trazemos para o nosso, disse Otega, agachada ao meu lado, em uma de nossas aulas. *E quando fazemos isso, mostramos a eles o que existe lá que merece seu apreço. Nós os revelamos para eles mesmos.*

Como se reagindo à lembrança, as sombras-da-corrente moveram-se mais rápido embaixo de minha pele, aumentando e diminuindo, a dor seguindo aonde quer que fossem.

— Renovação — falei. — Coleta significa renovação. — Eu não sabia mais como explicar. Nunca tinha feito isso antes. — Encontramos coisas que outros planetas descartaram e lhes damos uma nova vida. É... nisso que acreditamos.

— Vejo atividade ao redor de P1104 — disse o primeiro Examinador, encolhendo-se ainda mais sobre um dos pedaços de rocha próximos da margem da galáxia. Seu corpo parecia o de um inseto morto, curvado em uma casca. Ele tocou uma seção da corrente onde a cor, verde agora, com traços amarelos, girava mais escura.

— Como uma onda prestes a bater na praia — sussurrou a mulher engomada. — Pode aumentar ou se dissolver, depende. Marque para observação. Mas agora meu palpite de melhor planeta de coleta ainda é Ogra.

A coleta é uma gentileza, Otega sussurrava em meus ouvidos infantis. *Para eles e para nós. A coleta é uma das finalidades da corrente para nós.*

— Seu palpite vai adiantar muito — disse o primeiro supervisor. — Você não disse que Sua Alteza pediu informações específicas sobre a atividade de corrente sobre Pitha? Quase não tem um filete lá, mas duvido que isso importe para ele.

— Sua Alteza tem seus motivos para solicitar informações, e não cabe a nós questionar — disse a mulher, olhando para mim.

Pitha. Houve rumores sobre o lugar. Que enterradas no fundo dos oceanos do planeta, onde as correntes não eram tão fortes, havia armas avançadas, diferentes de tudo que já vimos. E com Ryzek determinado a reclamar não apenas a soberania de Shotet como nação, mas também o controle sobre todo o planeta, armas certamente seriam úteis.

A dor aumentava atrás de meus olhos. Começava, quando o dom-da-corrente estava prestes a me atingir com mais força que de costume. E ela me atingia com mais força sempre que eu pensava em Ryzek declarando guerra a sério, enquanto eu permanecia ao seu lado, passiva.

— Temos que ir — falei para Akos. Virei para os Examinadores: — Desejo o melhor em suas observações. — Então, por capricho, acrescentei: — Não nos desencaminhem.

Akos ficou em silêncio na caminhada de volta pelas passagens. Percebi que ele sempre optava pelo silêncio, a menos que estivesse fazendo perguntas. Eu não sabia que era possível sentir tanta curiosidade por alguém que odeio, embora talvez esse fosse o ponto: ele estava tentando decidir se me odiava.

Lá fora, as batidas de tambor cessaram, como sempre. Mas o silêncio parecia um aviso para Akos — ele parou sob uma das luzes de fenzu. Apenas um inseto ainda pairava no globo de vidro sobre nós, cintilando no azul mais fraco, um sinal de que estava perto da morte. Havia uma pilha de cascas mortas embaixo dele, insetos com as pernas curvadas para o ar.

— Vamos ao festival — disse Akos. Ele era magro demais, pensei. Havia sombras sob as maçãs do rosto onde deveria haver carne em um rosto tão jovem. — Sem Ryzek. Apenas você e eu.

Eu encarei a palma de sua mão voltada para cima. Ele se oferecia para me tocar de forma tão espontânea, sem perceber como aquilo era raro. Como *ele* era raro para uma pessoa como eu.

— Por quê? — perguntei.

— Como?

— Você tem sido legal comigo nos últimos tempos. — Franzi a testa. — Você está sendo legal comigo agora. Por quê? O que está planejando?

— Crescer aqui realmente perturbou você, não foi?

— Crescer aqui — esclareci — me fez ver a verdade nas pessoas.

Ele suspirou, como se discordasse de mim, mas não quisesse discutir. Suspirava bastante daquele jeito.

— Passamos muito tempo juntos, Cyra. Ser legal é uma questão de sobrevivência.

— Eu serei reconhecida. As sombras-da-corrente são inesquecíveis, mesmo que meu rosto não seja.

— Você não vai ter nenhuma sombra-da-corrente. Estará comigo. — Ele inclinou a cabeça. — Ou você fica realmente desconfortável ao me tocar?

Era um desafio. E talvez uma manipulação. Mas imaginei minha pele neutra em uma multidão densa, as pessoas tocando em mim sem sentir dor, sentindo o suor no ar, me deixando desaparecer entre eles. A última vez que estive perto de uma multidão como essa foi antes da minha primeira temporada, quando meu pai me ergueu no ar. Mesmo se Akos tivesse motivos escusos, talvez valesse a pena arriscar, se eu tivesse de sair.

Coloquei minha mão sobre a dele.

Um pouco mais tarde, estávamos de volta às passagens, usando roupas de festival. Peguei um vestido púrpura — não com o refinamento de minha mãe, mas algo barato que eu não me importasse em arruinar — e pintei o rosto para disfarçá-lo, com uma faixa grossa diagonal que cobria um olho inteiro e grande parte do outro. Pintei meu cabelo de azul e o prendi bem para trás, para mantê-lo no lugar. Sem as sombras-da-corrente, eu não pareceria a Cyra Noavek que a cidade de Voa conhecia.

Akos estava vestido de preto e verde, mas, como não era conhecido, nem se importou em usar disfarces.

Quando me viu, me encarou. Por um bom tempo.

Eu sabia da minha aparência. Meu rosto não era um alívio para os olhos, do jeito que rostos de pessoas descomplicadas eram; era um desafio, como a cor ofuscante do fluxo-da-corrente. A minha aparência não era importante, especialmente porque era obscurecida pelos rastros sempre em movimento da corrente. Mas, acima de tudo, era estranho vê-lo notando.

– Controle o olhar, Kereseth – falei. – Está passando vergonha.

Nossos braços cruzaram-se, mão na dobra do cotovelo, e eu o levei ao longo da parte leste da casa e escada abaixo. Tateei as vigas em busca dos círculos talhados que alertavam sobre saídas secretas. Como aquela próxima das cozinhas.

O capim-pena crescia bem rente à casa ali, e tivemos de abrir caminho para chegar até o portão, que estava trancado com um código. Eu o conhecia. Era o aniversário de minha mãe. Todos os códigos de Ryzek tinham alguma relação com minha mãe – o dia de seu nascimento, o dia de sua morte, o dia do casamento de meus pais, seus números favoritos – exceto a tranca de seus aposentos, cujas portas eram fechadas com sangue Noavek. Eu não chegava perto dali, não passava mais tempo do que o necessário.

Senti os olhos de Akos na minha mão enquanto digitava o código. Mas era apenas o portão dos fundos.

Caminhamos por um beco estreito que se abria para uma das principais ruas de Voa. Contraí meu corpo por um momento quando os olhos de um homem se demoraram em meu rosto. E os de uma mulher. E os de uma criança. Todos os olhos fitavam os meus e, em seguida, afastavam-se.

Agarrei o braço de Akos e o puxei para sussurrar:

– Estão me encarando. Eles sabem quem eu sou.

– Não – disse ele. – Estão encarando porque você está com tinta azul brilhante no rosto todo.

Toquei minha bochecha de leve, onde a tinta havia secado. Minha pele parecia áspera e escamosa. Não havia me ocorrido que hoje não significava nada se as pessoas me encarassem.

— Você está meio paranoica, sabia? — comentou ele.

— E você está começando a ficar meio metido para alguém em quem eu costumo bater muito.

Ele riu.

— Então, aonde vamos?

— Conheço um lugar — respondi. — Vamos.

Eu o levei por uma rua menos movimentada à esquerda, longe do centro da cidade. O ar estava cheio de poeira, mas logo a nave de temporada partiria, e teríamos nossa tempestade. Lavaria a cidade, manchando-a de azul.

As atividades festivas oficiais sancionadas pelo governo aconteciam dentro e ao redor do anfiteatro, no centro de Voa, mas aquele não era o único lugar onde as pessoas celebravam. Enquanto desviávamos das cotoveladas em uma rua estreita onde os prédios se aproximavam como amantes, havia pessoas dançando, cantando. Uma mulher, adornada com joias falsas, parou-me com a mão, um luxo de que eu nunca havia desfrutado; quase me fez estremecer. Ela pôs uma coroa de flores-fenzu — chamadas assim porque eram da mesma cor que as asas dos insetos, um cinza-azulado — na minha cabeça, sorrindo.

Viramos em uma praça de mercado lotada. Em todos os lugares havia tendas ou barracas com toldos gastos, pessoas discutindo e mulheres jovens tocando em colares que não podiam pagar. Entremeados na multidão havia soldados shotet, suas armaduras brilhantes à luz do dia. Senti cheiro de carne cozida e fumaça e me virei, sorrindo para Akos.

Sua expressão estava estranha. Confusa, quase como se aquela não fosse uma Shotet que ele havia imaginado.

Caminhamos de mãos dadas pelos corredores entre as barracas. Parei em uma mesa de facas simples — as lâminas não eram feitas de material canalizador, então a corrente não fluía ao redor delas — com cabos talhados.

— A senhora sabe como lidar com uma faca simples? — perguntou-me o senhor da barraca em shotet. Usava uma túnica cinza pesada de um líder religioso zoldano, com mangas longas, soltas. Religiosos zoldanos usavam facas simples porque acreditavam que as lâminas-da-corrente eram um uso frívolo da corrente, que merecia mais respeito — a mesma crença básica da maioria dos religiosos shotet. Mas, diferente de um líder religioso shotet, aquele homem não encontrava sua prática religiosa no dia a dia, remodelando o mundo ao redor dele. Provavelmente era um asceta; ele se isolava, em vez disso.

— Melhor do que você — disse para ele em zoldano. Meu zoldano era ruim, e essa era até uma maneira generosa de classificá-lo, mas fiquei feliz em praticar.

— É mesmo? — Ele riu. — Seu sotaque é horrível.

— Ei! — Um soldado shotet aproximou-se de nós e direcionou a ponta de sua lâmina-da-corrente para a mesa do velho. O zoldano encarou a arma com desagrado. — Apenas língua shotet. Se ela responder em seu idioma... — O soldado soltou um leve grunhido. — As coisas vão ficar feias para ela.

Abaixei a cabeça para que o soldado não olhasse o meu rosto com cuidado.

O zoldano falou em um shotet desajeitado:

— Desculpe. A culpa foi minha.

O soldado segurou sua faca ali por um instante, estufando o peito como se exibisse as penas para acasalar. Em seguida, embainhou sua arma e continuou andando pela multidão.

O senhor virou-se para mim, seu tom mais comercial agora:

— Essas são as mais bem pesadas que vai encontrar na praça...

Ele me contou como as facas eram feitas — de metal forjado no polo norte de Zold, e alegou que a madeira vinha das casas antigas da Cidade de Zoldia — e parte de mim ouvia, mas a outra parte estava com Akos, que admirava a praça.

Comprei uma adaga do velho, uma resistente com lâmina escura e um cabo feito para dedos longos. Ofereci-a para Akos.

— De Zold — falei. — É um lugar estranho, meio recoberto com a poeira cinzenta dos campos de flores. Leva um tempo para se acostumar. Mas o metal é estranhamente flexível, apesar de ser tão forte... quê? O que foi?

— Todas essas coisas — disse ele, apontando para a praça. — Vêm de outros planetas?

— Sim. — A palma da minha mão estava suada onde apertava a dele. — Vendedores extraplanetários são autorizados a fazer negócios em Voa durante o Festival da Temporada. Um tanto dessas coisas é coletado, claro... ou não seríamos shotet. Readaptar o descartado e tudo o mais.

Ele parou e se voltou para mim.

— Você sabe de onde vem tudo apenas de olhar? Já esteve em todos esses lugares? — perguntou ele.

Passei os olhos pelo mercado uma vez. Alguns dos vendedores estavam cobertos dos pés à cabeça em tecidos, alguns brilhantes, outros opacos; alguns usavam chapéus altos para chamar atenção ou falavam em shotet alto e tagarelante que eu mal conseguia entender por conta dos sotaques. Luzes irromperam de uma barraca ao fundo, lançando faíscas no ar que desapareceram com a mesma velocidade que surgiram. A mulher que estava atrás dela quase brilhava por toda a pele clara que exibia. Outra barraca estava cercada por uma nuvem de insetos tão densa que eu mal conseguia ver o homem sentado nela. Imaginei para que serviria um enxame de insetos.

— Em todos os nove planetas-nações — falei com um aceno de cabeça. — Mas, não, não consigo falar de onde veio tudo. Alguns deles são óbvios. Olhe para isso...

Em pé ao lado de uma bancada havia um instrumento delicado. Tinha um formato abstrato, diferente a cada ângulo, composto de pequenas placas de material iridescente que parecia algo entre o vidro e a pedra.

— Sintético — eu disse. — Tudo em Pitha é sintético, pois é coberta de água. Eles importam materiais dos vizinhos e os combinam...

Bati com o dedo em uma das plaquinhas, e um som de trovão saiu da barriga do instrumento. Corri os dedos pelo resto delas, e soltaram música como ondas. A melodia era leve, igual ao meu toque, mas quando dei um tapa em uma das placas de vidro, soaram tambores. Cada placa parecia brilhar com uma espécie de luz interna.

— Deveria simular o som de água para viajantes saudosos — expliquei.

Quando olhei de novo para ele, estava sorrindo para mim, hesitante.

— Você ama — disse ele. — Todos esses lugares, todas essas coisas.

— Sim — confirmei. Nunca havia pensado naquilo desse jeito. — Acho que amo.

— E Thuvhe? — perguntou ele. — Você não a ama também?

Quando Akos disse o nome do lar, confortável com as sílabas escorregadias nas quais eu tropeçaria, foi mais fácil lembrar que, embora ele falasse shotet com fluência, não era um de nós, não de verdade. Havia crescido envolto no gelo, sua casa iluminada por pedras ardentes. Provavelmente ainda sonhava em thuvhesita.

— Thuvhe — repeti. Nunca havia estado no país gelado a norte, mas estudara sua língua e cultura. Vi fotos e vídeos. — Flores-do-gelo e prédios feitos de vitrais. — Eram pessoas que amavam padrões intricados, geométricos, e cores brilhantes para se destacarem na neve. — Cidades flutuantes e branco infinito. Sim, há coisas que amo em Thuvhe.

De repente, ele pareceu abalado. Imaginei se eu o havia deixado com saudades de casa.

Ele pegou a adaga com que lhe presenteei e olhou para ela, testando a lâmina com a ponta do dedo e envolvendo o cabo com a mão.

— Você me entregou essa arma com tanta facilidade — disse ele. — Mas eu poderia usá-la contra você, Cyra.

— Você poderia *tentar* usá-la contra mim — corrigi em voz baixa. — Mas não acho que vá.

— Acho que talvez você esteja enganando a si mesma sobre quem sou.

Ele tinha razão. Às vezes, era fácil demais esquecer que ele era um prisioneiro na minha casa e que, quando eu estava com ele, me servia como uma espécie de mordomo.

Mas se eu o deixasse escapar naquele momento para tentar levar seu irmão para casa, como ele queria, eu estaria me resignando a uma vida inteira de dor agonizante. Só de pensar sei que não conseguiria aguentar. Foram anos demais, Uzul Zetsyvis demais, ameaças veladas de Ryzek e noites meio bêbadas ao seu lado demais.

Olhei de novo para o corredor de barracas.

— Hora de visitar o Contador de Histórias.

Enquanto meu pai estava ocupado transformando Ryzek num monstro, minha educação foi entregue nas mãos de Otega. De vez em quando, ela me vestia dos pés à cabeça em tecidos pesados para disfarçar as sombras que me queimavam e me levava a partes da cidade onde meus pais nunca permitiriam que eu fosse.

Esse lugar era um deles. Ficava no meio de uma das áreas mais pobres de Voa, onde metade dos prédios estava desmoronando e a outra metade, prestes a ruir. Havia mercados lá também. Eram mais temporários, apenas fileiras de coisas arranjadas sobre cobertores para que pudessem ser juntadas e levadas sem demora.

Akos puxou-me pelo cotovelo quando passamos por uma delas, um cobertor púrpura com garrafas brancas nele. Ainda tinham a cola dos rótulos arrancados com pelinhos púrpura grudados.

— Isso é remédio? — perguntou ele. — Parece que vieram de Othyr.

Fiz que sim com a cabeça, sem confiança para falar.

— Para que doença? — voltou a perguntar.

— Q900X — respondi. — Conhecida mais coloquialmente como "resfriado cambaleante". Pois afeta o equilíbrio, sabe?

Ele franziu a testa para mim. Paramos ali no beco, os sons do festival já distantes.

— Essa doença é evitável. Vocês não tomam injeção?

— Você sabe que estamos em um país pobre, não é? — Franzi a testa de volta para ele. — Não temos exportação real e mal possuímos recursos naturais para nos sustentarmos com independência. Alguns planetas nos mandam ajuda... Othyr, entre eles... mas essa ajuda acaba caindo em mãos erradas, e distribuída com base em prestígio, e não em necessidade.

— Eu nunca... — Ele fez uma pausa. — Nunca pensei nisso antes.

— Por que pensaria? — indaguei. — Não está em primeiro lugar na lista de preocupações de Thuvhe.

— Também cresci rico em um lugar pobre — comentou ele. — É algo que temos em comum.

Ele pareceu surpreso por termos alguma coisa em comum.

— Não há nada que você possa fazer por esse povo? — perguntou ele, apontando para os prédios ao redor. — Você é irmã de Ryzek, não pode...

— Ele não me ouve — falei, na defensiva.

— Você tentou?

— Diz isso como se fosse fácil. — Meu rosto esquentou. — Como se bastasse ter uma reunião com meu irmão e dizer para ele rearranjar o sistema, e ele faria tudo.

— Não disse que era *fácil*...

— Os shotet de prestígio são o escudo de meu irmão contra um levante — interrompi, um pouco mais agitada. — E em troca de sua lealdade, ele lhes dá remédios, comida e os penduricalhos da riqueza que outros não conseguem. Sem eles como escudo, ele vai morrer. E como tenho sangue Noavek, morro junto com ele. Então, não... não, eu não embarquei numa grande missão para salvar os pobres e os doentes de Shotet!

Eu parecia nervosa, mas por dentro murchava de vergonha. Quase havia vomitado na primeira vez que Otega me levou até ali, pelo cheiro de um corpo que havia morrido de fome em um dos becos. Ela cobriu meus olhos quando passamos por ele, então não pude ver de perto. Essa era eu: o Flagelo de Ryzek, virtuose do combate, que vomitava ao ver a morte.

— Não devia ter tocado nesse assunto — disse ele, a mão suave no meu braço. — Vamos. Vamos visitar esse tal... Contador de Histórias.

Concordei com a cabeça, e continuamos a caminhar.

Enterrada no fundo do labirinto de becos estreitos ficava uma porta baixa pintada com padrões azuis intrincados. Bati e ela abriu apenas uma fresta, o suficiente para deixar escapar um filete de fumaça branca que cheirava a açúcar queimado.

Aquele lugar parecia um exílio; parecia sagrado. De certo modo, talvez fosse. Foi o primeiro lugar onde Otega me levou para aprender nossa história, muitas estações atrás, no primeiro dia do Festival da Temporada.

Um homem alto e pálido abriu a porta, os cabelos tão raspados que o couro cabeludo brilhava. Ergueu as mãos e sorriu.

—Ah, Pequena Noavek — disse ele. — Não achei que a veria de novo. E quem é esse que você me trouxe?

— Akos — respondi. — Akos, este é o Contador de Histórias. Ao menos, é assim que prefere ser chamado.

— Olá — cumprimentou Akos. Percebi que estava nervoso pelo jeito que sua postura mudou, o soldado nele desaparecia. O sorriso do Contador de Histórias alargou-se, e ele acenou para que entrássemos.

Descemos para a sala de estar do Contador de Histórias. Akos inclinou-se para caber no teto abaulado, que se curvava até um globo de fenzu claro no topo. Havia uma fornalha enferrujada com um cano exaustor que se estendia até a única janela do cômodo para soltar fumaça. Sabia que os andares eram feitos de terra compactada, porque levantei os tapetes de tecido quando criança para ver o que havia embaixo deles. As fibras duras faziam minhas pernas coçarem.

O Contador de Histórias nos levou até uma pilha de almofadas, onde sentamos, um pouco desajeitados, nossas mãos agarradas entre nós. Soltei Akos para limpar minhas mãos no vestido, e quando as sombras-da-corrente voltaram a fluir em meu corpo, o Contador de Histórias sorriu de novo.

— Aí estão elas — disse ele. — Quase não a reconheci sem elas, Pequena Noavek.

Ele deixou um pote de metal na mesa à nossa frente — na verdade, dois escabelos unidos por parafusos, um de metal e outro de madeira — e um par de canecas vítreas e descombinadas. Servi chá para nós. Era roxo claro, quase rosado, e exalava um cheiro doce no ar.

O Contador de Histórias sentou à nossa frente. A tinta branca na parede acima de sua cabeça estava descascando, revelando a tinta amarela por baixo, de outras épocas. Mesmo ali havia a tela de notícias sempre presente, fixada meio torta na parede próxima à fornalha. O lugar estava apinhado de objetos coletados, a chaleira de metal escuro, obviamente de Tepes, a grade da fornalha feita de assoalho de Pitha, e a própria roupa do Contador de Histórias era de seda, como a de qualquer pessoa rica de Othyr. No canto havia uma cadeira, sua origem não era conhecida por mim, que estava sendo reparada pelo Contador de Histórias.

— Seu companheiro... Akos, não é?... cheira a flor-sossego — disse o Contador de Histórias, franzindo o cenho pela primeira vez.

— Ele é thuvhesita — falei. — Não quis desrespeitar.

— Desrespeitar? — questionou Akos.

— Sim, eu não permito que entrem em minha casa pessoas que acabaram de ingerir flor-sossego ou qualquer substância alteradora da corrente — disse o Contador de Histórias. — Embora sejam bem-vindas a voltar assim que ela tiver passado pelo seu sistema. Afinal, não tenho o hábito de proibir a entrada de visitantes permanentemente.

— O Contador de Histórias é um líder religioso shotet — expliquei para Akos. — Chamamos de clérigos.

— Ele é mesmo um thuvhesita? — O Contador de Histórias franziu a testa e fechou os olhos. — Com certeza o senhor está enganado. Fala nossa língua sagrada como um nativo.

— Acho que conheço meu lar — retrucou Akos, impaciente. — Minha identidade.

— Não quis ofender — disse o Contador de Histórias. — Mas seu nome também é Akos, que é um nome shotet, então pode ver por que estou confuso. Pais thuvhesitas não dariam um nome a seu filho com um som tão forte sem nenhum objetivo. Quais os nomes de seus irmãos, por exemplo?

— Eijeh — disse Akos a meia voz. Obviamente não havia pensado naquilo antes. — E Cisi.

Sua mão apertou-se ao redor da minha. Não acho que tivesse consciência desse fato.

— Bem, não importa — disse o Contador de Histórias. — Obviamente, vocês vieram aqui com um objetivo e não têm muito tempo para alcançá-lo antes da tempestade, então vamos em frente. Pequena Noavek, a que devo a visita?

— Pensei que poderia contar a Akos a história que me contou quando criança — falei. — Não sou tão boa com histórias.

— Sim, vejo que esse é o caso. — O Contador de Histórias ergueu sua caneca do chão aos seus pés descalços. O ar estava limpo do lado de fora, mas ali dentro era quente, quase abafado. — Quanto à história, ela não tem propriamente um início. Não sabíamos que nossa língua era reveladora, carregada no sangue, porque sempre estávamos juntos, movendo-nos como um só pela galáxia como andarilhos. Não tínhamos lar, nem permanência. Seguíamos a corrente ao redor da galáxia, sempre que ela considerava adequado nos levar. Isso, acreditávamos, era nossa obrigação, nossa missão.

O Contador de Histórias bebericou do chá, deixou-o de lado e mexeu os dedos no ar. Na primeira vez em que o vi fazendo aquilo, pensei que estava agindo de um jeito estranho, mas agora sabia o que esperar: formas tênues, nebulosas apareceram diante dele. Eram esfumaçadas, não iluminadas como os hologramas da galáxia que tínhamos visto mais cedo, mas a imagem era a mesma: planetas organizados ao redor de um sol, uma linha de corrente branca envolvendo-os.

Os olhos cinza de Akos — quase da mesma cor da fumaça — arregalaram-se.

— Então, um dos oráculos teve uma visão: que nossa família governante nos levaria a um lar permanente. E foi o que ela fez... um planeta inóspito, frio, que chamamos de "Urek", porque significa "vazio".

— Urek — disse Akos. — É o nome shotet para nosso planeta?

— Ora, você não esperava que chamássemos a coisa toda de "Thuvhe" do jeito que seu povo faz, não é? — Bufei. — "Thuvhe" foi o nome oficial, reconhecido pela Assembleia para o nosso planeta, que abrigava o povo thuvhesita e os shotet. Mas isso não significa que *nós* tínhamos de chamá-lo assim.

A ilusão do Contador de Histórias mudou, concentrando-se em um único globo da fumaça densa.

— A corrente era mais forte ali do que em qualquer lugar que já havíamos estado. Mas não queríamos esquecer nossa história, nossa impermanência, nossa reivindicação por objetos quebrados, então começamos a sair em temporadas. A cada estação, todos nós que éramos capazes voltávamos à nave que nos levou pela galáxia por tanto tempo e seguíamos de novo a corrente.

Se eu não estivesse segurando a mão de Akos, seria capaz de sentir a corrente zumbindo em meu corpo. Nem sempre pensava sobre isso, porque junto com o zumbido vinha a dor, mas era o que eu tinha em comum com todas as pessoas da galáxia. Bem, todas as pessoas, menos aquela ao meu lado.

Imaginei se ele sentia falta, se ele se lembrava de como era.

A voz do Contador de Histórias ficou baixa e soturna quando continuou:

— Mas, durante uma das temporadas, aqueles que se estabeleceram a norte de Voa para colher flores-do-gelo, que chamaram a si mesmos de thuvhesitas, aventuraram-se demais ao sul. Entraram na nossa cidade e viram que havíamos deixado muitas de nossas crianças aqui para esperar o retorno de seus pais da temporada. E eles tiraram nossos filhos de suas camas, das mesas da cozinha, das ruas. Roubaram nossos jovens e levaram-nos para o norte como cativos e servos.

Os dedos pintaram uma rua plana, um esboço de uma pessoa correndo, perseguida por uma nuvem giratória. No fim da rua, a pessoa que corria foi engolida pela nuvem.

— Quando nossos viajantes voltaram para casa e não encontraram seus filhos, declararam guerra para tê-los de volta. Mas não eram treinados para batalha, apenas para coleta e peregrinações, e foram mortos em grandes quantidades. E assim acreditamos que aquelas crianças estavam perdidas para sempre – contou ele. – Uma geração depois, em uma temporada, um dos nossos aventurou-se sozinho no planeta Othyr, e lá... entre aqueles que não sabiam nosso idioma... uma criança falou com ele em shotet. Era filha de um prisioneiro thuvhesita, coletando algo para seus senhores, e ela não percebeu que havia trocado uma língua pela outra. A criança foi Reivindicada, trazida de volta para nós.

Ele inclinou a cabeça.

– E aí – continuou ele –, nós nos erguemos e viramos soldados para nunca mais sermos dominados de novo.

Enquanto ele sussurrava, enquanto a fumaça das ilusões desaparecia, tambores do centro da cidade batiam cada vez mais alto, e os tambores em todo o setor pobre se uniram a eles. Troavam e retumbavam, e eu olhei para o Contador de Histórias, a boca se abrindo.

– É a tempestade – disse ele. – E melhor assim, pois minha história terminou.

– Obrigada – falei. – Desculpe por...

– Vá, Pequena Noavek – disse o Contador de Histórias com um meio sorriso. – Não perca.

Agarrei o braço de Akos e o puxei para ficar em pé. Ele olhava feio para o Contador de Histórias. Não tinha tocado na caneca de chá roxo e doce que eu servira para ele. Puxei-o com tudo para que ele me seguisse pelos degraus da casa do Contador de Histórias até o beco. Mesmo dali, conseguia ver a nave pairando na direção de Voa, vindo de longe. Conhecia seu formato como a silhueta de minha mãe, mesmo a distância. Como ela se estendia na barriga e se afunilava no nariz. Sabia de quais coletas tinham vindo ao olhar para suas placas desniveladas pelo desgaste, ou pelas tintas, laranja, azul e preta. Nossa nave de retalhos, grande o bastante para mergulhar Voa inteira nas sombras.

Todos ao nosso redor, todos em toda a cidade. Eu ouvi a comemoração.

Por hábito, ergui a mão livre para o céu. Um som alto e agudo como o estalo de um chicote veio de algum lugar perto da porta de atracação da nave, e os veios de cor azul-escuro espalharam-se dela em todas as direções, envolvendo as próprias nuvens ou formando novas. Parecia tinta jogada na água, separada no início, depois misturada, juntando-se até a cidade estar sob uma cobertura de bruma azul-escura. O presente da nave para nós.

Então – como havia acontecido em cada estação de minha vida – começou a chover azul.

Mantendo uma das mãos firme na de Akos, virei a outra palma para pegar um pouco de azul. Era escuro e, sempre que rolava pela minha pele, deixava uma mancha esmaecida. As pessoas na ponta do beco gargalhavam, sorriam, cantavam e dançavam. O queixo de Akos estava inclinado para trás. Ele encarou a barriga da nave, e depois sua mão, o azul rolando pelos nós dos dedos. Os olhos dele encontraram os meus. Eu estava gargalhando.

– Azul é nossa cor favorita – falei. – A cor do fluxo-da-corrente quando coletamos.

– Quando eu era criança – comentou ele, pensativo –, era minha cor favorita também, embora todos em Thuvhe a odeiem.

Peguei um punhado de água azul que havia colhido e passei no rosto dele, deixando-o mais escuro. Akos cuspiu um pouco dela no chão. Ergui as sobrancelhas, esperando sua reação. Ele estendeu a mão, pegando uma chuveirada de água que caía de um telhado, e jogou em mim.

Corri pelo beco, não rápido o suficiente para evitar que a água fria rolasse pelas minhas costas, com um grito infantil. Tomei seu braço pelo cotovelo, e corremos juntos entre a multidão cantante, passando os mais velhos que se balançavam, homens e mulheres dançando colados, visitantes de fora do planeta irritados tentando cobrir seus produtos no mercado. Chapinhamos através de poças azuis brilhantes, encharcando nossas roupas. E nós dois, desta vez, gargalhamos.

CAPÍTULO 12 | CYRA

Naquela noite, limpei as manchas azuis da pele e dos cabelos, depois me juntei a Akos na bancada do boticário para fazer o analgésico que me possibilitaria dormir. Não perguntei para ele o que havia achado do relato da história dos shotet que o Contador de Histórias apresentou, que culpava Thuvhe, não Shotet, pela hostilidade entre nosso povo. Ele não mostrou nenhuma reação. Quando o analgésico ficou pronto, levei-o para meu quarto e sentei na ponta da cama para bebê-lo. E essa foi a última coisa de que me lembrei.

Quando acordei, estava caída de lado na cama, sobre os cobertores. Ao meu lado, a caneca de analgésico pela metade estava virada, e os lençóis manchados de púrpura onde havia derramado. O Sol estava começando a nascer, a julgar pela luz pálida atravessando as cortinas.

Com o corpo doendo, eu me ergui.

—Akos?

O chá havia me deixado inconsciente. Apertei a palma da mão na testa. Eu havia ajudado a fazer o analgésico; fiz forte demais? Cambaleei pelo corredor e bati na porta. Não, eu não poderia ter feito o remédio forte demais; apenas preparei os talos de sendes. Ele fez o restante.

Ele me drogou.

Ninguém apareceu na porta. Empurrei para abri-la. O quarto de Akos estava vazio, as gavetas abertas, não havia roupas, tampouco adaga.

Suspeitei da gentileza dele quando me persuadiu a sair de casa. E eu estava certa.

Puxei os cabelos para trás e os prendi para não caírem sobre meu rosto. Voltei ao meu quarto, enfiando os pés em minhas botas. Nem me importei em amarrá-las.

Ele me *drogou*.

Eu me virei e tateei a parede ao fundo em busca do painel que havíamos empurrado no dia anterior para sair da casa. Havia uma fresta pequena entre ele e o restante da parede. Cerrei os dentes para segurar a dor. Ele quis que eu saísse da casa com ele para que eu mostrasse como sair. E eu o armei com aquela faca zoldana, confiei nele para preparar minha poção e agora... agora eu sofreria por isso.

Acho que talvez você esteja enganando a si mesma sobre quem sou, ele disse.

Não há lugar para honra na sobrevivência, eu ensinei para ele.

Avancei pelo corredor. Já havia um guarda caminhando na minha direção. Eu me escorei na porta. O que ele estava prestes a me dizer? Eu não sabia o que esperar, a fuga de Akos ou sua captura.

O guarda parou pouco antes da minha porta e abaixou a cabeça. Era um dos menores, mais jovens – rosto de bebê carregando uma lâmina. Um daqueles que ainda encarava meus braços com olhos arregalados quando as linhas escuras se espalhavam sobre eles.

— O quê? — questionei, travando os dentes. A dor estava de volta, quase tão ruim quanto ficou depois de eu ter torturado Uzul Zetsyvis. — O que foi?

— O intendente do soberano, Vas Kuzar, manda a mensagem de que seu servo foi descoberto tentando fugir das propriedades junto com o irmão na noite passada — revelou o guarda. — No momento, está confinado, esperando a punição determinada pelo soberano. Vas exige sua presença na audiência privada, em duas horas, na Sala das Armas.

Com o irmão. Significava que Akos havia encontrado uma maneira de tirar Eijeh daqui também. Eu me lembrei dos gritos de Eijeh depois de ele ter chegado aqui e estremeci.

Fui até a "audiência privada" totalmente armada, vestida como um soldado. Ryzek havia mandado abaixar as cortinas da Sala de Armas, então estava escura como a noite, iluminada pela luz vacilante dos fenzu lá em cima. Ele estava na plataforma, as mãos para trás, encarando a parede de armas sobre ele. Ninguém mais estava na sala. Ainda.

— Era a favorita de nossa mãe — disse ele quando a porta se fechou atrás de mim. Tocou a lança-da-corrente, suspensa na diagonal na parede. Era um cabo longo, estreito, com lâminas nas duas pontas. Cada uma das pontas continha uma vareta canalizadora, assim, se a arma tocasse a pele, sombras escuras de corrente envolviam a arma inteira de ponta a ponta. Tinha quase o meu tamanho. — Uma escolha elegante — continuou ele, ainda sem se virar. — Mais para exibição do que outra coisa; sabia que nossa mãe não tinha muita proficiência em combate? O pai me contou. Mas era esperta, estratégica. Encontrava maneiras de evitar embates físicos, reconhecendo sua fraqueza.

Ele se virou. Tinha um sorriso orgulhoso estampado no rosto.

— Você devia ser mais como ela, irmã — disse ele. — É uma lutadora excelente. Mas aqui... — Ele tocou a lateral da cabeça. — Bem, não é seu forte.

As sombras correram mais rápido por baixo da minha pele, impulsionadas por minha raiva. Mas mantive a boca fechada.

— Você deu uma arma a Kereseth? Levou-o através dos túneis? — Ryzek balançou a cabeça. — Dormiu enquanto ele escapava?

— Ele me drogou — disse para ele.

— Ah? E como ele fez isso? — perguntou Ryzek baixinho, ainda com o sorriso afetado. — Prendeu você e derramou a poção em sua boca? Não acredito. Acredito que você bebeu, confiante. Bebeu uma droga poderosa preparada por seu inimigo.

— Ryzek... — comecei a falar.

— Você quase nos fez perder nosso *oráculo* — ralhou Ryzek. — E por quê? Porque é idiota o bastante para deixar o coração palpitar pelo primeiro analgésico que aparece?

Não discuti. Ele havia passado muito tempo procurando um oráculo pela galáxia, com e sem meu pai. Em uma noite, aquele oráculo quase escapou. Minha culpa. E talvez ele estivesse certo. Talvez, por menor que fosse a confiança que senti em Akos, fosse lá o apelo que ele tivesse, existia porque ele me ofereceu alívio. Porque fiquei tão grata pela trégua da dor — e do isolamento — que meu coração amoleceu. Fui estúpida.

— Você não pode culpá-lo por querer resgatar o irmão ou por querer fugir daqui — falei, minha voz trêmula pelo medo.

— Você não entende, não é? — perguntou Ryzek, rindo um pouco. — As pessoas sempre querem coisas que vão nos destruir, Cyra. Não significa que vamos deixá-las agir como quiserem.

Ryzek apontou para a lateral da sala.

— Fique lá e não diga uma palavra — ordenou Ryzek. — Trouxe você aqui para assistir ao que acontece quando não se mantém os servos sob controle.

Eu estava tremendo, queimando, e parecia que eu estava embaixo de uma pérgula de videiras, marcada pelas sombras. Cambaleei até a lateral da sala, meus braços cruzados com força ao redor do corpo. Ouvi a ordem de Ryzek para entrar.

As portas imensas na outra ponta da sala abriram-se. Vas entrou primeiro, com armadura, os ombros para trás. Atrás dele, cercado de soldados, surgia a forma caída e tropeçante de Akos Kereseth. Metade do rosto estava coberto de sangue vindo de um corte na sobrancelha. O rosto inchado, o lábio partido. Já havia sido surrado; por outro lado, já estava ficando calejado.

Atrás dele, caminhava Eijeh — também sangrando e espancado, mas mais do que isso... inexpressivo. Seu rosto estava áspero, com a barba falhada, e esmaecido, um farrapo do jovem que eu tinha visto pelo meu esconderijo duas estações antes.

Eu conseguia ouvir Akos respirando de onde eu estava, bufando. Mas ele se empertigou ao ver meu irmão.

— Ora, ora, que visão — disse Ryzek, descendo devagar os degraus. — Até onde ele chegou, Vas? Passou a cerca?

— Nem perto — disse Vas. — Foi pego nas cozinhas, saindo dos túneis.

— Bem, deixe-me esclarecer seu erro de cálculo para referência futura, Kereseth — zombou Ryzek. — Apenas porque minha falecida mãe gostava da aparência antiquada desta casa não significa que eu não tenha equipado meu lar com as medidas de segurança mais avançadas possíveis depois de sua passagem. Inclusive sensores de movimento ao redor de salas de segurança, como a de seu irmão.

— Por que você o mantém aqui? — questionou Akos com dentes cerrados. — Ele *tem* mesmo um dom-da-corrente? Ou vocês estão deixando ele morrer de fome?

Vas — casual e preguiçosamente — deu um tapa em Akos com as costas da mão. Akos despencou com a mão no rosto.

— Akos — pediu Eijeh. Sua voz era como um toque suave. — Não.

— Por que não diz a ele, Eijeh? — perguntou Ryzek. — Já desenvolveu um dom-da-corrente?

Akos espreitou o irmão por entre os dedos. Eijeh fechou os olhos por um momento e, quando os abriu de novo, concordou com a cabeça.

— Oráculo ascendente — murmurou Akos em shotet. No início, eu não sabia o que significava; não era uma frase que usávamos. Mas o thuvhesita tinha palavras diferentes para os três oráculos: um descendente, próximo de se aposentar; um atuante, profetizando do templo; e um ascendente, chegando à plenitude de seu poder.

— Você estava correto em supor que eu não seria capaz de fazer com que usasse o dom em meu benefício — disse Ryzek. — Então, em vez disso, eu pretendo tomá-lo.

— Tomá-lo? — perguntou Akos, ecoando meus pensamentos.

Ryzek aproximou-se de Akos e agachou-se diante dele, os cotovelos apoiados nos joelhos.

— Sabe qual é o *meu* dom-da-corrente? — perguntou ele com suavidade.

Akos não respondeu.

— Conte para ele, Cyra, minha querida — pediu Ryzek, inclinando a cabeça para mim. — Você já tem bastante intimidade com ele.

Akos, apoiando-se com uma das mãos, ergueu os olhos na direção dos meus. Havia lágrimas misturadas com sangue em seu rosto.

— Meu irmão consegue trocar lembranças — falei. Soou vazio. Parecia vazio também. — Ele dá uma lembrança dele para a pessoa e toma outra dela em troca.

Akos ficou paralisado.

— O dom de uma pessoa vem de quem ela é — disse Ryzek. — E ela é o que o passado fez dela. Pegue as lembranças de uma pessoa e tomará o que a faz ser quem ela é. Você pega seu dom. E por fim... — Ryzek correu os dedos na lateral do rosto de Akos, recolhendo sangue.

Esfregou-o entre o dedão e o indicador, examinando-o. – Por fim, não terei de confiar em outra pessoa para me contar o futuro.

Akos lançou-se sobre Ryzek com as mãos estendidas. Apertou o dedão com força na lateral da garganta de Ryzek, cruzando o braço direito com o outro, dentes esgarçados. Animalesco.

Em segundos, Vas estava sobre ele, puxando-o por trás, pela camisa e socando-o com força nas costelas. Quando Akos caiu de costas, Vas pisou em sua garganta e ergueu as sobrancelhas.

– Um dos meus soldados fez isso com você no passado – disse Vas. – Antes que eu matasse seu pai. Pareceu dar certo na época. Fique quieto ou eu esmago sua traqueia.

Akos contorceu-se, mas parou de se debater. Ryzek levantou-se, massageando a garganta, limpando a poeira das calças e verificando as correias da armadura. Em seguida, se aproximou de Eijeh. Os soldados que entraram com Akos agora cercavam Eijeh, cada um prendendo com força um dos braços do rapaz. Como se fosse necessário. Eijeh parecia tão atordoado que fiquei surpresa por ele ainda estar acordado.

Ryzek ergueu as mãos e as colocou na cabeça de Eijeh, seus olhos focados e famintos. Famintos por libertação.

Não havia muito que assistir. Apenas Ryzek e Eijeh, conectados, os olhares fixados um no outro por um bom tempo.

Na primeira vez em que vi Ryzek fazer aquilo, eu era muito criança para compreender o que estava acontecendo, mas me lembrei de que levava apenas um momento para ele trocar uma lembrança. Lembranças aconteciam em flashes, não tão prolongadas como a realidade, e parecia estranho que algo tão importante, tão essencial a uma pessoa, pudesse desaparecer com tanta rapidez.

Sem fôlego, tudo que consegui fazer naquele instante foi observar.

Quando Ryzek soltou Eijeh, foi com um olhar estranho, confuso. Recuou e olhou ao redor, sem ter certeza de onde estava. Tocou o corpo sem ter certeza de quem era. Eu me perguntei se ele se preocupava com as memórias que perderia com a troca, ou se ele achava que era tão poderoso que haveria lembranças de sobra.

Eijeh, por sua vez, olhou para a Sala de Armas como se tivesse acabado de reconhecê-la. Estava eu apenas imaginando a familiaridade em seus olhos enquanto meu irmão e ele subiam pelos degraus até a plataforma?

Ryzek assentiu para Vas para que tirasse o pé da garganta de Akos. Vas obedeceu. Akos ficou deitado, encarando Ryzek, que se agachou ao lado dele de novo.

— Você ainda fica vermelho com facilidade? — perguntou Ryzek com suavidade. — Ou parou com isso de uma vez por todas?

O rosto de Akos contorceu-se.

— Você nunca mais vai me desrespeitar com planos estúpidos de fuga — disse Ryzek. — E sua punição por essa primeira e única tentativa será a seguinte: vou manter seu irmão perto de mim, tirando pedaço por pedaço dele até ele não ser mais alguém que você queira resgatar.

Akos pressionou a testa no chão e fechou os olhos.

E não era surpresa nenhuma. Eijeh Kereseth já havia quase desaparecido.

CAPÍTULO 13 | CYRA

NAQUELA NOITE, não tomei o analgésico. Não podia confiar em Akos para fazê-lo de novo, depois de tudo, e ainda não confiava em mim para fazê-lo sozinha.

Quando voltei ao meu quarto, encontrei a adaga que eu havia dado a Akos sobre meu travesseiro. Deixada ali como um alerta de Ryzek, imaginei. Tranquei o quarto de Akos por fora.

Foi difícil dizer se ele não estava falando comigo ou se eu não estava falando com ele. De qualquer forma, não trocamos palavra alguma. O Festival da Temporada continuou acontecendo ao nosso redor, e fui chamada para ficar ao lado de meu irmão, com minhas manchas escuras e meu silêncio, em algumas das festividades. Akos sempre estava às minhas costas, seu toque obrigatório ocasional, seu olhar distante. Todas as vezes que sua pele raspava a minha para trazer alívio, eu me encolhia para longe, sem a menor confiança.

Passei a maior parte do tempo na arena, presidindo os desafios ao lado de Ryzek. Os desafios de arena — mano a mano, lutas públicas — eram uma tradição shotet antiga, originalmente pensadas como um esporte para afinar nossas habilidades de combate na época em que éramos fracos e maltratados por quase todo mundo na galáxia. Agora, durante a semana do Festival da Temporada, era lícito desafiar para luta quase qualquer um com quem a pessoa tivesse um problema até uma das pessoas ser rendida ou morta.

No entanto, uma pessoa não podia desafiar alguém cuja situação social – arbitrariamente decidida por Ryzek ou por quem ele nomeasse – excedesse a sua. Por esse motivo, para provocar seus verdadeiros inimigos, pessoas frequentemente escolhiam lutar com os amigos e amantes do verdadeiro alvo, subindo na hierarquia até o desafio ser possível. Enquanto o festival avançava, as lutas ficavam mais sangrentas e mortais.

Assim, eu sonhava com a morte, e a morte preenchia meus dias.

Um dia depois de eu completar dezesseis estações, dia anterior ao nosso embarque na nave de temporada, e cinco dias depois de Ryzek começar a trocar lembranças com Eijeh, Akos Kereseth recebeu a armadura que ele havia merecido muito tempo antes, no acampamento de soldados.

Eu havia acabado de terminar minha corrida no ginásio, então estava andando de um lado para o outro em meu quarto, tomando fôlego, o suor pingando pela minha nuca. Vas bateu no batente da porta, um colete de armadura polido pendurado em uma das mãos.

– Onde está Kereseth? – perguntou Vas.

Levei-o até o fim do corredor e destranquei a porta de Akos. Ele estava sentado na cama, e a julgar pelo seu olhar desconcentrado, havia se drogado com flor-sossego, que agora consumia pétala a pétala, crua. Ele as escondia nos bolsos.

Vas jogou a armadura para Akos, que a pegou com as duas mãos. Manuseou-a como se ela fosse quebrar, virando-a e correndo os dedos sobre cada placa azul-escuro.

— Me disseram que você a mereceu tendo aulas com Vakrez na última estação — disse Vas.

— Como está meu irmão? — perguntou Akos, rouco.

— Ele não precisa mais de tranca para ficar no quarto — contou Vas. — Está à vontade.

— Não é verdade. Não pode ser.

— Vas — falei. — Saia.

Sabia identificar uma tensão crescente quando a sentia. E eu não queria assistir ao que aconteceria se ela estourasse.

Vas inclinou a cabeça enquanto me observava, em seguida, fez uma leve reverência e saiu.

Akos ergueu a armadura de novo. Fora feita para ele — com correias ajustáveis para acomodar seu crescimento inevitável, flexibilidade para a caixa torácica, acolchoamento extra sobre a barriga, que ele sempre se esquecia de proteger quando treinava. Havia uma bainha pregada no ombro direito para que ele pudesse puxar a espada sobre a cabeça com a mão esquerda. Era uma grande honra usar esse tipo de armadura, especialmente tão jovem.

— Vou trancar você de novo, agora — falei.

— Tem algum jeito de desfazer o que Ryzek faz? — perguntou Akos, como se não tivesse me ouvido. Ele parecia ter perdido a força para resistir. Pensei em me recusar a respondê-lo.

— Tirando a possibilidade de pedir educadamente a Ryzek para voltar com as lembranças e esperar que ele esteja de bom humor, não.

Akos encaixou a armadura sobre a cabeça. Quando tentou apertar a primeira correia sobre a caixa torácica, ele se encolheu, sacudindo a mão. As correias, feitas do mesmo material que o restante da armadura, eram duras de manusear. Peguei a correia entre os dedos, puxando-a na minha direção. Meus dedos já estavam calejados.

— Não quis envolvê-la — disse Akos, baixinho.

— Ah, não pense que sou idiota — falei, curta e grossa. — Me manipular foi parte essencial do seu plano. E foi exatamente o que eu esperava.

Terminei com as correias e me afastei. *Uau*, pensei. Ele era alto, muito alto, e forte, com armadura, a pele azul-escuro da criatura que ele havia caçado ainda com a cor tão intensa. Parecia um soldado shotet, como alguém que eu poderia desejar se tivéssemos encontrado uma maneira de confiar um no outro.

— Ótimo — disse Akos, de novo naquela voz baixa. — Eu quis envolver você. Mas não esperava que fosse me sentir mal por isso.

Fiquei engasgada. Não sabia por quê. Ignorei.

— E agora quer que eu ajude você a se sentir menos mal, é isso? — perguntei. Antes que ele pudesse responder, eu saí, puxando a porta até fechá-la.

Diante de nós, as ruas poeirentas de Voa, atrás de uma cerca alta de metal. Uma multidão imensa, estridente, esperava por nós além dela. Ryzek saiu da casa com o braço longo e pálido estendido para cumprimentá-los, e eles soltaram um grito dissonante.

O Festival da Temporada estava quase no fim. Naquele dia, todos os shotet capazes e com idade suficiente embarcariam na nave de temporada e, logo depois disso, deixaríamos este planeta para trás.

Vas seguiu Ryzek pela porta e, em seguida, vestido com uma camisa branca limpa e parecendo mais presente do que eu o vira até então: Eijeh. Seus ombros estavam encaixados, os passos largos, como se fosse mais alto, a boca curvada em um canto. Os olhos de Eijeh passaram pelo irmão e examinaram a rua além da mansão Noavek.

— Eijeh — disse Akos, a voz trêmula.

O rosto de Eijeh revelou a contragosto algum reconhecimento, como se ele tivesse identificado o irmão a uma grande distância. Eu me virei para Akos.

— Mais tarde — falei, ríspida, agarrando a frente de sua armadura. Eu não poderia deixá-lo desmoronar com todas essas pessoas nos olhando. — Não aqui, nem agora. Tudo bem?

Quando me afastei, soltando-o, observei sua garganta engolindo em seco. Havia uma mancha no pescoço, próxima da orelha; nunca tinha visto antes.

Akos assentiu, os olhos ainda em Eijeh.

Ryzek desceu os degraus, e todos nós o seguimos. A nave de temporada cobria-nos, lançando sombras sobre Voa. Décadas de temporada haviam produzido a cidade que nos cercava, uma colcha de retalhos com estruturas antigas de pedra reforçadas com argila, e novas tecnologias coletadas de outras culturas e terras: prédios baixos com pináculos de vidro construídos sobre eles, refletindo imagens de outros planetas; ruas empoeiradas de terra batida com naves finas espelhadas pairando sobre elas; carrocinhas vendendo talismãs canalizadores de corrente ao lado de carrocinhas vendendo implantes de tela que podiam ser encaixados embaixo da pele de uma pessoa.

Naquela manhã, eu havia pintado e sombreado meus olhos com pó azul e trançado meus cabelos volumosos. Vestia a armadura que ganhara à beira da Divisão quando era mais jovem, e a guarda ao redor do meu antebraço esquerdo.

Olhei de novo para Akos. Ele usava armadura também, claro, com as novas botas pretas e uma camisa cinza de manga comprida, apertada demais ao redor dos antebraços. Parecia temeroso. Ele tinha me dito naquela manhã, enquanto eu o observava preparar o analgésico que corria pelas minhas veias, que nunca havia estado fora do planeta antes. E ali estava Eijeh, mudado, caminhando bem à nossa frente. Havia muito a temer.

Ao atravessarmos o portão, assenti para ele e soltei meu braço. Era hora da minha décima primeira Procissão, e eu queria alcançar a nave de transporte sem ajuda.

A caminhada passou em um borrão. Gritos, aplausos, os dedos de Ryzek encontrando mãos estendidas e as apertando. Sua gargalhada, minha respiração, as mãos trêmulas de Akos. Poeira no ar e a fumaça de comida cozida.

Finalmente, entrei na nave de transporte, onde Eijeh e Vas já nos esperavam. Eijeh ajustava seu cinto com a facilidade de alguém que havia feito aquilo dezenas de vezes. Puxei Akos para um assento ao fundo, querendo mantê-lo separado do irmão. Um grande rugido ressoou da multidão quando Ryzek acenou da porta.

Logo depois de a escotilha se fechar, Eijeh encaixou-se nas tiras do cinto que o seguravam no assento, os olhos arregalados, mas também vazios, como se encarasse algo que nenhum de nós conseguia enxergar. Ryzek, que tinha prendido seu cinto, abriu-os e inclinou-se para frente, o rosto a centímetros do de Eijeh.

— O que foi? — perguntou Ryzek.

— Uma visão de problema — disse Eijeh. — Um ato de desobediência. Público.

— Evitável? — Era quase como se eles tivessem conversado exatamente a mesma coisa antes. Talvez tivessem.

— Sim, mas neste caso você deveria deixar acontecer — disse Eijeh, agora concentrado em Ryzek. — Poderá usá-lo a seu favor. Eu tenho um plano.

Ryzek estreitou os olhos.

— Diga.

— Até diria, mas temos plateia. — Eijeh inclinou a cabeça para o fundo da embarcação, onde Akos estava sentado à minha frente.

— Sim, seu irmão é uma inconveniência, não é? — Ryzek estalou a língua.

Eijeh não discordou. Ele se recostou no assento e fechou os olhos quando decolamos.

§

A plataforma de embarque da nave de temporada era um dos meus locais favoritos, vasta e aberta, um labirinto de metal. Diante de nós estava uma frota de transporte, embarcações prontas para nos levar à superfície de um planeta – polidas à perfeição agora, mas logo voltariam manchadas de terra, fumaça, chuva e poeira estelar, marcas de onde elas passariam.

Não eram redondas e achatadas como flutuadores de passageiros, ou denteadas e gigantescas como a nave de temporada. Em vez disso, eram retas e finas, como pássaros presos no meio de um mergulho, com as asas encolhidas para trás. Cada uma era multicolorida, formada de diferentes metais, e grande o bastante para conter ao menos seis passageiros, embora algumas fossem maiores.

Mecânicos de macacão azul-escuro cercaram nossa embarcação quando ela aterrissou. Ryzek desembarcou primeiro, antes de os degraus terem descido da escotilha.

Akos ficou em pé, as mãos fechadas em punhos com tanta força que consegui ver os tendões saltados no dorso da mão.

— Você ainda está aí? – perguntou Akos a Eijeh.

Eijeh suspirou e raspou uma unha sob a outra. Observei-o com cuidado. Ryzek tinha obsessão por unhas limpas e preferia arrancar uma unha a ter sujeira embaixo dela. Aquele gesto, Eijeh limpando as unhas, era algo que lhe pertencia também, ou era um sinal de Ryzek, um sinal da transformação de Eijeh? Quanto de meu irmão pulsava agora dentro de Eijeh Kereseth?

Ele respondeu:

— Não sei o que você quer dizer.

— Sim, sabe. – Akos apertou a mão contra o peito do irmão e empurrou-o contra a parede de metal da embarcação, sem violência, mas com ansiedade, inclinando-se mais perto. – Você se lembra de mim? De Cisi? Do papai?

– Eu me lembro... – Eijeh piscou lentamente, como se tivesse acabado de acordar. – Eu me lembro de seus segredos. – Ele olhou feio para Akos. – Do tempo que você roubava de nossa mãe depois que todos nós íamos dormir. Como você me seguia o tempo todo porque não conseguia se virar sozinho. É isso que você quer dizer?

As lágrimas brilharam nos olhos de Akos.

– Isso não é tudo – disse Akos. – Isso não é tudo que sou para você. Você precisa saber. Você...

– Chega. – Vas caminhou até o fundo da nave. – Seu irmão vem comigo, Kereseth.

As mãos de Akos se contorceram nas laterais do corpo, coçando-se para estrangular. Ele tinha a altura de Vas agora, então seus olhos se encontraram no mesmo nível, mas tinha metade do corpo do outro homem. Vas era uma máquina de guerra, um homem musculoso. Não conseguia sequer imaginar os dois lutando; tudo que eu conseguia ver era Akos no chão, desmaiado.

Akos avançou, e eu também. Sua mão estendeu-se para o pescoço de Vas quando eu cheguei até eles, uma das mãos em cada peito, separando os dois. Foi surpresa, não força, que fez dar certo; eles recuaram, e eu me pus no meio.

– Venha comigo – falei para Akos. – Agora.

Vas riu.

– Melhor ouvi-la, Kereseth. Não são tatuagens de coraçõezinhos que ela esconde embaixo da guarda do braço.

Ele agarrou Eijeh pelo braço e eles saíram da nave. Esperei até não conseguir mais ouvir seus passos e falei para Akos:

– Ele é um dos melhores soldados em Shotet. Não seja idiota.

—Você não tem ideia — retrucou Akos. —Você já se importou tanto com alguém a ponto de odiar a pessoa que tirou esse alguém de você, Cyra?

Uma imagem de minha mãe me veio à mente, uma veia saltando em sua testa, como sempre acontecia quando ela ficava nervosa. Dava uma bronca em Otega por me levar a partes perigosas da cidade durante nossas aulas, ou por cortar meu cabelo na altura do queixo, não consegui me lembrar do quê. Eu a amava mesmo nesses momentos, porque eu sabia que estava prestando atenção, diferente de meu pai, que sequer me olhava nos olhos.

Eu disse:

— Atacar Vas pelo que aconteceu a Eijeh vai apenas deixar você machucado e a mim em maus lençóis. Então, tome um pouco de flor-sossego e se controle antes que eu jogue você para fora da plataforma de embarque.

Por um momento, pareceu que se recusaria, mas, trêmulo, ele enfiou a mão no bolso e tirou uma das pétalas de flor-sossego que sempre mantinha ali. Deixou na boca e apertou-a contra a bochecha.

— Ótimo — falei. — Hora de irmos.

Estendi meu cotovelo, ele pôs a mão ao redor dele. Juntos, atravessamos os corredores da nave de temporada, que eram de metal polido, barulhentos com os ecos de pés e vozes distantes.

Meus aposentos na nave de guerra eram bem diferentes da minha ala na mansão Noavek — bem impessoal, com assoalho escuro encerado e paredes brancas, enquanto na nave eles eram cheios de objetos de outros mundos. Plantas exóticas recobertas com resina e pendendo do teto como um candelabro. Insetos mecânicos brilhantes zumbindo em círculos ao redor delas. Pedaços de tecido que mudavam de cor, dependendo do horário. Um fogão coberto de manchas e uma geladeira para que eu não precisasse ir ao refeitório.

Ao longo da parede ao fundo, havia centenas de discos antigos que continham hologramas de danças, lutas e esportes de outros lugares. Eu amava imitar as técnicas incríveis de queda das dançarinas de Ogra, ou as danças rituais rígidas e estruturadas de Tepes. Ajudavam-me a me concentrar durante as dores. Havia aulas de história nos discos e filmes de outros planetas também: antigas transmissões de notícias, documentários longos e insossos sobre ciência e linguagem; gravações de concertos. Já tinha assistido a todos.

Minha cama ficava no canto, embaixo de uma janela redonda e de uma rede de pequenas lanternas de pedra ardente, os cobertores ainda amarrotados desde a última vez em que eu havia dormido neles. Não permitia que ninguém entrasse em meus aposentos na nave de temporada, nem mesmo para limpá-los.

Pendurado de um buraco no teto, entre as plantas preservadas, havia um pedaço de corda; ele levava até o quarto superior, que eu usava para treinar, entre outras coisas.

Pigarreei.

— Você vai ficar aqui — falei, cruzando o espaço atulhado. Acenei a mão sobre o sensor ao lado de uma porta fechada, ela se abriu deslizando para revelar outro cômodo, também com uma janela redonda para fora. — Costumava ser um closet, obsceno de tão grande. Eram os aposentos particulares de minha mãe antes de ela morrer. — Eu estava balbuciando. Não sabia mais como falar com Akos, depois de ele ter me drogado e se aproveitado de minha bondade, depois de ele ter perdido aquilo pelo que estava lutando e eu não ter feito nada para impedir. Esse era meu padrão: ficar quieta enquanto Ryzek causava estrago.

Akos parou ao lado da porta para olhar a armadura que enfeitava a parede. Não parecia uma armadura shotet, volumosa ou decorada sem necessidade, mas um tanto dela era bonito, feito de metal laranja brilhante e ladeado com um tecido preto resistente. Ele entrou no cômodo seguinte devagar.

Parecia muito com o que ele havia deixado para trás na mansão Noavek: todos os suprimentos e equipamentos necessários para preparar venenos e poções estavam dispostos ao longo de uma parede, arranjados do jeito que ele gostava. Na semana antes de sua traição, enviei uma foto da configuração para ser copiada com exatidão antes de chegarmos. Havia uma cama com lençóis cinza-escuro – a maior parte dos tecidos shotet eram azuis, então foi difícil de encontrar esses lençóis. As pedras ardentes nas lanternas acima da cama haviam sido salpicadas com pó de inveja, então queimavam amarelo. Havia livros sobre elmetahak e cultura shotet na estante baixa ao lado da cama. Apertei o botão ao lado da porta e um mapa holográfico gigantesco de nossa localização estendeu-se no teto – naquele momento, mostrava Voa, pois ainda estávamos pairando sobre ela, mas mostraria nosso caminho através da galáxia enquanto viajássemos.

— Sei que os aposentos são próximos aqui – falei. – Mas o espaço na nave é limitado. Tentei torná-lo habitável para nós dois.

— *Você* fez este lugar? – perguntou ele, virando-se para mim. Não conseguia compreender sua expressão. Concordei com a cabeça.

— Infelizmente, teremos de dividir um banheiro. – Ainda balbuciando. – Mas não é por muito tempo.

— Cyra – interrompeu ele. – Nada é azul. Nem mesmo as roupas. E as flores-do-gelo estão rotuladas em thuvhesita.

— Seu povo acha que azul é amaldiçoado. E você não sabe ler shotet – falei em voz baixa. Minhas sombras-da-corrente começaram a se mover mais rápido, espalhando-se sob minha pele e se empoçando embaixo das bochechas. Minha cabeça latejava tão forte que precisei piscar para espantar as lágrimas. – Os livros sobre elmetahak estão em shotet, infelizmente, mas existe um dispositivo de tradução ao lado deles. Ponha sobre a página e...

— Mas depois do que fiz com você... — disse ele.

— Enviei instruções antes — retruquei.

Akos sentou-se na ponta da cama.

— Obrigado — disse ele. — Desculpe por... tudo. Eu só queria levar meu irmão embora. Era tudo no que eu conseguia pensar.

Senti algo desabrochar dentro de mim, algo que sempre esteve dormente, um instinto e uma chama. Sua sobrancelha era uma linha reta e baixa sobre os olhos que tornava fácil enxergar sua tristeza como raiva. Ele havia cortado o queixo ao se barbear.

Havia um rouquejar em seu sussurro:

— Ele foi a última coisa que perdi.

— Eu sei — comentei, mas não sabia, não de verdade. Assisti a Ryzek fazer coisas que reviravam meu estômago. Mas para mim era diferente do que era para Akos. Eu, ao menos, sabia que Ryzek era capaz de tais horrores. Ele não tinha como compreender o que Eijeh havia se tornado.

— Como vocês continuam fazendo isso? — perguntou ele. — Continuam quando tudo está tão horrível?

Horrível. Assim era a vida? Eu nunca a havia nomeado. A dor tinha uma maneira de fatiar o tempo. Eu pensava no próximo minuto, na próxima hora. Não havia espaço suficiente na minha mente para juntar todas aquelas peças, encontrar palavras para resumir o todo. Mas a parte do "avançar", eu conhecia palavras para nomeá-la.

— Encontre outra razão para continuar — aconselhei. — Não precisa ser boa ou nobre. Precisa apenas ser uma razão.

Eu conhecia a minha: havia uma fome dentro de mim, e ela sempre esteve aqui. Essa fome era mais forte do que a dor, mais forte do que o horror. Ela continuava correndo mesmo depois de tudo dentro de mim ter desistido. Não era esperança, ela não alçava voo; ela rastejava, unhava e se arrastava, e não me deixaria parar.

E, quando finalmente eu a nomeei, descobri que era algo muito simples: o desejo de viver.

Aquela era a última noite do Festival de Temporada, quando as poucas e derradeiras embarcações de transporte aterrissavam na plataforma de embarque e todos festejavam juntos na nave de temporada. As pessoas que levávamos conosco deviam estar esfuziantes agora, sua confiança e determinação impulsionadas pelos eventos festivos da semana anterior, e para mim parecia que estavam. A multidão que carregou Akos e a mim na onda em direção à plataforma de embarque era alegre e ruidosa. Com cuidado, mantive minha pele nua longe deles; não queria chamar atenção causando dor nas pessoas.

Caminhei até a plataforma onde Ryzek estava recostado ao parapeito, com Eijeh à sua direita. Onde estava Vas?

Eu usava minha armadura shotet, polida à perfeição, sobre um longo vestido preto sem mangas. O tecido raspava a ponta das minhas botas enquanto eu avançava.

As marcas de assassínio de Ryzek estavam totalmente à mostra; ele mantinha o braço flexionado para exibi-las em seu melhor ângulo. Algum dia, ele começaria uma segunda fileira, como meu pai. Quando cheguei, ele lançou um sorriso que me fez estremecer.

Tomei meu lugar à sua esquerda no parapeito. Eu devia mostrar meu dom-da-corrente em momentos como este, lembrar ao povo ao nosso redor que, apesar do charme de Ryzek, não estávamos de brincadeira. Tentei aceitar a dor, absorvê-la como eu fazia com o vento frio quando esquecia de usar o casaco correto, mas achei difícil me concentrar. À minha frente, a multidão ansiosa hesitava e pairava. Eu não devia me contorcer; não me contorceria, não me contorceria...

Soltei um suspiro aliviado quando a última nave de transporte entrou pela escotilha da plataforma de embarque. Todos aplaudiram quando as portas da nave se abriram, e o último grupo shotet saiu. Ryzek ergueu as duas mãos para aquietar o povo. Era hora do discurso de boas-vindas.

Mas, assim que Ryzek abriu a boca, uma jovem avançou do grupo que havia acabado de sair da embarcação de transporte. Tinha uma trança longa e loira e não usava as cores brilhantes dos shotet mais comuns na multidão lá embaixo, mas o luxo do sutil cinza azulado que combinava com seus olhos. Era uma cor popular entre os abastados de Shotet.

Era Lety Zetsyvis, filha de Uzul. Segurava uma lâmina-da-corrente para o alto, e os tentáculos escuros envolviam sua mão como cordões, unindo a lâmina ao corpo.

— A primeira criança da família Noavek — gritou ela na ponta dos pés — cairá pelas mãos da família Benesit!

Era a fortuna de meu irmão, proferida a plenos pulmões.

— Essa é sua fortuna, Ryzek Noavek! — gritou Lety. — Falhar conosco e cair!

Vas, que havia aberto caminho na multidão, agarrou-a pelo pulso com a firmeza de um guerreiro bem-treinado. Ele se curvou sobre ela, torcendo sua mão para trás e forçando-a a se ajoelhar. Sua lâmina-da-corrente foi ao chão com um estalo.

— Lety Zetsyvis — disse Ryzek, cantarolando. O lugar ficou tão silencioso que ele nem precisou aumentar a voz. Estava sorrindo enquanto ela se debatia nas mãos de Vas, os dedos ficando brancos com a pressão. — Essa fortuna... é uma mentira contada pelas pessoas que querem nos destruir — continuou ele. Ao seu lado, Eijeh balançou um pouco a cabeça, como se a voz de Ryzek fosse uma música que ele conhecesse de cor. Talvez fosse por isso que Ryzek não pareceu surpreso ao ver Lety de joelhos abaixo de nós, porque Eijeh viu que aquilo aconteceria. Graças a seu oráculo, Ryzek sabia o que dizer, o que fazer.

— São pessoas que nos temem por nossa força e procuram nos diminuir: a Assembleia, Thuvhe — continuou Ryzek. — Quem ensinou você a acreditar nessas mentiras, Lety? Imagino que seja porque você concorda com as mesmas visões daqueles que foram à sua casa assassinar seu pai.

Então, era assim que Ryzek estava torcendo as coisas. Em vez de Lety declarar a fortuna de meu irmão, uma cruzada pela verdade, ela estava cuspindo as mesmas mentiras que nossos inimigos thuvhesitas supostamente contaram. Era uma traidora, possivelmente até mesmo alguém que permitira que os assassinos entrassem no seio de sua família para matar seu pai. Ridículo, de verdade, mas às vezes as pessoas apenas acreditavam no que outros diziam para elas. Era mais fácil sobreviver dessa forma.

— Meu pai não foi assassinado — disse Lety em voz baixa. — Ele tirou a própria vida, porque você o torturou, o torturou com essa *coisa* que você chama de irmã, e a dor o deixou enlouquecido.

Ryzek sorriu para ela como se fosse a louca, despejando insanidades. Ele lançou um olhar ao redor para as pessoas que esperavam por sua resposta com a respiração suspensa.

— Isso — disse ele, apontando para Lety. — *Isso* é o veneno que nossos inimigos desejam usar para nos destruir... de dentro para fora, não ao contrário. Eles contam mentiras para que nos voltemos uns contra os outros, nos voltemos contra nossa família e nossos amigos. É por isso que precisamos nos proteger não apenas de suas ameaças em potencial a nossa vida, mas também de suas palavras. Somos um povo que foi fraco no passado. Não devemos nos tornar fracos de novo.

Eu senti o calafrio que atravessou a multidão com suas palavras. Tínhamos acabado de passar uma semana lembrando como nossos ancestrais vieram de longe, abalados pela galáxia, nossas crianças levadas de nós, nossas crenças sobre a coleta e a renovação ridicularizadas em todo o universo. Aprendemos a revidar, estação por estação. Embora eu soubesse que as verdadeiras intenções de Ryzek não eram proteger Shotet, mas a *si mesmo* e a dinastia Noavek, quase fui tomada pela emoção em sua voz e pela força que nos oferecia como mão estendida.

— E não há golpe mais eficaz do que me atacar, o líder de nosso grande povo. — Ele balançou a cabeça. — Não podemos permitir que este veneno se espalhe em nossa sociedade. Ele precisa ser drenado, gota a gota, até não representar mais perigo.

Os olhos de Lety estavam cheios de ódio.

— Como você é filha de uma de nossas famílias mais queridas e está obviamente sentida pela perda do pai, vou lhe dar uma chance de lutar pela sua vida na arena em vez de simplesmente perdê-la. E como você atribui um tanto dessa suposta culpa à minha irmã, é ela quem você enfrentará – disse Ryzek. — Espero que veja o quanto há de misericórdia neste ato.

Fiquei surpresa demais para protestar — e ciente demais de quais seriam as consequências: a fúria de Ryzek. Parecer uma covarde na frente de todas essas pessoas. Perder minha reputação como alguém a se temer, que era minha única vantagem. E então, claro, a verdade sobre minha mãe, que sempre pairava sobre Ryzek e mim.

Lembrei-me do jeito que as pessoas entoavam o nome de minha mãe enquanto caminhavam pelas ruas de Voa durante minha primeira Procissão. Seu povo a amava, a maneira como mantinha a tensão entre a força e a misericórdia. Se soubessem que fui responsável por sua morte, eles me destruiriam.

Veias de escuridão mancharam minha pele quando encarei Lety de cima. Ela cerrou os dentes e me encarou de volta. Consegui sentir que ela tiraria minha vida com prazer.

Quando Vas ergueu Lety com um puxão, as pessoas na multidão gritaram para ela: "Traidora!", "Mentirosa!" Eu não senti nada, nem medo. Nem mesmo a mão de Akos, tomando meu braço para me acalmar.

— Você está bem? — perguntou-me Akos.

Neguei com a cabeça.

Estávamos na antessala diante da arena. Estava escuro, exceto pelo brilho de nossa cidade através da janela, que ainda refletiria a luz do Sol por algumas horas. A sala era adornada com retratos da família Noavek sobre a porta: minha avó, Lasma Noavek, que havia assassinado todos os seus irmãos e irmãs para garantir que sua linhagem fosse afortunada; meu pai, Lazmet Noavek, que atormentou meu irmão até extinguir a bondade dentro dele por causa de sua fortuna fraca; e Ryzek Noavek, pálido e jovem, produto de duas gerações odiosas. Minha pele mais escura e constituição mais sólida foram heranças da família de minha mãe, um ramo da linhagem Radix, parente distante do primeiro homem que Akos havia assassinado. Todos os retratos tinham o mesmo sorriso leve, cercado pelas estruturas de madeira escura e roupas finas.

Ryzek e todo soldado shotet que pudesse caber no corredor esperavam do lado de fora. Consegui ouvir suas conversas através das paredes. Meu irmão declarou que aquele desafio aconteceria logo depois de seu discurso de boas-vindas, mas antes do banquete. Afinal, não havia nada como uma boa luta até a morte para deixar os soldados shotet famintos.

— É verdade o que aquela mulher disse? — perguntou Akos. — Você fez aquilo mesmo com o pai dela?

— Fiz – respondi, porque pensei que era melhor não mentir. Mas não foi melhor; não me senti melhor por isso.

— Que poder é esse que Ryzek tem sobre você? – questionou Akos. – Para obrigá-la a fazer coisas que você mal consegue admitir?

A porta abriu, e eu estremeci, pensando que havia chegado a hora. Mas Ryzek a fechou assim que entrou, parando embaixo do próprio retrato. Não parecia mais com ele, o rosto redondo demais e manchado.

— O que você quer? – perguntei. – Quer dizer, além da execução que você ordenou sem mesmo me consultar.

— O que eu ganharia ao consultá-la? – indagou Ryzek. – Teria de ouvir seus protestos irritantes primeiro, e, depois, quando eu a lembrasse de como você foi idiota em confiar neste daí – ele meneou a cabeça para Akos –, de como essa idiotice quase fez com que eu perdesse meu *oráculo*, quando eu lhe oferecesse este desafio de arena como maneira de reparar seus erros, você concordaria.

Fechei meus olhos por um instante.

— Vim dizer a você que deve deixar sua faca aqui – disse Ryzek.

— Sem *faca*? – questionou Akos. – Ela pode ser apunhalada antes de ter a chance de botar as mãos naquela mulher! Quer que ela morra?

Não, pensei. Ele queria que eu matasse. Só não com uma faca.

— Ela sabe o que eu quero – respondeu Ryzek. – E ela sabe o que vai acontecer se eu não conseguir. Boa sorte, irmãzinha.

Ele saiu da sala. Tinha razão: eu sabia, sempre soube. Queria que todos vissem que as sombras que percorriam minha pele serviam para causar mais do que dor; elas também me tornavam letal. Não apenas o Flagelo de Ryzek. Hora de ser promovida a Executora de Ryzek.

— Me ajude a tirar a armadura – murmurei.

— Quê? Do que você está falando?

— Não me questione – retruquei. — Me ajude a tirar a armadura.

— Você não quer sua armadura? — questionou Akos. — Vai deixar que ela te mate?

Comecei com a primeira correia. Meus dedos eram calejados, mas as correias haviam sido puxadas com tanta força que ainda feriam as pontas de meus dedos. Forcei-as para trás e para frente, aumentando um tanto a pressão, em movimentos irregulares e frenéticos. Akos cobriu minha mão com a sua.

— Não – falei. — Não preciso de armadura. Não preciso de faca.

Girando sobre os nós de meus dedos estavam as sombras, densas e escuras como tinta.

Eu tive graves problemas para garantir que ninguém soubesse o que havia acontecido com minha mãe — o que eu fizera com ela. Mas era melhor que Akos soubesse antes que sofresse ainda mais por me conhecer. Melhor que nunca me olhasse com simpatia de novo do que acreditasse em uma mentira.

— Como você acha que minha mãe morreu? — Eu ri. — Eu a toquei e empurrei toda a escuridão e toda a dor para dentro dela, tudo porque eu estava irritada por ser obrigada a ir a outro médico para mais tratamento ineficaz contra meu dom-da-corrente. Ela queria apenas me ajudar, mas eu tive um ataque de fúria, e isso a matou. — Puxei minha guarda de braço o suficiente para revelar uma cicatriz torta riscada bem abaixo do meu cotovelo, no lado de fora do braço. Minha primeira marca de assassínio. — Meu pai cravou a marca. Ele me odiou por isso, mas também ficou... *orgulhoso*.

Engasguei com a palavra.

— Quer saber o poder que Ryzek tem sobre mim? — Eu ri de novo, dessa vez entre lágrimas. Soltei a última correia do peitoral da armadura com um puxão, passei-a sobre minha cabeça e joguei-a na parede com as duas mãos. Quando ela colidiu com o metal, o som foi ensurdecedor na pequena antessala.

A armadura foi ao chão, incólume. Nem mesmo perdera sua forma.

— Minha mãe. Minha amada e reverenciada mãe foi tirada dele, de Shotet — cuspi as palavras sobre ele. Alta, minha voz estava alta. — Eu a tomei. Eu a tomei de mim mesma.

Teria sido mais fácil se ele tivesse me olhado com ódio ou desprezo. Mas não. Ele estendeu a mão para mim, suas mãos trazendo alívio, e eu saí da antessala para dentro da arena. Não queria alívio. Eu merecia aquela dor.

A multidão urrou quando apareci. O chão preto da arena brilhava como vidro; provavelmente tinha acabado de ser polido para a ocasião. Vi minhas botas refletidas nele, as fivelas abertas. Erguidas ao meu redor havia fileiras de bancos de metal, cheias de espectadores, seus rostos escuros demais para que eu os enxergasse claramente. Lety já estava lá, vestida com a armadura shotet, usando botas pesadas com biqueira de metal, balançando as mãos.

Avaliei-a imediatamente, segundo os ensinamentos de elmetahak: era um palmo mais baixa do que eu, porém musculosa. Os cabelos loiros estavam atados em um coque firme atrás da cabeça para mantê-los fora do caminho. Era uma aluna de zivatahak, então seria rápida, ágil, nos segundos antes de perder.

— Nem mesmo fez caso de botar sua armadura? — desdenhou Lety. — Vai ser fácil.

Sim, seria.

Ela puxou a lâmina-da-corrente, a mão envolta na corrente escura — na cor das minhas sombras-da-corrente, mas não na forma. Embora estivessem enroladas em seu pulso, nunca tocavam sua pele. Mas minha corrente estava enterrada dentro de mim. Ela fez uma pausa, esperando que eu sacasse minha arma.

— Vamos — falei e acenei para ela.

A multidão urrou de novo, e então não consegui mais ouvi-la. Estava concentrada em Lety, na maneira como ela avançava na minha direção, tentando ler a estratégia em minhas ações. Mas eu permaneci lá, parada, os braços pendendo ao lado do corpo, deixando a força do meu dom-da-corrente aumentar com meu medo.

Por fim, ela decidiu fazer seu primeiro movimento. Vi em seus braços e pernas antes de ela se mover e desviei para o lado quando me atacou, encurvando-me para longe dela, como uma dançarina de Ogra. O movimento surpreendeu-a; ela cambaleou para frente, agarrando-se à parede da arena.

Minhas sombras-da-corrente estavam tão densas, tão doloridas, que eu mal conseguia ver direito. A dor rugia dentro de mim, e eu a recebia de braços abertos. Lembrei-me do rosto contorcido de Uzul Zetsyvis entre minhas mãos manchadas e o vi em sua filha, a sobrancelha franzida com ódio e concentração.

Ela atacou de novo, dessa vez apontando a lâmina para as minhas costelas, e eu rebati com meu antebraço, em seguida estendi a mão para agarrar seu pulso. Girei com tudo e forcei sua cabeça para baixo, desferindo uma joelhada no rosto. O sangue espirrou dos lábios, e ela gritou. Mas não pelo ferimento. Pelo meu toque.

A lâmina-da-corrente caiu entre nós. Mantendo minha mão em um dos braços de Lety, empurrei-a com a outra até ela ficar de joelhos e me movi para trás dela. Encontrei Ryzek na multidão, sentado na plataforma elevada com as pernas cruzadas, como se assistisse a uma palestra ou a um discurso, e não a um assassinato.

Esperei até os olhos dele encontrarem os meus, e então empurrei. Empurrei toda a sombra, toda a dor para dentro do corpo de Lety Zetsyvis, sem manter uma gota dentro de mim. Foi fácil, tão fácil e rápido. Fechei meus olhos enquanto ela gritava e estremecia até falecer.

Por um momento, tudo ficou turvo. Soltei seu corpo amolecido, virei-me para entrar de novo na antessala. A multidão inteira silenciou. Quando passei pela entrada da antessala, estava, desta vez, livre das sombras. Era apenas temporário. Logo elas retornariam.

Quando estávamos fora da visão de todos, Akos estendeu a mão para mim, puxando-me contra seu corpo. Apertou-me em seu peito, algo parecido com um abraço, e disse para mim na língua de meus inimigos:

— Acabou — afirmou ele, em thuvhesita sussurrado. — Agora, acabou.

Mais tarde, naquela noite, eu tranquei a porta dos meus aposentos para que ninguém pudesse entrar. Akos esterilizou uma faca sobre os queimadores em sua sala e a resfriou com água da torneira. Pousei meu braço sobre a mesa, e em seguida abri as presilhas da minha guarda de braço, uma a uma, começando pelo pulso e terminando no cotovelo. A guarda era rígida, dura, e, apesar de seu forro, deixava minha pele úmida de suor no fim do dia.

Akos sentou-se diante de mim, faca esterilizada na mão, e observou quando puxei as pontas da guarda de braço para trás, revelando a pele nua embaixo dela. Não perguntei a ele o que havia imaginado. Provavelmente supôs, como a maioria das pessoas, que a guarda cobria fileiras e mais fileiras de marcas de assassínio. Que eu escolhi cobri-las porque, de alguma forma, alimentar o mistério em torno delas me deixava mais ameaçadora. Nunca desencorajei esse rumor. A verdade era muito pior.

Havia marcas de cima a baixo em meu braço, do cotovelo ao pulso, fileira após fileira. Pequenas linhas escuras, perfeitamente espaçadas, cada uma com o mesmo tamanho. E sobre cada uma, uma pequena marca diagonal, negando-a, segundo a lei shotet.

Akos franziu a testa e tomou meu braço com as duas mãos, segurando-me apenas com as pontas dos dedos. Virou meu braço, correndo os dedos sobre uma das fileiras. Quando chegou ao fim, tocou o indicador em uma das marcas diagonais, virando o braço para compará-la com a sua. Estremeci ao ver nossa pele lado a lado, a minha amorenada, a dele, pálida.

— Não são assassinatos — disse ele em voz baixa.

— Eu marquei apenas a morte de minha mãe — falei, também em voz baixa. — Não se engane, sou responsável por mais mortes, mas parei de registrá-las depois dela. De qualquer forma, até Zetsyvis.

— E em vez disso, você registra... o quê? — Ele apertou meu braço. — Para que são todas essas marcas?

— A morte é misericórdia se comparada à agonia que eu causei. Então, mantenho um registro de dor, não de assassinatos. Cada marca é alguém que feri porque Ryzek me disse para fazê-lo. — No início, eu contava as marcas, sempre certa de seu número. Na época, não sabia exatamente por quanto tempo Ryzek me usaria como sua interrogadora. Mas, com o tempo, parei de contar. Saber o número apenas deixava as coisas piores.

— Quantas estações você tinha na primeira vez que ele pediu para você fazer isso?

Não entendi o tom de sua voz, com toda aquela suavidade. Eu havia acabado de mostrar para ele a prova da minha monstruosidade, e ainda assim seus olhos fitavam os meus com compaixão, e não com julgamento. Talvez ele não estivesse entendendo o que eu dizia para me olhar daquele jeito. Ou pensasse que eu estava mentindo ou exagerando.

— O suficiente para saber que era errado — respondi, ríspida.

— Cyra. — Suave de novo. — Quantas estações?

Recostei-me na minha poltrona.

— Dez — admiti. — E foi meu pai, não Ryzek, que pediu pela primeira vez.

Ele abaixou a cabeça. Tocou a ponta da faca na mesa e girou o cabo em círculos rápidos, marcando a madeira.

Por fim, ele disse:

— Quando eu tinha dez estações, não sabia da minha fortuna ainda. Então, queria ser um soldado de Hessa, daqueles que patrulhavam os campos de flores-do-gelo de meu pai. Ele era fazendeiro. — Akos equilibrou o queixo em uma das mãos enquanto me olhava. — Mas um dia criminosos entraram nos campos enquanto ele estava trabalhando para roubar um pouco da nossa colheita, e meu pai tentou impedi-los antes que os soldados chegassem lá. Foi para casa com um corte imenso no rosto. Minha mãe começou a gritar com ele. — Akos sorriu um pouco. — Não fazia muito sentido, gritar com alguém por ter se ferido, não é?

— Bem, ela temeu por ele — comentei.

— É. Eu fiquei assustado também, eu acho, porque naquela noite decidi que não queria ser soldado, se meu trabalho fosse receber um corte como aquele.

Não consegui conter uma risadinha.

— Eu sei — disse ele com o canto do lábio curvado. — Mal sabia eu como seriam meus dias agora.

Ele bateu na mesa, e eu percebi pela primeira vez suas unhas irregulares, e todos os cortes ao longo das cutículas. Teria de tirar dele o hábito de roer as unhas.

— O que quero dizer é — continuou — que quando eu tinha dez estações fiquei tão assustado apenas *vendo* a dor que mal consegui suportar. Enquanto isso, você com dez estações foi obrigada a causá-la, várias e várias vezes, por alguém muito mais poderoso que você. Alguém que devia estar protegendo você.

Por um momento, me ressenti daquele pensamento. Mas apenas por um momento.

— Não tente me absolver da culpa. — Quis soar ríspida, como se estivesse dando uma bronca, mas em vez disso parecia que estava implorando para ele. Limpei a garganta. — Tudo bem? Não melhora as coisas.

—Tudo bem — disse ele.

—Você aprendeu este ritual? — perguntei.

Ele fez que sim com a cabeça.

— Crave a marca — falei, minha garganta apertada.

Estendi o braço, apontando para um pedaço de pele nua no dorso de meu pulso, embaixo do ossinho alto. Ele tocou a ponta da faca, ajustou-a para que ficasse no mesmo intervalo das outras marcas, então enterrou. Não tão fundo, mas suficiente para que o extrato de capim-pena pudesse se assentar.

Lágrimas indesejáveis marejaram meus olhos, e o sangue borbulhou do ferimento. Escorreu na lateral do braço quando procurei em uma das gavetas da cozinha pelo frasco correto. Akos tirou a rolha, e eu mergulhei o pequeno pincel que mantinha com o frasco. Falei o nome de Lety Zetsyvis quando pintei com fluído escuro o corte que ele havia cravado.

Queimou. Todas as vezes eu pensava que me acostumaria com o quanto queimava, e todas as vez eu me enganava. Devia queimar, devia me lembrar de que não era algo trivial tirar uma vida, registrar uma perda.

— Você não diz as outras palavras? — perguntou Akos. Estava se referindo à oração, o fim do ritual. Neguei com a cabeça. — Eu também não — confessou ele.

Quando a queimação diminuiu, Akos envolveu uma atadura no meu braço, uma vez, duas, três vezes, e prendeu-a com um pedaço de fita. Nenhum de nós limpou o sangue na mesa. Provavelmente secaria ali, e eu teria de raspá-lo com uma faca mais tarde, mas não liguei.

Escalei a corda até o quarto sobre nós, passei pelas plantas preservadas em resina e os besouros mecânicos encarapitados entre elas, recarregando por ora. Akos me seguiu.

A nave de temporada estava tremendo, suas turbinas preparando-se para lançá-la na atmosfera. O teto do quarto lá em cima era coberto de telas que mostravam tudo que havia sobre nós – neste caso, o céu de Shotet. Canos e aberturas enchiam o espaço por todos os lados – tinha apenas o tamanho necessário para uma pessoa se mover, na verdade, mas ao longo da parede ao fundo havia assentos emergenciais dobrados junto à parede. Eu os puxei, e Akos e eu sentamos.

Ajudei-o a prender o cinto que o manteria seguro durante a decolagem sobre o peito e as pernas, e entreguei um saco de papel, no caso de o movimento da nave deixá-lo enjoado. Em seguida, coloquei meu cinto. Em toda a nave, o restante dos shotet estaria fazendo a mesma coisa, reunindo-se nos corredores para puxar os assentos de emergência das paredes e prender os cintos uns dos outros.

Juntos, esperamos a nave decolar, ouvindo a contagem regressiva nos alto-falantes. Quando a voz chegou a "dez", Akos segurou minha mão, e eu a apertei, com força, até que a voz dissesse "um".

As nuvens de Shotet passaram a toda velocidade por nós, e a força pesou, esmagando-nos em nossos assentos. Akos grunhiu, mas eu apenas observei como as nuvens se distanciavam e a atmosfera azul desaparecia na escuridão do espaço. Ao nosso redor, tudo era céu estrelado.

—Viu? – falei, entrelaçando meus dedos com os dele. – É lindo.

CAPÍTULO 14 | CYRA

Houve uma batida na minha porta naquela noite, quando eu estava deitada na cama de meus aposentos da nave de temporada, o rosto enterrado em um travesseiro. Eu me pus de pé, uma perna de cada vez, para ir atender. Havia dois soldados esperando no corredor, um homem e uma mulher, os dois esguios. Às vezes, a escola de combate de uma pessoa ficava óbvia apenas de olhar — aqueles eram alunos de zivatahak, rápidos e mortais. E tinham medo de mim. O que não era surpresa.

Akos cambaleou para dentro da cozinha para ficar ao meu lado. Os dois soldados trocaram um olhar malicioso, e eu me lembrei do que Otega dizia sobre as bocas shotet amarem uma fofoca. Não havia como evitar: Akos e eu vivíamos muito próximos, então acabavam falando sobre o que éramos e o que fazíamos atrás das portas fechadas. Eu não me importava o suficiente para desencorajar o falatório. De qualquer forma, era melhor ser motivo de fofoca por isso do que por assassinar e torturar.

— Perdão por incomodá-la, senhorita Noavek. O soberano precisa falar com a senhorita agora — disse a mulher. — A sós.

O gabinete de Ryzek na nave de temporada parecia a miniatura de seu gabinete em Voa. A madeira escura que compunha o assoalho e os painéis de parede, polida à perfeição, era nativa de Shotet – crescia nas florestas densas de nosso equador, dividindo-nos dos thuvhesitas que invadiram o Norte séculos atrás. Na selva, os fenzu que mantínhamos presos no candelabro redondo zumbiam na copa das árvores. Porém como a maioria das casas shotet mais antigas os usavam para iluminação, a família Zetsyvis – agora apenas com Yma para encabeçá-la – garantia os fenzu de criação em grandes números para quem estivesse disposto a pagar um alto preço. E Ryzek era um deles – insistia que seu brilho era mais agradável que o das pedras ardentes, embora eu não visse muita diferença.

Quando entrei, Ryzek estava em pé na frente de uma grande tela que ele costumava manter escondida atrás de um painel deslizante. Mostrava um parágrafo denso de texto; levou alguns tiques para eu perceber que estava lendo uma transcrição do anúncio das fortunas pelo líder da Assembleia. Nove linhagens de nove famílias, espalhadas por toda a galáxia, os caminhos de seus membros predeterminados e inalteráveis. Ryzek em geral evitava todas as referências à sua "fraqueza", como meu pai a chamava, a fortuna que o assombrava desde seu nascimento: que ele seria morto pelas mãos da família Benesit. Em Shotet, era ilegal falar ou ler sobre isso, tendo como punição a prisão ou até a execução.

Se estava lendo as fortunas, não estava de bom humor, e isso acontecia a maior parte do tempo. O que significava que eu deveria pisar em ovos. Mas, naquela noite, eu me perguntei por que deveria me importar.

Ryzek cruzou os braços, inclinou a cabeça e falou:

– Você não sabe a sorte que tem, com sua fortuna tão ambígua – disse ele. – *A segunda criança da família Noavek cruzará a Divisão*. Por que motivo você cruzará a Divisão para Thuvhe? – Ele ergueu os ombros. – Ninguém sabe ou se importa. Sortuda, sortuda.

Eu ri.

— Sou?

— É por isso que é tão importante que me ajude — continuou Ryzek, como se não tivesse me ouvido. — Você pode se permitir. Não precisa lutar tanto contra o que o mundo espera de você.

Ryzek vinha sopesando sua vida contra a minha desde que eu era criança. Que eu estava em dor constante, que não podia me aproximar de ninguém e que havia vivenciado uma perda profunda da mesma forma que ele, essas eram coisas que ele não parecia registrar na mente. Tudo o que via era que nosso pai me ignorava em vez de me sujeitar a horrores e que minha fortuna não fazia os shotet duvidarem de minha força. Para ele, eu era uma criança sortuda, e não havia como discutir.

— O que aconteceu, Ryzek?

— Além de todos os shotet serem lembrados da minha fortuna ridícula por Lety Zetsyvis, você diz?

À menção dela, estremeci involuntariamente, lembrando-me de como sua pele estava quente quando ela morreu. Prendi minhas mãos à frente do corpo para impedir que tremessem. O analgésico de Akos não suprimia as sombras por completo; elas se moveram, lentas, embaixo da pele, trazendo uma dor aguda com elas.

— Mas você estava pronto para aquilo — falei, fixando meus olhos no queixo de meu irmão. — Agora, ninguém vai ousar repetir o que ela disse.

— Não é só isso — disse Ryzek, e ouvi em sua voz uma reminiscência de como ela soava quando era mais jovem, antes de meu pai tê-lo envolvido totalmente. — Segui o rastro da confissão de Uzul Zetsyvis até uma fonte verdadeira. Há uma colônia de exílio em algum lugar lá fora. Talvez mais de uma. E eles têm contatos entre nós.

Senti um calafrio no peito. Então, o rumor da colônia de exílio fora confirmado. Pela primeira vez, a colônia não representava uma ameaça para mim, mas algo como... esperança.

— Uma exibição de força é boa, mas precisamos de mais. Precisamos que não haja dúvida de que estou no comando e de que voltaremos desta temporada ainda mais poderosos. — Ele deixou a mão pairar sobre meu ombro. — Precisaremos de sua ajuda mais do que nunca, Cyra.

Sei o que você quer, pensei. Ele queria arrancar pela raiz cada dúvida e cada murmúrio contra ele e esmagá-los. E eu deveria ser a ferramenta que ele usaria para fazê-lo. O Flagelo de Ryzek.

Fechei os olhos por um instante enquanto as lembranças de Lety vinham até mim. Eu as sufoquei.

— Por favor, sente-se. — Ele apontou para uma das poltronas postas diante da tela. Eram antigas, com o estofado cerzido. Reconheci-as do antigo gabinete de meu pai. O tapete embaixo delas era de Shotet, rústico, de capim tecido. De fato, nada na sala era coletado; meu pai odiava a prática, dizia que nos deixava fracos e precisava ser abandonada aos poucos, e Ryzek parecia concordar. Eu era a única que restava com afinidade pelo lixo de outros povos.

Sentei-me na ponta da poltrona, as fortunas das linhagens afortunadas brilhando perto da minha cabeça. Ryzek não se sentou diante de mim. Em vez disso, ficou em pé atrás de outra poltrona, apoiado em seu espaldar alto. Ele dobrou as mangas da camisa do braço marcado, exibindo suas marcas.

Tocou o dedo indicador torto sobre uma das fortunas da tela, então as palavras dobraram de tamanho.

As fortunas da família Benesit são as seguintes:

A primeira criança da família Benesit criará seu duplo para o poder.

A segunda criança da família Benesit reinará sobre Thuvhe.

— Ouvi boatos de que esta segunda criança — ele bateu na segunda fortuna, o nó do dedo resvalando na palavra *reinará* — logo se declarará, e que ela é de berço thuvhesita — disse Ryzek. — Não posso mais ignorar as fortunas... seja quem for essa criança dos Benesit, as fortunas dizem que ela será a governante de Thuvhe e responsável pela minha desgraça. — Eu não havia ligado as peças antes. A fortuna de Ryzek era cair pelas mãos da família Benesit, e a família Benesit estava fadada a governar Thuvhe. Claro que ele estava obcecado por elas, pois tinha seu oráculo.

— Minha intenção — acrescentou ele — é matá-la antes que apareça, com ajuda de nosso novo oráculo.

Encarei a fortuna escrita na tela. Durante toda a minha vida me ensinaram que toda fortuna seria cumprida, não importava o que qualquer um fizesse para impedi-la. Mas era exatamente o que ele estava propondo: queria frustrar sua fortuna matando aquela que deveria cumpri-la. E tinha Eijeh para lhe dizer como.

— Isso é... isso é impossível — falei antes que pudesse me refrear.

— Impossível? — Ele ergueu as sobrancelhas. — Por quê? Porque ninguém conseguiu fazê-lo? — As mãos apertaram-se no espaldar da poltrona. — Acha que eu, de todas as pessoas na galáxia, não posso ser o primeiro a desafiar minha fortuna?

— Não foi o que eu quis dizer — afirmei, tentando ficar controlada frente à sua raiva. — Falei apenas que nunca vi acontecer, é isso.

— Logo verá — retrucou ele, o rosto contorcendo-se, ameaçador. — E você vai me ajudar.

Pensei, de repente, em Akos me agradecendo pela maneira que montei seu quarto quando chegamos à nave de temporada. Sua expressão calma quando pegou meu braço cicatrizado. O jeito que riu quando corremos um atrás do outro pela chuva azul da temporada. Esses foram os primeiros momentos de alívio que vivenciei desde que minha mãe morrera. Queria mais deles. E menos... disso.

– Não – falei. – Não vou.

Sua antiga ameaça de que, se eu não fizesse o que ele mandava, diria aos shotet o que eu fizera a minha querida mãe, não me assustava mais. Dessa vez, ele havia cometido um erro: havia confessado que precisava de minha ajuda.

Cruzei a perna e pousei as mãos sobre o joelho.

– Antes que me ameace, deixe-me dizer uma coisa: não acho que você arriscaria me perder justo agora – falei. – Não depois de tanto tentar garantir que eles me temessem.

Era o que o desafio com Lety significara, no fim das contas: uma demonstração de poder. *Seu* poder.

Mas aquele poder, na verdade, pertencia a mim.

Ryzek vinha aprendendo a imitar nosso pai desde que era criança, e meu pai era excelente em esconder suas reações. Acreditava que qualquer expressão descontrolada o deixava vulnerável; sabia que sempre seria observado, não importava onde estivesse. Ryzek vinha melhorando essa habilidade desde sua juventude, mas ainda não era um mestre. Quando o encarei sem piscar, seu rosto se contorceu. Ódio. E medo.

– Não preciso de você, Cyra – disse ele, baixinho.

– Não é verdade – retruquei, levantando-me. – Mas mesmo que fosse verdade... deveria lembrar o que aconteceria se eu decidisse pôr a mão em você.

Mostrei para ele a palma da mão, desejando que o dom-da-corrente submergisse. Desta vez, ele atendeu ao meu chamado, ondeando pelo meu corpo e – por um momento – envolvendo cada um de meus dedos como fios pretos. Os olhos de Ryzek foram atraídos por eles, aparentemente sem permissão.

— Vou continuar a encenar meu papel de irmã leal, essa coisa ameaçadora – continuei. – Mas não causarei mais dor em ninguém por você.

Com isso, dei as costas para ele. Fui até a porta, meu coração palpitando com força.

— Cuidado – disse Ryzek enquanto eu me afastava. – Você pode se arrepender desse momento.

— Duvido – falei, sem me virar de volta. – Afinal, não sou eu quem tem medo da dor.

— Eu não tenho – disse ele, ríspido – medo da dor.

— Ah é? – Virei-me. – Venha até aqui e pegue minha mão, então.

Estendi a mão para ele, a palma para cima manchada de sombras, meu rosto estremecendo com a dor que ainda restava. Ryzek não se moveu.

— Foi o que pensei – falei e saí.

Quando voltei ao meu quarto, Akos estava sentado na cama com o livro de elmetahak no colo, o tradutor brilhando sobre uma das páginas. Ergueu os olhos com a sobrancelha franzida. A cicatriz na lateral do rosto ainda escura, sua linha reta seguindo pela mandíbula. Com o tempo empalideceria, esmaecendo até a cor da pele.

Entrei no banheiro para jogar uma água no rosto.

— O que ele fez com você? – perguntou Akos enquanto se encostava na parede do banheiro ao lado da pia.

Joguei água no rosto de novo e me apoiei na pia. A água rolava pelas minhas bochechas e pelos meus cílios, pingando na bacia. Encarei meu reflexo, os olhos como loucos, os dentes travados.

— Ele não fez nada – falei, pegando uma toalha do móvel ao lado da pia e passando no rosto. Meu sorriso era quase uma careta de medo. – Não fez nada porque não deixei. Ele me ameaçou e eu... eu ameacei de volta.

As teias de cor escura estavam densas em minhas mãos e braços, como esguichos de tinta preta. Sentei em uma das cadeiras da cozinha e gargalhei. Gargalhei com vontade, gargalhei até me sentir aquecida. Nunca havia enfrentado Ryzek antes. O cordão da vergonha que se apertava dentro da minha barriga afrouxou-se um pouco. Não era mais cúmplice.

Akos sentou-se diante de mim.

— O quê... o que isso significa? — quis saber.

— Significa que ele vai nos deixar em paz — respondi. — Eu... — Minhas mãos tremiam. — Eu não sei por que estou assim...

Akos cobriu minhas mãos com as suas.

— Você apenas ameaçou a pessoa mais poderosa do país. Acho que tudo bem ficar um pouco trêmula.

Suas mãos não eram muito maiores do que as minhas, embora mais grossas nas juntas dos dedos, com tendões que se erguiam até os pulsos. Conseguia ver as veias verde-azuladas através da pele, que era muito mais pálida do que a minha. Quase como se aqueles rumores de que thuvhesitas tinham a pele fina fossem verdade, exceto que, o que quer que Akos fosse, não era fraco.

Deslizei as mãos para longe das dele.

Agora, com Ryzek fora do caminho e Akos aqui, imaginei como nós preencheríamos nossos dias. Estava acostumada a passar temporadas sozinha. Ainda havia algo manchado na lateral do fogão da última temporada, quando cozinhava para mim toda noite, experimentando ingredientes de diferentes planetas — sem sucesso a maior parte do tempo, pois eu não tinha o menor talento para cozinha. Passava minhas noites assistindo a gravações de outros lugares, imaginando vidas diferentes da minha.

Ele cruzou o cômodo para pegar um copo no armário e encheu-o com água da torneira. Inclinei a cabeça para trás e olhei as plantas que pendiam do teto, brilhando em suas gaiolas de resina. Algumas delas brilhavam quando as luzes estavam desligadas; outras apodreceriam, mesmo na resina, murchando em cores brilhantes. Eu já as observava havia três temporadas.

Akos limpou a boca e abaixou o copo.

— Descobri – disse ele. – Digo, descobri uma maneira de continuar. Ele flexionou o braço, onde sua primeira marca fora riscada.

— É?

— É. – Ele meneou a cabeça. – Algo que Ryzek disse continua me incomodando... que ele transformaria Eijeh em alguém que eu não gostaria de resgatar. Bem, decidi que isso é impossível. – Dias antes, ele me parecia vazio, mas naquele momento era um copo cheio, transbordante. – Não há versão de Eijeh que eu não queira resgatar dele.

Era o preço da mesma suavidade que fez com que ele olhasse para mim com compaixão mais cedo naquele dia, e não com nojo: loucura. Continuar a amar alguém que estava além de qualquer ajuda, além da redenção, era loucura.

— Para mim, você não está falando coisa com coisa – frisei. – É como se, quanto mais terríveis forem as coisas que você descobre de uma pessoa, ou mais terrível a pessoa for para você, mais gentil você é com ela. É gostar de sofrer.

— Falou a pessoa que se enche de cicatrizes por coisas que ela foi coagida a fazer – retrucou ele, irônico.

Não era engraçado, nem o que eu disse, nem o que ele falou. E ao mesmo tempo era. Abri um sorriso e, depois de um momento, ele também. Um novo sorriso – não aquele me dizendo que ele estava orgulhoso de si mesmo, ou aquele que ele forçava quando sentia a necessidade de ser educado, mas um tipo de sorriso sedento, enlouquecido.

—Você não me odeia mesmo por isso – falei, erguendo meu braço esquerdo.

— Não, não odeio.

Vivenciei apenas poucas reações diferentes ao que eu era, ao que eu podia fazer. Ódio daqueles que sofreram nas minhas mãos; medo daqueles que não sofreram, mas poderiam; e alegria daqueles capazes de me usar. Nunca tinha visto aquilo antes. Era como se ele entendesse.

— Você não me odeia mesmo — falei, quase em um sussurro, com medo de ouvir a resposta.

Mas sua resposta veio firme, quase óbvia para ele:

— Não.

Descobri, então, que não estava mais irritada com o que ele fizera comigo para escapar com Eijeh. Ele fizera por conta da mesma qualidade, dentro dele, que fazia com que me aceitasse naquele momento. Como eu poderia culpá-lo por isso?

— Tudo bem. — Suspirei. — Acorde cedo amanhã, porque vamos precisar treinar com mais força se você quiser tirar seu irmão daqui.

Seu copo d'água estava marcado com impressões digitais ao redor da base. Eu o tomei dele.

Ele franziu a testa.

— Vai me ajudar? Mesmo depois do que fiz com você?

— Vou. — Sequei o copo e o devolvi. — Acho que vou.

3

CAPÍTULO 15 | AKOS

Akos analisava a lembrança de sua quase-fuga com Eijeh continuamente:

Ele atravessou os corredores atrás das paredes da mansão Noavek, parando onde elas se uniam para espreitar pelas frestas e descobrir onde estava. Passou um bom tempo na escuridão, engolindo poeira e espetando os dedos nas farpas.

Por fim, chegou ao quarto onde Eijeh era mantido – disparando algum sensor sem querer, como Ryzek lhe disse mais tarde. Mas, naquele instante, ele não sabia. Apenas enfiou os dedos na tranca que mantinha a porta de Eijeh fechada. A maioria das portas era trancada pela corrente, e seu toque podia destravá-las. Algemas também. Foi como ele se libertou para matar Kalmev Radix no capinzal.

Eijeh estava em pé ao lado de uma janela com grades, bem acima do portão traseiro da mansão. Havia capim-pena ali também, tufos balançando ao vento. Akos imaginou o que Eijeh via ali – seu pai? Ele não sabia como o capinzal funcionava para outras pessoas, pois não lhe causava mais nada.

Eijeh virou-se para ele, percebendo-o pouco a pouco. Haviam passado apenas duas estações desde que tinham se visto, mas os dois tinham mudado – Akos estava mais alto, mais forte, e Eijeh ficara pálido e magro, o cabelo encaracolado sem brilho em alguns pontos. Cambaleava um pouco, e Akos segurou-o pelos braços.

— Akos — sussurrou Eijeh. — Não sei o que fazer, não...

— Tudo bem — disse Akos. — Tudo bem. Vou tirar a gente daqui, não precisa fazer nada.

— Você... você matou aquele homem, aquele homem que estava na nossa casa...

— Sim. — Akos sabia o nome do homem: Kalmev Radix, agora apenas uma cicatriz em seu braço.

— Por que isso aconteceu? — A voz de Eijeh vacilou. O coração de Akos vacilou. — Por que a mamãe não viu isso antes?

Akos não o lembrou de que provavelmente ela vira tudo. Não havia por que lembrá-lo, na verdade.

— Não sei — disse ele. — Mas vou tirar você daqui, nem que eu morra no processo.

Akos pôs o braço ao redor do irmão, segurando-o o mais reto possível enquanto saíam juntos do quarto. A mão dele pousou no alto da cabeça de Eijeh enquanto entravam na passagem para impedir que ele batesse no teto. Eijeh tinha os passos pesados, e Akos teve certeza de que alguém os ouvia através das paredes.

— Era para eu salvar você — sussurrou Eijeh em algum momento. Ou o mais perto de um sussurro que alguém poderia chegar; ele nunca conseguira falar baixo.

— Quem disse? Algum tipo de manual de conduta de irmão?

Eijeh riu.

— Você não leu o manual? Sua cara.

Rindo também, Akos empurrou a porta no fim da passagem. Esperando por eles nas cozinhas, estalando os dedos, estava Vas Kuzar.

Uma semana depois de a nave de temporada decolar e navegar pelo fluxo-da-corrente, Akos foi à sala pública de treinamento para praticar. Podia ter usado a sala vazia sobre os aposentos de Cyra, mas nos últimos tempos ela a ocupava para assistir a gravações. A maioria era de pessoas de outros planetas lutando, mas uma semana atrás ele a flagrou imitando uma dançarina othyriana, a ponta dos pés e das mãos sacudindo. Ficou tão nervosa com ele depois disso que não quis arriscar de novo.

Nem mesmo precisou verificar o mapa amassado que Cyra havia desenhado na segunda noite. A sala de treinamento era escura e quase vazia, tinha apenas alguns pesos ao fundo. Ótimo, pensou ele. As pessoas conheciam-no em Shotet como o thuvhesita sequestrado, aquele que o Flagelo de Ryzek não podia ferir. Ninguém lhe causava nenhum problema – provavelmente porque tinham medo de Cyra –, mas ele não gostava das encaradas.

Faziam seu rosto ficar vermelho.

Estava se alongando, tentando tocar os dedos do pé – ênfase no *tentando* –, e percebeu que alguém o observava. Não podia dizer como, apenas que, quando ergueu os olhos, Jorek Kuzar estava diante dele.

Jorek Kuzar, filho de Suzao Kuzar.

Haviam se encontrado apenas uma vez, quando Vas levou Jorek à ala de Cyra na mansão Noavek. Seus braços morenos e magros estavam à mostra. Akos costumava procurar as marcas sempre que encontrava alguém, e Jorek não tinha nenhuma. Quando flagrou Akos olhando, esfregou a lateral do pescoço, deixando riscos vermelhos com as unhas.

– Precisa de alguma coisa? – perguntou Akos, como se fosse causar problema se Jorek precisasse.

– Alguém com quem treinar? – Jorek estendeu duas facas de treino iguais àquelas que Cyra tinha, duras e sintéticas.

Akos olhou para ele. Não esperava mesmo que Akos simplesmente... treinasse com ele? Jorek, o filho do homem que havia pisado no rosto de Akos?

— Eu estava de saída — disse Akos.

Jorek ergueu a sobrancelha.

— Eu sei que tudo *isso*... — ele estendeu a mão para seu torso magro — é extremamente assustador, mas é apenas para treinar, Kereseth.

Akos não engoliu aquela história de que Jorek queria realmente "alguém com quem treinar", mas talvez pudesse descobrir qual era a verdade. Além disso, uma pessoa não escolhia o próprio sangue.

— Tudo bem — disse Akos.

Foram até uma das arenas de treinamento. Um círculo pintado definia o espaço, refletivo, descascando em alguns pontos. O ar era morno, graças à água quente que se movia pelos canos acima, por isso Akos já estava suando. Pegou a faca que Jorek lhe estendera.

— Nunca vi uma pessoa tão desconfiada com uma luta falsa — comentou Jorek, mas em nenhum momento Akos treinava de brincadeira. Ele golpeou, testando a velocidade do oponente, e Jorek saltou para trás, assustado.

Akos abaixou-se, desviando da primeira fustigada de Jorek, e soltou uma cotovelada nas costas do shotet. Jorek tombou para frente, segurando-se com a ponta dos dedos, e virou-se para atacar de novo. Dessa vez, Akos pegou-o pelo cotovelo e o arrastou de lado, levando-o ao chão, mas não por muito tempo.

Jorek inclinou-se, acertando o estômago de Akos com a ponta da faca de treino.

— Não é um bom lugar para mirar, Kuzar — disse Akos. — Em uma luta real, eu estaria usando armadura.

— Eu uso "Jorek", não "Kuzar". Você ganhou armadura?

— Ganhei. — Akos usou a distração contra ele, batendo direto na garganta de Jorek com a parte achatada da arma. Jorek engasgou, cobrindo o pescoço com as mãos.

— Tudo bem, tudo bem — arfou, estendendo as mãos espalmadas. — Isso responde à pergunta.

Akos voltou para a ponta da arena para abrir espaço entre eles.

— Que pergunta? Sobre minha armadura?

— Não. Caramba, isso *dói*. — Ele massageou a garganta. — Vim aqui imaginando o quanto você havia ficado bom treinando com Cyra. Meu pai disse que você não sabia diferenciar esquerda de direita quando o encontrou pela primeira vez.

A raiva de Akos chegava devagar, como água virando gelo, mas tinha força quando chegava. Como naquele momento.

— Seu pai... — começou ele, mas Jorek o interrompeu:

— É o pior tipo de homem, eu sei. É sobre isso que quero falar com você.

Akos girou a faca de treino na mão várias vezes, esperando pela reação correta ou aguardando que Jorek continuasse. No entanto, fosse lá o que ele tivesse a dizer, não parecia fácil. Akos observou outras pessoas erguendo pesos do outro lado da sala. Não estavam olhando, pareciam nem estar ouvindo.

— Sei o que meu pai fez com você e sua família — continuou Jorek. — Também sei o que você fez a um dos outros homens que estava lá. — Ele meneou a cabeça para o braço marcado de Akos. — E quero pedir uma coisa.

Pelo que Akos sabia, Jorek era uma grande decepção para a família. Nascido com um nome shotet de elite e trabalhando na manutenção. Mesmo naquele momento, estava sujo de graxa.

— O quê, exatamente? — perguntou Akos. Outro giro de faca.

— Quero que você mate meu pai — disse Jorek, sem rodeios.

A faca foi ao chão, tilintando.

A lembrança do pai de Jorek era tão próxima dele como dois fios em uma tapeçaria. Suzao Kuzar estava lá quando o sangue de seu pai escorreu no chão da sala de estar. Foi ele que fechou as algemas nos pulsos de Akos.

— Não sou idiota, não importa o que seu povo pense dos thuvhesitas — ralhou Akos, as bochechas ficando ruborizadas enquanto ele erguia do chão a faca de treino. — Acha que vou simplesmente deixar que você me ponha numa armadilha?

— Corro tanto risco quanto você aqui — retrucou Jorek. — Pelo que sei, você poderia falar no ouvido de Cyra Noavek o que acabei de lhe pedir, e isso poderia chegar até Ryzek, ou ao meu pai. Mas escolhi confiar em seu ódio. Como você deveria confiar no meu.

— Confiar em seu ódio. Pelo seu pai — disse Akos. — Por que... por que você quer isso?

Jorek era um palmo mais baixo do que Akos, e não era tão largo. Pequeno para sua idade. Mas os olhos eram firmes.

— Minha mãe está em perigo — disse Jorek. — Provavelmente, minha irmã também. E, como você viu, não tenho habilidade suficiente para lutar contra ele.

— E aí você faz o quê? Pensa logo em matá-lo? O que há de *errado* com os shotet? — disse Akos em voz baixa. — Se sua família está mesmo em perigo, não pode simplesmente encontrar uma maneira de tirar sua mãe e sua irmã daqui? Você trabalha na manutenção e há centenas de flutuadores na plataforma de embarque.

— Elas não iriam. Além do mais, enquanto ele estiver vivo, será um perigo para elas. Não quero que vivam assim, fugindo, sempre com medo — disse Jorek, firme. — Não vou assumir nenhum risco desnecessário.

— E não tem mais ninguém que possa ajudá-lo.

— Ninguém consegue forçar Suzao Kuzar a fazer qualquer coisa que ele não queira. — Jorek riu. — Exceto Ryzek, e eu lhe dou uma chance para adivinhar o que o soberano de Shotet diria sobre esse pedido.

Akos esfregou as marcas em seu cotovelo e pensou na crueldade delas. *Ele não parece grande coisa*, disse a mãe de Osno sobre ele. *Ele é legal*, Osno respondeu. Bem, nenhum deles sabia o que se podia fazer com uma faca, sabiam?

— Você quer que eu mate um homem — disse Akos, apenas para testar a ideia na própria mente.

— Um homem que ajudou no seu sequestro. Quero.

— E apenas pela bondade do meu coração? — Akos balançou a cabeça e estendeu a faca de treino com o cabo virado para Jorek pegá-lo. — Não.

Em troca — disse Jorek —, posso lhe oferecer sua liberdade. Como você disse, há centenas de flutuadores na plataforma de embarque. Seria simples ajudá-lo a pegar um. Abrir as portas para você. Garantir que alguém no convés do passadiço não esteja olhando.

Liberdade. Ele a oferecia como alguém que não sabia o que significava, alguém de quem ela nunca havia sido tirada. Só que ela não existia mais para Akos, desde o dia em que escutara sua fortuna. Talvez desde que ele prometera ao pai levar Eijeh para casa.

Por isso, Akos negou com a cabeça de novo.

— Sem chance.

— Você não quer ir para casa?

— Tenho coisas a tratar aqui. E eu realmente preciso voltar para elas, então...

Jorek não havia tocado na faca de treino, então Akos a deixou cair entre eles e começou a se afastar até a porta. Sentia pela mãe de Jorek, talvez até mesmo pelo próprio Jorek, mas já tinha problemas familiares o suficiente, e aquelas marcas não ficavam mais fáceis de carregar com o passar do tempo.

— E aquele seu irmão? — perguntou Jorek. — Aquele que inspira quando Ryzek expira?

Akos parou, cerrando os dentes. *A culpa é sua*, ele pensou. *Foi você quem deu a dica de "coisas a tratar"*. De alguma forma, saber daquilo não facilitava em nada.

— Eu posso tirá-lo daqui — garantiu Jorek. — Levá-lo para casa, onde vai poder consertar seja lá o que estragou seu cérebro.

Akos pensou na quase-fuga de novo, na voz vacilante de Eijeh perguntando: *"Por que isso aconteceu?"* O rosto afundado, a pele pálida. Estava desaparecendo, dia após dia, estação após estação. Logo não haveria muito a resgatar.

— Tudo bem. — As palavras saíram como um sussurro, embora não fosse sua intenção.

— Tudo bem? — Jorek parecia um pouco ofegante. — Quer dizer que vai me ajudar?

Akos forçou-se a responder:

— Sim.

Por Eijeh, a resposta era sempre sim.

Eles não apertaram as mãos, como dois thuvhesitas fariam para fechar um acordo. Ali, apenas dizer as palavras na língua que os shotet consideravam sagrada era suficiente.

Não fazia muito sentido para Akos que houvesse um guarda parado no final do corredor de Cyra. Ninguém se dava melhor em uma luta do que ela. Mesmo o guarda parecia concordar — ele nem se importou em verificar se Akos trazia armas quando passou.

Cyra estava agachada na frente do fogão, uma panela aos seus pés e água empoçada no chão. Havia marcas curvadas na palma das mãos — marcas de unhas apertadas com muita força — e riscos escuros de corrente em todos os lugares que Akos conseguia ver. Ele correu até ela, deslizando um pouco no chão molhado.

Akos tomou-a pelos pulsos, e os riscos desapareceram, como um rio correndo de volta à sua nascente. Como sempre, ele não sentiu nada. Com frequência ouvia as pessoas falando sobre o zumbido da corrente, os lugares e os momentos em que ele diminuía, mas para Akos era apenas lembrança. Nem mesmo uma lembrança clara.

A pele de Cyra estava quente em suas mãos. Seus olhos ergueram-se para encontrar os dele. Akos descobriu logo que ela não ficava "chateada" igual às outras pessoas — ela ficava furiosa ou não ficava. Mas naquele momento, em que ele a conhecia melhor, conseguia enxergar a tristeza aparente através das fissuras na armadura.

— Pensando em Lety? — perguntou, movendo-se um pouco para tomar as mãos de Cyra, encaixando dois dedos na curva do polegar dela.

— Eu só deixei cair. — Ela meneou a cabeça para a panela. — Só isso.

Nunca é "só isso", pensou ele, mas não insistiu. Em um impulso, correu a mão pelos cabelos da garota, alisando-os. Eram grossos e encaracolados, e às vezes o tentavam a enrolá-los nos dedos sem motivo algum.

O toque leve trouxe consigo uma pontada de culpa. Ele não devia fazer coisas assim — não devia marchar na direção de sua fortuna em vez de ser arrastado. De volta a Thuvhe, todos que cruzassem olhares com ele o veriam como traidor. Ele não podia deixar que tivessem razão.

Mas, às vezes, ele sentia a dor de Cyra como se fosse sua, e não podia evitar atenuá-la, para ela e para si mesmo.

Cyra virou a mão na dele para que as pontas dos dedos pousassem na palma. Seu toque era suave, curioso. Em seguida, ela o empurrou para trás. Para longe.

— Você voltou cedo — disse ela e pegou um pano para secar o chão. A água começava a entrar pela sola dos sapatos de Akos. Cyra estava de novo cheia de sombras e se encolhia com a dor, mas, se não quisesse sua ajuda, ele não a forçaria a aceitar.

— Voltei — disse ele. — Encontrei Jorek Kuzar.

— O que ele queria? — Ela pisou no pano para absorver mais água.

— Cyra?

Ela jogou o pano molhado na pia.

— Oi?

— Como eu poderia matar Suzao Kuzar?

Cyra fez beicinho, do jeito que sempre fazia quando estava pensando em algo. Era perturbador ele jogar aquela pergunta como se fosse a coisa mais normal. E ela reagir daquela forma.

Ele estava muito, muito longe de casa.

— Teria de ser em uma arena para ser lícito, como você sabe — respondeu ela. — E você teria de fazer legalmente, ou acabaria morto. Significa que tem de esperar até depois da coleta, porque os desafios de arena ficam banidos até lá. Outra parte de nosso legado religioso. — Ela torceu as sobrancelhas. — Mas, mesmo assim, não tem status para desafiar Suzao, então vai ter de provocá-lo a desafiar você.

Era quase como se ela já tivesse pensado naquilo antes e apenas ele não soubesse. Em momentos iguais a esse que entendia por que todo mundo tinha medo dela. Ou por que deveriam ter, mesmo sem o dom-da-corrente.

— Eu poderia vencê-lo se estivéssemos na arena?

— Ele é um bom lutador, mas não excelente — disse ela. — Provavelmente poderia derrotá-lo apenas com habilidade, mas sua vantagem real é que ele ainda pensa em você como a criança que fora no passado.

Akos assentiu.

— Então eu deveria deixá-lo pensar em mim ainda desse jeito.

— Exato.

Ela pôs a panela vazia embaixo da torneira para enchê-la de novo. Akos desconfiava dos talentos de Cyra na cozinha; ela sempre queimava a comida, enchendo o pequeno aposento de fumaça.

— Tenha certeza de que é isso que você realmente quer fazer — alertou ela. — Não quero ver você ficando igual a mim.

Cyra não disse aquilo como se quisesse que ele a confortasse ou debatesse com ela. Disse com absoluta convicção, como se a crença em sua monstruosidade fosse uma religião, e talvez fosse a coisa mais próxima de religião que ela tivesse.

— Acha que eu azedo com essa facilidade? — perguntou Akos, tentando a expressão da ralé shotet que ele ouvira no acampamento de soldados. Não soou tão ruim.

Ela puxou os cabelos para trás e amarrou-os com o cordão que usava no pulso livre. Seus olhos encontraram os dele de novo.

— Acho que todo mundo azeda com essa facilidade.

Akos quase riu de como soava estranho quando ela dizia aquela frase.

— Sabe — disse ele —, as condições de azedume... ou de monstruosidade, como talvez você chame... não precisam ser permanentes.

Ela olhou como se estivesse absorvendo a ideia. Nunca tinha lhe ocorrido antes?

— Me deixa cozinhar, está bem? — Ele pegou a panela das mãos dela. A água derramou, escorrendo em seus sapatos. — Garanto que não vou botar fogo em nada.

— Aquilo aconteceu *uma vez* — retrucou ela. — Não sou um perigo ambulante e falante.

Como muitas das coisas que dizia sobre si mesma, era uma piada e ao mesmo tempo não era.

— Sei que não é — disse ele com seriedade. Depois, acrescentou: — É por isso que vai picar a fruta-sal para mim.

Ela parecia pensativa, suas feições tranquilas — uma expressão estranha para um rosto que se franzia com tanta facilidade — enquanto pegava a fruta-sal da geladeira no canto da cozinha e se sentava ao balcão para cortá-la.

CAPÍTULO 16 | CYRA

Meus aposentos ficavam longe de tudo, exceto da sala de máquinas, intencionalmente, então era necessária uma longa caminhada até o gabinete de Ryzek. Ele havia me convocado para informar o itinerário da temporada: eu me juntaria a ele e a alguns outros da elite shotet na reunião social pré-coleta para ajudá-lo politicamente com os líderes de Pitha. Concordei com o plano, porque exigia apenas minha habilidade de fingir e não meu dom-da-corrente.

Como o Examinador cético havia previsto quando Akos e eu visitamos a sala de planetas, Ryzek determinara que Pitha, o planeta d'água, seria nosso destino de temporada, conhecido por suas tecnologias inovadoras de resistência às intempéries. Se os rumores sobre o avançado arsenal secreto de Pitha fossem verdadeiros, Eijeh Kereseth certamente havia confirmado, agora que estava deturpado pelas lembranças de Ryzek. E se Eijeh ajudou Ryzek a encontrar algumas das armas mais poderosas da Assembleia, seria simples para o meu irmão declarar guerra a Thuvhe e conquistar nosso planeta, como sempre havia sido sua intenção.

Eu ainda estava na metade do caminho até meus aposentos quando todas as luzes apagaram. Tudo ficou escuro. O zumbido distante do centro de controle de energia da nave desaparecera.

Ouvi um som de batidas, em um padrão. Um, três, um. Um, três, um.

Virei de costas para a parede.

Um, três, um.

As sombras-da-corrente subiram pelos meus braços e sobre os ombros. Quando as faixas de luz de emergência aos meus pés começaram a brilhar, vi um corpo avançando na minha direção e me curvei, golpeando o cotovelo em qualquer pedaço de carne que pude encontrar. Soltei um palavrão quando meu cotovelo bateu em uma armadura e virei com agilidade, as danças que havia praticado por diversão transformando-se em instinto. Puxei minha lâmina-da-corrente e empurrei minha agressora, apertando-a contra a parede com o fio em sua garganta. A faca da pessoa foi ao chão com um tilintar entre os pés.

Usava uma máscara com um olho costurado. Cobria o rosto da testa ao queixo. Um capuz, feito de material pesado, ocultava sua cabeça. Era da minha altura, e ganhara a armadura que usava, feita da pele de um Encouraçado.

Ela gemia com meu toque.

– Quem é você? – perguntei.

O alto-falante sobressalente na nave voltou à vida, estalando, assim que terminei a pergunta. Era velho, uma relíquia de nossas primeiras temporadas, e fazia as vozes soarem baixas e distorcidas.

– A primeira criança da família Noavek cairá pelas mãos da família Benesit – disse a voz. – A verdade pode ser contida, mas nunca poderá ser apagada.

Esperei a voz continuar, mas os estalos emudeceram, o alto-falante desligou-se. A nave começou a zumbir de novo. A mulher cuja garganta estava presa entre meu braço e minha lâmina ainda gemia baixinho.

– Eu deveria prendê-la – sussurrei. – Prendê-la e levá-la para interrogatório. – Inclinei minha cabeça. – Você sabe como meu irmão interroga as pessoas? Ele me usa. Ele usa *isso*. — Empurrei mais sombras para ela, que se reuniram ao redor do meu antebraço. Ela gritou.

Por um momento, pareceu com Lety Zetsyvis.

Eu a soltei, puxando-a da parede.

As luzes no chão voltaram à vida, nos iluminando de baixo para cima. Eu conseguia ver um único olho brilhante, fixo em mim. As luzes de cima acenderam-se, e ela saiu em disparada pelo corredor, desaparecendo em uma curva.

Eu a deixei ir.

Cerrei os punhos para impedir que minhas mãos tremessem. Não conseguia acreditar no que havia acabado de fazer. Se Ryzek descobrisse...

Peguei sua faca — se é que podia ser chamada assim; era uma vareta de metal denteada, afiada à mão, com fita enrolada na ponta que fazia as vezes de cabo — e comecei a caminhar. Não sabia direito aonde eu estava indo, sabia apenas que precisava me movimentar. Não me feri, não havia provas de que o ataque sequer tinha acontecido. Felizmente, estava escuro demais para as câmeras de segurança gravarem que eu havia deixado uma renegada fugir.

O que você fez?

Saí em disparada pelos corredores da nave, meus passos ecoando por poucos segundos antes de eu mergulhar numa multidão, no caos. Tudo era barulhento e apressado, como meu coração. Puxei as mangas da camisa para que eu não tocasse ninguém por acidente. Eu não estava indo para meus aposentos. Precisava ver Ryzek antes que qualquer outra pessoa o visse — precisava garantir que ele acreditasse que eu não fazia parte daquilo. Uma coisa era me recusar a torturar as pessoas, outra totalmente diferente era participar de uma revolta. Enfiei a faca da renegada no meu bolso, escondida.

Os soldados abriram caminho para mim quando cheguei aos aposentos de Ryzek do outro lado da nave, o mais próximo do fluxo-da-corrente. Eles me guiaram até seu gabinete, e quando cheguei à porta não sabia ao certo se ele me deixaria entrar, mas ele gritou o comando de imediato.

Ryzek estava descalço, encarando a parede, sozinho, uma caneca de extrato de flor-sossego diluído – naqueles dias, eu reconhecia só de ver – presa em uma das mãos. Não usava armadura e, quando olhou para mim, havia caos em seus olhos.

– O que você quer? – questionou ele.

– Eu... – Fiz uma pausa. Não sabia o que queria além de disfarçar. – Eu só vim ver se você estava bem.

– Claro que estou bem – respondeu ele. – Vas matou os dois renegados que tentaram invadir essa parte da nave antes que eles pudessem gritar. – Puxou uma das cortinas da escotilha, maior do que a maioria, quase tão alta quanto ele, e encarou o fluxo-da-corrente, que havia ficado verde-escuro. Quase azul, quase o momento da invasão, da coleta, da tradição de nossos ancestrais. – Acha que ações infantis de uns poucos renegados podem me prejudicar?

Caminhei em sua direção, cuidadosa, como se ele fosse um animal selvagem.

– Ryzek, tudo bem ficar um pouco perturbado quando as pessoas estão atacando você.

– Eu não estou perturbado! – Ele gritou cada palavra, batendo a caneca na mesa mais próxima. A mistura de flor-sossego espirrou para todo lado, manchando de vermelho o punho branco da camisa.

Enquanto eu o encarava, fui acometida pela lembrança de suas mãos rápidas, seguras, prendendo o cinto de segurança na minha cintura antes de minha primeira temporada, e como ele sorriu quando brincou comigo por eu estar nervosa. Não era sua culpa ter acabado daquela forma, tão aterrorizado e tão criativo com sua crueldade. Nosso pai o condicionou a se tornar essa pessoa. O maior presente que Lazmet Noavek me deu, maior mesmo que a própria vida, foi ter me deixado em paz.

Eu já havia abordado Ryzek com ameaças, fúria, desdém e medo. Nunca havia tentado com gentileza. Enquanto meu pai confiava em ameaças direcionadas e silêncio intimidador como armas, minha mãe sempre exercia a gentileza com a destreza de uma espada. Depois de todo esse tempo, eu era mais Lazmet que Ylira, mas aquilo poderia mudar.

— Sou sua irmã. Você não precisa ser assim comigo — disse com o máximo de suavidade que pude.

Ryzek estava encarando a mancha no punho da camisa. Não respondeu, o que vi como um bom sinal.

— Você se lembra de como eu costumava brincar com aqueles bonequinhos no meu quarto? — perguntei. — Como você me ensinou a segurar uma faca? Eu cerrava demais o punho o tempo todo e cortava a circulação dos dedos, e você me ensinou a corrigir essa falha.

Ele franziu a testa. Imaginei se ele lembrava — ou era uma daquelas lembranças que ele havia trocado com as de Eijeh? De qualquer forma, talvez tivesse recebido um pouco da gentileza de Eijeh em troca da sua dor.

— Nem sempre fomos assim, você e eu — falei.

Em seu silêncio, me permiti ter esperanças — de uma mudança pacífica na maneira que me encarava, da lenta e contínua transformação que nosso relacionamento poderia sofrer, se ele apenas deixasse de lado o medo. Seu olhar encontrou o meu e estava quase lá, percebi, eu quase conseguia ouvir. Podíamos ser como éramos no passado.

— Então, você matou nossa mãe — disse ele em voz baixa. — E agora, isso é tudo que podemos ser.

Não deveria ter ficado surpresa, não deveria ter ficado admirada com a maneira que as palavras podiam me atingir, como um soco forte no estômago. Mas a esperança me transformou numa idiota.

Passei a noite toda acordada, temendo o que ele faria a respeito do ataque.

A resposta veio na manhã seguinte, quando sua voz calma e autoconfiante saiu da tela de notícias na parede. Rolei da cama e cruzei a sala para poder ligar o vídeo. Meu irmão preencheu a tela, pálido e esquelético. Sua armadura refletia luz, lançando um brilho estranho no rosto.

— Ontem, passamos por uma... perturbação... — Ele torceu os lábios, como se achasse aquilo divertido. Fazia sentido; Ryzek sabia não mostrar medo, minimizar as ações de renegados o máximo possível. — Infantil como foi, os perpetradores dessa proeza comprometeram a segurança da nave ao parar seu voo, o que significa que precisam ser encontrados e extirpados. — Seu tom havia assumido uma nuance sinistra. — Começando hoje mesmo, pessoas de qualquer idade serão selecionadas aleatoriamente no banco de dados da nave e encaminhadas para entrevista. Haverá um toque de recolher em toda a nave, da vigésima até a sexta hora, imposto a todos os ocupantes da nave, exceto àqueles essenciais ao seu funcionamento, até o momento em que tivermos erradicado esse problema. A temporada também será postergada até termos garantido a segurança da nave.

— Entrevista é o código para "interrogatório envolvendo tortura"? — perguntou Akos atrás de mim.

Concordei com a cabeça.

— Se você souber alguma coisa sobre a identidade dos indivíduos envolvidos nessa travessura, é melhor se apresentar — disse Ryzek. — Aqueles que forem descobertos retendo informações ou mentindo durante a entrevista também serão punidos, para o bem do povo shotet. Tenham certeza de que a segurança da nave de temporada e de todo o povo nela é minha prioridade mais alta.

Akos bufou.

— Se você não tiver nada a esconder, não terá nada a temer — continuou Ryzek. — Vamos continuar com os preparativos para mostrar aos outros planetas nesta galáxia nosso poder e nossa união.

Sua cabeça permaneceu na tela por mais alguns instantes, em seguida, o canal de notícias voltou, dessa vez em othyriano, que eu entendia razoavelmente bem. Havia falta d'água em Tepes, no continente ocidental. As legendas em shotet estavam corretas pela primeira vez.

— Mostrar nosso poder e nossa união — falei, citando Ryzek, mais para mim do que para Akos. — É para isso que servem as temporadas agora?

— Para que mais serviriam?

A Assembleia estava debatendo as demais exigências para os oráculos em cada planeta a serem votadas em quarenta dias. Legendas shotet: "Assembleia tenta garantir controle tirânico sobre oráculos por outra medida predatória a ser promulgada no fim do ciclo de quarenta dias." Precisas, mas tendenciosas.

Um bando famoso de piratas espaciais havia acabado de ser sentenciado a quinze estações na prisão. Legenda shotet: "Grupo de tradicionalistas zoldanos sentenciados a quinze estações na prisão por contrariarem regulamentos restritivos desnecessários da Assembleia." Não tão precisas.

— As temporadas deviam ser um reconhecimento da nossa aliança com a corrente e com aquele que a domina — falei em voz baixa. — Um rito religioso e uma maneira de honrarmos aqueles que vieram antes de nós.

— A Shotet que você descreve não é aquela que eu vi — comentou Akos.

Voltei a olhar para ele.

— Talvez você veja o que quer ver.

— Talvez nós dois vejamos — disse Akos. — Você parece preocupada. Acha que Ryzek vai voltar a incomodá-la?

— Se as coisas piorarem.

— E se você se recusar a ajudá-lo de novo? O que ele pode fazer de pior?

Suspirei.

— Acho que você não entende. Minha mãe era amada. Uma deusa entre mortais. Quando ela morreu, todos os shotet ficaram de luto. Era como se o mundo tivesse se partido em dois. — Fechei os olhos por um instante, deixando uma imagem do rosto de minha mãe passar pela mente. — Se descobrirem o que fiz com ela, vão me despedaçar, membro a membro. Ryzek sabe disso e vai usar contra mim, se ficar desesperado demais.

Akos franziu a testa. Imaginei, não pela primeira vez, como ele se sentiria se eu morresse. Não porque pensasse que ele me odiava, mas porque sabia que sua fortuna ecoava na cabeça sempre que me olhava. Talvez eu fosse a Noavek por quem ele morreria um dia, considerando a quantidade de tempo que passávamos juntos. E eu não conseguia acreditar que eu valesse tanto, valesse sua vida.

— Bem — disse Akos. — Então, vamos torcer para ele não ficar.

Estava virado para mim. Apenas alguns centímetros nos separavam. Quase sempre estávamos juntos, lutando, treinando, fazendo café da manhã, e ele precisava me tocar para manter minha dor sob controle. Então, não deveria parecer estranho que seus quadris estivessem tão próximos da minha barriga, que eu conseguisse ver o músculo saltado de seu braço.

Mas parecia.

— Como vai seu amigo Suzao? — perguntei enquanto me afastava um pouco.

— Dei uma poção do sono para Jorek pôr no remédio que Suzao toma pela manhã — disse Akos.

— Jorek vai drogar o próprio pai? Interessante.

— É, bem, veremos se Suzao realmente vai despencar de cara no almoço. Talvez o deixe furioso o bastante para me desafiar na arena.

— Eu faria isso algumas vezes mais antes de me revelar — comentei. — Ele precisa ficar também com medo, além de raivoso.

— Difícil pensar em um homem como aquele com medo.

— Ora, todos temos medo. — Suspirei. — Os raivosos mais do que a maioria, acho.

O fluxo-da-corrente fez uma transição lenta do verde para o azul, e ainda não havíamos descido para Pitha, pois Ryzek estava postergando a temporada. Ladeamos as margens da galáxia, fora do alcance da Assembleia. A impaciência era como uma nuvem úmida que pairava sobre a nave; eu a respirava toda vez que saía de meus aposentos isolados. E, naqueles dias, eu raramente deixava meus aposentos.

Ryzek não poderia postergar para sempre nossa descida — não podia abrir mão da temporada inteira, ou seria o primeiro soberano na história dos shotet a ignorar nossas tradições em mais de um século.

Prometi eternamente a ele que manteria as aparências, que é o motivo por que me vi em uma reunião de seus aliados mais próximos de novo, no convés de observação, vários dias depois do ataque. A primeira coisa que vi ao entrar foi a escuridão do espaço através das janelas, aberto para nós como se estivéssemos subindo para dentro da boca de uma criatura imensa. Então, avistei Vas, segurando uma caneca de chá com os nós dos dedos ensanguentados. Quando percebeu o sangue, enxugou com um guardanapo e enfiou-o de volta no bolso.

— Sei que você não sente dor, Vas, mas é preciso valorizar o cuidado com o próprio corpo – falei.

Ele ergueu as sobrancelhas para mim, em seguida deixou a caneca de lado. Os outros estavam na ponta oposta da sala, segurando taças, em pequenos grupos. A maioria reunida em volta de Ryzek como sujeira ao redor de um ralo. Yma Zetsyvis – cabelos brancos quase brilhantes contra o fundo escuro do espaço – estava entre eles, o corpo rígido em óbvia tensão.

Tirando isso, a sala estava vazia, o assoalho preto polido, as paredes apenas janelas curvadas. Eu quase esperava sair flutuando pelo espaço.

— Você sabe muito pouco sobre meu dom depois de todo esse tempo em que nos conhecemos – disse Vas. – Sabe que eu preciso pôr alarmes para comer e beber? E verificar constantemente se não tenho ossos quebrados ou escoriações?

Nunca pensei no que mais Vas havia perdido quando ficou sem sua capacidade de sentir dor.

— É por isso que não vejo pequenos ferimentos – disse ele. – É exaustivo prestar tanta atenção no próprio corpo.

— Hum – falei –, acho que conheço um pouco dessa história.

Fiquei impressionada, e não pela primeira vez, em como éramos opostos – e o quanto isso nos tornava semelhantes, nossas vidas girando em torno da dor, de um jeito ou de outro, os dois gastando uma quantidade exorbitante de energia no aspecto físico. Aquilo me despertava uma curiosidade em saber se tínhamos algo mais em comum.

— Quando isso se desenvolveu? – perguntei. – O que acontecia no momento?

— Eu tinha dez estações. – Ele se recostou à parede e correu a mão pela cabeça raspada. Perto da orelha, havia alguns cortes de lâmina; provavelmente não havia notado. – Antes de eu ser aceito na guarda de seu irmão, eu frequentava a escola regular. Era magrelo na época, um alvo fácil. Algumas crianças maiores estavam me atacando. — Ele sorriu. — Assim que percebi que não podia sentir dor, espanquei um deles até quase matar. Eles não vieram atrás de mim novamente.

Ele correu perigo, e o corpo reagiu. A *mente* reagiu. Sua história era idêntica à minha.

— Você pensa em mim do mesmo jeito que pensa em Kereseth — disse Vas. — Você acha que sou o bichinho de estimação de Ryzek, como Akos é o seu.

— Acho que todos nós servimos a meu irmão — retruquei. — Você. Eu. Kereseth. Somos todos iguais. — Olhei para as pessoas reunidas ao redor de Ryzek. — Por que Yma está aqui?

— Quer dizer, depois de ter sido desgraçada pelo marido e pela filha? — perguntou Vas. — Correm boatos de que ela ficou de joelhos e mãos no chão, implorando perdão pelas transgressões dos dois. O que pode ter um leve exagero, claro.

Passei por ele, aproximando-me dos outros. A mão de Yma estava no braço de Ryzek, deslizando até seu cotovelo. Esperei que ele se afastasse; quase sempre fazia isso quando as pessoas tentavam tocá-lo. No entanto, permitiu o carinho, talvez até mesmo tivesse se inclinado para ele.

Como ela suportava olhar para ele depois de ter ordenado a morte de sua filha e de seu marido, ainda mais tocá-lo? Observei-a rindo de algo que Ryzek havia dito. Suas sobrancelhas contorciam-se como se ela estivesse com dor. *Ou desesperada*, pensei. As expressões costumavam ser a mesma.

— Cyra! — disse Yma, chamando a atenção de todos para mim. Tentei me obrigar a olhá-la nos olhos, mas era difícil, considerando o que eu havia feito com Lety. Sonhava com ela quando sonhava com sua filha; às vezes, eu a imaginava curvada sobre o cadáver de Lety, gritando a plenos pulmões. — Quanto tempo não nos vemos. O que tem feito?

Encontrei o olhar de Ryzek apenas por um instante.

— Cyra esteve em uma missão especial por mim — disse Ryzek sem titubear. — Ficar perto de Kereseth.

Ele estava zombando de mim.

— O Kereseth mais novo é tão valioso assim? — perguntou Yma para mim com aquele sorriso peculiar.

— Ainda veremos — respondi. — Mas, afinal, ele nasceu thuvhesita. Sabe coisas de nossos inimigos que não sabemos.

— Ah — disse Yma com leveza. — Só pensei que talvez você estivesse sendo útil durante esses interrogatórios do jeito que se fez útil antes, Cyra.

Senti que estava prestes a passar mal.

— Infelizmente, os interrogatórios exigem uma língua afiada e uma mente habilidosa para detectar sutilezas — disse Ryzek. — Duas coisas que sempre faltaram à minha irmã.

Magoada, não pude pensar em uma resposta. Talvez ele estivesse certo sobre minha língua não ser afiada.

Então, eu simplesmente deixei as sombras-da-corrente se espalharem, e, quando a conversa tomou outro rumo, caminhei até o canto da sala para olhar a escuridão que nos cercava.

Estávamos às margens da galáxia, então os planetas visíveis — ou partes de planetas — não eram populosos o bastante para participar da Assembleia. Nós os chamávamos de "planetas periféricos" ou apenas "a Borda", de um jeito mais casual. Minha mãe pedia que os shotet os enxergassem como nossos irmãos e irmãs, na mesma luta pela legitimação. Na intimidade, meu pai zombava dessa ideia, dizendo que um shotet era maior do que qualquer descendente da Borda.

Avistei um desses planetas daquela posição privilegiada, apenas um ponto de luz adiante, grande demais para ser uma de nossas estrelas. Um fio brilhante do fluxo-da-corrente estendia-se até ele e o envolvia como um cinturão.

— P1104 — disse Yma Zetsyvis para mim, bebericando de sua caneca. — É o planeta para o qual você está olhando.

— Já esteve lá? — Fiquei tensa ao lado dela, mas tentei manter a voz leve. Atrás de nós, outros irromperam em gargalhadas com algo que o primo Vakrez havia dito.

— Claro que não — disse Yma. — Os últimos dois soberanos de Shotet não permitiram viagens a planetas da Borda. Era justo que quisessem manter distância deles aos olhos da Assembleia. Não podemos ser associados a tal companhia grosseira se quisermos ser levados a sério.

Falou como alguém leal aos Noavek. Ou, mais precisamente, como uma defensora dos Noavek. Conhecia bem o roteiro.

— Certo — concordei. — Então... soube que os interrogatórios não trouxeram nenhum resultado.

— Alguns renegados de nível menor, sim, mas nenhum dos cabeças. E, infelizmente, estamos ficando sem tempo.

Estamos?, pensei. Com confiança, ela se incluía como uma das aliadas próximas de meu irmão. Talvez realmente tivesse implorado por seu perdão. Talvez tivesse encontrado outra maneira de agradá-lo.

Senti um arrepio com o pensamento.

— Eu sei. O fluxo-da-corrente está quase azul. Mudando dia após dia — comentei.

— É verdade. Então, seu irmão precisa encontrar alguém. Torná-lo público. Mostrar força antes da temporada. Estratégia, claro, é importante em tempos instáveis como estes.

— E qual é a estratégia se ele não encontrar alguém a tempo?

Yma abriu aquele sorriso estranho para mim.

— Achei que você já soubesse da estratégia. Seu irmão não a deixou a par, apesar de sua *missão especial*?

Senti que ambas sabíamos que minha "missão especial" era uma mentira.

— Claro — falei, seca. — Mas, você sabe, com uma mente embotada como a minha, esqueço as coisas o tempo todo. Provavelmente me esqueci de desligar o fogão esta manhã.

— Creio que não será difícil para seu irmão encontrar um suspeito a tempo para a coleta — disse Yma. — Tudo que é preciso fazer é a pessoa *parecer* parte dos renegados, certo?

— Ele vai incriminar alguém? — questionei.

Senti um calafrio com o pensamento de uma pessoa inocente morrendo porque Ryzek precisa de um bode expiatório, e não sabia bem por quê. Meses antes — mesmo semanas antes — isso não teria me perturbado tanto. Mas algo que Akos falou estava tomando conta de mim: aquilo de eu não precisar ser a mesma coisa sempre.

Talvez eu pudesse mudar. Talvez eu *estivesse* mudando, apenas por acreditar que poderia.

Pensei na mulher caolha que deixei escapar no dia do ataque. Sua constituição pequena, seus movimentos distintos. Se eu quisesse, conseguiria encontrá-la, tenho certeza disso.

— Um pequeno sacrifício pelo bem do regime de seu irmão. — Yma fez que sim com a cabeça. — Todos nós precisamos fazer sacrifícios para o nosso bem.

Virei-me para ela.

— Que tipo de sacrifícios você fez?

Ela agarrou meu pulso e o apertou com força. Com mais força do que eu pensei ser capaz. Embora eu soubesse que meu dom-da-corrente devia estar queimando dentro dela, não me soltou, puxando-me para tão perto que pude sentir seu hálito.

— Eu neguei a mim mesma o prazer de vê-la sangrar até a morte — sussurrou ela.

Ela me soltou e voltou ao grupo, balançando os quadris enquanto se afastava. Os cabelos longos e pálidos pendiam no meio das costas, perfeitamente retos. Eram como um pilar branco visto de trás. Até seu vestido era de um azul tão claro que quase combinava.

Esfreguei meu pulso, minha pele vermelha do aperto forte. Ficaria escoriada, tinha certeza disso.

O bater das panelas cessou quando entrei na cozinha. Uma seleção de nossa equipe, menor que a da mansão Noavek, trabalhava na nave de temporada. Reconheci alguns dos rostos. E os dons, também – um dos lavadores estava fazendo panelas flutuarem, molhos pingando no dorso da mão, e uma das cortadoras fazia sua tarefa de olhos fechados, a faca picando de forma limpa e regular.

Otega estava com a cabeça na geladeira. Quando o silêncio se fez, ela se empertigou e limpou as mãos no avental.

– Ah, Cyra – disse ela. – Ninguém faz um local ficar em silêncio como você.

Os outros da equipe encararam abertamente aquela familiaridade, mas eu apenas dei uma risadinha. Mesmo quando não a via por um tempo (eu havia superado sua capacidade de me dar aulas na última estação; agora nos encontrávamos apenas raramente, de passagem), ela voltava à nossa antiga relação sem problema.

– É um talento único – respondi. – Posso falar com você em particular, por favor?

– Você dá um tom de pergunta quando na verdade é uma ordem – disse Otega, erguendo as sobrancelhas. – Venha comigo. Espero que não ligue de conversar no depósito de lixo.

– Ligar? Eu *sempre* quis passar um tempo no depósito de lixo – falei, irônica, e a segui pela galé estreita até uma porta nos fundos.

O cheiro no depósito era tão forte que fez meus olhos marejarem. Pelo que eu podia perceber, vinha de cascas de frutas podres e pedaços de carne velha salpicados de ervas. Havia apenas um espaço para nós duas, bem juntas. Ao nosso lado, a porta imensa que se abria para um incinerador de lixo; era quente, o que piorava o fedor.

Respirei pela boca, ficando de repente ciente de como eu parecia molenga para ela, mimada. Minhas unhas estavam sempre limpas, minha camisa branca sempre impecável. E Otega, coberta de manchas de comida, com o olhar de uma mulher que deveria ser mais forte, mas não havia comido o suficiente para sê-lo.

— O que posso fazer por você, Cyra?

— Poderia me fazer um favor?

— Depende do favor.

— Envolveria mentir para o meu irmão se ele lhe perguntar.

Otega cruzou os braços.

— O que você poderia querer que envolveria mentir para Ryzek?

Suspirei. Tirei a faca da renegada do meu bolso e estendi para Otega.

— Durante o ataque dos renegados, sofri um atentado em um corredor isolado. Eu consegui dominar a pessoa, mas... deixei que ela fugisse.

— Ai, por que você fez isso? — perguntou ela. — Quando a corrente fluía, menina, nem sua mãe era gentil desse jeito.

— Eu não... não importa. — Virei a faca na mão. A fita que fazia as vezes de cabo era leve e elástica, cedia à pressão dos dedos. A renegada tinha a mão muito menor que a minha. — Mas quero encontrá-la. Ela deixou isso cair, e sei que você poderia usá-la para achá-la.

O dom-da-corrente de Otega era um dos mais misteriosos que conheci. Por meio de um objeto, ela conseguia rastrear a pessoa a quem ele pertencia. Meus pais pediam para ela encontrar donos de armas daquela forma. Uma vez, ela localizou alguém que havia tentado envenenar meu pai. Às vezes, os vestígios eram difíceis de ler, dizia ela, como quando dois ou três donos diferentes reivindicavam a posse do objeto, mas ela era perita em interpretá-los. Se alguém podia encontrar minha renegada, esse alguém era ela.

— E você não quer que seu irmão saiba disso — confirmou ela.

— Você sabe o que meu irmão faria com ela. E a execução seria a parte mais gentil.

Otega torceu os lábios. Pensei em seus dedos ágeis nos meus cabelos, formando tranças sob a supervisão de minha mãe antes de minha primeira Procissão. O estalo de meus lençóis ensanguentados quando ela os puxou de meu colchão, no dia em que comecei a menstruar e minha mãe não estava viva para me ajudar.

— Você não vai me dizer por que quer que eu a encontre, vai?

— Não — respondi.

— Tem a ver com sua busca por vingança?

— Olha, responder a essa pergunta seria uma forma de dizer por que quero encontrá-la, o que acabei de dizer que não vou fazer. — Sorri. — Vai, Otega. Você sabe que eu posso cuidar disso sozinha. Só não sou tão cruel quanto meu irmão.

— Tudo bem, tudo bem. — Ela pegou a faca da minha mão. — Vou precisar passar um tempo com ela. Volte aqui pouco antes do toque de recolher de amanhã, e levo você até a dona.

— Obrigada.

Ela empurrou uma mecha solta dos meus cabelos para trás da orelha e abriu um pequeno sorriso para disfarçar sua careta ao me tocar.

— Você não é tão assustadora, garota — disse ela. — Não se preocupe. Não vou contar para minha equipe.

CAPÍTULO 17 | AKOS

Não havia tantas estrelas às margens da galáxia. Cyra amava aquilo, ele percebia pela calma das sombras-da-corrente quando ela olhava pela janela. Aquilo o fazia estremecer, todo aquele espaço, toda aquela escuridão. Mas estavam se aproximando da barreira do fluxo-da-corrente, de forma que havia um pouco de púrpura no canto do holograma do teto.

Pitha não era o planeta ao qual a corrente os levava. Cyra e Akos souberam só no dia em que foram ver os Examinadores – que estavam pensando em Ogra, ou mesmo em P1104. Mas, ao que parecia, Ryzek considerava a ordem dos Examinadores apenas uma formalidade. Escolhia o planeta que oferecesse a aliança mais útil, Cyra havia comentado.

A garota dava batidas distintas na porta, quatro tapinhas leves. Ele sabia que era ela sem sequer levantar os olhos.

— Temos que nos apressar ou vamos perder – disse ela.

— Você sabe que está sendo intencionalmente vaga, não é? – perguntou Akos com um sorriso. – Você não me disse ainda o "que" é.

— Eu sei disso. – Ela sorriu de volta.

Ela usava um vestido de um azul apagado, com mangas que paravam pouco antes do cotovelo, assim, quando Akos estendeu a mão para pegar em seu braço, verificou se tocava onde o tecido terminava. A cor do vestido não ficava bem nela, pensou. Gostava mais dela usando o púrpura do Festival da Temporada ou roupas escuras. Por outro lado, não havia muito que Cyra Noavek pudesse fazer para diminuir os olhares, e Akos tinha certeza de que ela sabia disso.

Não havia motivo para negar o óbvio, no fim das contas.

Caminharam apressados pelos corredores, tomando um caminho diferente do que Akos havia percorrido antes. Os sinais, afixados às paredes sempre que os corredores se dividiam, mostravam que estavam na direção do convés do passadiço. Subiram escadas estreitas, e Cyra enfiou a mão em um vão na parede de cima. Duas portas pesadas abriram-se. Uma parede de vidro os recebeu.

E além dela: o espaço. Estrelas. Planetas.

E o fluxo-da-corrente, ficando cada vez maior e mais brilhante a cada segundo.

Dezenas de pessoas trabalhavam nas fileiras de telas bem diante do vidro. Seus uniformes eram limpos e pareciam a armadura shotet: da cor azul mais escura, volumosos nos ombros, mas com tecido flexível no lugar da pele dura dos Encouraçados. Um dos homens mais velhos avistou Cyra e fez uma reverência.

— Senhorita Noavek — disse ele. — Estava começando a achar que não veria a senhorita desta vez.

— Não perderia por nada, navegador Zyvo — afirmou Cyra. Para Akos, acrescentou: — Venho aqui desde que sou criança. Zyvo, este é Akos Kereseth.

— Ah, sim — disse o homem mais velho. — Ouvi uma ou duas histórias sobre você, Kereseth.

A julgar pelo tom, Akos tinha certeza de que ele quis dizer muito mais que "uma ou duas" histórias, e aquilo o deixou nervoso o suficiente para enrubescer.

— Bocas shotet adoram tagarelar — disse Cyra para ele. — Especialmente sobre os afortunados.

— Claro. — Akos conseguiu dizer. Afortunado: ele era um deles, não era? Naquele momento, pareceu uma estupidez para ele.

— Você pode ficar em seu lugar de costume, senhorita Noavek — disse Zyvo, estendendo a mão na direção da parede de vidro, que os deixava minúsculos, curvando-se sobre a cabeça junto com o teto da nave.

Cyra seguiu na frente até um ponto diante de todas as telas. Ao redor deles, a tripulação tagarelava, gritava instruções e números uns para os outros. Akos não tinha ideia do que fazer. Cyra estava sentada no chão, à direita, os braços envolvendo os joelhos.

— Por que estamos aqui?

— Logo a nave vai passar através do fluxo-da-corrente — respondeu ela, sorrindo. — Você nunca viu nada igual, juro. Ryzek estará no convés de observação com seus apoiadores mais próximos, mas eu tenho permissão para vir para cá, assim não grito na frente dos convidados. Pode ser meio... intenso. Você vai ver.

A distância, o fluxo-da-corrente parecia uma nuvem escura, inchada por cores e não pela chuva. Todo mundo na galáxia concordava que ele existia — muito difícil negar algo que era claramente visível de toda a superfície de cada planeta —, mas significava coisas diferentes para povos diferentes. Os pais de Akos falavam dele como se fosse um guia espiritual que não compreendiam totalmente, mas ele conhecia muitos shotet que adoravam o fluxo, ou algo superior que o direcionava, dependendo da seita. Algumas pessoas pensavam que era apenas um fenômeno natural, nada de espiritual nele. Akos nunca havia perguntado a Cyra o que ela achava.

Estava prestes a fazê-lo quando alguém gritou:

— Preparem-se!

Todos ao redor agarraram qualquer coisa em que pudessem se segurar. A nuvem escura do fluxo-da-corrente encheu o vidro diante dele, e então, quase em uníssono, todos suspiraram, menos Akos. Cada centímetro da pele de Cyra ficou preto como o espaço. Seus dentes, que pareciam brancos com o dom-da-corrente ao fundo, cerraram-se, mas parecia que estava sorrindo. Akos estendeu a mão para ela, mas Cyra fez que não com a cabeça.

Redemoinhos de um azul forte encheram o vidro. Havia veios de cor mais clara também, e quase púrpura, e azul-marinho. O fluxo-da--corrente era imenso, brilhante e estava em todo lugar, todo lugar. Era como ser envolvido pelos braços de um deus.

Algumas pessoas estenderam as mãos em adoração, outras ficaram de joelhos, outras ainda levaram a mão ao peito ou abraçaram a barriga. As mãos de um homem brilharam tão azuis quanto o próprio fluxo--da-corrente. Pequenos globos, como fenzu, mergulhavam ao redor da cabeça de uma mulher. Dons-da-corrente enlouquecidos.

Akos pensou no Florescimento. Os thuvhesitas não eram tão... *expressivos* como os shotet durante seus rituais, mas o sentido era o mesmo. Reunir-se para celebrar algo que acontecia apenas com eles, de todos os povos na galáxia, e apenas por um período determinado. A reverência que tinham por ele, por seu tipo particular de beleza.

Todo mundo sabia que os shotet perseguiam o fluxo-da-corrente pelo espaço como um ato de fé, mas até então Akos não entendia por que, exceto talvez porque sentissem que precisavam fazer aquilo. Mas quando a gente via de perto, pensou ele, era impossível imaginar a vida sem ver aquilo de novo.

No entanto, ele se sentiu isolado – não apenas porque era thuvhesita e eles eram shotet, mas porque conseguiam sentir o zumbido da corrente, e ele não. A corrente não passava por ele. Era como se Akos não fosse tão real como eles, como se não estivesse tão *vivo*.

No momento em que pensou aquilo, Cyra tomou sua mão. Ele a pegou para aliviar suas sombras, e ficou espantado de ver as lágrimas nos olhos da garota – era difícil dizer se eram de dor ou de fascinação.

E então, ela disse algo estranho, sem fôlego e com reverência:
— Você é como o silêncio.

O canal da Assembleia estava sendo transmitido na tela dos aposentos de Cyra quando voltaram. *Cyra deve ter deixado ligado por engano*, pensou Akos, e enquanto Cyra estava no banheiro, ele foi até a tela para desligá-la. Porém, antes que pudesse apertar o botão, notou o título na parte inferior da tela: *Oráculos reúnem-se em Tepes*.

Akos afundou na beirada da cama de Cyra.

Talvez visse sua mãe.

Ele passava metade de seu tempo tentando persuadir seu coração de que ela e Cisi estavam mortas. Era mais fácil do que lembrar que não estavam, e que ele não as veria de novo, sendo sua fortuna como era. Mas seu coração não se convencia. Recusava-se a acreditar numa mentira. Elas estavam logo ali, logo além dos campos de capim-pena.

As imagens do canal de notícias mostravam Tepes do alto. Era o planeta mais próximo do sol, o planeta de fogo frente a seu planeta de gelo. Era preciso usar um traje especial para caminhar por ali, Akos sabia, do mesmo jeito que não se podia andar ao ar livre no período de Apagamento em Hessa sem congelar até a morte. Ele não conseguia imaginar — não conseguia imaginar seu corpo queimando daquela forma.

"Os oráculos proibiram intervenção externa em suas sessões, mas esta gravação foi enviada por uma criança local quando a última das naves chegou", disse a narração em othyriano. A maior parte das transmissões da Assembleia era em othyriano, por ser a língua falada mais comum na galáxia. "Fontes internas sugerem que os oráculos discutirão outro conjunto de restrições legais impostas pela Assembleia na semana passada, agora que a Assembleia aborda a exigência de divulgação de todas as discussões dos oráculos."

Era uma antiga reclamação de sua mãe, que a Assembleia sempre tentava interferir no trabalho dos oráculos, que eles não conseguiam suportar que houvesse uma coisa na galáxia que não podiam regulamentar. E não era algo banal, ele sabia disso, era a fortuna das famílias afortunadas, o futuro dos planetas em sua variedade infinita. *Talvez algumas regras não prejudicassem os oráculos*, pensou Akos, e aquilo lhe pareceu uma traição.

Akos não conseguia ler a maioria dos caracteres shotet na parte inferior da tela que traduziam a narração. Apenas os que significavam *oráculo* e *Assembleia*. Cyra disse algo sobre o caractere shotet para *Assembleia* expressar a amargura dos shotet por não serem reconhecidos por ela. As decisões sobre o planeta que Thuvhe e Shotet compartilhavam – sobre comércio, ajudas ou viagens – eram feitas por Thuvhe e apenas por ele, deixando Shotet à mercê dos inimigos. Tinham motivo suficiente para ficarem amargurados, acreditava Akos.

Ele ouviu água corrente. Cyra estava tomando banho.

A gravação em Tepes mostrou duas naves. A primeira obviamente não era uma nave thuvhesita – fina demais para tanto, toda em formas ágeis e placas perfeitas. Mas a outra parecia uma embarcação thuvhesita, seus queimadores de combustível armados para o frio em vez do calor com um sistema de ventilação. Como guelras, ele sempre pensou.

A escotilha daquela nave se abriu, e uma mulher altiva em um traje refletivo desceu. Como nenhum outro se juntou a ela, soube que devia ser a nave thuvhesita. Cada planeta-nação tinha três oráculos, no fim das contas, exceto Thuvhe. Com Eijeh preso e a oráculo descendente morta com a invasão shotet, restava apenas a mãe de Akos.

O Sol em Tepes enchia o céu como se o planeta todo estivesse incendiado, cheio de cores fortes. O calor subia da superfície do planeta em ondas. Reconheceu o caminhar da mãe enquanto ela avançava até o mosteiro onde os oráculos estavam reunidos. Em seguida, desapareceu atrás de uma porta, e a gravação foi encerrada, as notícias avançando para a fome que assolava uma das luas externas.

Ele não sabia o que sentir. Era seu primeiro vislumbre real de casa em muito tempo. Mas era também o vislumbre da mulher que nem sequer havia alertado a própria família sobre o que sabia que estava por vir. Que nem mesmo havia aparecido na hora. Deixou o marido morrer, deixou a oráculo descendente se sacrificar, deixou um filho – naquele momento, a melhor arma de Ryzek – ser sequestrado, em vez de se oferecer em seu lugar. *Que se danem as fortunas*, pensou Akos. Ela devia ter sido a mãe deles.

Cyra abriu a porta do banheiro, deixando o vapor sair, e puxou os cabelos sobre o ombro. Estava vestida, dessa vez, em roupas escuras de treinamento.

– O que houve? – perguntou. Ela acompanhou o olhar de Akos para a tela. – Ah, você... você a viu?

– Acho que sim – confirmou Akos.

– Sinto muito – disse ela. – Sei que está tentando evitar as saudades de casa.

Saudades de casa era a expressão errada. *Estar perdido* era a certa – perdido no nada, entre pessoas que não compreendia, sem esperança de levar o irmão para casa, exceto pelo assassinato de Suzao Kuzar assim que fosse lícito de novo.

Em vez de contar tudo para ela, ele disse:

– Como você sabe?

– Nunca falamos thuvhesita, embora você saiba que eu sei falar. – Ela ergueu um ombro. – É o mesmo motivo por que não mantenho nenhuma foto da minha mãe por perto. Melhor, às vezes, simplesmente... seguir em frente.

Cyra voltou ao banheiro. Ele a observou quando se inclinou perto do espelho para cutucar uma espinha no queixo. A água pingava da testa e do pescoço. O mesmo que sempre fazia, mas apenas naquele momento ele percebeu... percebeu que ele conhecia, era isso; conhecia suas rotinas, conhecia *Cyra*.

E gostava dela.

CAPÍTULO 18 | CYRA

— Venha comigo — disse Otega quando eu a encontrei do lado de fora da cozinha naquela noite. Seu punho segurava firme a faca da renegada, a fita branca aparente entre os dedos. Havia encontrado a minha renegada.

Puxei meu capuz sobre a cabeça e caminhei em seu encalço. Eu estava bem coberta — calças enfiadas nas botas, casaco de manga comprida cobrindo as mãos, capuz encobrindo meu rosto — para não ser reconhecida. Nem todo shotet sabia qual era minha aparência, pois meu rosto não estava em um quadro pregado em cada prédio público e sala importante como o de Ryzek, mas assim que vissem as manchas de sombra-da-corrente na minha bochecha ou na curva de meu braço me reconheceriam. Naquele dia, eu não queria ser reconhecida.

Caminhamos pela ala Noavek, pelas arenas públicas de treinamento e pela piscina — ali, shotet mais jovens podiam aprender a nadar como preparação para a temporada —, passamos por uma cafeteria que cheirava a pão queimado e por vários armários de faxineiros. Quando os passos de Otega diminuíram e ela apertou com mais força a faca da renegada, havíamos percorrido todo o convés de turbinas.

Era tão barulhento na área de turbinas que, se tentássemos falar uma com a outra, teríamos de gritar para sermos ouvidas. Tudo cheirava a óleo.

Otega levou-me para longe do barulho até o que pareciam ser as salas de convivência dos técnicos, próximas à plataforma de embarque. Diante de nós havia um longo corredor estreito com uma porta a cada poucos metros, de cada lado, marcada com um nome. Algumas eram decoradas com fios de luzes fenzu ou pequenas lanternas de pedra ardente em todas as cores diferentes, ou colagens de desenhos engraçados, rabiscados nas páginas de projeto das turbinas, ou imagens granuladas de família ou amigos. Senti como se estivesse entrando em outro mundo, um completamente separado do que eu conhecia como Shotet. Desejei que Akos estivesse ali para ver. Ele teria gostado.

Otega parou diante de uma porta decorada com parcimônia perto do fim do corredor. Acima do nome "Surukta" havia um punhado de capim-pena seco preso em uma placa com um amuleto de metal. Havia algumas páginas do que parecia um manual técnico, escrito em outro idioma. Pithariano, se tivesse que adivinhar. Tecnicamente, era contrabando. A posse de documentos em outro idioma para qualquer objetivo, que não uma tradução aprovada pelo governo, era ilegal. Mas ali embaixo não sei se alguém se importava em obedecer a leis como essa. Havia liberdade quando se era desimportante para Ryzek Noavek.

— Ela vive aqui — disse Otega, batendo na porta com a ponta da faca. — Embora não esteja aqui agora. Eu a segui até aqui esta manhã.

— Então, vou esperar por ela — falei. — Obrigada por sua ajuda, Otega.

— Foi um prazer. Acho que a gente se vê muito pouco.

— Venha me ver, então.

Otega fez que não com a cabeça.

—A linha que divide seu mundo e o meu é larga. — Ela me estendeu a faca. —Tome cuidado.

Sorri enquanto ela se afastava, e quando desapareceu na esquina ao fim do corredor, tentei abrir a porta da renegada. Não estava trancada — duvidei que ficasse fora por muito tempo.

Por dentro, aquele era um dos menores espaços em que eu já havia entrado. Uma pia estava encaixada em um canto, e uma cama sobre pernas altas ficava no outro. Embaixo da cama havia uma caixa virada coberta de fios, interruptores e parafusos. Uma fita magnética passava pela parede e segurava ferramentas tão pequenas que eu duvidava que fosse possível usá-las. E ao lado da cama havia uma foto.

Cheguei mais perto para vê-la. Nela, uma menina com cabelos longos e loiros abraçada a uma mulher com cabelos tão prateados quanto uma moeda. Ao lado delas estava um jovem rapaz fazendo careta, a língua de fora e de lado. Ao fundo, havia outras pessoas — a maioria de cabelos claros, como o restante —, borradas demais para serem identificadas.

Surukta. Aquele nome me era familiar ou eu estava apenas enganada?

A porta abriu-se atrás de mim.

Era pequena e magra, como eu lembrava. De uniforme largo, um macacão, desabotoado até a cintura, com uma camiseta sem manga por baixo. Tinha os cabelos loiros brilhantes amarrados para trás, e estava usando um tapa-olho.

— O quê...

Os dedos estenderam-se, firmes, ao lado do corpo. Havia algo no bolso de trás — uma espécie de ferramenta. Observei sua mão se mover para lá, tentando esconder o movimento de mim.

—Vá em frente e puxe sua chave de fenda ou o que quer que seja — falei. —Vou adorar dar outra surra em você.

O tapa-olho era preto e mal ajustado, grande demais para seu rosto. Mas o outro olho tinha o mesmo azul forte que eu me lembrava do ataque.

— Não é uma chave de fenda, é um grifo — disse ela. — O que Cyra Noavek está fazendo em meu humilde alojamento?

Nunca tinha ouvido meu nome ser pronunciado com tanto veneno. O que dizia muito.

Seu olhar era de confusão ensaiada. Aquilo teria me enganado se não estivesse tão convencida de que eu havia encontrado a renegada. Apesar do que Ryzek insistia em dizer, eu era capaz de detectar sutilezas.

— Seu nome? — perguntei.

— Você invade meu alojamento e precisa que eu te diga meu nome? — Ela avançou mais e fechou a porta.

Era um palmo mais baixa do que eu, mas seus movimentos eram fortes e decididos. Não duvidava que fosse uma lutadora talentosa, provavelmente por isso os renegados a mandaram atrás de mim naquela noite. Imaginei se ela queria me matar. Não importava mais, na verdade.

— Vai ser mais rápido se você disser seu nome.

— Então, é Teka Surukta.

— Tudo bem, Teka Surukta. — Deixei a faca improvisada na beirada da pia. — Acho que isso te pertence. Vim devolver.

— Eu... não sei do que você está falando.

— Não entreguei você naquela noite, então o que faz pensar que vou entregá-la agora? — Tentei fingir indolência, como ela, mas a posição não me parecia natural. Minha mãe e meu pai me ensinaram a andar empertigada, joelhos juntos, mãos cruzadas quando eu não as estivesse usando. Não havia essa coisa de conversa casual quando se era um Noavek, então nunca aprendi essa arte.

Ela não parecia mais confusa.

— Sabe, você talvez tenha mais sorte se carregar algumas de suas ferramentas por aí como armas em vez dessa coisa... com fita adesiva — comentei, apontando para os instrumentos delicados magnetizados na parede. — Parecem afiados como agulhas.

— São valiosas demais — retrucou Teka. — O que você quer de mim?

— Suponho que depende do tipo de pessoa com quem você e seus renegados se aliaram. — Ao meu redor, ouvi apenas o som de água pingando e canos estalando. Tudo cheirava a mofo e umidade, como uma tumba. — Se os interrogatórios não chegarem a resultados reais nos próximos dias, meu irmão vai incriminar alguém e executá-lo. Provavelmente será um inocente. Ele não se importa.

— Estou chocada por você se importar — disse Teka. — Achei que fosse cruel.

Senti uma dor aguda quando uma sombra-da-corrente subiu pela minha bochecha e espalhou-se sobre minha têmpora. Vi de soslaio e reprimi a vontade de me contorcer pela dor que ela trouxe, uma pontada fina na lateral da cabeça.

— Pelo jeito, todos vocês sabiam das consequências em potencial de seus atos quando se juntaram pela sua causa, seja ela qual for — falei, ignorando o comentário. — Quem quer que meu irmão escolha para assumir a culpa não terá calculado esse risco. Morrerá porque vocês quiseram pregar uma peça em Ryzek Noavek.

— Uma peça? — perguntou Teka. — É como vocês chamam reconhecer a verdade? Desestabilizar o regime de seu irmão? Mostrar que podemos controlar o próprio movimento da nave?

— Para nossos objetivos, sim — falei. As sombras-da-corrente percorreram meu braço e se enrolaram ao redor de meu ombro, aparecendo através de minha camisa branca. Os olhos de Teka as seguiram. Me encolhi e continuei: — Se vocês se importarem com a morte de um inocente, sugiro que pensem em um nome real para me dar até o fim do dia. Se não se importarem, vou deixar que Ryzek escolha um alvo. Está em suas mãos... para mim, tanto faz de qualquer maneira.

Teka descruzou os braços e virou-se, ficando com os ombros recostados à porta.

— Ai, merda – disse ela.

Poucos minutos depois, eu estava seguindo Teka Surukta pelo túnel de manutenção na direção da plataforma de embarque. Tive sobressaltos a cada barulho, a cada ranger, e naquela parte da nave isso significava se assustar mais vezes do que não se assustar. Era barulhento, embora estivéssemos muito longe da maioria da população da nave.

Estávamos em uma plataforma de metal elevada, larga o bastante para duas pessoas magras passarem frente a frente com as barrigas encostadas, que pendia sobre o maquinário, os tanques d'água, as fornalhas e as turbinas de corrente que mantinham a nave funcionando e habitável. Se eu tivesse me perdido entre os motores e encanamentos, não teria encontrado o caminho de volta.

— Sabe – falei –, se seu plano é me levar o mais longe possível da maioria das pessoas para poder me matar, talvez descubra que vai ser mais difícil do que imagina.

— Eu gostaria de ver o que você está aprontando primeiro – retrucou Teka. – Você não é bem do jeito que eu esperava.

— E quem é? – falei, com raiva. – Acho que seria uma perda de tempo para mim perguntar como vocês conseguiram desativar as luzes da nave.

— Não, isso é fácil. – Teka parou e tocou a palma da mão na parede. Fechou os olhos, e a luz bem acima de nós, presa em uma grade de metal para protegê-la, piscou. Uma, depois três vezes. O mesmo ritmo que ouvi estalando quando ela me atacou. – Posso bagunçar tudo que funciona com corrente — revelou Teka. — É por isso que sou uma técnica. Infelizmente, aquele truque da "luz" funciona apenas na nave de temporada... todas as luzes de Voa são de fenzu ou de pedra ardente, e não há muito que eu possa fazer com elas.

— Então você deve adorar a nave de temporada.

— Podemos dizer que sim — disse ela. — Mas é um pouco claustrofóbico nesta nave quando se vive em um quarto do tamanho de um armário.

Chegamos a uma área aberta, um gradil sobre um dos conversores de oxigênio que tinha três vezes a minha altura e duas vezes a circunferência. Eles processavam o dióxido de carbono que emitíamos, atraídos pelo sistema de ventilação da nave, e o convertiam por meio de um processo complexo que eu não entendia. Tentei ler um livro sobre esse processo na última temporada, mas a linguagem era técnica demais para mim. Eu não conseguia dominar todos os assuntos.

— Fique aqui — disse ela. — Vou buscar uma pessoa.

— Ficar aqui? — perguntei, mas ela já havia desaparecido.

Enquanto fiquei parada no gradil, gotas de suor se formaram nas minhas costas. Consegui ouvir os passos dela, mas por conta do eco não pude dizer aonde estava indo. Ela traria de volta uma horda de renegados para terminar o trabalho que havia começado durante o ataque? Ou foi sincera ao dizer que não queria mais me matar? Eu havia me enfiado naquela situação sem me importar muito com a minha segurança, e nem sabia ao certo por quê, exceto que não queria ver a execução de um inocente quando havia tantos culpados escondidos.

Quando ouvi o arrastar de pés nas escadas de metal, virei-me e vi uma mulher alta, esguia e mais velha avançando na minha direção a passos largos. Seus cabelos longos e prateados brilhavam como uma moeda. Eu a reconheci da foto ao lado da cama de Teka.

— Olá, senhorita Noavek. Meu nome é Zosita Surukta.

Zosita usava as mesmas roupas que a filha, as pernas da calça enroladas expondo as canelas. Havia linhas profundas de uma vida inteira na testa franzida. Algo nela lembrava minha mãe, equilibrada, elegante e perigosa. Não era fácil me intimidar, mas Zosita conseguiu. Minhas sombras moveram-se mais rápido que de costume, como respiração, como sangue.

— Conheço a senhora de algum lugar? — perguntei. — Seu nome me parece familiar.

Zosita inclinou a cabeça como um pássaro.

— Não sei como eu poderia ter tido contato com Cyra Noavek antes.

Por algum motivo, eu não acreditava nela. Havia algo de familiar em seu sorriso.

— Teka contou por que estou aqui? — questionou.

— Contou — respondeu Zosita. — Embora ela não saiba ainda o que farei em seguida, que é me entregar.

— Quando pedi um nome — falei, engolindo em seco —, não achei que seria a mãe dela...

— Todos estamos preparados para enfrentar as consequências de nossos atos — disse Zosita. — Vou assumir total responsabilidade pelo ataque, e será verossímil, pois sou uma exilada shotet. Costumava ensinar crianças shotet a falar othyriano.

Alguns dos shotet mais velhos dominavam outros idiomas antes de ser ilegal falá-los. Não havia nada que meu pai ou Ryzek pudessem fazer a respeito disso — era impossível obrigar alguém a desaprender uma coisa. Sabia que parte deles dava aulas, e que isso poderia valer o exílio de uma pessoa, mas nunca pensei que conheceria alguém assim.

Ela inclinou a cabeça, dessa vez para o outro lado.

— E, claro, foi minha voz que saiu dos alto-falantes — acrescentou Zosita.

— A senhora... — Pigarreei. — A senhora sabe que Ryzek vai executá-la. Em público.

— Sei bem, senhorita Noavek.

— Tudo bem. — Me contorci quando as sombras-da-corrente se espalharam. — Está preparada para aguentar um interrogatório?

— Imaginei que ele não precisaria me interrogar se eu fosse de livre e espontânea vontade. — Ela ergueu as sobrancelhas.

— Ele está preocupado com a colônia de exílio. Vai querer qualquer informação que possa tirar da senhora antes de ele... — A palavra *executar* ficou presa em minha garganta.

— Me matar — completou Zosita. — Ora, ora, senhorita Noavek. Não consegue nem mesmo dizer essas palavras? A senhorita é tão frágil assim?

Seus olhos moveram-se para a armadura que cobria meu braço marcado.

— Não — retruquei.

— Não é um insulto — assegurou Zosita, um pouco mais gentil. — Corações frágeis fazem valer a pena viver neste universo.

Inesperadamente, pensei em Akos, sussurrando um pedido de desculpas em thuvhesita, por instinto, quando passou por mim na cozinha. Naquela noite, pensei várias vezes naquelas palavras gentis, como uma música que não saía da minha cabeça. Naquele instante, as palavras vieram até mim com facilidade.

— Sei o que é perder uma mãe — falei. — Não desejo isso para ninguém, nem mesmo para renegados que mal conheço.

Zosita deixou escapar uma risada, balançando a cabeça.

— Que foi? — falei, na defensiva.

— Eu... celebrei a morte de sua mãe — disse ela. Eu gelei. — Como celebrei a de seu pai e teria celebrado a de seu irmão. Talvez, até mesmo a sua. — Ela passou os dedos pelo corrimão de metal ao seu lado. Imaginei as impressões digitais de sua filha, deixadas ali poucos minutos antes, então apagadas por seu toque. — É estranho perceber que seus piores inimigos podem ser amados pela família deles.

Você não conhecia minha mãe, eu quis rosnar. Como se importasse, naquele momento ou em qualquer outro, o que essa mulher pensava de Ylira Noavek. Mas Zosita já estava meio apagada na minha mente, como a própria sombra. Naquele momento, marchando na direção de seu destino. E por quê? Por um golpe direcionado ao meu irmão?

— Realmente vale a pena? — questionei, franzindo a testa. — Perder sua vida por isso?

Ela ainda estava com aquele sorriso estranho.

— Depois que fugi de Shotet, seu irmão convocou o que restava de minha família até sua casa — disse ela. — Eu havia pedido para enviarem meus filhos quando eu chegasse a um lugar seguro, mas seu irmão chegou até eles primeiro. Matou meu filho mais velho e arrancou o olho da minha filha por crimes dos quais não haviam participado. — Ela riu de novo. — E, veja, você nem ficou chocada. Você o viu fazer pior, sem dúvida, e seu pai antes dele. Sim, vale a pena. Não imagino que você entenda.

Por um bom tempo, ficamos paradas apenas com o chiado dos canos e passos distantes quebrando o silêncio. Eu estava confusa demais, cansada demais para esconder quando me contorcia e recuava enquanto meu dom-da-corrente fazia seu trabalho.

— Para responder a sua pergunta, sim, eu posso aguentar um interrogatório — disse Zosita. — Você consegue mentir? — Ela abriu o sorriso forçado de novo. — Acho que é uma pergunta idiota. Você *vai* mentir?

Hesitei.

Quando eu me tornei esse tipo de pessoa que ajudava renegados? Ela havia acabado de dizer que teria celebrado minha morte. Ao menos, Ryzek queria me manter viva — o que os renegados fariam comigo se conseguissem derrubar meu irmão do trono?

Não sei por quê, eu não me importava.

— Conto mentiras melhor do que digo a verdade — falei. Era uma citação de um poema que eu li na lateral de um prédio com Otega em uma de nossas excursões. *Sou shotet. Sou tão afiado e frágil quanto vidro quebrado. Conto mentiras melhor do que digo a verdade. Vejo tudo da galáxia e nunca tive um vislumbre dela.*

— Então, vamos contar algumas — disse Zosita.

CAPÍTULO 19 | AKOS

Akos inclinou-se sobre a panela que estava em cima de um queimador em seu pequeno quarto na nave de temporada e respirou um pouco da fumaça amarela. Tudo na frente dele virou um borrão, e sua cabeça caiu, pesada, na direção da bancada. Apenas por um tique, antes de se equilibrar.

Forte o suficiente, pensou. Ótimo.

Precisava pedir para Cyra conseguir algumas folhas de sendes para fortalecer a droga, assim funcionaria mais rápido. E funcionava – havia testado na noite anterior, caindo no sono tão rápido depois de tomá-la que o livro que estava lendo deslizou de suas mãos.

Ele apagou a chama e deixou o elixir esfriar, em seguida virou com o som de uma batida na porta. Verificou o relógio. Em Thuvhe, estava mais familiarizado com os ritmos do mundo, escuro no Apagamento e claro no Despertar, o jeito que o dia se encerrava, como um olho fechando. Ali, sem alvorada e pôr do sol para guiá-lo, sempre olhava o relógio. Era a décima sétima hora. Hora de Jorek.

O guarda do corredor estava lá quando ele abriu a porta, lançando um olhar crítico. Jorek estava atrás dele.

— Kereseth – disse o guarda. — Esse cara diz que está aqui para ver você?

— Sim — respondeu Akos.

— Não acho que você possa receber visitas — disse o guarda com desdém. — Não são seus aposentos, são?

— Meu nome é Jorek *Kuzar* — disse Jorek, enfatizando bem seu sobrenome. — Então. Suma da frente dele.

O guarda olhou o uniforme de mecânico de Jorek, sobrancelhas erguidas.

— Pega leve com ele, *Kuzar* — disse Akos. — Ele tem o trabalho mais entediante do mundo: proteger Cyra Noavek.

Akos voltou para seu quarto estreito, do qual saía um cheiro folhoso, maltado. Medicinal. Mergulhou o dedo para testar a temperatura. Ainda quente, mas frio o bastante para despejá-lo no frasco. Ele limpou a poção nas calças antes que a pele absorvesse. Procurou nas gavetas um frasco limpo.

Jorek estava em pé na entrada do quarto. Olhando. A mão encaixada sobre a nuca, como sempre.

— Que foi? — perguntou Akos. Havia pegado um conta-gotas e tocou-o na poção.

— Nada, é que... o quarto de Cyra Noavek não é como eu esperava — respondeu Jorek.

Akos grunhiu baixo — não era o que ele esperava também — enquanto esguichava o elixir amarelo do conta-gotas para o frasco.

— Vocês realmente *não* dormem na mesma cama — disse Jorek.

Com as bochechas quentes, Akos olhou feio para ele.

— Não. Por quê?

— Boatos. — Jorek deu de ombros. — Digo, vocês vivem juntos. Tocam-se.

— Eu a ajudo com sua dor — disse Akos.

— E você está fadado a morrer por eles.

— Obrigado pela lembrança, eu quase tinha me esquecido disso — retrucou Akos. — Quer minha ajuda ou não?

— Quero. Desculpe. — Jorek pigarreou. — Então, o mesmo plano para este?

Eles já tinham feito uma vez. Jorek havia ministrado uma poção do sono em Suzao para que ele caísse no meio do café da manhã. Agora Suzao estava inquieto e buscando quem o havia drogado e envergonhado na frente de todos. Akos imaginou que não levaria muito tempo até que Suzao ficasse furioso o bastante e o desafiasse para uma luta de morte — Suzao não era exatamente um homem razoável —, mas não queria arriscar. Então estava fazendo Jorek drogar seu pai de novo, apenas por garantia. Se tivessem sorte, aquilo faria Suzao enlouquecer e, depois da coleta, Akos poderia confessar estar por trás de todos os incidentes e lutar contra ele na arena.

— Dois dias antes da coleta, ponha isso nos remédios dele — orientou Akos. — Deixe a porta dos aposentos entreaberta para parecer que alguém veio de fora, ou ele pode suspeitar de você.

— Certo. — Jorek pegou o frasco de Akos, testando a rolha com o dedo. — E depois disso...

— Está tudo sob controle — completou Akos. — Depois da coleta, vou dizer para Suzao que fui eu quem o drogou, ele vai me desafiar, e eu... encerro o caso. No primeiro dia em que os desafios de arena forem permitidos de novo. Tudo bem?

— Tudo bem. — Jorek mordeu o lábio com força. — Ótimo.

— E tudo bem para sua mãe?

— Hum... — Jorek afastou o olhar para os lençóis amarrotados de Cyra e para as lanternas de pedra ardente que pendiam em um fio sobre a cama. — Ela vai superar, sim.

— Ótimo — disse Akos. — É melhor você ir.

Jorek pôs o frasco no bolso. Para Akos, parecia que ele não queria realmente ir — ele se demorou na ponta do balcão, deslizando o dedo sobre ele, que provavelmente sairia melado. Nem Akos tampouco Cyra davam muita importância para a limpeza do lugar.

Quando Jorek finalmente abriu a porta, Eijeh e Vas estavam no corredor, prestes a entrar.

Os cabelos de Eijeh estavam longos o bastante para serem amarrados, e seu rosto estava macilento — e *velho*, como se tivesse dez estações a mais que Akos, e não duas. Ao vê-lo, Akos sentiu uma vontade gigantesca de agarrá-lo e sair correndo. Sem ter nenhum plano do que poderia fazer depois disso, claro, porque estavam em uma espaçonave do tamanho de uma cidade às margens da galáxia, mas ele quis de qualquer forma. Naqueles dias, queria muitas coisas que nunca conseguiria.

— Jorek — disse Vas. — Que interessante encontrá-lo aqui. O que está fazendo?

— Akos e eu temos treinado juntos — disse Jorek, sem hesitar. Ele era um bom mentiroso; Akos imaginou que devia ser, crescendo naquela família, com todas *essas* pessoas ao redor. — Vim apenas ter certeza de que ele vai participar de outra sessão.

— Treinando. — Vas deu uma risadinha. — Com Kereseth? Sério?

— Todo mundo precisa de passatempos — disse Akos, como se não importasse. — Talvez amanhã, Jorek. Estou preparando uma coisa aqui.

Jorek acenou e se afastou. Rápido. Akos esperou até ele virar a esquina antes de se voltar para Eijeh e Vas.

— Nossa mãe ensinou você a fazer isso? — perguntou Eijeh, meneando a cabeça para a fumaça amarela que ainda saía da panela no queimador.

— Ensinou. — Akos já estava afogueado e trêmulo, embora não tivesse motivo para ter medo de seu irmão. — *Mamãe* me ensinou.

Eijeh nunca a havia chamado de "mãe" em toda sua vida. Era uma palavra para os convencidos filhos de Shissa, ou para os shotet, não para filhos de Hessa.

— Muito gentil da parte dela preparar você para o que lhe espera. É uma pena que não tenha sentido necessidade de fazer o mesmo comigo. — Eijeh entrou no quarto de Akos, correndo os dedos sobre os lençóis esticados, a pilha arrumada de livros. Marcando-os de forma que não se apagaria. Puxou a faca na lateral e a girou na palma da mão, pegando-a com o dedão. Teria parecido ameaçador para Akos se não tivesse visto Ryzek fazer aquilo tantas vezes.

— Talvez ela não achasse que este futuro aconteceria. — Ele não acreditava naquilo. Mas não sabia mais o que dizer.

— Ela acreditava. Sei que acreditava. Eu a vi falar disso em uma visão.

Eijeh nunca falava sobre suas visões com Akos, nunca havia tido a chance. Akos não conseguia imaginar. O futuro intrometendo-se no seu presente. Tantas possibilidades que era atordoante. Ver sua família, mas sem saber se as imagens se realizariam. Sem ser capaz de falar para ela.

Não que isso importasse mais para Eijeh.

— Bem — disse Akos. — Deveríamos ir para casa e perguntar para ela.

— Estou muito bem aqui — disse Eijeh. — Suspeito que você também, a julgar por essas... acomodações.

— Está falando como ele, agora — retrucou Akos. — Você percebe isso, não é? Você fala como *Ryzek Noavek*, o homem que matou papai. Pode odiar a mamãe, se quiser, mas não é possível que odeie papai.

Os olhos de Eijeh ficaram confusos. Não totalmente vazios, mas distantes.

— Eu não... ele sempre estava trabalhando. Nunca estava em casa.

— Ele estava em casa o tempo todo! — Akos cuspiu as palavras como se estivessem podres. — Fazia o jantar. Olhava nosso dever de casa. Contava histórias. Você não lembra?

Mas ele sabia a resposta à sua pergunta. Estava nos olhos vazios de Eijeh. Claro, *claro* que Ryzek havia tirado as lembranças que Eijeh tinha do pai deles – devia ter ficado tão horrorizado com seu próprio pai que roubou o deles.

De repente, as mãos de Akos estavam enroladas na camisa de Eijeh, e ele estava empurrando o irmão contra a parede, derrubando uma fileira de frascos. Parecia tão pequeno entre as mãos de Akos; estava tão leve que era fácil erguê-lo. Foi isso, mais do que a surpresa descuidada, que fez Akos soltá-lo mais rápido do que o agarrara.

Quando fiquei tão grande?, pensou ele, encarando as juntas grossas dos dedos. Dedos longos, como os do pai, mas mais grossos. Bons para machucar pessoas.

— Ela o ensinou a brutalidade. — Eijeh ajeitou a camisa. — Se eu não me lembro de alguma coisa, acha que pode arrancar de mim assim?

— Se eu pudesse, já teria tentado. — Akos recuou. — Eu faria qualquer coisa para você se lembrar dele. — Ele se virou, correndo a mão pela nuca como Jorek sempre fazia. Não conseguia mais olhar Eijeh, não conseguia olhar para nenhum dos homens que estavam diante dele em seus aposentos. — Por que vieram até aqui? O que vocês querem?

— Viemos aqui com dois objetivos — disse Eijeh. — Primeiro, existe uma mistura de flores-do-gelo que incentiva o pensamento claro. Preciso dele para cristalizar algumas de minhas visões. Achei que você saberia como fazê-la.

— Então, Ryzek não tem seu dom-da-corrente ainda.

— Acho que, por enquanto, ele vai ficar satisfeito com o meu funcionando.

— Você está muito enganado se acha que ele vai se contentar em confiar em você em vez de simplesmente tomar seu poder — disse Akos em voz baixa. Recostando-se à bancada, porque suas pernas pareciam fracas. — Se é que funciona desse jeito. E, quanto à mistura de flores-do-gelo... bem. Nunca vou lhe dar algo que fará Ryzek Noavek declarar guerra a Thuvhe. Prefiro morrer.

— Quanto veneno — disse Vas. Akos olhou para ele, Vas estava batendo a ponta do dedo contra a ponta de uma faca.

Quase havia esquecido que Vas estava lá, escutando. O coração de Akos batia como uma foice no peito ao ouvir a voz do soldado. Tudo que conseguiu ver quando piscou foi Vas limpando o sangue de seu pai nas calças quando saíram da casa em Thuvhe.

Vas aproximou-se do queimador para respirar a fumaça amarela, agora quase inexistente. Ficou curvado por um tique, depois se virou de uma vez com a faca em riste e apertou a ponta contra a garganta de Akos. Akos forçou-se a ficar parado, o coração ainda como uma foice. A ponta da lâmina era fria.

— Meu primo foi drogado há pouco tempo — disse Vas.

— Eu não fico atrás de seus primos — retrucou Akos.

— Aposto que você fica atrás desse — insistiu Vas. — Suzao Kuzar. Ele estava lá quando seu pai deu o último suspiro.

Akos olhou para Eijeh. Esperando... o quê? Seu irmão defendê-lo? Por uma reação por Vas ter falado sobre a morte do pai como se não fosse nada?

— Cyra sofre de insônia — disse Akos, as mãos tamborilando ao lado do corpo. — Misturo uma poção forte para ela dormir. É por isso que faço.

A ponta da faca avançou na pele de Akos, bem sobre a cicatriz que Ryzek havia feito.

— Vas — disse Eijeh, e soou um pouco tenso. *Nervoso?*, pensou Akos. Mas era uma esperança idiota. — Você não pode matá-lo, Ryzek não permitiria. Então, pare de brincar com isso.

Vas grunhiu e afastou a faca.

O corpo de Akos ficou dolorido quando relaxou.

— Hoje é algum tipo de feriado shotet em que vocês visitam as pessoas que odeiam para deixá-las arrasadas? — Ele limpou o suor frio na nuca. — Bem, eu não estou comemorando. Vão embora.

— Não, sua presença foi solicitada para testemunhar o interrogatório de uma renegada confessa — disse Vas. — Junto com Cyra.

— Que utilidade eu teria em um interrogatório? — perguntou Akos.

Vas inclinou a cabeça, um sorriso esgueirando-se em seu rosto.

— Você veio para cá inicialmente para trazer alívio a Cyra regularmente. Acho que é o uso que farão de você.

— Certo — disse Akos. — Tenho certeza de que esse é o motivo.

Vas embainhou a faca — provavelmente sabia tão bem quanto Akos que não precisaria dela para que o rapaz obedecesse. No fim das contas, estavam em uma nave. No espaço.

Akos enfiou os pés nas botas e seguiu Vas, deixando Eijeh andar atrás deles. A poção que fizera duraria até ele voltar, estável, agora que estava esfriando. Mas era agressiva enquanto estava quente, como sua mãe gostava de dizer.

As pessoas abriam caminho para Vas nos corredores mais cheios, sem ousar olhar para ele. Mas encaravam Akos. Era como se o fato de ser thuvhesita o marcasse. Estava em seu mascar casual de pétalas de flor-do-gelo enfiadas no bolso; em sua passada cuidadosa do calcanhar à ponta do pé, acostumado a deslizar no gelo; na maneira como usava a camisa abotoada até a garganta em vez de aberta até o colo.

O passo de Eijeh já era mais pesado do que de qualquer shotet, a camisa desabotoada, deixando o pescoço à mostra.

Akos não tinha estado naquela parte da nave antes. O chão passou de grades de metal firme para madeira polida. Sentiu como se estivesse de volta à mansão Noavek, engolido pelos painéis escuros e pela trêmula luz de fenzu. Passos ecoaram no corredor, Vas levou-os até uma porta alta, e soldados abriram caminho para deixá-los passar.

A sala era tão escura quanto a sala de armas onde ele havia perdido Eijeh para o dom de Ryzek. O assoalho brilhava, e na parede ao fundo estavam todas as janelas, mostrando, enquanto a nave se afastava, um redemoinho apagado do fluxo-da-corrente. Ryzek o encarava, as mãos às costas. Atrás dele, havia uma mulher presa a uma cadeira. Cyra estava por perto também, e ela não olhou para Akos quando ele entrou, o que era alarmante. A porta bateu às suas costas, e ele foi para o lado de Cyra.

— Explique para mim, Cyra, como você chegou até essa traidora — Ryzek estava falando para Cyra.

— Quando o ataque ocorreu, reconheci a voz que saiu do alto-falante. Ainda não sei de onde — disse Cyra, braços cruzados. — Talvez da plataforma de embarque. Mas eu sabia que poderia encontrá-la pela voz. Então, eu ouvi de novo. E a encontrei.

— E você não disse nada sobre esse esforço? — Ryzek franziu a testa, não para a irmã, mas para a renegada, que o encarou de volta. — Por quê?

— Pensei que você riria de mim — disse Cyra. — Que pensaria que eu estava louca.

— Bem — disse Ryzek —, eu provavelmente teria feito isso mesmo. De qualquer forma, aqui estamos.

Seu tom não era o que Akos esperava de alguém que havia acabado de conseguir o que queria. Estava completamente tenso.

— Eijeh. — Akos estremeceu ao ouvir o nome do irmão na boca do inimigo. — Isso altera o futuro que discutimos?

Eijeh cerrou os olhos. As narinas moveram-se como as da mãe às vezes faziam quando ela se concentrava em uma profecia. Ele estava a imitando, provavelmente, a menos que os oráculos precisassem respirar fundo pelo nariz por algum motivo. Akos não sabia, mas, sem querer, estava avançando na direção do irmão, empurrando o braço de Vas, que o impediu com a firmeza de uma viga.

— Eijeh — disse Akos. No fim das contas, precisava tentar, certo? — Eijeh, não faça isso.

Mas Eijeh já estava respondendo:

— O futuro se mantém firme.

— Obrigado — disse Ryzek. Ele se curvou para perto da renegada. — Onde exatamente, Zosita Surukta, você esteve durante todas essas estações?

— Sem rumo — respondeu Zosita. — Nunca encontrei o exílio, se é isso que está me perguntando.

Ainda curvado, Ryzek olhou para Cyra, olhou para as linhas escuras nos braços. Ela estava encurvada, a mão segurando a cabeça.

— Cyra. — Ryzek apontou para Zosita. — Vamos descobrir se esta mulher está dizendo a verdade.

— Não — disse Cyra, ofegante. — Já discutimos sobre isso. Não vou... não posso...

— Não pode? — Ryzek inclinou-se para mais perto do rosto da irmã, parando apenas o suficiente para não tocá-la. — Ela difama a família, enfraquece nossa posição, se junta aos nossos inimigos, e você diz que não pode? Sou seu irmão e soberano de Shotet. Você pode e vai fazer o que eu digo, entendeu?

A escuridão coalhou o castanho dourado de sua pele. As sombras pareciam um novo sistema de nervos e veias em seu corpo. Ela fez um som de engasgo. Akos sentiu-se engasgado também, mas não se moveu, possivelmente não poderia ajudá-la com Vas em pé no seu caminho.

— Não! — O grito foi arrancado dela, e ela tentou tocar Ryzek, os dedos curvados em garras. Ryzek tentou empurrá-la para longe, mas ela era rápida demais, forte demais; as sombras-da-corrente correram pela mão como um jorro de sangue de uma ferida, e Ryzek gritou. Contorceu-se. Caiu de joelhos.

Vas correu até ela, puxou-a para longe e a jogou de lado. Do chão, ela encarou o irmão com ódio e disparou:

— Arranque meu olho, arranque meus dedos, arranque o que quiser. Eu não vou fazer isso.

Por um momento, enquanto Cyra se retorcia com a dor que queimava dentro de seu corpo pela corrente, Ryzek apenas ficou parado, olhando para ela. Em seguida, estalou os dedos para Akos em um gesto que significava "venha". E não havia muito motivo para desafiá-lo, disso Akos sabia. Ele conseguiria o que desejava de uma maneira ou de outra. Akos estava começando a compreender por que Cyra passara tantas estações apenas seguindo suas ordens. Em um determinado momento, desafiá-lo parecia perda de tempo.

— Pensei que você pudesse dizer isso – afirmou Ryzek. – Vas, segure minha irmã, por favor.

Vas agarrou Cyra pelos braços e a pôs em pé. Seus olhos encontraram os de Akos, arregalados de terror.

— Posso ter deixado você por conta própria por um tempo – disse Ryzek. – Mas não parei de prestar atenção, Cyra.

Ryzek foi até a lateral da sala, correndo os dedos por um painel da parede. Ele o deslizou para trás, revelando uma parede de armas, como a da mansão Noavek, mas menor. *Provavelmente, apenas suas favoritas*, pensou Akos, sentindo-se separado do próprio corpo quando Ryzek escolheu uma vareta longa, fina. Ao seu toque, a corrente envolveu o metal, listras escuras como as que atormentavam Cyra.

— Veja bem, eu percebi algo peculiar, e gostaria de comprovar se minha hipótese está correta – comentou Ryzek. – Se estiver, isso resolverá um problema antes de realmente se tornar um problema.

Ele girou os entalhes no cabo da vareta, e a corrente ficou mais densa. Mais escura. Não uma arma letal, observou Akos, mas uma feita para causar dor.

As sombras-da-corrente de Cyra piscavam e tremulavam, como chamas em um corredor de vento. Ryzek riu.

— É quase indecente — disse ele, pondo a mão pesada no ombro de Akos, que resistiu à vontade de empurrá-lo. Apenas pioraria as coisas. E só naquele momento entendeu que a vareta era para ele. Talvez fosse o motivo por que ele havia sido levado até ali, para fazer Cyra cooperar de novo. Para se tornar a nova ferramenta de controle de Ryzek.

— Talvez você queira se render agora — disse Ryzek para ele em voz baixa. — E deitar-se no chão.

— Vai à merda — retrucou Akos em thuvhesita.

Mas, claro, Ryzek tinha uma resposta para aquilo. Bateu a vareta nas costas de Akos. A dor guinchou dentro dele. Ácido. Fogo. Akos gritou com dentes cerrados.

Fique em pé, pensou ele. *Fique...*

Ryzek golpeou de novo, dessa vez no lado direito, e Akos gritou de novo. Ao seu lado, Cyra soluçava, mas Akos estava observando Eijeh, tranquilo, enquanto olhava pela janela. Quase como se não soubesse o que estava acontecendo. Ryzek bateu uma terceira vez, e os joelhos cederam, mas ele ficou em silêncio. O suor rolava pela nuca, e, ao redor dele, tudo balançava.

Eijeh encolheu-se dessa vez.

Outro golpe, e Akos caiu para frente com as mãos espalmadas. Ele e Cyra gemeram ao mesmo tempo.

— Quero saber o que ela sabe sobre os exílios — disse Ryzek para Cyra, ofegante. — Antes da execução de amanhã.

Cyra soltou-se das mãos de Vas e foi até Zosita, que ainda estava presa à cadeira pelos pulsos. Zosita meneou a cabeça para Cyra como se estivesse lhe dando permissão.

Cyra levou as mãos à cabeça de Zosita. Akos viu, com olhos meio desfocados, as teias escuras no dorso das mãos de Cyra, o rosto contorcido de Zosita, e o sorriso satisfeito de Ryzek. A escuridão preenchia os cantos de sua visão, e ele tentou respirar mesmo com a dor.

Zosita gritando. Cyra gritando. A voz das duas em uníssono.

Então, ele apagou.

Acordou com Cyra ao seu lado.

— Vamos. — Os braços da garota estavam sobre seu ombro. Ela o ergueu. — Venha, vamos embora. Vamos.

Ele piscou, devagar. Zosita estava respirando em espasmos e contorções, os cabelos cobrindo o rosto. Vas estava ao lado, parecendo entediado. Eijeh estava agachado no canto, a cabeça enterrada nos braços. Ninguém impediu que saíssem cambaleando da sala. Ryzek conseguira o que queria.

Foram para o quarto de Cyra. Ela deixou Akos na ponta da cama, em seguida vasculhou o quarto, recolhendo toalhas, gelo, analgésico. Freneticamente, as lágrimas corriam pelo rosto. O quarto ainda cheirava a malte da poção que ele preparara mais cedo.

— Cyra — disse ele, rouco, enquanto ela lutava para tirar a rolha do frasco de analgésico com mãos trêmulas. — Ela falou alguma coisa?

— Não. Ela é uma boa mentirosa — respondeu Cyra, enquanto lutava para abrir o frasco de analgésicos com mãos trêmulas. — Você nunca mais terá sossego. Quer saber de uma coisa? Nenhum de nós terá.

Cyra tirou a tampa e tocou o frasco em sua boca, embora ele pudesse facilmente tê-lo pegado. Não fez esse comentário, apenas entreabriu os lábios para engolir o remédio.

— Eu nunca tive sossego. Você nunca teve sossego. — Ele não entendia por que ela estava tão abalada. Não era novidade Ryzek estar fazendo algo terrível. — Não entendo por que ele fez questão de *me* usar...

As pernas dela rasparam nas dele quando ela ficou em pé entre os joelhos do rapaz. Dessa forma, tinham quase a mesma altura, com ele encarapitado na cama alta. E ela estava próxima, como às vezes acontecia quando lutavam, rindo da cara dele porque o derrubara, mas ali era diferente. Completamente diferente.

Cyra não estava rindo. Tinha um cheiro familiar, como as ervas que ela queimava para tirar o odor de comida do quarto, como o spray que ela usava no cabelo para amaciar os nós. Ela pôs a mão no ombro dele e em seguida correu dedos trêmulos pelo colo, descendo pelo esterno. Pousou a mão gentil no peito de Akos. Não olhava para seu rosto.

— Você — sussurrou ela — é a única pessoa que ele poderia tirar de mim agora.

Ela tocou o queixo de Akos para firmá-lo enquanto o beijava. Sua boca era morna e estava úmida de lágrimas. Seus dentes mordiscaram o lábio inferior dele quando se desvencilhou.

Akos não respirava. Não sabia se conseguia se lembrar como era respirar.

— Não se preocupe — disse ela, suavemente. — Não vou fazer isso de novo.

Ela se afastou e se fechou no banheiro.

CAPÍTULO 20 | CYRA

Participei da execução de Zosita Surukta no dia seguinte, como era esperado de mim. Foi um evento cheio, barulhento, a primeira celebração que havia sido permitida desde o Festival da Temporada. Fiquei afastada, com Vas, Eijeh e Akos, enquanto Ryzek fazia um longo discurso sobre lealdade e a força da união shotet, a inveja da galáxia, a tirania da Assembleia. Yma ficou ao seu lado, as mãos no parapeito, os dedos tamborilando em ritmo cadenciado.

Quando Ryzek puxou a faca pelo pescoço de Zosita, eu quis chorar, mas segurei as lágrimas. Todos na multidão urraram quando o corpo de Zosita caiu, e eu fechei os olhos.

Quando os reabri, as mãos de Yma estavam tremendo no parapeito. Ryzek ficou manchado com um risco do sangue de Zosita. E ao longe, na multidão que assistia, Teka segurava uma das mãos sobre a boca.

Enquanto o sangue de Zosita espalhava-se no chão, como havia acontecido com o sangue do pai de Akos e com tantos outros, senti a injustiça da morte daquela mulher como uma camisa mal-ajambrada que eu não conseguia arrancar.

Foi um alívio ainda ser capaz de me sentir assim.

§

Em toda a plataforma de embarque havia pilhas de macacões cinza, arrumados por tamanho. De onde eu estava, pareciam uma fileira de rochas. Os macacões eram à prova d'água, desenhados especificamente para as temporadas em Pitha. Ao longo da parede ao fundo, também havia pilhas de máscaras à prova d'água para impedir que a chuva caísse nos olhos de nossos coletores. Implementos antigos, de alguma outra temporada, mas suficientes.

A nave de temporada de Ryzek, com suas asas polidas, douradas, esperava pela escotilha de liberação. Levaria ele, a mim, Yma, Vas, Eijeh, Akos e alguns outros até a superfície de Pitha para fazer o jogo político com a liderança pithariana. Ele queria estabelecer "relações amigáveis" – uma aliança. Auxílio militar, também, com certeza. Ryzek tinha um talento para isso que meu pai nunca teve. Deve ter herdado de minha mãe.

— Temos de ir – disse Akos atrás de mim. Ele estava tenso naquele dia, contraindo os músculos quando precisava levar uma caneca aos lábios, agachando-se em vez de se curvar para pegar as coisas.

Estremeci só de ouvir sua voz. Pensei que, depois de tê-lo beijado, dias antes, aquilo me libertaria desse tipo de sentimento, levando embora o mistério de como seria, mas as coisas apenas pioraram. Naquele momento, eu sabia como ele era, como era seu gosto, e sofria com o desejo.

— Acho que sim – falei, e descemos as escadas até a plataforma de embarque, ombro a ombro. À nossa frente, a pequena nave de transporte brilhava embaixo de luzes diretas como vidro sob o sol. A lateral polida tinha o caractere shotet para Noavek.

Apesar de seu exterior pomposo, o interior da nave era tão simples quanto o de qualquer outra embarcação de transporte: no fundo havia um banheiro e uma pequena galé; nas paredes ficavam os assentos dobráveis com cintos; e lá na frente, no nariz da nave, era a cabine de navegação.

Meu pai me ensinou a pilotar, uma das únicas atividades que fizemos juntos. Eu usava luvas grossas para que meu dom-da-corrente não interferisse nos mecanismos da nave. Era pequena demais para a poltrona, então ele colocava uma almofada no encosto para eu me sentar. Não era um professor paciente – gritou comigo mais de uma vez –, mas quando eu fazia a coisa certa, ele sempre dizia "Bom", com um menear firme de cabeça, como se estivesse martelando o elogio no lugar.

Morreu quando eu tinha onze estações, em uma temporada. Apenas Ryzek e Vas estavam com ele no momento – foram atacados por um bando de piratas e tiveram de lutar para sair da emboscada. Ryzek e Vas retornaram do conflito – com os olhos dos inimigos derrotados em um jarro, não menos que isso –, mas Lazmet Noavek não retornou.

Vas me alcançou e caminhou ao meu lado enquanto eu me dirigia à nave.

– Recebi instruções para lembrá-la de se comportar em Pitha.

– Como assim? Foi ontem que eu virei uma Noavek? – perguntei. – Sei como me controlar.

– Noavek você pode ser, mas tem ficado cada vez mais errática – retrucou Vas.

– Sai fora, Vas – falei, cansada demais para aguentar outra farpa. Felizmente, ele me entendeu, caminhando para a frente da nave, onde meu primo Vakrez estava com um dos técnicos de manutenção. Um lampejo de cabelos brilhantes me alertou de que era Teka: não trabalhando em nossa nave, claro, mas ao lado, com as mãos enterradas em um painel cheio de fios. Não tinha nenhuma ferramenta na mão; estava apenas puxando cada fio, alternadamente, com olhos fechados.

Hesitei por um instante. Consegui sentir meu corpo entrando em ação, embora não soubesse direito que ação seria. Sabia apenas que havia passado tempo demais parada enquanto outros guerreavam ao meu redor, e era hora de me mexer.

— Encontro você na nave — disse para Akos. — Quero trocar umas palavras com a filha de Zosita.

Ele hesitou com a mão no meu cotovelo, como se estivesse prestes a me confortar. Em seguida, pareceu mudar de ideia, enfiando a mão no bolso e caminhando na direção da nave.

Quando me aproximei de Teka, ela tirou a mão do emaranhado de fios e marcou algo na tela pequena que equilibrava nos joelhos.

— Os fios nunca dão choque em você? — perguntei.

— Não — respondeu ela, sem olhar para mim. — Parece um zumbido, a menos que estejam rompidos. O que você quer?

— Uma reunião — pedi. — Com seus amigos. Você sabe quais.

— Olha só — disse ela, virando-se finalmente. — Você basicamente me forçou a entregar minha mãe, e então seu irmão a matou na frente de todo mundo há dois dias. — Os olhos dela estavam vermelhos de chorar. — O que faz você pensar que pode me pedir alguma coisa nessa situação?

— Não estou pedindo — respondi. — Estou dizendo o que quero, e acho que as pessoas que você conhece talvez queiram também. Faça o que desejar, mas isso não tem nada a ver com você, tem?

O tapa-olho que ela usava era mais grosso do que o normal, e a pele que estava por baixo dele tinha um brilho, como se tivesse passado o dia suando. Talvez tivesse; os quartos dos trabalhadores da manutenção eram próximos das caldeiras que mantinham a nave funcionando.

— Por que devo confiar em você? — perguntou ela em voz baixa.

— Você está desesperada, e eu também — respondi. — Pessoas desesperadas tomam decisões estúpidas o tempo todo.

A escotilha do lado de embarque da nave de transporte abriu-se, lançando luz no chão.

—Vou ver o que posso fazer — disse ela. Inclinou o queixo na direção da nave. —Vai fazer algo de útil naquela coisa? Ou apenas ser boazinha com políticos? — Ela balançou a cabeça. — Imagino que vocês da realeza não vão para as coletas, não é?

— Na verdade, eu vou — falei, na defensiva. Mas era estúpido fingir com alguém como Teka que minha vida não foi privilegiada em comparação à dela. No fim das contas, ela era a menina caolha sem família, que vivia em um quarto que parecia um armário.

Teka soltou um grunhido, em seguida voltou a mexer nos fios.

Akos olhava Vas, que havia se sentado na nossa frente, pronto para avançar no pescoço do shotet. Dois assentos adiante estava Yma, como sempre vestida com elegância, o traje longo e escuro ajeitado para cobrir os tornozelos. Parecia prestes a tomar um chá em um café da manhã com o soberano, e não presa em uma poltrona dura de espaçonave. Eijeh estava no assento próximo ao banheiro, os olhos fechados. Havia outras pessoas entre Yma e Eijeh: nosso primo, Vakrez, e seu marido, Malan, e Suzao Kuzar — sua mulher estava muito doente para fazer a jornada, alegou ele. E, ao lado do capitão Rel, Ryzek.

— Qual foi mesmo o planeta que os Examinadores selecionaram baseados no movimento da corrente? — Yma perguntou a Ryzek. — Ogra?

— Sim, Ogra — respondeu Ryzek com uma gargalhada, olhando para trás. — Como se fosse nos favorecer de alguma forma.

— Às vezes, a corrente escolhe — comentou Yma, recostando a cabeça para trás. — E às vezes nós escolhemos.

Quase pareceu um dito inteligente.

As turbinas zumbiram ao toque de alguns botões, em seguida Rel puxou a alavanca do mecanismo de flutuação, e a nave se ergueu do chão, tremendo um pouco. As portas da plataforma de embarque abriram-se, exibindo o hemisfério norte do planeta de água embaixo de nós.

Era coberto inteiramente por nuvens, o planeta inteiro envolto numa tempestade. As cidades — escondidas naquele momento — eram exuberantes, construídas para se mover com o aumentar e diminuir dos níveis d'água e resistir a ventos fortes, chuva e raios. Rel avançou com a nave, e nós partimos para o espaço, por um momento mergulhados no abraço vazio da escuridão.

Não demorou nada para entrarmos na atmosfera. A pressão repentina fez com que eu sentisse meu corpo caindo dentro de si mesmo; ouvi alguém ao fundo da nave com ânsia de vômito. Cerrei os dentes e me forcei a ficar de olhos abertos. A descida era minha parte favorita, quando imensos pedaços de terra se desdobravam abaixo de nós — ou, nesse caso, de água, pois com a exceção de algumas poucas massas pantanosas, o lugar era inteiramente submerso.

Uma arfada de prazer escapou de mim quando irrompemos a camada de nuvens. A chuva tamborilava no teto, e Rel ligou o visualizador para que não precisasse tentar espreitar através das gotas. Mas, além das gotas e da tela do visualizador, eu vi ondas imensas, espumantes, azuis, cinza, verdes, e os prédios globulares de vidro pairando na superfície, aguentando a batida da água.

Não consegui evitar — olhei para Akos, cujo rosto estava paralisado, em choque.

— Ao menos não é Trella — falei para ele, esperando trazê-lo de volta a si. — O céu é cheio de pássaros. Uma confusão imensa quando todos batem no para-brisa. Tivemos de raspá-los com uma faca.

— Você mesma fez isso, não fez? — Yma perguntou para mim. — Que charmoso.

— Sim, você vai descobrir que tenho uma tolerância alta para coisas desagradáveis — respondi. — Uso regularmente. Tenho certeza de que você também usa.

Yma fechou os olhos em vez de responder. Mas, antes que ela fizesse, pensei tê-la visto olhando para Ryzek. Uma das coisas desagradáveis que ela tolerava, com certeza.

Eu precisava admirar seu talento para a sobrevivência.

Sobrevoamos as ondas por um bom tempo, a nave um tanto enfraquecida pelo vento poderoso. Lá de cima, as ondas pareciam pele enrugada. A maioria das pessoas achava Pitha monótona, mas eu amava como ela imitava a extensão do espaço.

Sobrevoamos uma das muitas pilhas de lixo flutuantes onde em breve os shotet aterrissariam para coletar. Era maior do que eu imaginava, do tamanho de um setor da cidade, no mínimo, e coberta com pilhas de metal de todos os tons. Queria, mais do que qualquer outra coisa, aterrissar nela para procurar, entre os artefatos úmidos que ela contivesse, algo de valor. Mas continuamos a voar.

A capital de Pitha, Setor 6 — os pitharianos não eram famosos por nomes poéticos, para dizer o mínimo —, flutuava sobre escuros mares cinzentos próximos ao equador do planeta. Os prédios pareciam bolhas à deriva, embora fossem ancorados por uma estrutura de suporte submersa gigantesca que, como eu soube, era um milagre da engenharia, mantida pelos trabalhadores de manutenção mais bem pagos de toda a galáxia. Rel levou nossa nave até uma pista de pouso e, através das janelas, vi uma estrutura mecânica se estender na nossa direção, vinda de um dos edifícios próximos — um túnel, ao que parecia, para impedir que ficássemos encharcados. Uma pena. Queria sentir a chuva.

Akos e eu seguimos os outros a distância, deixando apenas Rel para trás. À frente do grupo, Ryzek, com Yma ao seu lado, cumprimentou um dignitário pithariano, que respondeu com uma rápida reverência.

— Em qual idioma os senhores preferem conduzir nossos negócios? – perguntou o pithariano em um shotet tão desajeitado que eu mal entendi. Tinha um bigode branco e fino que parecia mais mofo do que pelos, e olhos grandes, escuros.

— Somos todos fluentes em othyriano – respondeu Ryzek, hesitante. Os shotet tinham a reputação de falar apenas o próprio idioma, graças à política de meu pai (e agora de meu irmão) de manter nosso povo ignorante sobre o que realmente acontecia na galáxia. Ryzek sempre se melindrava com a insinuação de que não era multilíngue, como se isso significasse que as pessoas pensariam que ele era estúpido.

— É um alívio, senhor – disse o dignitário, agora em othyriano. – Tive medo de deixar escapar as sutilezas da língua shotet. Deixe-me mostrar seus aposentos.

Quando passamos pelo túnel temporário, embaixo do tamborilar da chuva, senti uma vontade enorme de agarrar o pithariano mais próximo e implorar para que ele me retirasse dali, para longe de Ryzek e de suas ameaças e da lembrança do que ele havia feito com meu único amigo.

Mas não podia deixar Akos ali, e os olhos dele ficaram o tempo todo fixos na parte de trás da cabeça de meu irmão.

Quatro temporadas separavam esta daquela que havia tirado a vida de meu pai. A última nos levou até Othyr, o planeta mais rico da galáxia, e, lá, Ryzek estabeleceu a nova política diplomática shotet. Formalmente, minha mãe havia cuidado disso, encantando os líderes de cada planeta que visitávamos enquanto meu pai liderava a coleta. Mas, depois de sua morte, Lazmet descobriu que não tinha talento para seduzir – o que não surpreendeu ninguém –, e a diplomacia ficou de lado, criando uma tensão entre nós e o restante dos planetas da galáxia. Ryzek procurava aliviar essa tensão planeta a planeta, sorriso a sorriso.

Othyr recebeu-nos com um jantar, cada centímetro da sala de jantar do chanceler era dourado, dos pratos à pintura na parede até a toalha que cobria a mesa. Havia escolhido aquela sala, a mulher do chanceler comentou, pois a cor combinaria com nossa armadura formal azul-escuro. Graciosamente, admitiu também seu caráter pomposo, uma manobra elegantemente calculada que tive de admirar na época. Na manhã seguinte, eles nos presentearam com uma consulta de seu médico pessoal, sabendo que possuíam a melhor tecnologia médica da galáxia. Eu declinei. Já havia ultrapassado minha cota de médicos na vida.

Sabia desde o início que a recepção de Pitha não seria tão frívola quanto à de Othyr. Cada cultura adorava uma coisa: Othyr, conforto; Ogra, mistério; Thuvhe, as flores-do-gelo; Shotet, a corrente; Pitha, a vida prática, e assim por diante. Eram incansáveis na busca dos materiais e estruturas mais duráveis, flexíveis e múltiplas. A chanceler – Natto era seu sobrenome, não me lembrei de seu primeiro nome, pois nunca a chamavam por ele – vivia num grande prédio subterrâneo, mas utilitário, feito de vidro. Foi eleita por voto popular em Pitha.

O quarto que eu estava dividindo com Akos – o dignitário nos lançou um olhar sugestivo quando ele o ofereceu para mim, e eu o ignorei – dava para a água na parte de cima, onde criaturas sombrias se moviam para longe, e tudo parecia calmo, mas essa era sua única decoração. As paredes eram lisas, os lençóis brancos e engomados. Um catre montado no canto tinha quatro pernas de metal com pés de borracha.

Os pitharianos não providenciaram um jantar fino; foi mais o que eu teria chamado de baile, se houvesse dança envolvida. Em vez disso, eram apenas grupos de pessoas em pé, vestidas no que pensei ser a versão pithariana de refinamento: tecidos lisos, à prova d'água, em cores surpreendentemente brilhantes – o melhor que havia para identificá-los na chuva, talvez – e não se via saia nem vestido. De repente, fiquei arrependida pelo vestido de minha mãe, que caía até os dedos do pé, preto e de gola alta para disfarçar a maioria das minhas sombras-da-corrente.

O salão era só murmúrios. Movendo-se entre cada grupo havia um serviçal com uma bandeja na mão, oferecendo bebidas e petiscos. Seus movimentos sincronizados eram o que mais se aproximava de uma dança ali.

– É quieto aqui – disse Akos em voz baixa, os dedos envolvendo meu cotovelo. Estremeci, tentando ignorar. *Ele está apenas aliviando sua dor, é só isso, nada mudou, tudo continua como sempre foi...*

– Pitha não é conhecido por suas danças – falei. – Nem por qualquer forma de combate.

– Então, não está entre seus favoritos, já entendi.

– Eu gosto de me mexer.

– Eu percebi.

Pude sentir sua respiração na lateral do meu pescoço, embora Akos não estivesse tão próximo – minha percepção dele estava mais forte do que antes. Soltei meu braço para pegar a bebida que a garçonete pithariana ofereceu.

– O que é isso? – perguntei, de repente consciente do meu sotaque. Inquieta, a garçonete encarou meu braço manchado de sombras.

– Seus efeitos são semelhantes aos de uma mistura de flores-do--gelo – respondeu a garçonete. – Embota os sentidos, eleva os ânimos. Doce e azeda ao mesmo tempo.

Akos também pegou uma, sorrindo para a garçonete enquanto ela se afastava.

– Se não é feito de flores-do-gelo, é feito de quê? – perguntou ele. Afinal, os thuvhesitas veneravam as flores-do-gelo. O que ele sabia de outras substâncias?

— Não sei. Água salgada? Graxa de motor? — falei. — Experimente, tenho certeza de que não vai doer.

Nós dois bebemos. Do outro lado do salão, Ryzek e Yma estavam sorrindo educadamente para o marido da chanceler Natto, Vek. Seu rosto tinha uma coloração cinzenta, e a pele pendia dos ossos como se fosse meio líquida. Talvez a gravidade fosse mais forte ali. Sem dúvida eu me sentia mais pesada do que de costume, embora fosse provavelmente pelo olhar constante de Vas. Garantindo que eu me comportasse.

Eu me contorci na metade do copo.

— Nojento.

— Então, fiquei curioso — disse Akos. — Quantas línguas você fala de verdade?

— De verdade, apenas shotet, thuvhesita, othyriano e trellano — respondi. — Mas sei um pouco de zoldano, um pouco de pithariano e estava estudando ograno antes de você chegar e me distrair.

Suas sobrancelhas ergueram-se.

— Quê? — perguntei. — Eu não tenho nenhum amigo. Tenho muito tempo livre.

— Você acha que é muito difícil gostar de você.

— Eu sei o que sou.

— Ah? E o que você é?

— Uma faca — respondi. — Um atiçador quente. Um prego enferrujado.

— Você é mais do que essas coisas. — Tocou meu cotovelo para que eu me virasse para ele. Sabia que eu estava olhando para ele daquele jeito estranho, mas não conseguia me controlar. Era apenas o jeito como meu rosto queria estar.

— Digo — continuou ele, retirando a mão. — Você não sai por aí... fazendo a carne de seus inimigos escaldar.

— Não seja bobo — falei. — Se eu fosse comer a carne de meus inimigos, seria grelhada, não escaldada. Quem quer comer carne *escaldada*? Que nojo.

Ele riu, e tudo ficou um pouco melhor.

— Bobagem a minha. Eu não estava pensando direito — disse ele. — Sinto informar, mas acho que você está sendo convocada por seu soberano.

Sem dúvida, quando olhei para Ryzek, seus olhos estavam sobre mim. Ele ergueu o queixo de leve.

— Você não trouxe nenhum veneno, não é? — perguntei sem tirar os olhos de meu irmão. — Eu poderia tentar botar na bebida dele.

— Não lhe daria se tivesse trazido — retrucou Akos. Quando lancei um olhar incrédulo, explicou: — Ele ainda é a única pessoa que pode restaurar Eijeh. Depois que ele fizer isso, vou envenená-lo cantando.

— Ninguém é tão bitolado como você, Kereseth — falei. — Sua tarefa enquanto eu estiver longe é compor a canção do envenenamento para eu ouvir quando voltar.

— Fácil — disse ele. — Lá vou eu, envenenaaar...

Com um sorrisinho amarelo, tomei o restinho de minha horrenda graxa de motor, entreguei a taça para Akos e cruzei a sala.

— Ah, aí está ela! Vek, essa é minha irmã, Cyra. — Ryzek estava usando seu sorriso mais caloroso, seu braço estendido na minha direção como se pretendesse me abraçar de lado. O que não fez, claro, pois isso o teria ferido; as sombras-da-corrente estavam lá para lembrar, manchando minha bochecha e a lateral do meu nariz. Assenti para Vek, que me encarou sem expressão e não me cumprimentou.

— Seu irmão estava explicando o raciocínio de vocês por trás de alguns relatos de sequestro associados a "coletores" shotet na última década — disse ele. — E disse que você poderia confirmar a política.

Ah, ele disse, não foi?

Minha raiva, então, era como folha seca, rapidamente se inflamava. Não conseguia encontrar uma maneira de me desvencilhar daquilo; apenas encarei Ryzek por alguns instantes. Ele sorriu de volta para mim, ainda com aquele olhar. Ao lado dele, Yma também sorria.

— Por sua familiaridade com seu serviçal — disse Ryzek com suavidade. — Claro.

Ah, sim. Minha familiaridade com Akos — a nova ferramenta de controle de Ryzek.

— Certo — respondi. — Bem, não consideramos sequestro, obviamente. Os shotet chamam isso de "Reivindicação", pois todos que foram trazidos na coleta falam a língua reveladora, o idioma shotet, com perfeição. Sem sotaque, sem falhas no vocabulário. Não é possível falar o idioma shotet dessa forma tão natural sem ter sangue shotet. Sem pertencer a nós de um modo mais significativo. E eu vi esse fato... demonstrado.

— De que modo? — perguntou Vek. Enquanto erguia a taça até os lábios, olhei para seus anéis, um para cada dedo. Todos lisos e sem ornamentos. Imaginei por que ele os usava.

— Meu serviçal mostrou-se um shotet nato — respondi. — Um bom lutador, com bons olhos para o que nos distingue como povo. Sua capacidade de se adaptar à nossa cultura é... surpreendente.

— Com certeza, um sinal do que eu estava dizendo ao senhor — intrometeu-se Yma. — Que existem provas de uma memória cultural, histórica no sangue shotet que assegura que todas as pessoas ditas "sequestradas"... pessoas com o dom da língua shotet... que chegam à nossa terra se vejam pertencentes a ela.

Ela era tão boa fingindo ser devotada.

— Bem — disse Vek. — É uma teoria interessante.

— Podemos também relatar os crimes passados de um dos... digamos, planetas mais *influentes* na galáxia... contra o nosso povo. Invasão de nosso território, sequestro de nossas crianças, violência contra nossos cidadãos, e às vezes até assassinatos. — A testa de Ryzek se franziu como se o simples pensamento o incomodasse. — Certamente não é culpa de Pitha, que sempre nos recebeu de forma gentil. Mas as reparações são adequadas. Em especial, de Thuvhe.

— Ainda assim, ouvi rumores de que os shotet são responsáveis pela morte de um dos oráculos de Thuvhe e pelo sequestro de outro — retrucou Vek, estalando os anéis enquanto falava.

— Infundados — respondeu Ryzek. — Não sabemos o motivo por que a oráculo thuvhesita mais velha tirou a própria vida. Não sabemos os motivos de nada que os oráculos fazem, não é?

Ele estava apelando para a perspectiva prática pithariana de Vek. Os oráculos não tinham importância ali; eram apenas pessoas loucas gritando sobre as ondas.

Vek tamborilou os dedos contra a taça na outra mão.

— Certo, talvez ainda *possamos* discutir sua proposta — disse Vek, relutante. — Pode haver espaço para cooperação entre nosso planeta e sua... nação.

— Nação — disse Ryzek com um sorriso. — Sim, é assim que pedimos para sermos chamados. Uma nação independente, capaz de determinar seu próprio futuro.

— Perdão — falei, tocando o braço de Ryzek levemente. Esperava que doesse. — Vou pegar outra bebida.

— Claro — disse Ryzek para mim. Quando me virei, eu o ouvi dizer a Vek: — Seu dom-da-corrente lhe traz dores constantes, sabe... sempre estamos buscando soluções para melhorar sua vida. Alguns dias são melhores que outros...

Cerrando os dentes, continuei marchando até estar longe demais para ouvi-lo. Senti um enjoo se aproximar. Viemos a Pitha por conta de seu armamento avançado, porque Ryzek queria uma aliança. De alguma forma, eu o ajudei a criar uma. E sabia para que Ryzek queria as armas... para usar contra Thuvhe, não para "se tornar uma nação independente", como ele havia feito Vek acreditar. Como eu poderia encarar Akos agora, sabendo que ajudei meu irmão a declarar guerra contra seu lar? Não procurei por ele.

Ouvi um ruído profundo, como trovão. Primeiro pensei que estávamos, por mais impossível que fosse, ouvindo os sons da tempestade através da camada de água que nos separava da superfície. Depois vi, através dos espaços na multidão, uma fileira de músicos na frente do salão. As luzes do teto diminuíram em todos os lugares, menos sobre eles. Cada um estava sentado atrás de uma mesa baixa, e em cada mesa havia um dos intrincados instrumentos que mostrei para Akos no mercado shotet. Mas esses eram muito maiores e mais complexos do que os que vimos. Brilhavam à luz baixa, na altura da cintura, suas placas iridescentes com a metade da largura da palma da mão.

Um estalo agudo seguiu o estrondo do trovão, um raio brilhou. Com isso, os outros músicos começaram a tocar, entrando com sons tilintados de chuva leve, o troar mais profundo das gotas mais grossas. Os outros tocavam as ondas estourando, os estalos da água contra uma praia inexistente. Ao redor, tudo se resumia a sons de água, pingando de torneiras, jorrando de cachoeiras. Uma mulher pithariana com cabelos pretos estava à minha direita de olhos fechados, balançando sem sair do lugar.

Sem querer, encontrei Akos na multidão, ainda segurando duas taças, ambas vazias agora. Tinha um leve sorriso no rosto.

Tenho que tirar você daqui, pensei, como se ele pudesse me ouvir. *E vou tirar.*

CAPÍTULO 21 | AKOS

EM UM QUARTO FRIO E VAZIO na capital de Pitha, Akos desistiu de dormir. Ele e Cyra nunca haviam dormido sem uma porta entre eles antes, então Akos não sabia que ela rangia os dentes nem que sonhava o tempo todo, gemendo e murmurando. Passou a maior parte da noite com os olhos abertos, esperando que ela se acalmasse, só que isso não aconteceu. Mesmo assim, estava dolorido demais para descansar.

Nunca havia dormido em um quarto tão vazio. Paredes cinza davam lugar a paredes pálidas. As camas tinham lençóis brancos e não tinham cabeceira. Ao menos, havia uma janela. Nas primeiras horas da manhã, quando a luz voltou ao mundo, ele mal conseguia enxergar um labirinto de andaimes submarinos, o lodo verde e as suaves algas amarelas enroladas neles. Segurando a cidade.

Bem, era algo que pitharianos e thuvhesitas tinham em comum, pensou ele – viviam em lugares que não deveriam existir.

Naquelas primeiras horas, Akos estava às voltas com uma questão que não o abandonaria: por que ele não se afastou quando Cyra o beijou? Não que ela o tivesse surpreendido – ela se inclinou, lentamente, a mão morna em seu peito, quase como se estivesse o empurrando. Mas ele não moveu um músculo. Ele repassou aquilo na mente várias e várias vezes.

Talvez, pensou ele enquanto enfiava a cabeça sob a pia do banheiro para molhar o cabelo, *eu tenha até gostado.*

Mas ficou tão assustado que sequer conseguia cogitar aquela ideia. Significava que a fortuna que o preocupava, a fortuna que puxava as cordas que ligavam seu coração a Thuvhe e ao seu lar, de repente estava a izitos de distância de seu rosto.

— Você está quieto — disse Cyra quando foram até a plataforma de embarque, lado a lado. — Aquela graxa de motor que você bebeu na noite passada pegou você de jeito?

— Não — respondeu ele. De alguma forma, pareceu errado provocá-la com a falação dela durante o sono, quando ele sabia o tipo de coisa que provavelmente a assombrava. Não era de se brincar. — Só... um lugar novo, é isso.

— Certo, bem, continuo arrotando azedo. — Ela fez uma careta. — Preciso dizer que não estou apaixonada por Pitha.

— Exceto... — começou ele, prestes a acrescentar algo sobre o concerto da noite anterior.

Ela o interrompeu:

— A música. É.

Seus dedos tocaram os dela. Ele se afastou. Estava atento demais a cada toque, embora Cyra tivesse prometido que não faria nenhum outro movimento e não tivesse falado sobre o caso desde então.

Chegaram à passagem aberta — Akos não teria escolhido essa expressão, mas havia uma placa sobre a entrada dizendo que era —, onde alguns dos outros estavam vestindo macacões e botas à prova d'água. Ryzek, Yma, Vas, Suzao e Eijeh não estavam ali, apenas Vakrez e Malan, Malan procurando botas do tamanho certo. Era um homem pequeno, magro, com uma barba que parecia uma sombra embaixo do queixo, e olhos brilhantes. Um par improvável para Vakrez, o comandante militar frio que havia cuidado da educação shotet de Akos.

— Cyra — disse Malan, assentindo enquanto Vakrez encarava Akos. Akos estava mais empertigado, erguendo o queixo. Ainda conseguia ouvir a voz incansável de Vakrez brigando com ele por andar desengonçado, arrastar os pés, por soltar um xingamento em thuvhesita.

— Kereseth — disse Vakrez. — Você parece maior.

— Isso porque eu o alimento de verdade, diferente de vocês, na cozinha das casernas. — Cyra jogou um macacão verde brilhante nos braços de Akos que estava marcado com *G*. Quando o desdobrou, parecia quase tão largo quanto era comprido, mas não havia do que reclamar, desde que não deixasse água entrar nas botas.

— Tem razão, Cyra — disse Malan com sua voz esganiçada.

— Você se acostumou a comer lá sem reclamar — disse Vakrez, dando uma cotovelada.

— Só porque eu estava tentando fazer com que você me notasse — disse Malan. — Observe que eu não volto lá desde então.

Akos observou Cyra vestindo seu macacão para ver como ela fazia. Parecia tão fácil para ela que Akos imaginou se a garota já tinha estado em Pitha antes, mas pareceu estranho fazer perguntas — agir como se tudo estivesse normal — com Vakrez bem ali. Cyra entrou no macacão e puxou com firmeza tiras que ele ainda não havia percebido ao redor dos tornozelos, prendendo o tecido ao corpo. Fez o mesmo com tiras escondidas nos pulsos, e, em seguida, prendeu o macacão na garganta. O dela era tão disforme quanto o seu, feito para uma pessoa que não passava pelas privações da vida dura de um shotet.

— Estávamos planejando nos juntar a um dos pelotões para coleta — disse Vakrez para Cyra. — Mas, se preferir, podemos sair em uma embarcação separada...

— Não — interrompeu Cyra. — Gostaria de tentar me misturar a vocês, soldados.

Sem "obrigada", sem gentilezas. Era o jeito de Cyra.

Assim que todos estavam trajados e com as botas amarradas, caminharam pelo túnel coberto até a nave. Não aquela em que voaram no dia anterior, mas um flutuador menor, redondo, com um teto abaulado para que a água escorresse enquanto voasse.

Logo estavam pairando sobre as ondas, que pareciam montes de neve aos olhos de Akos, por um instante. Eram guiados pelo mesmo capitão do dia anterior — Rel era seu nome — e ele apontou para onde estavam seguindo: uma ilha gigantesca, do tamanho de um setor da cidade, uma pilha alta de dejetos. Os pitharianos mantinham seus descartes flutuando.

A distância, a pilha de lixo parecia um bloco cinza amarronzado, mas, assim que se aproximaram, ele viu as peças que a formavam: placas imensas de metal retorcido, velhas vigas enferrujadas com pinos e parafusos ainda enfiados neles, tecido encharcado de todas as cores, vidro partido com a grossura de sua mão. Junto entre algumas pilhas maiores estava o pelotão de Vakrez, todos os soldados vestindo a mesma cor de macacões que eles usavam.

Aterrissaram atrás do pelotão e saíram do flutuador um a um, Rel por último. O tamborilar da chuva no teto deu lugar a seus estalos no chão. As gotas eram pesadas, cada uma delas chocando contra a cabeça, os ombros e os braços de Akos. Conseguia sentir apenas a temperatura em suas bochechas. Quente, o que era inesperado.

Alguém à frente do pelotão estava falando:

— Seu trabalho é identificar coisas que sejam realmente de valor. Motores e turbinas de corrente mais novas, pedaços de metal intacto, armas quebradas ou descartadas. Não causem problema, e, se virem algum observador nativo, sejam corteses e apontem para mim ou para o Comandante Noavek, que acabou de chegar. Bem-vindo, senhor.

Vakrez assentiu para ele e acrescentou:

— Lembrem-se, a reputação de seu soberano, e dos próprios shotet, está em jogo aqui. Eles nos veem como bárbaros ignorantes. Precisam se comportar como se não fossem.

Alguns soldados riram, como se não tivessem certeza se deveriam, pois Vakrez não estava sorrindo nem um pouco. Akos não sabia se o rosto do comandante se lembrava de como era sorrir.

— Mãos à obra!

Parte dos soldados avançou para escalar a pilha bem diante deles, feita de peças de flutuadores. Akos procurou, entre aqueles que caminhavam devagar atrás deles, por rostos que conhecera no treinamento, mas era difícil dizer — usavam coberturas de cabeça parecidas com capacetes e visores para proteger os olhos da chuva. Ele e Cyra não usavam essa proteção — tinham de piscar o tempo todo para se livrar das gotas.

— Capacetes — disse Malan. — Sabia que tínhamos esquecido de alguma coisa. Quer que eu peça que um dos soldados lhe dê o dele, Cyra?

— Não — respondeu Cyra, quase ríspida. — Quer dizer... não, obrigada.

— Vocês, Noavek — disse Malan. — Essas palavras simples, como "por favor" e "obrigado", soam tão estranhas quando vêm de vocês.

— Deve estar no sangue — comentou Cyra. — Vamos, Akos. Acho que vi uma coisa útil.

Ela pegou a mão dele como se fosse natural. E talvez devesse ser, apenas para aliviar sua dor, o que era esperado dele. Mas depois do jeito que ela o tocou no quarto da nave de temporada, de modo ardente, reverente — depois disso, como ele poderia voltar a tocá-la de um jeito casual? Tudo que ele conseguia pensar era se estava apertando a mão — forte demais? Fraco demais?

Caminharam entre duas pilhas de peças de flutuador, na direção de pedaços arranhados de metal, alguns deles de cores quentes, como pele queimada pelo sol. Akos pisava na borda da ilha, onde vigas imensas mantinham a forma da terra artificial. Não buscava armas, descartes e nem máquinas. Estava procurando coisas pequenas que contavam histórias: brinquedos quebrados, sapatos velhos, utensílios de cozinha.

Cyra agachou-se perto de um mastro curvado, danificado na base, parecia acidente por colisão. Quando ela puxou, ele se mostrou maior, tombando latas vazias e canos rachados. No fim do mastro – agora duas vezes maior do que Akos – apareceu uma bandeira surrada com fundo cinza e um círculo de símbolos no centro.

– Olhe – disse Cyra para ele, sorrindo. – É a bandeira antiga deles, antes da aceitação na Assembleia dos Nove Planetas. Faz pelo menos trinta estações.

– Como não desintegrou com a chuva? – perguntou ele, pegando no canto esfiapado.

– Pitha é especializado em materiais duráveis... vidro que não desintegra, metal que não enferruja, tecido que não rasga – respondeu ela. – Plataformas flutuantes que conseguem carregar cidades inteiras.

– Não tem linha de pescar?

Ela negou com a cabeça.

– Não há tantos peixes próximos da superfície para a pesca tradicional. Embarcações de alta profundidade fazem esse trabalho... ouvi dizer que um peixe consegue alimentar uma cidade inteira.

– Você sempre faz questão de saber muito sobre os lugares que odeia?

– Como eu disse ontem – respondeu ela –, não tenho amigos. Sobra muito tempo. Vamos achar mais relíquias lodosas do passado, certo?

Caçaram pelas beiradas da ilha, procurando... bem, nada específico, na verdade. Depois de um tempo, tudo começou a parecer igual, o metal enferrujado tão útil quanto o material revestido, tecidos da mesma cor manchados. Perto da ponta extrema Akos viu um esqueleto de pássaro meio apodrecido. Tinha membranas nos dedos – um pássaro nadador, no caso – e um bico bastante curvado.

Ouviu um grito atrás dele e virou-se para ver se Cyra estava bem, as costelas dele, contundidas, protestavam. Viu um brilho de dentes – ela sorria, pedindo ajuda a um dos soldados. Quando Akos voltou até ela, esperava ver algo lustroso, algo que parecesse útil. Mas era só mais metal. Prateado. Opaco.

– O que... Comandante Noavek! – disse a soldado que chegara primeiro a Cyra, os olhos arregalados por trás do visor riscado de chuva. Vakrez correu até eles.

– Vi um canto dele aqui no meio e escavei mais – disse Cyra, empolgada. – É um pedaço enorme, eu acho.

Ele percebeu o que ela quis dizer – a ponta de alguma coisa que ela havia encontrado era grossa, e por baixo da pilha de lixo havia vislumbres do mesmo tecido. Parecia tão grande quanto o mastro da bandeira. Ele não entendia por que estavam tão entusiasmados.

– Cy... hum, senhorita Noavek? – disse Akos.

– É a substância mais valiosa em Pitha – respondeu ela, puxando o tecido molhado do meio do metal. – Agneto. Forte o bastante para resistir a impactos potentes de coisas como asteroides, aguenta bem quando passamos pelo fluxo-da-corrente. Nas últimas dez estações, é a única coisa que temos usado para reparar a nave de temporada, mas é difícil de encontrar.

Meio pelotão chegou correndo, e agora todos ajudavam Cyra a desencavar o tecido, a maioria sorrindo como ela também sorria. Akos ficou para trás enquanto cavavam mais fundo, finalmente soltando o suficiente do tecido para o segurarem direito. Juntos, eles o puxaram das ruínas, e em seguida levaram de volta à embarcação de transporte, que tinha um contêiner grande o bastante para carregar o agneto.

Ele não sabia o que pensar sobre a visão de todos trabalhando juntos, Cyra e Vakrez Noavek bem ali com soldados comuns, como se não fossem da realeza. Cyra com aquele olhar que às vezes fazia quando misturava flores-do-gelo e finalmente conseguia acertar. Uma espécie de orgulho, pensou ele, em fazer algo útil.

Era um olhar que caía bem nela.

Quando criança, ele sonhava em sair do planeta. Todas as crianças em Hessa sonhavam, porque as crianças de Hessa eram, em sua maioria, pobres demais para sequer se deslocar no país. A família Kereseth era mais rica que a maioria em Hessa, mas eles não tinham nada se comparados aos fazendeiros de Shissa ou Osoc, a norte. Ainda assim, seu pai lhe prometera que algum dia ele o levaria ao espaço, e eles poderiam visitar outro planeta. À escolha de Akos.

O planeta de água não teria sido sua primeira escolha, nem mesmo a segunda. Ninguém em Thuvhe sabia nadar, porque quase toda a água que tinham vinha em forma de gelo. Mas agora ele estava em Pitha. Ao alcance das ondas quebrando, via a superfície espumante de cima, sentia sua insignificância quando parava na plataforma de aterrissagem com água em todas as direções, a chuva morna tamborilando na cabeça.

Então, quando começava a se acostumar, eles partiram. Dele pingava água no assoalho do flutuador, enquanto segurava um frasco de água da chuva. Cyra lhe dera ao carregarem o agneto para o transporte:

— Você também pode levar uma lembrança de sua primeira vez em outro planeta – disse ela com um dar de ombros, como se não significasse nada. Mas não havia muito que não significasse alguma coisa para Cyra, Akos estava descobrindo.

No início, ele não via motivo para uma lembrança, porque não tinha a quem mostrá-la. Não veria sua família de novo. Morreria entre os shotet.

Mas precisava ter esperança por seu irmão, no mínimo. Talvez Eijeh pudesse levar a lembrança de volta para casa com ele, depois que Jorek o mandasse embora.

Cyra segurava a velha bandeira com os punhos no colo, e embora não estivesse sorrindo, irradiava uma energia intensa no rosto por ter encontrado o agneto.

— Pelo visto, você fez uma coisa boa — disse Akos, quando teve certeza de que Vakrez e Malan não estavam ouvindo.

— É. — Ela concordou com a cabeça. — É, eu fiz. — Depois de um tique, acrescentou: — Acho que acabaria acontecendo. Já estava na hora.

— Suas sombras-da-corrente não estão tão escuras — disse ele, inclinando a cabeça para trás. Ela ficou em silêncio. Estava observando os riscos de escuridão, mais cinza do que pretos, que percorreram a palma de sua mão durante todo o percurso até a nave de temporada.

A viagem de volta ocorreu sem contratempos, todos chegaram encharcados. Algumas outras naves tinham voltado cedo da coleta, então havia pessoas com roupas molhadas perambulando em todos os lugares, trocando histórias. Todo mundo tirou as vestes — supostamente — à prova d'água e as jogou em pilhas para serem lavadas.

— Então, os shotet têm um monte de roupas à prova d'água à toa? — perguntou para Cyra enquanto caminhavam de volta a seus aposentos.

— Estivemos em Pitha antes — respondeu ela. — Cada soberano manda pesquisadores que nos preparam com antecedência para cada planeta, mas qualquer um de certa idade sabe como sobreviver em qualquer ambiente, basicamente. Deserto, montanha, oceano, pântano...

— Deserto — repetiu ele. — Nem consigo me imaginar andando em areia quente.

—Talvez você ande algum dia — disse ela.

O sorriso dele desapareceu. Cyra tinha razão, provavelmente. De quantas temporadas ele participaria até morrer por sua família? Duas, três? Vinte? Em quantos mundos ele andaria?

— Não foi o que eu... — começou ela. Fez uma pausa. — A vida é longa, Akos.

— Mas as fortunas são certas — disse ele, ecoando sua mãe. Aliás, poucas fortunas pareciam mais certas do que a dele. Morte. A Serviço. Da família Noavek. Era bem claro.

Cyra parou. Estavam próximos à sala pública de treinamentos, onde o ar cheirava a sapato velho e a suor. Ela envolveu a mão no pulso dele e o segurou.

— Se eu o ajudasse a escapar agora — disse ela —, você iria?

O coração dele palpitou forte.

— Do que você está falando?

—A plataforma de embarque está um caos — disse Cyra, aproximando-se dele. Seus olhos eram muito escuros, ele percebeu. Quase pretos. E vívidos, também, como se a dor que torturava seu corpo também lhe trouxesse energia a mais. — As portas abrem a cada poucos minutos para deixar uma nova nave entrar. Acha que conseguiriam pará-lo se você roubasse um flutuador neste momento? Você poderia estar na sua casa em poucos dias.

Em casa, em poucos dias. Akos acolheu a lembrança do lugar como se fosse um cheiro familiar. Cisi tranquilizando apenas com seu sorriso. Sua mãe provocando-o com charadas proféticas. Sua cozinha pequena e quente com a luminária de pedra ardente vermelha. O mar de capim-pena que crescia bem diante da casa, o mato resvalando nas janelas. A escadaria rangente que subia ao quarto que ele dividia com...

— Não — disse ele, balançando a cabeça. — Não sem Eijeh.

— Foi o que pensei — disse Cyra, triste quando o soltou. Ela mordeu o lábio, seu olhar perturbado. Foram até os aposentos dela sem conversar, e quando ela chegou lá, foi direto para o banheiro trocar a roupa molhada por uma seca. Akos parou na frente do canal de notícias por hábito.

Em geral, Thuvhe era mencionada apenas no fluxo de palavras no fundo do canal, e mesmo assim, Cyra havia contado para ele, as notícias eram apenas sobre a safra de flores-do-gelo — a única coisa com que os outros planetas se importavam quando se tratava de seu mundo frio. Mas naquele dia a transmissão ao vivo mostrava uma gigantesca montanha de neve.

Conhecia o lugar. Osoc, a cidade mais a norte de Thuvhe, congelada e branca. Os prédios lá flutuavam no céu como nuvens feitas de vidro, mantidas no ar por alguma tecnologia de Othyr que ele não compreendia. Tinham o formato de gotas de chuva, como pétalas murchando, formando pontas em cada lado. Foram até lá para visitar primos num ano, enrolados nas roupas mais quentes, e ficaram no prédio deles, que pendia no céu como fruta madura que nunca cairia. Flores-do-gelo ainda cresciam tão a norte, mas ficavam muito, muito abaixo, apenas borrões coloridos daquela distância.

Akos sentou-se na beirada da cama de Cyra, os lençóis ficando molhados com suas roupas úmidas. Estava difícil respirar. Osoc, Osoc, Osoc era o cântico em sua mente. Flocos brancos ao vento. Padrões congelados nas janelas. Caules de flores-do-gelo frágeis o suficiente para quebrar ao toque.

— O que é? — Cyra estava trançando o cabelo para tirá-lo do rosto. As mãos caíram quando ela olhou a tela.

A manchete era *Chanceler predestinada de Thuvhe avança*. Akos tocou a tela para aumentar o volume. Em othyriano, a voz murmurou: "... *ela promete investir forte contra Ryzek Noavek em nome dos oráculos de Thuvhe, perdidos duas estações atrás numa invasão shotet em solo thuvhesita.*"

— Sua chanceler não é eleita? — perguntou Cyra. — Não é por isso que usam a palavra "chanceler" em vez de "soberano", porque a posição é eleita, e não herdada?

— Os chanceleres thuvhesitas são predestinados. Eleitos pela corrente, é o que eles dizem. Nós dizemos — corrigiu-se Akos. Se ela percebeu o deslize de "eles" por "nós", não deixou transparecer. — Em algumas gerações não há chanceler, e temos apenas representantes regionais... esses são eleitos.

— Ah. — Cyra virou-se para a tela, assistindo ao lado dele.

Havia uma multidão na plataforma de embarque, toda encasacada, embora o local fosse coberto. Quando uma mulher em roupas escuras desceu, a multidão comemorou. As câmeras deram um close, mostrando seu rosto, enrolado em um xale que cobria nariz e boca. Mas os olhos eram escuros, com um toque de cinza mais claro ao redor da pupila — as câmeras estavam *muito* perto, pairando como moscas sobre seu rosto — e suavemente repuxados para cima. E ele a conhecia.

Ele *a* conhecia.

— Ori — disse, sem fôlego.

Bem atrás dela havia outra mulher, com o mesmo tamanho, tão magra e coberta quanto. Quando as câmeras viraram para ela, Akos viu que a mulher era a mesma, praticamente dos pés à cabeça. Não apenas irmãs, mas gêmeas.

Ori tinha uma irmã.

Ori tinha uma gêmea.

Akos observou o rosto das duas buscando alguma característica que as diferenciasse, mas não encontrou nenhuma.

— Você as conhece? — perguntou Cyra com suavidade.

Por um tique tudo que ele fez foi concordar com a cabeça. Em seguida, imaginou se devia de fato conhecer as duas. Ori vinha do nome "Orieve Rednalis" — não um nome que devesse pertencer a uma criança afortunada —, pois sua verdadeira identidade real era perigosa. Então, seria melhor guardar segredo.

Mas, pensou ele quando olhou para Cyra, e não terminou o pensamento, apenas deixou que as palavras escapassem:

— Ela era amiga de nossa família quando eu era criança. Quando ela era criança. Ela usava um codinome. Eu não sabia que tinha uma... irmã.

— Isae e Orieve Benesit — disse Cyra, lendo os nomes na tela.

As gêmeas estavam entrando no prédio. As duas pareciam graciosas com a brisa de dentro do prédio empurrando os casacos — abotoados na lateral, no ombro — contra os corpos. Ele não reconheceu a pele dos xales nem mesmo o tecido dos casacos, preto e sem neve mesmo naquele momento. Um material de outro planeta, com certeza.

— Rednalis é o sobrenome que ela usava — disse ele. — Um nome de Hessa. O dia em que as fortunas foram anunciadas foi a última vez que a vi.

Isae e Orieve pararam para cumprimentar o povo no caminho, mas, enquanto caminhavam e as câmeras espreitavam atrás delas, ele viu um instante de movimento. A segunda irmã passou o braço ao redor do pescoço da primeira irmã, puxando sua cabeça para perto. O mesmo que Ori fazia com Eijeh quando queria sussurrar alguma coisa em seu ouvido.

Então, Akos não conseguiu ver muito mais, pois seus olhos marejaram. Aquela era Ori, que tinha um espaço na mesa da família, que o conhecera antes de ele se transformar... *naquilo*. Aquela coisa com armadura, sedenta por vingança, assassina.

— Meu país tem uma chanceler — disse ele.

— Parabéns — disse Cyra. Hesitante, perguntou: — Por que me disse tudo isso? Provavelmente não é algo que você devesse espalhar por aqui. Seu codinome, como você a conheceu, isso tudo.

Akos piscou para clarear a visão.

— Não sei. Talvez eu confie em você.

Cyra ergueu a mão e hesitou com ela sobre o ombro de Akos. Em seguida, abaixou-a, tocando-o de leve. Lado a lado, olhavam para a tela.

— Eu nunca o manteria aqui. Você sabe disso, certo? — Ela falou tão baixinho. Ele nunca tinha ouvido Cyra falar tão baixo. — Não mais. Se quisesse ir, eu ajudaria você.

Akos cobriu a mão dela com a sua. Apenas um toque leve, mas carregado de uma nova energia. Como uma dor para a qual ele não dava a mínima.

— Se... quando, *quando* eu tirar Eijeh daqui — disse ele —, você vem comigo?

— Sabe, acho que vou. — Ela suspirou. — Mas apenas se Ryzek estiver morto.

Quando a nave virou na direção do planeta natal, as notícias do sucesso de Ryzek em Pitha chegaram até eles aos poucos. Otega era a fonte da maior parte das fofocas de Cyra, percebeu Akos, e a tutora tinha uma boa leitura das coisas antes de serem anunciadas.

— O soberano está satisfeito — disse Otega, servindo uma panela de sopa certa noite. — Acho que fez uma aliança. Entre uma nação historicamente fiel à fortuna como Shotet e um planeta secular como Pitha, não é de se ignorar. — Em seguida, lançou um olhar curioso para Akos. — Kereseth, creio eu. Cyra não disse que você era tão... — Ela parou de falar.

As sobrancelhas de Cyra saltaram como se fossem molas. Ela estava recostada à parede, braços cruzados, mordendo um cacho dos cabelos. Às vezes, enfiava um cacho na boca sem perceber. Em seguida, cuspia, com um olhar de surpresa, como se ele tivesse feito aquilo sozinho.

— ... alto – terminou Otega. Akos imaginou qual palavra ela teria escolhido, caso se sentisse confortável para ser honesta.

— Não sei por que ela teria mencionado – comentou Akos. Era fácil ficar confortável ao lado de Otega; ele se entregou sem pensar muito. – Afinal, ela também é alta.

— Sim. Bem altos, vocês todos – disse Otega, distante. – Bem. Aproveitem a sopa.

Quando ela saiu, Cyra foi direto até o canal de notícias para traduzir as legendas shotet para ele. Dessa vez, foi surpreendente como estavam diferentes. As palavras shotet aparentemente diziam: "A chanceler de Pitha abre amistosamente negociações de apoio por ocasião da visita shotet à capital pithariana." Mas a voz othyriana dizia: "A chanceler thuvhesita Benesit ameaça embargo comercial de flores-do-gelo contra Pitha depois das primeiras discussões de auxílio com a liderança shotet."

— Pelo visto, sua chanceler não ficou feliz que Ryzek tenha seduzido os pitharianos – observou Cyra. – Ameaçando embargo comercial e tudo o mais.

— Bem – disse Akos –, Ryzek *está* tentando conquistá-la.

Cyra grunhiu.

— Aquela tradução não tem o toque de Malan, devem ter usado outra pessoa. Malan gosta de manipular as informações, não deixar que fiquem totalmente de fora.

Akos quase riu.

— Você consegue dizer quem é pela tradução?

— Existe uma arte na enrolação dos Noavek — disse Cyra enquanto desligava o som do canal. — Aprendemos desde o nascimento.

O aposento deles — Akos havia começado a pensar assim, por mais que o incomodasse — ficava no olho de um furacão, quieto e acomodado no meio do caos. Todo mundo estava pondo tudo em ordem para a decolagem. Ele não conseguia acreditar que a temporada estava terminando; sentiu como se acabasse de sair de seu planeta.

E então, no dia em que o fluxo-da-corrente perdeu seus últimos fios azuis, ele soube que era hora de cumprir sua promessa com Jorek.

— Tem certeza de que ele não vai me entregar para Ryzek por drogá-lo? — perguntou Akos a Cyra.

— Suzao tem alma de soldado — respondeu Cyra pela centésima vez. Ela virou a página de seu livro. — Prefere resolver as coisas sozinho. Entregar você seria a manobra de um covarde.

Com isso, Akos partiu para a cantina. Estava ciente de seu coração acelerado, dos dedos que se contorciam. Naquele horário, Suzao fazia uma refeição em uma das cantinas inferiores — ele era um dos apoiadores próximos de Ryzek com a patente mais baixa, o que significava que era a pessoa menos importante na maioria dos lugares que frequentava. Mas nas cantinas inferiores, próximas aos motores da nave, ele era considerado superior. Era o lugar perfeito para provocá-lo — ele não poderia ser envergonhado por um serviçal na frente de seus inferiores, podia?

Jorek havia prometido ajudar com a jogada final. Estava diante de seu pai na fila quando Akos entrou na cantina, uma sala grande, úmida, em um dos conveses inferiores da nave. Estava lotado e cheio de fumaça, mas o cheiro temperado e forte no ar fez sua boca encher d'água.

Em uma mesa próxima, um grupo de shotet mais jovem que havia empurrado as bandejas de lado brincava com máquinas tão pequenas que cabiam na palma da mão de Akos. Eram coleções de engrenagens e fios equilibrados em rodas, uma com um conjunto grande de pinças preso à ponta, outro com uma lâmina, um terceiro com um martelo do tamanho de um dedão. Eles haviam riscado um círculo de giz na mesa, e dentro dele, as máquinas perseguiam umas as outras, guiadas por controle remoto. Quando colidiam, os espectadores gritavam conselhos: "Vá na roda direita!", "Use as pinças, para que mais elas serviriam?" Usavam roupas estranhas azuis, verdes e roxas, os braços nus enrolados em cordões de cores diferentes, cabelos raspados, trançados e empilhados na cabeça. Uma sensação o varreu enquanto observava, uma imagem de si mesmo como criança shotet, segurando um controle remoto, ou apenas apoiado à mesa, assistindo.

Nunca foi, nunca seria. Mas, por um tique apenas, pareceu que poderia ter sido possível.

Ele se virou para a pilha de bandejas próxima à fila e pegou uma. Tinha um frasco pequeno escondido no pulso e esgueirou-se adiante na fila, aproximando-se de Suzao para que pudesse colocar o líquido na caneca do homem. Bem a tempo, Jorek tropeçou na pessoa à frente dele, derrubando a bandeja com um estrondo. A sopa atingiu a mulher diante dele bem entre os ombros, e ela xingou. Na comoção, Akos jogou o elixir na caneca de Suzao sem que ninguém percebesse.

Akos passou por Jorek enquanto ele ajudava a mulher manchada de sopa a se limpar. Ela o acotovelou para longe, praguejando.

Quando Suzao se sentou em sua mesa habitual e começou a ser bajulado, Akos parou para respirar.

Suzao invadira sua casa com os outros. Ficou lá observando Vas assassinar o pai de Akos. Suas impressões digitais estavam nas paredes da casa de Akos, suas pegadas no assoalho, o lugar mais seguro para ele marcado de cima a baixo com violência. As lembranças, nítidas como sempre, fortaleceram Akos para o que ele precisava fazer.

Pôs a bandeja diante de Suzao, cujos olhos subiram pelo braço de Akos como uma mão deslizando, contando suas marcas de assassínio.

— Lembra-se de mim? — perguntou Akos.

Suzao era menor do que ele, mas tinha ombros tão largos que, enquanto estava sentado, não parecia baixo. O nariz era sarapintado. Não se parecia muito com Jorek, que saíra à mãe. O que também era bom.

— A criança patética que arrastei pela Divisão? — Suzao devolveu a pergunta, mordendo os dentes do garfo. — E depois espanquei até virar purê antes mesmo de chegarmos às embarcações de transporte? Sim. Lembro. Agora, saia da minha mesa com essa bandeja.

Akos sentou-se, cruzando as mãos diante dele. Uma onda de adrenalina estreitou sua visão, e Suzao estava bem no meio dela.

— Como está se sentindo? Um pouco sonolento? — perguntou ele e bateu o frasco diante do homem.

O vidro rachou, mas o frasco não se estilhaçou, ainda úmido da poção do sono que havia derramado na caneca de Suzao. O silêncio espalhou-se pela cantina, a começar pela mesa onde estavam.

Suzao encarou o frasco. Seu rosto ficava mais manchado a cada segundo. Os olhos vidrados de fúria.

Akos inclinou-se para mais perto, sorrindo.

— Seus aposentos não são tão seguros quanto você provavelmente gostaria. Esta é qual, a terceira vez que é drogado no último mês? Não é muito vigilante, não é?

Suzao avançou. Agarrou-o pela garganta, ergueu-o e bateu com seu corpo com tudo na mesa, sobre sua bandeja de comida. A sopa atravessou a camisa de Akos, queimando-o. Suzao puxou a faca e a segurou apontada para a cabeça de Akos, como se fosse fincá-la no olho do rapaz.

Akos viu manchas.

— Eu deveria matá-lo — rosnou Suzao, perdigotos voando dos lábios.

— Vá em frente — disse ele, provocando. — Mas talvez você devesse esperar até não estar prestes a tombar.

Como previsto, Suzao parecia um pouco desconcentrado. Soltou a garganta de Akos.

— Muito bem — disse Suzao. — Então, eu desafio você para a arena. Espadas. Até a morte.

O homem não decepcionou.

Akos sentou-se lentamente, mostrando as mãos trêmulas, a camisa manchada de comida. Cyra lhe disse para garantir que Suzao o subestimasse antes de chegarem à arena, se pudesse. Ele limpou as gotas de cuspe do rosto e fez que sim com a cabeça.

— Eu aceito — disse Akos e, atraídos por algum tipo de magnetismo, seus olhos encontraram os de Jorek. Que parecia aliviado.

CAPÍTULO 22 | CYRA

Os renegados não me passaram uma mensagem na cantina nem sussurraram uma enquanto eu caminhava pela nave de temporada. Não hackearam minhas telas pessoais nem causaram um rebuliço para me sequestrar. Poucos dias depois da coleta, estava voltando para os meus aposentos e vi cabelos loiros balançando à minha frente – Teka, segurando um trapo sujo nos dedos manchados de graxa. Ela olhou para mim, me chamou dobrando um dedo, e eu a segui.

Não me levou para uma sala nem passagem secreta, mas para a plataforma de embarque. Estava escuro ali, e as silhuetas das naves de transporte pareciam imensas criaturas encolhidas, adormecidas. Em um canto, alguém deixou uma luz acesa, presa à asa de uma das naves de transporte maiores.

Se chuva e trovão eram música para os pitharianos, o roncar do maquinário era música para os shotet. Era o som da nave de temporada, o som de nosso movimento lado a lado com o fluxo-da-corrente. Então, fazia sentido que naquela parte da nave, onde a conversa ficaria enterrada pelo zumbir e estrondar do maquinário no andar abaixo de nós, houvesse um grupo pequeno e tímido de renegados. Todos estavam vestidos com macacões que os funcionários da manutenção usavam – talvez fossem mesmo funcionários da manutenção, pensei naquele momento – e cobriam o rosto com a mesma máscara preta que Teka havia usado quando me atacou no corredor.

Ela puxou uma faca e segurou a lâmina contra minha garganta. Era fria e tinha cheiro adocicado, como algumas das poções de Akos.

– Chegue mais perto deles e eu acabo com você no ato – disse Teka.

– Não me diga que esse é todo o grupo. – Na minha cabeça, eu repassei o que poderia fazer para me livrar de seu aperto, começando com um pisão nos dedos do pé de Teka.

– Acha que arriscaríamos expor o grupo todo a seu irmão? – perguntou ela. – Não.

A luz presa à asa da nave de transporte perdeu uma de suas presilhas de metal e se agitou no fio, balançando agora apenas com um prendedor.

– Foi você quem quis nos encontrar – disse um deles. Parecia mais velho, mais brusco. Era um homem imenso, com tanta barba que poderia esconder coisas nela. – O que exatamente você quer?

Me esforcei para engolir em seco. A faca de Teka ainda pressionava a minha garganta, mas não era a lâmina que dificultava minha fala. Finalmente, eu estava articulando o que já pensava havia meses. Eu estava *fazendo*, em vez de apenas refletir, pela primeira vez na minha vida.

– Quero uma nave de transporte para uma pessoa ir embora de Shotet – falei. – Alguém que não quer ir de verdade.

– Para *alguém* – disse aquele que falou antes. – Quem?

– Akos Kereseth – respondi.

Houve murmúrios.

– Ele não quer ir embora? Então, por que você quer que ele vá? – questionou o homem.

— É... complicado – falei. – O irmão dele está aqui. O irmão também está perdido. Sem qualquer esperança de recuperação. – Fiz uma pausa. – O amor deixa algumas pessoas bobas.

— Ah – sussurrou Teka. – Sei como é isso.

Senti como se todos estivessem rindo de mim, sorrindo embaixo das máscaras. Não gostei. Agarrei o pulso de Teka e torci com força para que ela não pudesse apontar a faca para mim. Ela gemeu com meu toque, e eu peguei a lâmina entre os dedos, soltando-a. Girei-a com uma mão para agarrar o cabo, meus dedos melados com uma substância que fora passada na lâmina.

Antes que Teka pudesse se recuperar, avancei, prendendo-a contra meu peito com um braço e apontando a faca para seu flanco. Tentei manter o máximo da dor do dom-da-corrente comigo, cerrando os dentes para não gritar. Eu estava respirando fundo perto do ouvido dela. Ela ficou parada.

— Posso ser boba também – falei. – Mas não sou estúpida. Acham que não consigo identificar vocês pelo jeito que têm, pelo modo que caminham, como falam? Se eu fosse trair vocês, faria com vocês usando máscaras e me mantendo sob a lâmina de uma faca ou não. E sabemos que não posso trair vocês sem ao mesmo tempo me trair. Então. – Soprei uma mecha de cabelos de Teka da minha boca. – Vamos ter uma discussão com confiança mútua ou não?

Soltei Teka e devolvi a faca. Ela me olhou com ódio, massageando o pulso, mas pegou a arma.

— Tudo bem – respondeu o homem.

Ele desamarrou a cobertura que protegia a boca. Embaixo dela, uma barba grossa descia pela garganta. Outros seguiram seu exemplo. Jorek era um deles, que estava à minha direita com os braços cruzados. Não era surpresa, já que havia pedido sem rodeios a morte de seu pai, fiel aos Noavek, na arena.

Outros não quiseram fazer o mesmo, mas não importava — minha preocupação era com o porta-voz deles.

— Sou Tos e acho que podemos fazer o que você pede — disse o homem. — E acho que sabe que vamos pedir algo em troca.

— O que vocês gostariam que eu fizesse? — perguntei.

— Precisamos de ajuda para entrar na mansão Noavek. — Tos cruzou os braços fortes. As roupas eram feitas de tecido de fora do planeta, leves demais para a estação fria de Shotet. — Em Voa. Depois da temporada.

— Você é exilado? — perguntei, franzindo a testa. — Esta roupa que está usando é de fora do planeta.

Os renegados estavam em contato com os exilados, que buscaram proteção contra o regime Noavek em outro planeta? Fazia sentido, mas eu não havia considerado as ramificações antes. Os exilados eram sem dúvida uma força mais poderosa do que os shotet rebeldes que se voltavam contra meu irmão — e mais perigosa para mim, pessoalmente.

— Para nossos objetivos, não há diferença entre exilado e renegado. Queremos a mesma coisa: tirar seu irmão do trono e restaurar a sociedade shotet ao que era antes de sua família manchá-la com a desigualdade — retrucou Tos.

— Manchá-la com a desigualdade — repeti. — Um jeito elegante de dizer.

— Não fui eu quem criou isso — disse Tos, mal-humorado.

— Para pôr em termos menos elegantes — disse Teka —, vocês estão nos matando de fome e acumulando remédios. Sem falar que arrancam nossos olhos, ou seja lá o que fizer o gosto de Ryzek ultimamente.

Estava prestes a contestar que *eu* nunca havia matado ninguém de fome nem impedido que cuidados médicos adequados chegassem até eles, mas de repente não pareceu valer a pena discutir. De qualquer forma, não acreditava naquilo de verdade.

— Certo. Então... mansão Noavek. O que pretendem fazer lá? — Era o único prédio que eu, especificamente, poderia ajudar a acessar. Conhecia todos os códigos que Ryzek gostava de usar e, além disso, as portas mais seguras estavam trancadas com um código genético, parte do sistema que Ryzek instalou depois que nossos pais morreram. Eu era a única que partilhava dos genes de Ryzek. Meu sangue podia levá-los aonde quisessem.

— Não acho que você precise saber dessas informações.

Fechei a cara. Havia apenas algumas coisas que um grupo de renegados — ou exilados — poderia querer dentro da mansão Noavek. Decidi levantar uma hipótese.

— Vamos ser claros — falei. — Estão me pedindo para participar do assassinato de meu irmão?

— Isso a incomoda? — perguntou Tos.

— Não — respondi. — Não mais.

Apesar de tudo o que Ryzek havia feito, fiquei surpresa com a facilidade com que a resposta me veio. Era meu irmão, sangue do meu sangue. Também era a minha única garantia de segurança naquele momento — quaisquer renegados que o derrubassem do trono não se importariam em poupar a vida de sua irmã, a assassina. Mas em algum momento entre ordenar que eu participasse do interrogatório de Zosita e ameaçar Akos, Ryzek finalmente perdeu qualquer lealdade que me restava.

— Ótimo — disse Tos. — Então, vamos entrar em contato.

Naquela noite, arrumando minha saia ao redor das pernas cruzadas, procurei pelos soldados do regimento de Suzao Kuzar no salão lotado. Estavam todos lá, alinhados na sacada, trocando olhares ansiosos. *Muito bom*, pensei. Estavam confiantes demais, o que significava que Suzao também estava confiante e seria derrotado com mais facilidade.

O espaço zumbia com as conversas, não tão cheio quanto estava quando lutei com Lety poucos meses antes, mas com um público muito maior do que a maioria dos desafios proclamados esperava atrair. Aquilo também era bom. Tecnicamente, ganhar um desafio de arena sempre podia elevar alguém a uma situação social melhor, mas, para que isso realmente importasse, todos na sociedade shotet precisavam concordar mutuamente. Quanto mais pessoas assistissem a Akos derrotar Suzao, mais bem percebida seria sua situação, o que facilitaria para ele tirar Eijeh dali. Poder em um lugar costumava se transformar em poder em todos os lugares — poder sobre as pessoas certas.

Ryzek ficou longe do desafio daquela noite, mas Vas permaneceu comigo na plataforma reservada a oficiais shotet de patente alta. Fiquei sentada de um lado e ele de outro. Nos espaços escuros, era mais fácil para mim evitar encaradas, com meu dom-da-corrente oculto na sombra. Mas eu não podia escondê-lo de Vas, que estava perto o bastante para ver minha pele se encher de tentáculos escuros todas as vezes que ouvia o nome de Akos no meio da multidão.

— Sabe, eu não falei para Ryzek que você conversou com a filha de Zosita na plataforma de embarque antes da coleta — disse Vas, momentos antes de Suzao entrar na arena.

Meu coração palpitou. Senti como se a reunião com os renegados estivesse marcada em mim, visível para qualquer um que olhasse com cuidado. Mas tentei manter a calma quando respondi:

— Até onde eu sei, não é contra as regras de Ryzek falar com funcionários da manutenção.

— Talvez ele não se importasse antes, mas certamente se importa agora.

— Devo mesmo agradecê-lo por sua discrição?

— Não. Deve considerar uma segunda chance. Que toda essa tolice tenha sido apenas um lapso momentâneo para você, Cyra.

Voltei a atenção para a arena. As luzes diminuíram, e os alto-falantes berraram quando alguém ligou os amplificadores que pairavam sobre os lutadores, aumentando o som. Suzao entrou primeiro sob os gritos e vivas da plateia. Ergueu os braços para inspirar mais berros, e o gesto cumpriu sua missão: todos festejaram.

– Arrogante – murmurei. Não pelo que tinha feito, mas pelo que vestia: havia deixado sua armadura shotet para trás, então estava apenas de camisa. Não acreditava que precisaria de armadura. Mas fazia tempo que não via Akos lutando.

Um instante depois, Akos entrou na arena vestindo a armadura que havia ganhado e as botas usadas em Pitha, que eram resistentes. Foi recebido com insultos e gestos obscenos, mas isso não pareceu atingi-lo, onde quer que ele realmente estivesse naquele momento. Mesmo o cansaço que sempre pairava em seus olhos havia desaparecido.

Suzao puxou sua faca, e o olhar de Akos endureceu de repente, como se tivesse tomado uma decisão. Puxou sua faca. Reconheci aquela lâmina – era a que eu tinha lhe dado, a faca simples de Zold.

Ao seu toque, nenhum tentáculo de corrente envolveu a lâmina. Eu sabia que para a plateia, tão acostumada a ver pessoas lutando com lâminas-da-corrente em vez de facas simples, era como se aquela faca estivesse nas mãos de um cadáver. Todos os boatos sobre ele – sobre sua resistência à corrente – foram confirmados. Melhor assim, pois seu dom os assustava – o temor dava a uma pessoa um tipo de poder diferente. Eu sabia disso.

Suzao jogava sua faca para lá e para cá, girando-a na palma das mãos ao mesmo tempo. Era um truque que precisou aprender com seus amigos treinados em zivatahak, pois ele era claramente um aluno de altetahak, seus músculos inchados embaixo do tecido da camisa.

— Você parece nervosa — disse Vas. — Precisa que alguém segure sua mão?

— Estou nervosa apenas por seu homem — falei. — Pode ficar com sua mão, pois tenho certeza de que vai precisar dela mais tarde.

Vas riu.

— Acho que você não precisa mais de mim, agora que encontrou alguém que pode tocá-la.

— Como assim?

— Você sabe exatamente o que quero dizer. — Os olhos de Vas brilharam raivosos. — Melhor manter os olhos em seu bichinho de estimação thuvhesita. Ele está prestes a morrer.

Suzao golpeou primeiro, avançando sobre Akos, que se esquivou do movimento preguiçoso sem esforço nenhum.

— Ah, você é rápido — disse Suzao, sua voz ecoando pelos amplificadores. — Como sua irmã. Ela quase escapou de mim também. Quase abriu a porta da frente quando eu a peguei.

Ele avançou na garganta de Akos de novo e tentou erguê-lo para esmagá-lo contra a parede da arena. Mas Akos bateu no pulso de Suzao com força, rompendo o contato e desviando. Eu conseguia ouvir as regras da estratégia de elmetahak lhe dizendo para manter distância de um oponente maior.

Akos girou a faca uma vez na palma da mão, o movimento estonteante com a velocidade — a luz refletiu na lâmina, espalhando-se pelo chão, e Suzao seguiu-a com os olhos. Akos aproveitou a distração momentânea e desferiu um soco forte com a mão esquerda.

Suzao cambaleou para trás, o sangue escorrendo das narinas. Não havia percebido que Akos era canhoto. Ou que eu o obriguei a fazer flexões de braço desde que nos conhecemos.

Akos avançou sobre ele, dobrando o braço e golpeando com o cotovelo para cima, atingindo Suzao novamente no nariz. O grito de Suzao ecoou no espaço. Ele investiu às cegas, agarrando a frente da armadura de Akos e jogando-o para o lado. O equilíbrio de Akos falhou, e Suzao segurou-o no chão com o joelho e socou sua boca.

Eu me encolhi. Akos, parecendo zonzo, ergueu o joelho até o rosto como se fosse tentar jogar Suzao longe. Em vez disso, puxou uma faca da lateral da bota e enterrou-a no flanco de Suzao, entre duas costelas.

Suzao, apavorado, caiu para o lado, encarando o cabo que se projetava ao lado do corpo. Akos golpeou com a outra faca. Um brilho vermelho apareceu na garganta de Suzao quando ele despencou.

Não havia percebido como eu estava tensa até que a luta terminou e meus músculos relaxaram.

Ao meu redor, havia apenas barulho. Akos curvou-se sobre o corpo de Suzao e puxou a segunda faca. Limpou a lâmina nas calças e embainhou-a na bota. Consegui ouvir sua respiração trêmula aumentada pelos amplificadores.

Não entre em pânico, pensei olhando para ele, como se pudesse me ouvir.

Ele limpou o suor da testa com a manga da camisa e ergueu os olhos para o povo que estava sentado ao redor da arena. Girou lentamente, como se encarasse cada um deles. Em seguida, embainhou a faca e passou sobre o corpo de Suzao para seguir até a saída.

Esperei alguns segundos, e em seguida saí da plataforma e entrei na multidão. Minhas roupas pesadas ondeavam ao meu redor enquanto caminhava. Soergui a saia e tentei alcançar Akos, mas ele estava muito à frente; não o vi quando atravessou os corredores na direção de nossos aposentos.

Assim que cheguei à porta, parei com a mão próxima ao sensor e escutei.

No início, tudo que ouvi foi uma respiração pesada que se transformou em soluços. Então, Akos gritou, e veio um estrondo alto, seguido por outro. Ele gritou de novo, e eu apertei o ouvido contra a porta para ouvir, meu lábio inferior preso entredentes. Mordi tão forte que senti o gosto de sangue quando os gritos de Akos se transformaram em choro.

Toquei o sensor, abrindo a porta.

Ele estava sentado no chão do banheiro. Havia pedaços de espelho estilhaçado ao redor dele. Tinha arrancado a cortina do chuveiro do teto e o porta-toalhas da parede. Não olhou para mim quando entrei, mesmo quando caminhei com cuidado pelos fragmentos de vidro para alcançá-lo.

Ajoelhei entre os estilhaços e estendi o braço sobre seu ombro para ligar o chuveiro. Esperei até a água ficar morna, em seguida o puxei pelo braço na direção da ducha.

Entrei no chuveiro com ele, totalmente vestida. Sua respiração saía em explosões fortes contra meu rosto. Pousei a mão em sua nuca e puxei o rosto dele para a água. Ele fechou os olhos e deixou seu rosto ser lavado. Os dedos trêmulos dele buscaram os meus, e ele prendeu minha mão contra seu peito, contra sua armadura.

Ficamos juntos por um bom tempo, até o choro ceder. Então, desliguei a água e levei-o para a cozinha, espalhando pedaços de espelho com os dedos do pé ao passar.

Ele estava olhando fixo a meia distância. Não tive certeza se sabia onde estava, ou o que estava acontecendo com ele. Desatei as correias da armadura e puxei-a sobre a cabeça; peguei a barra da camisa com a ponta dos dedos e tirei o tecido molhado de seu corpo; desabotoei as calças e deixei que caíssem no chão em um montinho encharcado.

Sonhei acordada com o momento em que o veria daquele jeito, e mesmo com o dia em que o despiria, arrancando algumas das camadas que nos separavam, mas aquele não era um sonho. Ele estava sofrendo. Eu queria ajudá-lo.

Eu não tinha ciência da minha dor, mas, quando o ajudei a se secar, vi as sombras-da-corrente se movendo mais rápidas do que em muito tempo. Era como se alguém as tivesse injetado em minhas veias, viajavam pelo meu sangue. Dr. Fadlan dissera que meu dom-da-corrente ficava mais forte quando eu me emocionava. Bem, ele tinha razão. Não ligava para Suzao – na verdade, estava planejando cuspir em sua pira funerária apenas para ouvir o chiado –, mas eu me importava com Akos, mais do que com qualquer outra pessoa.

Nesse momento, ele retomou a consciência e reagiu o suficiente para me ajudar a fazer ataduras no braço e caminhar até seu quarto sozinho. Garanti que ele entrasse embaixo das cobertas, depois deixei uma panela sobre um dos queimadores no balcão do boticário. Antes, ele havia feito uma poção para impedir que eu tivesse sonhos. Agora era minha vez.

CAPÍTULO 23 | AKOS

Tudo deslizava para longe de Akos, seda sobre seda, óleo escorrendo sobre a água. Perdendo a noção de tempo, às vezes, alguns tiques passando em uma hora no chuveiro — ele saiu com dedos enrugados e pele brilhante — ou uma noite de sono que durou até a tarde seguinte. Perdendo a noção de espaço, outras vezes, e estava em pé na arena, manchado com o sangue de outro homem, ou estava no capinzal, tropeçando sobre esqueletos daqueles que haviam se perdido ali.

Perdendo pétalas de flor-sossego dentro da boca para que pudesse ficar calmo. Ou perdendo o controle das mãos, quando não paravam de tremer. Ou as palavras em seu caminho até a boca.

Cyra deixou que ele ficasse assim por alguns dias. Mas na véspera de sua aterrissagem programada em Voa, quando ele já havia pulado seguidamente algumas refeições, ela entrou no quarto e disse:

— Levante. Agora.

Akos apenas olhou para ela, confuso, como se estivesse falando uma língua que ele não entendia.

Ela revirou os olhos, agarrou-o pelo braço e puxou. Seu toque doía. Ele se encolheu.

— Merda — disse ela, soltando o braço dele. — Viu o que está acontecendo? Está começando a sentir meu dom-da-corrente, porque está tão fraco que *seu* dom-da-corrente está falhando. Por isso preciso que você levante e coma alguma coisa.

— Para você poder ter seu serviçal de volta, é isso? — perguntou Akos. Perdendo a paciência também. — Bem, já chega. Estou pronto para morrer por sua família, seja lá o que isso signifique.

Cyra se inclinou para seu rosto ficar no mesmo nível que o dele e disse:

— Eu sei o que é se transformar em algo que você odeia. Sei como dói. Mas a vida é cheia de dores. — As sombras juntaram-se ao redor dos olhos como se estivessem provando suas palavras. — E sua capacidade de suportá-la é muito maior do que você imagina.

Seus olhos fitaram os dele por alguns segundos, e ele disse:

— Que tipo de discurso motivacional é esse? "A vida é cheia de dores?"

— Até onde eu sei, seu irmão ainda está aqui — disse ela. — Então, você deveria se manter vivo ao menos para tirá-lo daqui.

— Eijeh. — Ele bufou. — Como se a questão aqui fosse ele.

Ele não estava pensando em Eijeh quando tirou a vida de Suzao. Estava pensando em seu desejo imenso de ver Suzao morto.

— Então, qual é exatamente? — Ela cruzou os braços.

— E como vou saber? — Akos estendeu os braços, enfático, e bateu a mão contra a parede. Ignorou a dor nas juntas dos dedos. — Foi você quem me fez assim, por que não me diz? Não há lugar para honra na sobrevivência, lembra?

Fosse lá que fagulha tivesse despertado por trás dos olhos de Cyra, ela desapareceu com a lembrança. Akos estava prestes a tentar engolir aquelas palavras de volta quando bateram à porta. Da ponta da cama, ele observou quando abriu. O guarda com o trabalho mais entediante que se podia imaginar estava lá, com Jorek atrás dele.

Akos inclinou o rosto sobre a mão.

— Não deixe ele entrar.

— Acho que você está se esquecendo de quem são esses aposentos — disse Cyra, ríspida, e abriu caminho para Jorek passar.

— Que droga, Cyra! — Akos se levantou. A visão escureceu por alguns tiques, e ele cambaleou até o batente da porta. Talvez ela tivesse razão, ele precisava comer alguma coisa.

Os olhos de Jorek arregalaram-se quando o viram.

— Boa sorte — disse Cyra para ele e fechou-se no banheiro.

Jorek desviou os olhos para a parede decorada com armadura e plantas pendendo do teto, para as panelas e frigideiras brilhantes empilhadas no fogão velho. Coçou o pescoço, deixando linhas róseas na pele, seu cacoete. Akos foi até ele, cada parte do corpo pesada. Estava sem fôlego quando chegou a uma cadeira e se sentou.

— O que está fazendo aqui? — perguntou ele, sentindo-se furioso. Queria agarrar com as unhas, recusando-se a deixar qualquer coisa mais escapar. Mesmo se significasse ferir Jorek, que já tivera sua parcela justa de dor. — Você conseguiu o que queria, não conseguiu?

— Sim, consegui — disse Jorek em voz baixa. Sentou-se perto de Akos. — Vim agradecer.

— Não foi um favor, foi um negócio. Matei Suzao, agora você tira Eijeh daqui.

— Será mais fácil quando aterrissarmos em Voa — disse Jorek, ainda naquela voz baixa horrível, como se estivesse tentando acalmar um animal. Talvez, pensou Akos, fosse exatamente o que ele estava tentando fazer. — Olha, eu... — Ele franziu a testa. — Eu não sabia o que estava pedindo para você fazer. Pensei... pensei que seria fácil para você. Parecia o tipo de pessoa para quem seria fácil.

— Não quero falar disso. — Akos abaixou a cabeça entre as mãos. Não aguentava pensar em como tinha sido fácil. Suzao não teve uma chance, não sabia em que estava se metendo. Akos sentia-se mais assassino naquele momento do que depois de seu primeiro assassinato. Ao menos aquele assassinato, a morte de Kalmev, fora selvagem, louco, quase um sonho. Não como esse.

Jorek pousou a mão no ombro de Akos. Ele tentou se soltar, mas Jorek não soltaria, não até que Akos olhasse para ele.

— Minha mãe me mandou aqui com isto — disse Jorek, puxando uma longa corrente do bolso com um anel pendurado nele. Era feito de um metal brilhante, rosa alaranjado, e tinha um símbolo estampado. — Esse anel tem o selo da família dela. Quis que você ficasse com ele.

Akos correu os dedos trêmulos pelos elos da corrente, delicados, mas duplos para reforçar. Ele fechou o anel na mão para que o símbolo da família da mãe de Jorek ficasse impresso na palma.

— Sua mãe — disse ele — está me *agradecendo*?

A voz dele falhou. Deixou a cabeça pousar sobre a mesa. As lágrimas não vieram.

— Minha família está segura agora — respondeu Jorek. — Venha nos visitar a qualquer hora, se puder. Moramos na periferia de Voa, entre a Divisão e o campo de treinamento. O pequeno vilarejo logo depois da estrada. Será bem-vindo entre nós pelo que fez.

Akos sentiu um calor atrás da cabeça, a mão de Jorek apertando com suavidade. Era mais reconfortante do que ele teria imaginado.

— Ah... não se esqueça, crave a marca de meu pai no seu braço. Por favor.

A porta fechou-se. Akos envolveu os braços ao redor da cabeça, o anel ainda na mão fechada. Os nós dos dedos estavam feridos pela luta; ele sentiu as cascas repuxarem quando dobrou os dedos. A porta do banheiro rangeu quando Cyra a abriu. Ela andou pela cozinha por um tempo, depois deixou um pedaço grande de pão diante dele. Ele comeu tão rápido que quase engasgou, e então deixou o braço cair e virou-o para que as marcas de assassínio ficassem voltadas para ela.

— Crave a marca — pediu ele. Estava tão rouco que as palavras quase não saíram.

— Isso pode esperar. — Cyra correu a mão pelos cabelos curtos de Akos. Ele estremeceu com o toque leve. Seu dom-da-corrente não o feria mais. No fim das contas, talvez Jorek tivesse trazido um pouco de alívio. Ou foi apenas o pão.

— Por favor. — Akos ergueu a cabeça. — Apenas... crave agora.

Cyra pegou sua faca, e Akos observou os músculos de seu braço se contraírem. Era puro músculo, Cyra Noavek, sem nada além disso. Mas, por dentro, ficava cada vez mais suave, um punho fechado aprendendo a se abrir.

Ela pegou o pulso de Akos. Os dedos dele pousaram em sua pele, aliviando as sombras que fluíam através dela. Sem elas, era mais fácil ver que era bonita, os cabelos longos, cachos soltos, brilhando sob a luz cambiante, os olhos tão escuros que pareciam pretos. O nariz aquilino, com seus ossos finos, e a mancha perto da traqueia, uma marca de nascença, sua forma um tanto elegante.

Ela tocou a ponta da faca no braço de Akos, ao lado da segunda marca, com o risco sobre ela.

— Pronto? — perguntou ela. — Um, dois...

No "dois" ela enterrou, sem piedade, a ponta da faca. Em seguida, pegou o frasquinho na gaveta com seu pincel. Ele observou Cyra tocar o líquido escuro na ferida aberta com todo o refinamento de um pintor diante de uma tela. A dor aguda desceu pelo braço. Uma onda de energia veio na sequência — adrenalina —, arrancando a confusão dolorida e latejante do restante do corpo.

Ela sussurrou o nome sobre a pele de Akos:

— Suzao Kuzar.

E ele sentiu, sentiu a perda, o peso e a permanência, como deveria. Se permitiu encontrar alívio no ritual shotet.

— Desculpe — disse ele, sem saber por que estava se desculpando; se era por ter sido cruel com ela antes, por tudo que havia acontecido desde o desafio ou por outra coisa. Akos havia despertado no dia após o desafio com Cyra varrendo o vidro quebrado no banheiro e, mais tarde, aparafusando o porta-toalhas de novo na parede. Ele não se lembrava de tê-lo arrancado. Além disso, ficou surpreso ao saber que ela usava bem as ferramentas, como uma plebeia. Mas aquela era Cyra, cheia de conhecimentos aleatórios.

— Não estou tão exausta a ponto de não me lembrar — disse ela, virando o rosto para não fitar os olhos dele. — Essa sensação de tudo estar quebrado. Quebrando.

Ela apoiou uma das mãos na dele e ergueu a outra para tocar de leve seu pescoço. Ele ficou tenso no início, então relaxou. Ainda tinha uma marca ali, onde Suzao o apertara na cantina.

Em seguida, ela moveu os dedos até a orelha dele, passando pela cicatriz que Ryzek fizera em seu pescoço, e ele se rendeu ao toque de Cyra. Era quente, muito quente. Nunca haviam se tocado daquela forma. Ele nunca pensou que quisesse.

— Você não faz sentido para mim — disse ela.

A palma da mão no rosto dele, depois os dedos curvados atrás da orelha. Dedos longos, finos, com tendões e veias sempre em alerta. As juntas dos dedos tão secas que a pele descamava em alguns lugares.

— Tudo o que aconteceu com você deixaria qualquer um frio, sem esperanças — disse. — Então como... como você é possível?

Ele fechou os olhos. Ansioso.

— Mesmo assim, Akos, isso aqui é uma guerra. — Ela tocou a testa na dele. Os dedos eram firmes, encaixavam-se em seus ossos. — Uma guerra entre você e as pessoas que destruíram sua vida. Não se envergonhe de lutá-la.

E depois, um tipo diferente de anseio. Uma pontada de vontade no fundo do peito.

Ele a *desejava*.

Desejava correr os dedos pelas maçãs firmes de seu rosto. Queria provar a marca de nascença elegante no pescoço e sentir a respiração dela contra sua boca e enrolar os dedos nos cabelos até ficarem presos.

Ele virou a cabeça e apertou os lábios contra a bochecha de Cyra, com força suficiente para que não fosse bem um beijo. Partilharam um suspiro. Então, ele recuou, se levantou e se afastou. Limpou a boca. Pensou no que havia de errado consigo.

Cyra se levantou atrás dele, e ele conseguiu sentir o calor de seu corpo às costas. Ela tocou o espaço entre seus ombros. Era seu dom-da--corrente que fazia a pele ficar dormente ao contato mesmo através da camisa?

— Tenho de fazer uma coisa — disse ela. — Volto logo.

E assim, ela saiu.

CAPÍTULO 24 | CYRA

Caminhei pelos túneis de manutenção, meu rosto latejando. A lembrança dos lábios dele em meu rosto passou pela minha cabeça várias vezes. Tentei pisoteá-la como uma brasa perdida. Não podia atiçá-la e ainda fazer o que precisava ser feito.

O caminho até o quarto estreito de Teka, que parecia um armário, era complicado e me levou para dentro da barriga da nave.

Ela respondeu à minha batida leve em segundos. Usava roupas folgadas e seus pés estavam descalços. Tinha uma tira de tecido amarrada sobre o olho perdido em vez do tapa-olho. Sobre o ombro, vi sua cama alta com a mesa improvisada embaixo, agora livre de todas as chaves de fenda, ferramentas e fios, pronta para voltar a Voa.

— O que está fazendo? — disse ela e me puxou para dentro do quarto. Seu olho arregalou-se, alarmado. — Você não pode simplesmente vir até aqui sem avisar... ficou louca?

— Amanhã — respondi. — Seja lá o que vocês forem fazer com meu irmão, tem que ser amanhã.

— Amanhã — repetiu. — Tipo, no dia depois de hoje.

— Até onde eu sei, sim, essa é a definição oficial de "amanhã" — falei.

Ela se sentou na banqueta surrada ao lado da mesa e pousou os cotovelos nos joelhos. Tive um vislumbre de pele quando a camisa caiu para frente – ela não estava usando nada para segurar os seios. Era estranho vê-la confortável em seu espaço. Não nos conhecíamos tão bem para nos vermos dessa forma.

– Por quê? – perguntou.

– Tudo fica desorganizado no dia em que aterrissamos – respondi. – O sistema de segurança da casa vai estar vulnerável, todo mundo vai estar exausto, é o momento perfeito para invadir.

Teka fechou a cara.

– Você tem um plano?

– Portão dos fundos, porta traseira, túneis escondidos... esses são fáceis de acessar, porque conheço os códigos – falei. – Apenas quando chegarem aos aposentos pessoais dele que vão precisar do meu sangue para os sensores. Se puderem chegar ao portão dos fundos à meia-noite, posso ajudar com o restante.

– E você tem certeza de que está pronta para isso?

Uma imagem de Zosita estava grudada na parede acima da cabeça de Teka, bem sobre seu travesseiro. Outra imagem estava ao lado, um garoto que parecia seu irmão. Minha garganta apertou-se. De um jeito ou de outro, minha família era responsável pelas perdas que havia sofrido.

– Que pergunta estúpida é essa? – questionei, olhando feio para ela. – Claro que estou pronta. E vocês, estão prontos para cumprir sua parte no acordo?

– Kereseth? Claro – disse ela. – Você coloca a gente lá dentro, a gente tira ele de lá.

– Quero que seja feito ao mesmo tempo... não quero correr o risco de ele se ferir pelo que estou fazendo. Ele é resistente à flor-sossego, então vão precisar de um pouco de esforço para derrubá-lo. E ele é um lutador habilidoso, então não o subestimem.

Teka fez que sim com a cabeça, lentamente. E me encarou, mordendo o lado de dentro da bochecha.

— O que foi? Você parece tão... agitada, sei lá – disse ela. – Vocês brigaram?

Não respondi.

— Não entendo – insistiu ela. – É óbvio que você ama o cara, por que quer que ele vá embora?

Considerei não responder a essa pergunta também. A sensação do queixo áspero de Akos raspando meu rosto e de sua boca morna contra minha pele ainda me assombrava. Ele me beijou. Sem estímulo, sem malícia. Eu deveria ter ficado feliz, esperançosa. Mas não era assim tão fácil, era?

Tinha uma porção de motivos para dar a Teka. Akos estava em perigo, agora que Ryzek percebera que podia usá-lo como uma vantagem sobre mim. Eijeh estava perdido, e talvez Akos fosse capaz de aceitar esse fato assim que estivesse em casa, com sua mãe e sua irmã. Akos e eu nunca seríamos iguais enquanto ele fosse prisioneiro de Ryzek, então eu tinha de libertá-lo. Mas o motivo mais próximo do que eu sentia de verdade foi o que saiu de minha boca:

— Estar aqui... o destrói – respondi. Troquei meu peso de um pé para o outro, desconfortável. – Não consigo mais ver isso. Não vou mais ver.

— Tudo bem. – A voz dela era suave. – Tudo ou nada... você coloca a gente lá dentro, a gente manda ele embora. Combinado?

— Combinado – respondi. – Obrigada.

Eu sempre odiava voltar para casa.

Muitos dos shotet seguiam para o convés de observação para comemorar quando nosso planeta branco entrava no campo de visão. A energia na nave ficava frenética e alegre enquanto todos pegavam seus pertences e se preparavam para o reencontro com os jovens e mais velhos que precisaram ficar para trás. Mas eu estava desolada.

E nervosa.

Eu não precisava recolher muitas coisas. Algumas roupas, algumas armas. Joguei fora a comida perecível e tirei lençóis e cobertores da minha cama. Akos ajudou em silêncio, seu braço ainda enrolado na atadura. A mala com seus pertences já estava na mesa. Observei-o embalar algumas roupas e livros que eu havia lhe dado, as páginas favoritas dobradas. Embora eu já tivesse lido todos aqueles livros, quis abri-los de novo apenas para procurar as partes que ele havia gostado mais; queria lê-las como se mergulhasse em sua mente.

— Você está estranha — disse ele assim que terminamos, e tudo que restava fazer era esperar.

— Não gosto de ir para casa — falei. Era verdade, afinal.

Akos olhou ao redor e deu de ombros.

— Parece que *esta* é a sua casa. Tem mais de você aqui do que em qualquer lugar de Voa.

Ele tinha razão, claro. Fiquei feliz por ele saber o que "mais de mim" realmente era — que ele talvez conhecesse tanto de mim por observação quanto eu o conhecia.

E eu o conhecia. Podia reconhecê-lo em uma multidão apenas pelo caminhar. Conhecia a sombra das veias que apareciam no dorso de suas mãos. E sua faca favorita para picar flores-sossego. E o jeito que farejava sempre que sentia cheiros picantes, como flor-sossego e folha de sendes misturadas.

— Talvez da próxima vez eu faça mais pelo meu quarto — disse ele.

Você não vai voltar da próxima vez, pensei.

— É. — Forcei um sorriso. — Faça mesmo.

Uma vez minha mãe me disse que eu tinha o dom do fingimento. Meu pai não gostava de ver a dor, então eu escondia minha dor dele quando criança — mantinha o rosto passivo, enquanto minhas unhas se cravavam nas palmas das mãos. E todas as vezes que ela me levava a um especialista ou a um médico para ver meu dom-da-corrente, as mentiras sobre onde tínhamos ido vinham facilmente como verdade. Fingir, na família Noavek, era questão de sobrevivência.

Usei esse dom enquanto passava pelos procedimentos de aterrissagem e retorno para casa: ir até a plataforma de embarque depois de entrarmos na atmosfera, subir no flutuador de transporte, fazer a caminhada pública até a mansão Noavek no rastro de Ryzek. Naquela noite, jantei com meu irmão e Yma Zetsyvis, fingindo não ver a mão dela no joelho dele, dedos tamborilando, ou o olhar frenético em seus olhos sempre que ele não ria de uma de suas piadas.

Mais tarde, ela pareceu relaxar, e eles deixaram todo o fingimento de lado, aconchegados em um lado da mesa, cotovelos se chocando enquanto cortavam a comida. Eu matei a família daquela mulher, e agora ela era amante de meu irmão. Eu teria ficado enojada com aquilo se não entendesse tão bem o que era querer viver. *Precisar* viver, não importava o custo.

Eu ainda entendia. Mas agora precisava de algo mais: ver Akos em segurança.

Mais tarde, fingi ser paciente quando Akos me ensinava como prever a força de um veneno sem experimentá-lo. Tentei estampar cada movimento na memória. Precisava saber como preparar essas poções sozinha, porque logo ele iria embora. Se os renegados e eu fôssemos pegos em nossa tentativa naquela noite, provavelmente eu morreria. Se tivéssemos sucesso, Akos estaria em casa, e Shotet entraria no caos sem seu líder. De qualquer maneira, era improvável que eu o visse de novo.

— Não, não — disse Akos. — Não golpeie desse jeito... fatie. Fatie!

— Estou fatiando — falei. — Se suas facas não fossem tão cegas, talvez...

— Cegas? Eu poderia cortar a ponta de seu dedo com esta faca!

Girei a faca na mão e peguei-a pelo cabo.

— Ah? Poderia?

Ele riu e pôs o braço sobre meus ombros. Senti meu coração palpitar na garganta.

— Não finja que não é capaz de ser delicada. Eu mesmo já vi sua delicadeza.

Olhei feio e tentei me concentrar no "fatiar". Minhas mãos estavam tremendo um pouco.

— Me viu dançando na sala de treinamento e acha que sabe tudo sobre mim.

— Sei o suficiente. Veja, fatias! Eu disse para você.

Ele ergueu o braço, mas manteve a mão nas minhas costas, bem abaixo dos ombros. Levei aquela sensação comigo pelo resto da noite enquanto terminávamos o elixir, quando me preparei para dormir e ele fechou a porta entre meu quarto e o dele.

Fechei os olhos enquanto eu o trancava, atravessei o corredor até meu banheiro e derramei a poção do sono na pia.

Troquei de roupa, vestindo as mesmas que usei para treinar, largas e flexíveis, e sapatos que seriam silenciosos nas tábuas do assoalho. Fiz uma trança firme nos cabelos para que não me atrapalhassem, depois a prendi para baixo de forma que ninguém pudesse agarrá-la e puxá-la durante uma luta. Amarrei a faca na altura da lombar, de lado, para que eu pudesse pegar seu cabo com facilidade. Provavelmente não a usaria, preferia usar as mãos durante uma crise.

Deslizei atrás do painel na parede do meu quarto e me esgueirei através das passagens até a porta traseira. Conhecia o caminho de cor, mas mesmo assim tateava os entalhes em cada canto para garantir que estava no lugar certo. Parei ao lado do círculo talhado na parede próxima das cozinhas, o sinal da saída secreta.

Eu realmente estava fazendo aquilo. Ajudando um grupo de renegados a assassinar meu irmão.

Ryzek havia passado a vida em um deslumbramento de crueldade, obedecendo às instruções de nosso pai há muito tempo falecido como se o homem estivesse atrás dele sem apreciar nada daquilo. Homens como Ryzek Noavek não nasciam; eram feitos. Mas não era possível voltar no tempo. Da mesma forma que ele tinha sido feito, precisava ser desfeito.

Empurrei a porta escondida e caminhei direto pelos talos de capim-pena até o portão. Vi rostos pálidos no capinzal – de Lety, de Uzul, de minha mãe – acenando para mim. Sussurravam meu nome, e ele soava como o farfalhar da relva no vento. Estremecendo, digitei o aniversário de minha mãe na caixa ao lado do portão e a porta abriu de uma vez.

Esperando alguns metros adiante na escuridão estavam Teka, Tos e Jorek, os três com o rosto coberto. Acenei com a cabeça para o lado, e eles passaram por mim enfileirados para dentro do capim-pena. Fechei o portão atrás deles e em seguida ultrapassei Teka para mostrar a porta dos fundos.

Pareceu para mim, quando os levei pelas passagens até a ala de meu irmão, que uma coisa tão monumental não deveria acontecer em completo silêncio. Mas talvez a quietude reverente fosse um reconhecimento do que estávamos fazendo. Toquei os cantos, sentindo as ranhuras profundas que indicavam escadas à frente. Percorri o caminho gravado na memória, desviando de pregos protuberantes e tábuas de assoalho rachadas.

No lugar onde as passagens se dividiam, a esquerda levando à minha ala da casa, e a direita levando à de Ryzek, virei-me para Tos:

– Vá para a esquerda, terceira porta – falei. Entreguei a chave do quarto de Akos. – Isso vai destrancar a porta. Talvez tenha que usar um pouco de força com ele antes de drogá-lo.

— Não estou preocupado — disse Tos. Eu não estava também: Tos era grande como um rochedo, não importava o quanto Akos tivesse se tornado habilidoso para se defender. Observei quando Tos deu a mão para Teka, depois para Jorek, e desapareceu pela passagem à esquerda.

Quando nos aproximamos da ala de Ryzek na mansão, avancei mais lentamente, lembrando-me do que meu irmão dissera a Akos sobre a segurança avançada próxima de seus quartos. Teka tocou meu ombro e passou por mim. Ela se agachou e apertou a palma das mãos no chão. Seus olhos fecharam-se, ela respirou fundo algumas vezes pelo nariz.

Em seguida, assentiu.

— Nada neste corredor — disse ela, baixinho.

Caminhamos por aquele corredor por um tempo, parando a cada esquina ou virada para que Teka pudesse usar seu dom-da-corrente para sentir o sistema de segurança. Ryzek nunca teria previsto que uma garota que vivia mergulhada em graxa e enrolada em fios pudesse causar sua ruína.

Logo mais, a passagem foi interrompida de repente. Com tábuas. Claro — Ryzek provavelmente havia ordenado que os pequenos corredores fossem fechados depois de Akos quase ter escapado.

Meu estômago apertou-se, mas não entrei em pânico. Deslizei o painel de parede para trás e entrei na sala de estar além dele. Estávamos a poucos quartos dos aposentos e do gabinete de Ryzek. Entre nós e ele, havia ao menos três guardas e a fechadura que apenas meu sangue Noavek poderia abrir. Não poderíamos passar pelos guardas sem causar uma perturbação que atrairia outros até nós.

Toquei a mão no ombro de Teka, segurando-a e inclinando-me para sussurrar em seu ouvido:

— De quanto tempo vocês precisam?

Ela ergueu dois dedos.

Assenti e puxei minha faca. Segurei-a perto da perna, meus músculos trêmulos ao prever o movimento brusco. Caminhamos para fora da sala de estar, e o primeiro guarda estava lá, andando pelo corredor. Avancei em seu encalço por alguns segundos, ajustando meu passo com o dele. Prendi sua boca com a mão esquerda e enfiei a faca com a direita, deslizando a lâmina sob a armadura e enterrando-a entre as costelas.

Ele gritou na minha mão, o que foi suficiente para abafar o som, não para silenciar. Deixei-o cair e corri até os aposentos de Ryzek. Os outros me seguiram, sem se importar com o silêncio. Ouvi gritos adiante. Jorek passou por mim correndo e trombou com outro guarda, derrubando-o apenas com sua força.

Peguei o próximo, agarrando-o pela garganta, as sombras-da-corrente juntando-se na palma da mão, e lançando-o contra a parede à esquerda. Em seguida, cambaleei até parar na frente da porta de Ryzek, o suor escorrendo atrás da minha orelha. O sensor de sangue era uma fenda na parede, larga e alta o suficiente apenas para acomodar uma das mãos.

Levei minha mão naquela direção, Teka respirando pesado às minhas costas. Ao nosso redor havia apenas gritos e correria, mas ninguém havia nos alcançado ainda. Senti uma picada quando o sensor extraiu meu sangue, e esperei a porta de Ryzek abrir de uma vez.

Não abriu.

Puxei minha mão e tentei de novo com a esquerda.

Ainda assim, a porta não abriu.

— Você não consegue abrir? – perguntei para ela. – Com seu dom?

— Se eu pudesse, não precisaríamos de *você*! – gritou ela. – Posso ligar e desligar, não destrancar...

— Não está funcionando. Vamos!

Agarrei o braço de Teka, sem me lembrar da dor que meu toque causava, e arrastei-a pelo corredor. Ela gritou "Corram!", e Jorek golpeou o guarda com quem estava lutando com o cabo de sua lâmina-da-corrente. Cortou a armadura de outro guarda, depois seguiu atrás de nós até a sala de estar. Corremos através das passagens de novo.

— Estão nas paredes! — ouvi alguém gritar. Luzes queimavam através das fendas em cada porta e painel secreto. A casa inteira estava acordada. Meus pulmões ardiam pelo esforço da corrida. Ouvi um rascar atrás de nós quando um dos painéis se abriu.

— Teka! Vá encontrar Tos e Akos! — gritei. — Vire à esquerda, depois à direita, desça as escadas, vire à direita de novo. O código da porta dos fundos é 0503. Repita.

— Esquerda, direita, desce, direita... 0503 — repetiu Teka. — Cyra...

— Vá! — gritei, empurrando suas costas. — Eu ponho vocês para dentro, vocês põem Akos para fora, lembra? Vocês não vão poder tirá-lo daqui se estiverem mortos! Então, vá!

Lentamente, Teka assentiu.

Parei no meio da passagem. Ouvi, mais do que vi, Teka e Jorek afastando-se às pressas. Guardas irromperam na passagem estreita, e eu permiti que a dor crescesse dentro de mim até quase não conseguir respirar. Meu corpo estava tão cheio de sombras que me transformei em uma manifestação escura, era um pedaço da noite, totalmente vazia.

Gritei e me joguei no primeiro guarda. A explosão de dor atingiu-o quando minha mão o tocou, e ele berrou, caindo ao meu toque. Lágrimas corriam pelo meu rosto enquanto eu disparava na direção do próximo.

E do próximo.

E do próximo.

Tudo que eu precisava fazer era ganhar tempo para os renegados. Mas era tarde demais para mim.

CAPÍTULO 25 | CYRA

— Vejo que você fez algumas atualizações na prisão — disse para Ryzek.

Minha mãe e meu pai me levaram até ali, na fileira de celas embaixo do anfiteatro, quando eu era jovem. Não era a prisão oficial de Voa, mas um complexo especial, escondido, no centro da cidade, feito apenas para os inimigos da família Noavek. Era de pedra e metal, como algo tirado de um livro de história, da última vez que tinha visto.

Agora o chão era escuro, feito de algo parecido com vidro, ainda mais rígido. Não havia mobília em minha cela, exceto por um banco de metal, uma privada e uma pia, ocultos por trás de uma tela. A parede que me separava de meu irmão também era feita de vidro grosso, com uma fenda para comida, aberta agora para que pudéssemos nos ouvir.

Eu estava no banco naquele momento, encaixada no canto com as pernas esticadas. Sentia o peso da exaustão e o escuro da dor, escoriada onde Vas havia me agarrado nos corredores ocultos para me impedir de ferir mais de seus guardas. O galo atrás da cabeça — onde ele havia me batido contra a parede para me apagar — latejava.

— Quando você se transformou numa traidora? — Ryzek estava no corredor, usando sua armadura. As luzes pálidas que vinham de cima tingiam a pele de azul. Ele apoiou o braço contra o vidro que nos separava e se recostou.

Era uma pergunta interessante. Não sentia que havia me "transformado"; na verdade, era como se finalmente estivesse seguindo o caminho que já encarava há tanto tempo. Me levantei e minha cabeça doeu, mas não era nada se comparado à dor das sombras-da-corrente que haviam ficado desordenadas, movendo-se com tanta rapidez que eu não conseguia acompanhá-las. Os olhos de Ryzek as seguiam sobre meus braços, pernas e rosto como se fossem tudo que ele conseguia enxergar. Eram tudo que ele era capaz de ver.

— Sabe, para começo de conversa, você nunca teve minha lealdade — respondi, caminhando até o vidro. Estávamos apenas a poucos metros de distância, mas eu me sentia intocável naquele instante. Finalmente, poderia dizer o que eu quisesse para ele. — Mas provavelmente nunca teria agido contra você se tivesse simplesmente me deixado em paz, como eu lhe disse. Quando você atacou Akos apenas para me controlar... bem. Foi além do que eu podia aceitar.

— Você é idiota.

— Não sou nem de perto tão idiota quanto você imagina.

— É, sim, e certamente provou ser. — Ele riu, abrindo os braços para a prisão ao nosso redor. — Isso aqui é claramente o resultado de sua mente brilhante.

Ele se recostou à barreira de novo e encurvou-se tanto que ficou perto do meu rosto, seu hálito embaçando o vidro.

— Sabia — disse Ryzek — que seu amado Kereseth conhece a chanceler thuvhesita?

Senti uma pontada de medo. Eu sabia. Akos me falou sobre Orieve Benesit quando assistimos à gravação da chanceler fazendo sua declaração. Ryzek não sabia daquilo, claro, mas também não teria trazido isso à tona se Akos tivesse conseguido sair da mansão Noavek com os renegados. Então, o que tinha acontecido com ele? Onde estava agora?

— Não — falei, minha garganta seca.

— Sim, é muito inconveniente que as irmãs Benesit sejam gêmeas... significa que não sei qual delas ataco primeiro, e as visões de Eijeh deixaram bem claro que preciso matá-las em uma ordem específica para o resultado mais desejável — disse Ryzek, sorrindo. — Suas visões também deixaram claro que Akos sabe das informações que preciso para cumprir meu objetivo.

— Então, você ainda não absorveu o dom-da-corrente de Eijeh — falei, esperando interrompê-lo. Não sabia o que ganharia ao interrompê-lo, apenas queria tempo, o máximo de tempo que conseguisse antes de precisar encarar o que acontecera com Akos e os renegados.

— Vou remediar isso em breve — respondeu Ryzek com um sorriso. — Estou avançando com cuidado, um conceito que você nunca entendeu direito.

Bem, ele tinha razão nisso.

— Por que meu sangue não funcionou na fechadura genética? — perguntei.

Ryzek continuou a sorrir. Em seguida, disse:

— Devia ter mencionado isso antes, mas pegamos um de seus amigos renegados, Tos. Ele nos disse, com algum incentivo, que você estava participando no atentado contra a minha vida. Está morto, agora. Acho que me entusiasmei um pouco demais. — O sorriso de Ryzek alargou-se, mas os olhos estavam um pouco desconcentrados, como se estivesse embriagado com flor-sossego. Por mais que Ryzek agisse como se fosse insensível, eu sabia o que havia realmente acontecido: matou Tos porque acreditava que era necessário, mas não era capaz de suportá-lo. E tomou flor-sossego para se acalmar.

— O que — perguntei sem rodeios, mas com dificuldade para respirar — você fez com Akos?

— Você não parece estar arrependida — continuou Ryzek, como se eu não tivesse perguntado nada. — Talvez, se você tivesse implorado perdão, eu teria sido leniente com você. Ou com ele, se você escolhesse. E ainda assim... aqui estamos.

Ele se empertigou quando a porta no final do corredor da prisão se abriu. Vas entrou primeiro, seu rosto machucado onde o acertei com meu cotovelo. Eijeh veio em seguida, arrastando um homem amolecido ao seu lado. Reconheci a cabeça pendente, o corpo longilíneo, esguio, que tropeçava ao lado dele. Eijeh jogou Akos no chão do corredor, e ele despencou com facilidade, cuspindo sangue no chão.

Pensei ter visto um lampejo de compaixão no rosto de Eijeh quando olhou para seu irmão, mas um momento depois a expressão desapareceu.

— Ryzek. — Fiquei louca. Desesperada. — Ryzek, ele não teve nada a ver com isso. Por favor, não o traga para esse... ele não sabia, ele não sabia de nada...

Ryzek riu.

— Sei que ele não sabia de nada sobre os renegados, Cyra. Já não terminamos esse assunto? É o que ele sabe sobre sua chanceler que me interessa.

Com as duas mãos pressionadas no vidro, caí de joelhos. Ryzek agachou-se na minha frente.

— É por isso — disse ele — que você deveria evitar envolvimentos. Posso usá-la para descobrir o que ele sabe sobre a chanceler, e ele para descobrir o que você sabe sobre os renegados. Muito tranquilo, muito simples, não acha?

Eu me afastei, o corpo pulsando com as batidas de meu coração, até minhas costas tocarem a parede ao fundo. Não podia correr, não podia escapar, mas não precisava facilitar para eles.

—Tire-a de lá — ordenou Ryzek, digitando o código para que a porta da cela abrisse. —Vamos ver se Kereseth ainda está fraco o suficiente para funcionar.

Tomei impulso na parede, jogando-me com o máximo de força possível sobre Vas assim que ele entrou na cela. Bati com meu ombro na barriga do homem, fazendo-o cair. Ele agarrou meus ombros, mas meus braços ainda se moviam o bastante para arranhar sua cara, arrancando sangue da pele bem abaixo dos olhos. Ryzek intrometeu-se, acertando minha boca, e eu caí para o lado, zonza.

Vas arrastou-me até Akos, então ficamos ajoelhados um de frente para o outro, menos de um braço de distância entre nós.

— Desculpe — foi tudo que pude pensar em dizer para ele. Afinal, Akos estava ali por minha culpa. Se eu não tivesse falhado com os renegados... mas era tarde demais para pensamentos assim.

Tudo dentro de mim ficou devagar quando seus olhos encontraram os meus, como se eu tivesse parado o tempo. Olhei para Akos com cuidado, como uma carícia, seus cabelos castanhos embaraçados, o nariz salpicado de sardas, e os olhos cinzentos, desprotegidos como eu nunca vira antes. Não vi as escoriações nem o sangue que o marcavam. Ouvi sua respiração. Eu a ouvi dentro de mim logo após beijá-lo, cada expiração como uma pequena explosão, como se ele não quisesse deixá-la sair.

— Sempre pensei que minha fortuna seria morrer como um traidor de meu país. — A voz de Akos era rouca, como se tivesse gritado muito. — Mas você impediu isso.

Ele me deu um sorriso acanhado, meio louco.

Soube, então, que Akos não daria as informações sobre sua chanceler, não importava o que acontecesse. Nunca havia percebido o quanto ele sentia pela sua fortuna. Morrer pela família Noavek era um fardo para ele, como certamente cair pelas mãos da família Benesit era para Ryzek. Mas como eu havia ficado contra meu irmão, se Akos morresse por mim naquele momento, significaria que ele nunca havia traído seu lar. Então, talvez estivesse tudo bem eu ter acabado com nossa vida ajudando os renegados. Talvez ainda significasse alguma coisa.

Com esse pensamento, ficou tudo muito simples. Sofreríamos a dor e morreríamos. Aceitei aquilo como algo inevitável.

— Vamos deixar claro o que quero que aconteça aqui. — Ryzek agachou-se ao nosso lado, equilibrando-se com os cotovelos nos joelhos. Seus sapatos estavam polidos; ele teve tempo de polir os sapatos antes de torturar sua irmã?

Engoli uma risadinha estranha.

— Vocês dois vão sofrer. Se você ceder primeiro, Kereseth, vai me dizer o que sabe sobre a chanceler predestinada de Thuvhe. E se você desistir primeiro, Cyra, vai me contar sobre os renegados e suas relações com a colônia de exílio. — Ryzek olhou para Vas. — Pode começar.

Eu me preparei para uma pancada, mas ela não veio. Em vez disso, Vas agarrou meu pulso e forçou minha mão na direção de Akos. Primeiro deixei que acontecesse, certa de que meu toque não o afetaria. Mas depois me lembrei — Ryzek dissera para ver se Akos estava "fraco o bastante". Significava que eles o deixaram sem comer durante os dias em que estive na prisão; eles enfraqueceram seu corpo e seu dom.

Tentei segurar a mão firme de Vas, mas não tive força o bastante. Os nós de meus dedos tocaram o rosto de Akos. As sombras avançaram na direção dele, mesmo comigo implorando para não se moverem. Mas eu não era sua mestra. Nunca fui. Akos gemeu, seu irmão segurando-o no lugar quando ele tentou se afastar.

— Excelente. Funcionou — disse Ryzek, erguendo-se. — A chanceler de Thuvhe, Kereseth. Fale-me sobre ela.

Puxei meu cotovelo para trás com o máximo de força que pude, contorcendo-me e me debatendo nas mãos de Vas. As sombras ficaram mais fortes e mais numerosas enquanto eu lutava, como se estivessem zombando de mim. Vas era forte, e não havia nada que eu pudesse fazer com ele; segurou-me firme com uma das mãos e empurrou a minha palma com a outra até ela cobrir a garganta de Akos.

Não conseguia imaginar nada mais horrível que aquilo, o Flagelo de Ryzek voltando-se contra Akos Kereseth.

Senti seu calor. A dor dentro de mim desesperada para ser dividida moveu-se na direção dele, mas em vez de diminuir em meu corpo, como sempre fazia, apenas se multiplicou dentro de nós. Meu braço tremia pelo esforço de tentar afastá-lo. Akos gritou, e eu também. Escureci com a corrente, o centro do buraco negro, um fragmento das bordas da galáxia sem estrelas. Cada centímetro meu queimava, doía, implorava por alívio.

A voz de Akos e a minha encontraram-se como duas mãos apertadas. Fechei os olhos.

Na minha frente havia uma mesa de madeira, marcada com manchas circulares de copos d'água. Uma pilha de cadernos estava espalhada sobre ela, e todos tinham meu nome, Cyra Noavek, Cyra Noavek, Cyra Noavek. Reconheci aquele lugar. Era o consultório do dr. Fadlan.

"A corrente flui através de cada um de nós. E como metal líquido fluindo para dentro de um molde, assume uma forma diferente em cada um de nós", ele estava dizendo. Minha mãe estava à minha direita, sua postura ereta e as mãos pousadas no colo. Minha lembrança dela era detalhada e perfeita, até a mecha solta de cabelo atrás da orelha e a mancha pálida sob o queixo, coberta com maquiagem.

"O fato de o dom de sua filha fazer com que ela traga a dor para dentro de si e projete a dor em outros sugere algo que acontece dentro dela", disse ele. "Uma avaliação rápida diz que, em algum nível, ela sente que merece. E sente que outros merecem também."

Em vez de irromper do jeito que fizera antes, minha mãe inclinou a cabeça. Ainda pude ver a pulsação em sua garganta. Ela se voltou para mim na cadeira, inclinando-se. Estava mais linda do que eu ousava me lembrar; mesmo as linhas nos cantos dos olhos eram graciosas, delicadas.

"O que você acha, Cyra?", perguntou ela, e, quando falou, se transformou em uma dançarina de Ogra, os olhos pintados com giz e os ossos brilhando tanto embaixo da pele que conseguia ver até mesmo os espaços pálidos das juntas. "Acha que é assim que funciona?"

"Não sei", respondi em minha voz adulta. Era meu corpo adulto que estava sentado na cadeira também, embora eu tivesse estado ali apenas quando criança. "Tudo que sei é que a dor quer ser compartilhada."

"Quer?" A dançarina abriu um pequeno sorriso. "Mesmo com Akos?"

"A dor não sou eu; ela não discrimina", respondi. "A dor é minha maldição."

"Não, não", disse a dançarina, os olhos escuros fixos nos meus. Mas não eram mais castanhos como quando os vi em sua apresentação na sala de jantar; eram cinzentos e desconfiados. Os olhos de Akos, familiares para mim mesmo em sonho.

Ele assumiu o lugar dela, encarapitado na ponta da poltrona como se estivesse pronto para fugir, o corpo longo deixando a cadeira pequenina.

"Todo dom-da-corrente traz uma maldição", disse ele. "Mas nenhum dom é apenas uma maldição."

"O dom mesmo é que ninguém pode me ferir", comentei.

Mas, enquanto eu dizia, sabia que não era verdade. As pessoas ainda podiam me ferir. Não precisavam me tocar para me ferir — não precisavam sequer me torturar para me machucar. Enquanto eu me importasse com a vida, enquanto eu me importasse com a vida de Akos, ou a vida dos renegados que eu mal conhecia, ficaria tão vulnerável quanto qualquer outra pessoa.

Pisquei para ele quando uma resposta diferente me ocorreu.

"Você me disse que eu era mais do que uma faca, mais do que uma arma."

E a nova resposta foi como uma flor-sossego desabrochando, as pétalas se de-

senrolando. "Eu posso aguentar. Posso aguentar a dor. Posso aguentar qualquer coisa."

Ele estendeu a mão até meu rosto. Ele se transformou na dançarina, na minha mãe e em Otega, uma após a outra.

E então eu estava na prisão, braços estendidos, dedos no rosto de Akos, a mão forte de Vas ao redor do meu pulso, segurando-me com firmeza. Os dentes de Akos estavam cerrados. E as sombras, que em geral ficavam confinadas embaixo da minha pele, estavam ao nosso redor, como fumaça. Tão escuras que não conseguia ver Ryzek, Eijeh nem a prisão com suas paredes de vidro.

Os olhos de Akos – cheios de lágrimas, cheios de dor – encontraram os meus. Empurrar a sombra na direção dele teria sido fácil. Eu fizera isso tantas vezes antes, cada vez uma marca no meu braço esquerdo. Tudo que eu precisava fazer era deixar a conexão se formar, deixar a dor passar entre nós como um sopro, como um beijo. Deixar toda ela fluir para fora de mim, trazendo alívio para nós dois na morte.

Mas ele não merecia aquilo.

Dessa vez, rompi a conexão, como se fechasse a porta entre nós. Puxei a dor de volta para dentro de mim, desejando que meu corpo ficasse cada vez mais escuro, como um frasco de tinta. Estremeci com a força daquele poder, com aquela agonia.

Não gritei. Não tive medo. Sabia que eu era forte o suficiente para sobreviver a tudo aquilo.

4

CAPÍTULO 26 | AKOS

No ponto entre o dormir e o acordar, ele pensou ter visto o capim-pena curvando-se ao vento. Imaginou que estava em casa e podia sentir o gosto da neve no ar, sentir o cheiro da terra fria. Permitiu que o desejo o invadisse por inteiro e, em seguida, adormeceu de novo.

Óleo escorrendo sobre a água.

Estava de joelhos no chão da prisão, observando as sombras-da-corrente se afastarem da pele de Cyra como fumaça. A bruma tingiu a mão em seu ombro — a mão de Eijeh — de cinza escuro. Viu Cyra através dela apenas como um borrão, o queixo erguido, olhos fechados como se ela estivesse dormindo.

E agora, estava deitado em um colchão fino com um aquecedor sobre os pés descalços. Uma agulha no braço. O punho algemado à cama.

A dor, e a lembrança dela, deslizando até o atordoamento.

Akos contorceu os dedos, e a agulha intravenosa se moveu, afiada, sob a pele. Ele franziu a testa. O lugar era um sonho; só podia ser, porque ainda estava naquela tumba embaixo do anfiteatro de Voa, e Ryzek ordenava que ele falasse sobre Ori Rednalis. Orieve Benesit. Fosse qual nome ela tivesse no momento.

— Akos? — A voz da mulher soava bastante real. Talvez não fosse um sonho, no fim das contas.

Ela estava em pé sobre ele, os cabelos grossos e lisos ladeando o rosto. Reconheceria aqueles olhos em qualquer lugar. Eles o encararam na mesa de jantar, apertados nos cantos quando Eijeh fazia uma piada. Sua pálpebra esquerda às vezes tremia quando ficava nervosa. Estava ali, como se pensar nela a tivesse trazido para perto. Seu nome acomodou-se dentro dele, sem escapar e deslizar.

— Ori? — rouquejou Akos.

Uma lágrima caiu do olho da mulher sobre os lençóis. Ela pousou a mão sobre a dele, cobrindo o tubo da agulha intravenosa. A manga do casaco, feito de lã preta grossa, pendia sobre a palma da mão, e o traje se prendia justo ao redor da garganta. Sinais de Thuvhe, onde uma pessoa quase se estrangulava até a morte para impedir que o calor escapasse.

— Cisi está vindo — disse Ori. — Eu a chamei, e ela está a caminho. Chamei sua mãe também, mas ela está do outro lado da galáxia; vai levar um tempo para chegar.

Akos estava tão cansado.

— Não vá — pediu ele quando seus olhos fecharam.

— Não vou. — A voz dela era rouca, mas tranquilizadora. — Não vou.

Ele sonhou que estava entre as celas da prisão de vidro, os joelhos enterrados no chão preto, o estômago roncando de fome.

E acordou no hospital, com Ori inclinada ao seu lado, os braços esticados sobre as pernas. Através da janela atrás da mulher, viu flutuadores passando e grandes prédios pendendo do ar como frutas maduras.

— Onde estamos? — perguntou.

Ela piscou para afastar o sono dos olhos e disse:

— No hospital de Shissa.

— Shissa? Por quê?

— Porque foi onde largaram você – respondeu ela. – Não lembra?

Quando ela falou com ele no início, parecia diferente, cuidadosa a cada palavra. Mas, quanto mais falava, mais se deixava entrar nos ritmos preguiçosos de Hessa, cada sílaba deslizando para a seguinte. Ele se viu fazendo a mesma coisa.

— Largado? Por quem?

— Não sabemos. Pensamos que você saberia.

Ele fez um esforço para lembrar, mas não conseguiu.

— Não se preocupe. — Ela repousou a mão sobre a dele de novo. — Havia tanta flor-sossego em seu sangue que você deveria estar morto. Ninguém espera que você lembre. — Ela sorriu. Tão familiar, a boca inclinada na bochecha redonda. — Eles não devem conhecer você tão bem para jogá-lo em Shissa, como se fosse um tipo arrogante desta cidade.

Ele quase havia se esquecido de suas piadas sobre aquele lugar. As crianças de Shissa com suas cabeças nas nuvens, que mal conseguiam reconhecer uma flor-do-gelo ao ver uma porque tinham o costume de vê-las muito do alto. Nem conseguiam fechar direito um casaco. Inúteis que moravam em gaiolas de vidro, todos.

— "Arrogantes da cidade" saindo da boca da chanceler predestinada de Thuvhe – disse ele, de repente lembrando. — Ou você é a gêmea? Qual de vocês é a mais velha, afinal?

— Não sou a chanceler, sou a outra. Predestinada a levar a irmã ao trono ou... sei lá – disse ela. — Mas se eu *fosse* ela, você definitivamente não estaria falando comigo com o "respeito adequado para minha posição".

— Esnobe – disse Akos.

— Lixo de Hessa.

— Sou da família Kereseth, sabe? Não somos bem um lixo.

— Sim, eu sei. — Seu sorriso aliviou-se um pouco, como se ela estivesse dizendo *Como eu poderia esquecer?* E Akos se lembrou da algema prendendo seu braço à cama do hospital. Ele decidiu não fazer caso daquilo ainda.

— Ori — disse ele. — Estou em Thuvhe de verdade?

— Está.

Ele fechou os olhos. Havia fogo ardendo em sua garganta.

— Senti sua falta, Orieve Benesit — disse ele. — Ou seja lá qual for seu nome.

Ori riu. E começou a chorar.

— Então, por que demorou tanto?

Da vez seguinte em que acordou, não se sentiu tão entorpecido, e, embora com certeza sentisse dor, a agonia aguda por que havia passado de Voa até Shissa já tinha desaparecido. O dom prolongado de Cyra havia sido apagado pelas flores-do-gelo, sem dúvida.

Só de pensar no nome de Cyra ele se revirava de medo por dentro. Onde ela estaria? As pessoas que o levaram até ali a resgataram também ou a haviam deixado com Ryzek para morrer?

Sentiu o gosto da bile e abriu os olhos.

Uma mulher estava ao pé da cama. Cabelos pretos encaracolados adornavam seu rosto. Os olhos eram grandes. Havia uma pequena pinta embaixo de um deles onde a pupila vazava para dentro da íris — um defeito que tinha desde o nascimento. Sua irmã, Cisi.

— Oi — cumprimentou ela. A voz era toda suavidade e luz. Ele mantinha aquela lembrança com firmeza na mente, como se fosse a última semente que restava plantar.

Era fácil demais chorar naquele momento, tão entregue e aquecido como estava.

— Cisi — gralhou ele, piscando para evitar as lágrimas.

— Como você está?

Essa, pensou ele, é uma bela pergunta. Porém, Akos sabia que ela estava apenas perguntando pela dor, então respondeu:

— Bem. Já estive pior.

Ela se moveu com fluidez com as botas grandes de Hessa, parando ao lado da cama e apertando algo perto da cabeça de Akos. A cama se moveu, inclinando-se até a cintura para que ele pudesse se sentar.

Ele se contorceu. As costelas estavam feridas. Seu atordoamento era tanto que ele quase havia se esquecido.

Ela era tão cuidadosa no passado, tão controlada, que Akos ficou surpreso quando a irmã se jogou sobre seu corpo, mãos agarrando seu ombro, sua lateral. No início, não se moveu, não conseguia. Mas depois passou os braços ao redor dela e a abraçou com força. Nunca se abraçavam muito quando crianças — exceto pelo pai, em geral não eram uma família afetuosa —, mas seu abraço foi breve. Ela estava ali, viva. E os dois estavam juntos de novo.

— Nem posso acreditar... — Cisi suspirou. E começou a murmurar uma prece. Fazia tempo que ele não ouvia uma prece thuvhesita. As de gratidão eram breves, mas não conseguiu acompanhar. Havia muitas preocupações povoando sua cabeça.

— Nem eu — disse ele, assim que ela terminou. Cisi se afastou, ainda segurando uma de suas mãos e sorrindo para ele. Não, agora estava franzindo a testa, encarando as mãos unidas. Tocando seu rosto, onde uma lágrima escorria.

— Estou chorando — disse ela. — O que... eu não conseguia chorar desde... desde o despertar de meu dom-da-corrente.

— Seu dom-da-corrente impede você de chorar?

— Você não percebeu? — Ela fungou, limpando as bochechas. — Eu faço as pessoas se sentirem... relaxadas. Mas ao mesmo tempo não consigo fazer nem dizer nada que faça com que fiquem agitadas, como...

— Chorar — completou ele. Que ela tivesse um dom que envolvesse tranquilidade não o surpreendia. Mas o jeito que Cisi o descreveu, era mais como se houvesse alguém com a mão em sua garganta, apertando. Não conseguia ver aquilo como um dom.

— Bem, o meu interrompe o seu. Interrompe o de todo mundo — disse Akos.

— Útil.

— Às vezes.

— Você saiu em uma temporada? — perguntou ela de repente, segurando firme a mão do irmão. Ele se perguntou se estava prestes a começar a disparar perguntas sobre ele, agora que podia. Ela acrescentou: — Desculpe, eu só... imaginei, quando vi os relatos. Porque você não sabe nadar. Fiquei preocupada.

Akos não conseguiu evitar. E riu.

— Eu estava cercado de shotet, bem próximo de Ryzek Noavek, e você estava preocupada por eu não saber nadar? — Ele riu de novo.

— Posso me preocupar com duas coisas ao mesmo tempo. Com várias coisas, na verdade — disse ela, chateada. Mas não muito.

— Ci — disse ele. — Por que estou algemado à cama?

— Você estava usando armadura shotet quando foi largado aqui. A chanceler ordenou que você fosse tratado com cautela.

Por algum motivo, suas bochechas ficaram rosadas.

— Ori não me defendeu?

— Defendeu, e eu também — disse Cisi. Ela não explicou por que estaria na posição de defendê-lo diante da chanceler de Thuvhe, e ele não perguntou. Ainda não. — Mas é difícil... persuadir a chanceler.

Ela não parecia crítica; por outro lado, Cisi nunca parecia crítica. Conseguia simpatizar com quase todo mundo. A compaixão era difícil de manejar, mas ela parecia ter conseguido controlá-la bem durante as estações em que ficaram separados. Parecia quase a mesma, mas tinha emagrecido, o rosto e a maçã das faces mais angulosas. Herdaram da mãe deles, claro, mas o restante – sorriso muito largo, sobrancelha escura, nariz delicado – era do pai.

Da última vez em que ela o vira, ele era uma criança, rosto suave, mais baixo do que todas as outras crianças. Sempre quieto, sempre a ponto de enrubescer. E agora, mais alto do que a maioria dos homens, forte, musculoso e marcado com os assassinatos. Ele parecia a mesma pessoa para ela?

— Não vou ferir ninguém – disse ele, caso ela não estivesse se sentindo segura.

— Eu sei. – Era fácil ver Cisi como uma coisinha suave, gentil, mas havia uma espécie de firmeza em seus olhos e linhas ao redor da boca, rugas prematuras de uma vida de pesar. Ela havia crescido.

— Você está diferente – comentou ele.

— Olha quem fala – disse ela. – Escuta, queria perguntar uma coisa... – Ela roeu a unha enquanto procurava as palavras. – Queria perguntar sobre Eijeh.

A mão de Eijeh pesou em seu ombro quando ele conduziu o irmão para dentro da prisão, mas Akos sussurrou seu nome e implorou ajuda. Comida. Misericórdia.

Ele ainda conseguia sentir a mão de Eijeh ali.

— Ele está vivo? – perguntou ela, baixinho.

— Depende de sua definição de "vivo" – respondeu Akos. Irônico, do jeito que Cyra teria dito.

— Ano passado, vi uma notícia num canal shotet hackeado em que ele estava ao lado de Ryzek. – Ela fez uma pausa como se estivesse abrindo espaço para ouvir algo, mas Akos não sabia o que dizer. – E você ao lado de Cyra – acrescentou ela, de novo com aquela pausa.

Sua garganta ficou seca como poeira.

— Você tem visto esse canal nos últimos tempos?

— Não. O acesso é difícil. Por quê?

Ele precisava saber se Cyra estava bem. Precisava daquilo como terra seca precisa de água, lutando por qualquer gota que conseguisse encontrar. Mas, se ele estava em Thuvhe, não havia canal de notícias shotet passando nas telas em toda casa, nem maneira de verificar se ela estava viva ou morta até ele voltar.

O que era certo. Ele voltaria. Ele ajudaria Cyra. Arrastaria Eijeh para casa mesmo que tivesse de envenená-lo primeiro. Não havia terminado sua missão, ainda não.

— É por isso que Isae... digo, a chanceler... algemou você à cama — disse Cisi. — Se você conseguisse apenas explicar por que estava com ela...

— Não vou explicar. — Ela pareceu tão chocada pela raiva em sua voz quanto ele. — Eu sobrevivi, e agora é isso que sou. Nada que eu diga a vocês vai mudar o que já concluíram.

Ele era de novo o rapaz irritável de catorze estações. Voltar para casa era como andar para trás.

— Eu não concluí nada. — Cisi baixou os olhos. — Eu só queria alertá-lo. A chanceler quer ter certeza de que você não é... bem. Um traidor, eu acho.

As mãos dele tremeram.

— Ter certeza? Como assim?

Ela estava prestes a responder quando a porta do quarto do hospital se abriu. Um soldado thuvhesita entrou primeiro, vestido com seu uniforme interno, calça vermelho-escura com casaco cinza-escuro. Abriu caminho, e a gêmea de Ori entrou depois dele.

Ele soube que não era Ori no mesmo instante, embora seus olhos fossem os mesmos e o restante dela estivesse coberto em tecido: um vestido com capuz, mangas justas no pulso, abotoado da cintura à garganta, longo o bastante para tocar a ponta dos sapatos. Os sapatos eram polidos, também pretos, e estalavam no ladrilho a cada passo. Ela parou aos pés da cama, encarando-o, mãos cruzadas à frente do corpo. Unhas limpas. Uma linha preta perfeita em cada pálpebra marcava o caminho dos cílios. Um véu cobria o restante do rosto, do nariz ao queixo.

Isae Benesit. Chanceler de Thuvhe.

As maneiras hessanas de Akos não o ensinaram a lidar com tal grandeza. De algum jeito, ele conseguiu dizer:

— Chanceler.

— Vejo que você não teve problemas em me distinguir de minha irmã – disse ela. Tinha um sotaque estranho, como de alguém da borda mais distante da galáxia, não um sofisticado vindo dos planetas mais próximos do Quartel-General da Assembleia, como ele esperava.

— São os sapatos – disse Akos, seus nervos empurrando-o para a honestidade. – Uma garota de Hessa nunca usaria um desses.

Ori, que entrou em seguida, riu. Vendo-as lado a lado, ficava ainda mais óbvio como eram diferentes. Ori era relaxada, encurvada, o rosto móvel. Isae era talhada em rocha.

A chanceler disse:

— Posso perguntar por que você comprometeu uma camada de proteção revelando seu rosto para ele mais cedo, Ori?

— Ele é praticamente meu irmão – respondeu Ori, firme. – Não vou esconder meu rosto dele.

— Por que isso importa? – perguntou Akos. – Vocês são gêmeas, certo? Então, eu sei como vocês duas são.

Em resposta, Isae agarrou o canto do véu com suas unhas limpas. Quando a cobertura caiu, Akos encarou. Sem pudores.

O rosto de Isae era marcado por duas cicatrizes, uma que cruzava a sobrancelha e a testa, e outra que ia da mandíbula ao nariz. Cicatrizes como as que Kalmev tinha, como o próprio Akos tinha; vinham de lâminas-da-corrente afiadas – uma raridade, pois o fluxo-da-corrente já era arma o bastante. Lâminas shotet, provavelmente.

Aquilo explicava por que ela e Ori cobriam o rosto. O fato de serem gêmeas mantinha todos confusos sobre quem era a chanceler. Mas com os rostos à mostra... bem.

– Não vamos nos estender em gentilezas – disse Isae, ainda mais ríspida do que antes, se fosse possível. – Acredito que sua irmã estava prestes a dizer o que posso fazer com meu dom-da-corrente.

– Estava – respondeu Cisi. – Isae... Sua Alteza, digo... pode invocar as lembranças com um toque. Isso ajuda a verificar o testemunho de pessoas em quem ela não consegue confiar, por qualquer motivo que seja.

Havia muitas lembranças que Akos não queria que fossem invocadas. O rosto de Cyra, com veios de sombra aninhados no rosto, pairavam em sua mente. Ele remexeu no fundo da cabeça, os olhos fugindo dos de Cisi.

– Não vai funcionar – disse ele. – Dons-da-corrente não funcionam em mim.

– Sério? – disse Isae.

– Sério. Vamos lá, experimente.

Isae aproximou-se, os sapatos estalando. Parou do lado esquerdo, bem diante de Cisi. Daquela distância, ele conseguiu ver como a cicatriz se enrugava nas pontas. Se fosse para ele adivinhar, diria que tinha poucas estações. Ainda estava escura.

Ela tocou seu braço algemado bem onde o metal encontrava o punho.

– Você tem razão – disse ela. – Eu não vejo... e não sinto... nada.

– Acho que vai precisar acreditar nas minhas palavras – disse Akos, um pouco tenso.

— Veremos — foi a resposta de Isae quando voltou até os pés da cama. — Ryzek Noavek ou qualquer pessoa associada a ele pediu alguma vez informações sobre mim? — perguntou ela. — Sabemos que você tinha informações, pois viu Ori no dia em que os destinos foram revelados.

— Viu? — questionou Cisi, sem fôlego.

— Perguntou. — Sua voz hesitou um pouco. — Sim, ele me perguntou.

— E o que você disse?

Ele puxou os joelhos para junto do peito como uma criança assustada com uma tempestade e olhou pela janela. Shissa cintilava no fim do dia, cada quarto brilhava com feixes de luz em todas as nuances diferentes, todas que se quisesse. O prédio ao lado do deles era púrpura.

— Sei como não dizer nada. — Ele hesitava mais do que antes. A lembrança estava se aproximando dele pouco a pouco. O rosto de Cyra, o chão de vidro, a mão de Eijeh sobre ele. — Sei como suportar a dor, não sou fraco, eu... — Mesmo ele sabia que parecia louco, tagarelando daquele jeito. Tinha dito alguma coisa no meio de toda aquela dor? — Ele tem... *acesso* às lembranças que Eijeh tem de Ori, então bastaria apenas fazer a relação entre Ori e seu destino para saber como vocês são, seus codinomes, suas origens... então tentei não dizer nada. Ele quer saber qual de vocês é qual, qual é a mais velha. Ele sabe... um oráculo lhe disse que ir atrás de uma de vocês era melhor do que ir atrás da outra, então qualquer coisa que diferencie uma da outra é um risco. Mas... ele perguntou várias e várias vezes e... eu acho que não disse nada, mas não consigo lembrar...

Por impulso, Ori moveu-se na direção dele, pegando com força seu tornozelo. Apertando os ossos. A pressão ajudou-o a manter a mente centrada.

— Se você disse algo útil, como o lugar onde Ori cresceu, ou quem a criou... ele viria atrás de nós sozinho? — perguntou Isae, aparentemente insensível.

— Não. — Ele tentou se recompor. — Não, acho que ele tem medo de vocês.

Ryzek nunca seguia sozinho, não era? Nem mesmo foi atrás de seu oráculo, nem para sequestrar Akos. Não queria pôr os pés em Thuvhe.

Os olhos de Isae tinham parecido familiares para ele ao assistir à gravação das gêmeas em Osoc. Mas o olhar dela naquele momento não era algo que Ori poderia ter imitado. Era totalmente sanguinário.

— Deveria mesmo ter — disse Isae. — Esta conversa ainda não terminou. Quero saber tudo sobre Ryzek Noavek. Eu volto.

Ela prendeu o véu e, depois de um tique, Ori fez o mesmo. Mas, antes de sair, Ori colocou a mão na porta e disse:

— Akos. Está tudo bem. Vai ficar tudo bem.

Ele não estava tão convencido disso.

CAPÍTULO 27 | AKOS

Um sonho:

Seus joelhos encontraram o chão na prisão subterrânea. O dom--da-corrente de Cyra esgueirava-se sobre ele como minhocas-agudas ao redor das raízes de flores-do-gelo. E então, seu exalar forte, e a sombra estourou em nuvens escuras ao redor deles. Ele nunca as tinha visto fazer aquilo antes, separarem-se da pele de Cyra. Algo havia mudado.

Ela caiu de lado depois disso, em uma poça de sangue. As mãos agarraram a barriga, do jeito que seu pai havia feito quando Vas o matou na frente de seus filhos. Os dedos, curvados e vermelhos, seguravam suas entranhas.

O sangue transformou-se em pétalas de flor-sossego, e ele despertou.

Estava cansado da algema. Ou, mais especificamente, de seu braço naquele ângulo específico e da sensação de metal na pele, e daquele jogo onde fingia que estava preso quando não estava. Ele girou a mão para tocar a trava da algema. A corrente mantinha fechadas algemas como aquela, então, se ele pressionasse a pele nas fendas, poderia abri-la. Havia descoberto o talento a caminho de Shotet, pouco antes de ter matado Kalmev Radix. *Para* matar Kalmev Radix.

A algema estalou quando se abriu. Akos arrancou a agulha do outro braço e se levantou. O corpo doía, mas ele estava firme o bastante, então caminhou até a janela, observando as luzes dos flutuadores thuvhesitas passando com tudo. Rosa exuberante, vermelho vibrante e verde acinzentado, eles rodeavam as naves achatadas como cintos, sem brilhar o suficiente a ponto de iluminar o caminho, apenas o bastante para mostrar que estavam ali.

Continuou ali por um bom tempo, enquanto a noite ficava mais e mais escura, o tráfego diminuía e Shissa ia dormir. Uma figura escura passou sobre o brilho púrpura do prédio diante do hospital. Outra pairou sobre os campos de flores-do-gelo muito abaixo. Uma terceira passou pelo próprio hospital, fazendo o vidro tremer sob sua mão. Akos reconheceu os retalhos de placas de metal. As naves shotet estavam enchendo cada centímetro de Shissa.

Um alarme soou no canto do quarto, e apenas um tique depois, a porta se abriu. Isae Benesit — os sapatos brilhando — jogou uma mala de lona no chão aos pés de Akos.

— Ótimo saber que nossas algemas não funcionam com você — disse ela. — Venha. Você vai me tirar daqui.

Ele não se moveu. A mala estava estufada em lugares estranhos com uma armadura rígida — a dele, Akos supôs. Provavelmente tinha suas armas e venenos, também; se a pessoa que o largara em Shissa como um saco de lixo se importou em equipá-lo com alguma coisa, provavelmente jogou tudo que tinha direito.

— Sabe, eu gostaria muito de ser o tipo de gente que as pessoas apenas *ouvem* — disse Isae, suas maneiras formais desaparecendo com sua frustração. — Você acha que eu deveria carregar um cajado grande ou algo assim?

Ele se curvou sobre a bolsa de lona e vestiu a armadura. Com uma das mãos, puxou as tiras firmes sobre as costelas e, com a outra, procurou sua faca na bolsa. Era aquela que Cyra havia lhe dado na rua, no dia do festival. Ele a devolveu uma vez como pedido de desculpas, mas ela a deixou sobre a mesa na nave de temporada antes de partirem, e ele sempre a carregava.

— Minha irmã? — perguntou ele.

— Estou aqui. — Cisi falou do corredor. — Você está tão alto, Akos.

Isae agarrou seu braço. Ele deixou que ela o movesse como uma marionete. Para alguém que havia pedido para tirá-la dali, com certeza estava agindo como se *ela* fosse tirá-*lo* dali.

Quando chegaram ao corredor, todas as luzes apagaram-se de uma vez, deixando apenas algumas faixas de luzes de emergência no canto esquerdo do ladrilho. O aperto de Isae ficou firme quando ela o levou pelo corredor e virou uma esquina. Do fundo do prédio, Akos ouviu gritos.

Ele estendeu a mão para trás para pegar a de Cisi, e eles começaram a correr, deslizando por uma esquina na direção da saída de emergência. Porém no fim do corredor havia duas sombras vestidas com armaduras shotet.

Os passos dele hesitaram. Akos soltou o braço da mão de Isae e voltou para dentro das sombras.

— Akos! — Cisi parecia horrorizada.

Na esquina do corredor, Isae sacou a arma que tinha na cintura. Lâmina-da-corrente, não afiada, mas ajustada para uma densidade mortal. Os soldados avançavam na direção dela, lentamente, como uma pessoa se move quando não quer assustar um animal.

— Aonde você pensa que vai? — disse um deles. Em shotet, claro; era possível que ele não soubesse falar nenhum outro idioma.

Era menor que Isae e parrudo, para dizer o mínimo. Sua língua corria os lábios para umedecê-los, pois estavam inchados com o frio.

Soldados shotet nunca vinham tanto a norte, pelo que Akos conseguia lembrar. Provavelmente não estavam prontos para a queda de temperatura.

— Vou sair deste hospital — disse Isae em shotet desajeitado.

Os dois soldados riram. O segundo era mais jovem, a voz falhando.

— Belo sotaque — disse o mais velho. — Onde aprendeu nosso idioma, com a escória de um planeta da borda?

Isae avançou, e Akos não conseguiu ver muita coisa, mas ouviu quando ela gemeu ao ser atingida. Foi quando ele se levantou, a melhor faca na mão, a armadura bem presa.

— Parem — disse ele, virando de novo a esquina do corredor.

— O que você quer? — perguntou o soldado mais velho.

Akos moveu-se para a luz.

— Quero que vocês a deixem comigo. Agora.

Quando nenhum dos soldados se moveu, ele continuou:

— Sou um intendente da família Noavek... — Era tecnicamente verdade e tecnicamente mentira. Ninguém jamais lhe dera o título, no fim das contas. — Fui enviado aqui por Ryzek Noavek para capturá-la. Vai ser muito mais problemático se eu deixar que vocês a matem.

Todos ficaram em silêncio, inclusive Akos. Eles teriam uma vantagem clara nas escadas de emergência, e tudo que precisavam fazer era passar por esses dois... obstáculos. O shotet mais velho correu a língua sobre os lábios de novo.

— E se eu matar você e concluir a missão no seu lugar? Quanto será a recompensa que receberei do soberano de Shotet?

— Não. — O soldado mais jovem arregalou os olhos. — Eu o reconheço, ele...

O shotet mais velho golpeou com a espada, mas era grande e lento, obviamente de patente baixa. Akos saltou para trás, inclinando-se para tirar a barriga do caminho da lâmina. Quando atacou com sua faca, acertou apenas a armadura, fazendo faíscas voarem. Mas a outra mão, sua mão direita, já estava puxando outra faca na lateral da bota. Essa encontrou carne.

O soldado caiu sobre ele, despejando sangue quente sobre suas mãos. Akos suportou o peso, surpreso, não pelo que tinha feito, mas pela facilidade com que fez.

— Você tem uma chance — disse ele ao jovem soldado que estava à esquerda. Sua voz era áspera e não totalmente sua. — Fique e morra. Corra e viva.

O jovem soldado com a risada esganiçada partiu em disparada pelo corredor. Quase escorregou quando virou a esquina. Cisi tremia, os olhos brilhando com as lágrimas não derramadas. E Isae estava apontando sua faca para ele.

Ele abaixou o soldado ao chão. *Não vomite*, disse a si mesmo. *Não, não vomite*.

— Intendente da família Noavek? — perguntou Isae.

— Não exatamente — respondeu Akos.

— Eu ainda não confio em você — disse ela, mas abaixou a faca. —Vamos.

Eles partiram para o telhado e correram no ar congelado, brutal. Quando chegaram ao flutuador — preto, próximo à ponta da plataforma de embarque —, os dentes de Akos estavam batendo. A porta abriu-se ao toque de Cisi, e eles embarcaram.

Os controles do flutuador iluminaram-se quando Cisi se acomodou no assento do piloto, uma tela de visão noturna expandindo-se diante dela em verde e o sistema de navegação acendendo suas boas-vindas. Ela pôs a mão embaixo do painel de controle e desligou as luzes externas do flutuador, em seguida digitou o endereço da casa deles e pôs a nave em modo de autonavegação. Alta velocidade.

O flutuador ergueu-se da plataforma e sacudiu para frente, lançando Akos sobre o painel de controle. Ele havia se esquecido de colocar o cinto de segurança.

Ele virou para observar Shissa diminuindo embaixo deles. Cada prédio estava iluminado com uma cor diferente: púrpura para a biblioteca, amarelo para o hospital, verde para a mercearia. Eles pendiam – de um jeito impossível – como gotas de chuva suspensas. Ele os observou enquanto o flutuador se afastava em alta velocidade, até os prédios virarem apenas um amontoado de luzes. Quando tudo estava quase escuro, virou-se para Cisi.

— Você... — Ela engoliu. Fosse lá o que quisesse dizer, não conseguia, maldito dom-da-corrente. Ele estendeu a mão para ela, pousando um dedo limpo (os outros estavam vermelhos e grudentos) sobre o braço da irmã.

As palavras saíram de uma vez:

— Você o matou.

Ele passou por algumas respostas diferentes na cabeça, desde *"Ele não foi o primeiro"* até *"Me desculpe"*. Nenhuma delas parecia correta. Akos não queria que ela o odiasse, mas não queria que Cisi pensasse que ele saíra de Shotet inocente. Não desejava falar disso, mas não iria mentir.

— Ele nos salvou — disse Isae com rispidez quando acionou o canal de notícias. Uma pequena tela holográfica apareceu sobre o mapa de autonavegação, e Akos leu as manchetes que giravam.

Invasão shotet começa em Shissa duas horas depois do pôr do sol.

Invasores shotet relatados em hospital de Shissa, testemunhas confirmam oito thuvhesitas mortos.

— Mandei Orieve embora logo depois de sairmos de seu quarto — comentou Isae. — Deve estar em segurança. Não posso enviar uma mensagem para ela agora, poderia ser interceptada.

Akos manteve as mãos sobre as pernas, desejando com todas as forças poder lavá-las.

Uma notícia de última hora apareceu na tela holográfica quando aterrissaram em Hessa, poucas horas antes do amanhecer.

A polícia de Shissa relata que há dois reféns thuvhesitas levados pelos shotet. Gravações da invasão mostram uma mulher sendo arrastada do hospital de Shissa por soldados shotet. Esforços de identificação preliminar sugerem que a mulher seria Isae ou Orieve Benesit.

Algo grande e intenso o rasgou por dentro.

Orieve Benesit. Ori. Capturada.

Tentou não olhar para Isae, dando a ela um tique para reagir sozinha, mas não havia muito que observar. A mão de Cisi estendeu-se para tocar a de Isae, mas ela apenas apertou um botão para desligar o canal de notícias e encarou a janela.

— Bem — disse Isae por fim. — Então, só preciso ir buscá-la.

CAPÍTULO 28 | AKOS

Quando chegaram a Hessa, o flutuador percorreu um arco largo ao redor da montanha e pairou na direção do capim-pena. Afundou no terreno diante da casa da família Kereseth, esmagando talos e tufos embaixo dele. O sangue havia secado nas mãos de Akos.

Isae configurou a autonavegação para levar o flutuador de volta a Shissa. Quando Akos saiu, as portas se fecharam e o flutuador partiu. O capim-pena ainda ficou achatado em um círculo.

Cisi conduziu-o para dentro de casa, o que foi bom, pois Akos não tinha forças. Todas as janelas eram lembretes soturnos da última vez que estivera ali. Quando Cisi abriu a porta e o cheiro de especiarias e a fruta-sal picada flutuou sobre ele, Akos quase esperou ver o corpo do pai no chão da sala de estar, encharcado.

Parou. Respirou. Continuou andando.

Ele raspou os nós dos dedos nos painéis de madeira a caminho da cozinha. Passou pela parede onde todas as fotos de família costumavam ficar penduradas. Vazia. A sala de estar não era toda a mesma — era mais um escritório, com duas mesas e estantes e nenhuma almofada fofa à vista. Mas a cozinha, com sua mesa riscada e bancada rústica, estava igual.

Cisi balançou o candelabro sobre a mesa da cozinha para acender as pedras ardentes. A luz ainda era vermelha.

— Onde está mamãe? — perguntou ele quando uma imagem surgiu em sua mente: ela em pé sobre uma banqueta rangente, tirando o pó do candelabro com flor-sossego.

— Reunião de oráculos — respondeu Cisi. — Eles se reúnem o tempo todo agora. Vai levar uns dias para ela voltar.

"Dias" seria tarde demais. Até lá, ele já teria ido embora.

O desejo de lavar as mãos tornou-se uma necessidade. Foi até a pia. Um pedaço de sabão estava ao lado da torneira, feito em casa, com pequenas pétalas de pureza coladas na lateral para enfeitá-lo. Ele esfregou bem até formar espuma, em seguida enxaguou as mãos uma, duas, três vezes. Passou as unhas pelas linhas da palma das mãos. Limpou embaixo delas. Quando terminou, as palmas estavam rosadas e brilhantes, e Cisi estava trazendo canecas para o chá.

Ele hesitou com a mão sobre a gaveta de facas. Queria marcar a perda do soldado shotet no braço. Havia um frasco de extrato de capim-pena ao lado de outros frascos que ele carregava para cobrir o ferimento. Mas ele havia realmente deixado algo tão shotet se tornar um instinto? Limpar as mãos, limpar a lâmina, cravar uma nova marca?

Fechou os olhos como se a escuridão fosse tudo o que precisasse para esvaziar a mente. Em algum lugar lá fora, um soldado sem nome que ele havia matado tinha família, amigos, que estavam contando com a marcação de sua perda. Akos sabia — embora o perturbasse sabê-lo — que ele não conseguiria fingir que a morte não acontecera.

Então, pegou uma faca de entalhe e pôs a lâmina nas chamas da fornalha, virando-a para esterilizar. Agachado ali, ao lado do calor, ele cravou uma linha reta no braço com a lâmina quente, perto das outras marcas. Em seguida, derramou extrato de capim-pena nos dentes de um garfo e passou uma linha reta pelo corte. Era desajeitado, mas precisava ser feito.

Depois, sentou-se no chão, segurando a cabeça. Controlando a dor. O sangue correu pelo braço e empoçou-se na curva do cotovelo.

— Os invasores podem vir a Hessa — disse Isae. — Para me procurar. Devemos partir o mais rápido possível e encontrar Ori.

— Devemos? — perguntou ele. — Não vou levar a chanceler de Thuvhe para Ryzek Noavek, não com minha fortuna sendo do jeito que é. Isso me tornaria um traidor de verdade.

Ela encarou o braço marcado de Akos.

— Se você já não for.

— Ah, cala a boca — ralhou ele. Ela ergueu as sobrancelhas, mas Akos continuou: — Acha que sabe exatamente como vou enfrentar minha fortuna? Acha que sabe melhor do que eu o que significa?

— Você alega ser leal a Thuvhe, mas fala para a sua chanceler "calar a boca"? — Havia um tom de humor em sua voz.

— Não, eu disse para a mulher na minha cozinha que está pedindo um favor idiota que cale a boca — disse ele. — Nunca desrespeitaria minha chanceler dessa forma. Vossa Alteza.

Isae se inclinou na direção dele.

— Então, leve a mulher na sua cozinha até Shotet. — Endireitou o corpo. — Não sou idiota; sei que vou precisar de sua ajuda para me levar até lá.

— Você não confia em mim.

— De novo. Não sou idiota — disse ela. — Você me ajuda a tirar minha irmã de lá, e eu ajudo você a tirar seu irmão. Sem garantias, claro.

Akos quase soltou um palavrão. Por que, ele se perguntou, parecia que todo mundo sabia exatamente o que lhe oferecer para fazer com que concordasse com as coisas? Não que estivesse convencido de que ela poderia ajudá-lo, mas estava a ponto de concordar de qualquer maneira.

— Akos — disse Isae, e o uso de seu nome, sem malícia, o assustou um pouco. — Se alguém lhe dissesse que você não poderia salvar seu irmão, que sua vida era importante demais para se arriscar por ele, você daria ouvidos?

Seu rosto estava pálido e salpicado de suor, a bochecha vermelha onde o soldado havia acertado. Ela não parecia muito uma chanceler. As cicatrizes no rosto diziam algo diferente sobre ela, também — que ela, como Cyra, sabia o que estava arriscando quando punha em risco a própria vida.

— Tudo bem — disse ele. — Eu ajudo você.

Houve um estalo alto quando Cisi abaixou a caneca com tudo na mesa, espalhando chá quente sobre a mão. Ela fez uma careta, limpando a mão com a camisa e estendendo-a para Akos pegar. Isae parecia confusa, mas Akos entendeu — Cisi tinha algo a dizer, e, por mais que ele temesse ouvir, não poderia dizer não.

Ele tomou a mão da irmã.

— Espero que os dois saibam que vou com vocês — disse ela, afogueada.

— Não — disse ele. — Você não pode correr esse risco, de jeito nenhum.

— Você não quer me ver em perigo? — Sua voz ficou mais rouca do que nunca estivera antes; estava reta como uma viga. — Como você acha que me sinto vendo *você* voltar lá? Esta família já passou por incertezas demais, por perdas demais. — Ela estava de cara fechada. Isae parecia ter tomado um tapa, e não era de se espantar; provavelmente nunca tinha visto Cisi daquele jeito, livre para dizer o que queria, livre para chorar e gritar e deixar todo mundo desconfortável. — Se todos nós formos mortos em Shotet, vamos morrer juntos, mas...

— Não fale da morte desse jeito, como se não fosse nada.

— Não acho que você tenha entendido. — Um tremor passou pelo seu braço, sua mão, sua voz. Os olhos de Cisi encontraram os dele, e Akos se concentrou na mancha de sua íris, o lugar onde a pupila vazava. — Depois que você foi levado, e mamãe voltou, ela ficou... anestesiada. Então, *eu* arrastei o corpo de papai até o campo para queimá-lo. *Eu* limpei a sala de estar.

Ele não conseguia imaginar, não podia imaginar o horror de limpar o sangue do próprio pai do assoalho. Seria melhor atear fogo na casa inteira, melhor partir e nunca mais voltar.

— Não se atreva a dizer que eu não sei o que é a morte — disse ela. — Eu sei.

Alarmado, ele ergueu a mão para o rosto da irmã, puxando-o para seu ombro. Seus cabelos encaracolados fizeram cócegas no queixo de Akos.

— Tudo bem — foi tudo que ele disse. Era o suficiente para concordar.

Combinaram em dormir algumas horas antes de partir, e Akos subiu sozinho para o andar de cima. Sem pensar, pulou o sexto degrau, alguma parte dele lembrando que ele rangia mais alto do que os outros. O corredor depois da escada era um pouco torto; inclinava-se à direita logo após o banheiro, uma curva *errada* de alguma forma. O quarto que dividia com Eijeh ficava no final. Ele abriu a porta com a ponta dos dedos.

Os lençóis na cama de Eijeh estavam amarrotados como se estivessem ainda em torno de um corpo adormecido, e havia um par de meias sujas no canto, manchadas nos calcanhares pelo marrom dos sapatos. Do lado de Akos no quarto, os lençóis estavam esticados ao redor do colchão, um travesseiro encaixado entre a cama e a parede. Akos nunca conseguiu um travesseiro que durasse muito tempo.

Através da grande janela redonda, viu o capim-pena balançando na escuridão e as estrelas.

Ele segurou o travesseiro no colo quando se sentou. O par de sapatos alinhados com a estrutura da cama era tão menor do que o par que calçava que sorriu. Sorriu e depois chorou, enfiando a cara no travesseiro para abafar o barulho. Aquilo não estava acontecendo. Ele não estava ali. Não estava prestes a partir de casa bem quando havia acabado de reencontrá-la.

Por fim, as lágrimas o acalmaram, e ele adormeceu com os sapatos ainda calçados.

Um tempo depois, quando acordou, ficou embaixo do chuveiro no banheiro do corredor apenas um pouco mais do que de costume, esperando que aquilo o relaxasse. Em vão.

Porém, quando saiu, havia uma pilha de roupas do lado de fora. As antigas roupas de seu pai. A camisa era larga demais nos ombros e na cintura, mas apertada no peito — ele e Aoseh tinham silhuetas completamente diferentes. As calças tinham o comprimento certo, bem justo, enfiadas no alto das botas de Akos.

Quando levou a toalha de volta ao banheiro para pendurá-la — era o que sua mãe teria ao voltar para casa, uma toalha úmida, lençóis amarrotados e nenhum filho —, Isae estava lá, já vestida com as roupas de sua mãe, a calça preta larga na cintura embaixo do cinto. Ela tocava uma das cicatrizes no espelho e fitou os olhos dele.

— Se tentar dizer algo expressivo e profundo sobre as cicatrizes, dou um murro na sua cara — disse ela.

Ele deu de ombros e virou o braço esquerdo para que as marcas de assassínio ficassem à mostra.

— Garanto a você que não são mais feias do que as minhas.

— Ao menos você escolheu as suas.

Bem, Isae tinha razão.

— Como você ficou marcada com uma lâmina shotet? — perguntou ele.

Ele ouviu alguns dos soldados compartilhando histórias de cicatrizes. Não histórias de marcas de assassínio, mas outras cicatrizes, uma linha branca no joelho de um acidente de infância, um corte com faca de cozinha durante uma invasão em Hessa, um acidente por bebedeira envolvendo uma cabeça e o batente de uma porta. Todos se rasgavam de rir com as histórias dos outros. Ele tinha certeza de que não seria assim naquele momento.

— A coleta nem sempre é tão pacífica quanto talvez tenham feito você acreditar — começou Isae. — Durante a última, minha nave teve que aterrissar em Othyr para fazer reparos, e, enquanto estávamos lá, um membro da tripulação ficou muito doente. Estávamos parados no hospital e fomos atacados por soldados shotet que saqueavam estoques de remédio. Um deles cortou meu rosto e me deixou lá para morrer.

— Sinto muito — disse Akos, automaticamente. Por algum motivo, ele quis contar para onde a ajuda médica othyriana ia, apenas para apoiadores de Ryzek, e como poucas pessoas sabiam disso. Mas realmente não era um bom momento para explicar a vida shotet para ela, especialmente se pensasse que ele estaria defendendo o soldado por roubar medicamentos e marcar seu rosto com cicatrizes.

— Eu não sinto. — Isae pegou um sabonete ao lado da pia como se quisesse quebrá-lo ao meio e começou a lavar as mãos. — Difícil esquecer quem seus inimigos são quando se tem cicatrizes como as minhas. — Ela pigarreou. — Espero que não se importe, peguei algumas roupas de sua mãe emprestadas.

— Estou usando a cueca de um defunto — disse ele. — Por que me importaria?

Ela abriu um sorrisinho, que Akos viu como um belo avanço.

Nenhum deles queria esperar mais do que precisavam, especialmente Akos. Sabia que, quanto mais tempo passasse ali, mais difícil seria partir. Melhor, pensou ele, reabrir a ferida rápido, acabar com aquilo para que pudesse fazer o curativo de novo.

Embalaram suprimentos, comidas, roupas e flores-do-gelo e guardaram no flutuador sobressalente. Tinha combustível suficiente apenas para cruzarem o capim-pena, e era tudo que precisavam. Ao toque de Cisi, ele se ergueu do chão, e Akos definiu a autonavegação para um local que parecia o meio do nada. Passariam na casa de Jorek primeiro. Era o único lugar relativamente seguro que conhecia fora de Voa.

Quando decolaram, ele observou o capim-pena embaixo deles, mostrando o padrão de vento enquanto ela se inclinava e girava.

— O que os shotet dizem sobre o capim-pena? — perguntou Isae de repente. — Quer dizer, nós contamos que os primeiros colonos thuvhesitas plantaram o capim-pena para manter os shotet afastados, mas obviamente eles têm uma perspectiva diferente, certo?

— Os shotet dizem que eles plantaram — disse Akos. — Para manter os forasteiros thuvhesitas longe. Mas é uma planta nativa de Ogra.

— Ainda consigo ouvi-los daqui de cima — disse Cisi. — As vozes na relva.

— Vozes de quem?

A agudeza desaparecia na voz de Isae quando falava com Cisi.

— Do meu pai — disse Cisi.

— Eu ouço minha mãe — disse Isae. — Fico me perguntando se ouvimos apenas os mortos.

— Quanto tempo faz que ela morreu?

— Algumas estações. Na mesma época das cicatrizes. — Isae deslizou para uma dicção diferente, mais casual. Até sua postura havia mudado, a coluna curvada.

Continuaram conversando, e Akos ficou calado, seus pensamentos voltando a Cyra.

Se ela tivesse morrido, com certeza ele teria sentido, como uma coisa perfurando seu peito. Não era possível perder uma amiga como ela sem saber, era? Embora a corrente não fluísse através dele, certamente sua força vital fluía. Ela o manteve vivo por tanto tempo. Talvez se ele aguentasse firme agora, poderia fazer o mesmo por ela a distância.

No fim da tarde, quando o Sol se inflou com o que restava do dia, começaram a ficar sem combustível. O flutuador estremeceu. Lá embaixo, o capim-pena estava mais ralo e era intercalado por uma grama baixa, marrom acinzentada, que se movia como cabelo ao vento.

Cisi guiou a nave até um lugar perto de algumas flores selvagens. Era gelado ali, mais próximo do equador, mas ondas de ar quente vinham do mar e enchiam o vale de Voa. Outros tipos de plantas conseguiam crescer, não apenas flores-do-gelo.

Eles desembarcaram e começaram a andar. O horizonte se recobria com uma camada púrpura de fluxo-da-corrente, um pequeno amontoado de prédios e o brilho das naves shotet. Jorek lhe disse como chegar à sua casa, mas da última vez que Akos esteve ali foi logo após assassinar Kalmev Radix, e Vas e os outros haviam arrancado seu couro, então ele não conseguia se lembrar muito bem. A terra era tão plana que não havia muitos lugares onde um pequeno vilarejo pudesse se esconder – por sorte.

Ele ouviu algo se mexer na grama diante deles, e entre os talos viu algo escuro e grande. Pegou a mão de Isae com a sua esquerda e a de Cisi com a direita, segurando as duas atrás dele.

Lá adiante, a criatura estava deslizando. O estalo das pinças vinha de todas as direções. Era grande – facilmente tão largo quanto alto – e seu corpo se recobria com placas azul-escuro. Tinha mais pernas do que ele conseguia contar, e Akos podia ver a cabeça apenas pelos brilhos dos dentes na boca larga, curva. Dentes longos como seus dedos.

Um Encouraçado.

Seu rosto estava a izits da couraça lateral. O animal exalou – como um suspiro – e seus olhos, contas pretas, quase se escondiam embaixo da placa, fechados. Ao lado dele, Cisi estremeceu de medo.

— A corrente causa ataques de loucura nos Encouraçados – sussurrou ele diante da criatura, que havia adormecido, por mais que isso desafiasse a lógica. Ele deu um passo lento para trás. – Por isso atacam pessoas, porque somos canais ótimos para a corrente.

As mãos de Akos faziam ruídos ao apertar as delas, as palmas estavam muito suadas.

— Mas – disse Isae, parecendo tensa – você não canaliza corrente.

— Por isso eles não sabem que estou aqui – respondeu ele. – Venham.

Akos as levou para longe do animal adormecido, olhando para trás para garantir que ele não os seguia. O bicho não se moveu.

— Acho que sabemos como você ganhou sua armadura – disse Isae.

— É *daí* que vêm as armaduras? – questionou Cisi. – Pensei que tudo aquilo sobre assassinar animais fosse apenas um rumor estúpido dos thuvhesitas.

— Não é rumor – disse ele. – No meu caso, nem é uma história de triunfo. Ele adormeceu, e eu o matei. Depois, fiquei tão mal que marquei sua morte no meu braço.

— Por que fez isso? – quis saber Isae. – Digo, se não queria fazer.

— Eu queria uma armadura – respondeu ele. – Nem todo shotet ganha esse tipo de armadura, pois é uma espécie de... símbolo de status. Queria que me vissem como um igual e parassem de falar que eu era um thuvhesita de pele fina.

Cisi bufou.

— Óbvio que eles nunca passaram por um inverno de Hessa.

Akos as levou na direção de construções distantes, através de trechos com flores selvagens tão frágeis que se despedaçavam embaixo das botas.

— Então, vai nos dizer aonde estamos indo ou espera que apenas sigamos você para aquelas casas lá adiante? — perguntou Isae assim que chegaram perto o bastante para ver que as casas eram feitas de pedras cinza azuladas, com pequenas janelas de vidro pintadas de cores diferentes. Eram apenas poucas casas, nem podiam ser chamadas de vilarejo. Com o Sol poente cintilando no vidro e as flores selvagens crescendo ao lado das pedras, o lugar ficava extremamente bonito.

Ele corria risco indo até ali. Por outro lado, não importava o que Akos fizesse, eles já estavam encrencados, então aquela era a melhor opção.

Seu nervosismo causava agitação. Aquelas casas estariam conectadas ao canal de notícias shotet. Ali, saberiam o que aconteceu com Cyra. Ele manteve a mão esquerda erguida na altura do ombro direito enquanto caminhava para que pudesse sacar a faca se precisasse. Não sabia o que esperava por eles atrás daquelas janelas brilhantes. Sacou a arma quando viu um lampejo de movimento, uma das portas se abrindo. Uma mulher pequena de olhar dissimulado saiu, as mãos pingando água. Estava segurando um pano. Ele a conhecia — Ara Kuzar. Esposa do falecido Suzao e mãe de Jorek.

Bem, ao menos estavam no lugar certo.

— Olá — disse Ara. Sua voz era mais baixa do que ele esperava. Tinha visto a mulher apenas uma vez, enquanto saía do anfiteatro depois de matar seu marido. A mão dela estava agarrada à de Jorek.

— Olá — respondeu ele. — Sou...

— Sei quem você é, Akos — interrompeu ela. — Meu nome é Ara, mas sei que você também já sabe disso.

Não fazia sentido negar. Ele concordou com a cabeça.

— Por que não entram? — perguntou ela. — Suas amigas podem vir também, desde que não causem problemas.

Isae arqueou uma sobrancelha enquanto Ara tomava a dianteira, subindo os degraus. Suas mãos pairavam sobre as pernas, movendo-se para agarrar o tecido que não estava lá para ser erguido. Estava acostumada a trajes finos, provavelmente, e ainda se movia como uma mulher da alta classe, cabeça alta e ombros para trás. Nunca havia enfrentado um inverno em Hessa também, mas havia coisas mais difíceis a enfrentar.

Seguiram Ara por uma escadaria estreita e rangente até a cozinha. O chão era de ladrilho azul, a pintura irregular, e a tinta branca descascava das paredes. Mas era quente, e havia uma mesa grande e firme com todas as cadeiras puxadas para trás, como se várias pessoas tivessem sentado ali pouco tempo antes. Uma tela na parede ao fundo exibia o canal de notícias — era estranho ver a luz sintética enterrada na parede descascando, o velho e o novo juntos, como acontecia em toda a Shotet.

— Enviei um sinal para Jorek, logo ele deve retornar — disse Ara. — Suas amigas falam shotet?

— Uma de nós — disse Isae. — Faz poucas estações que aprendi, então... devagar.

— Não, podemos continuar em thuvhesita — disse Ara. Seu thuvhesita era forçado, mas compreensível.

— Essa é minha irmã, Cisi — disse ele, apontando para Cisi. — E minha amiga...

— Badha — disse Isae com facilidade.

— Um prazer conhecer vocês — disse Ara. — Tenho que confessar, Akos, que fiquei um pouco ofendida por você não ter aceitado meu presente. O anel?

Ela estava olhando para as mãos dele, um pouco trêmulas.

— Ah – disse ele. Ele encaixou um dedo embaixo da gola da camisa e tirou uma corrente. Nela, pendia o anel que ela havia enviado pelo filho. Na verdade, ele quis jogar no lixo em vez de usá-lo; a morte de Suzao não era algo de que Akos queria se lembrar. Mas era algo de que ele *precisava* se lembrar.

Ara meneou a cabeça, aprovando.

— Como vocês se conheceram? – perguntou Cisi. Ele imaginava se sua voz suavizada era intencional para deixar a situação confortável. *Esforço em vão,* pensou Akos.

— Essa história fica para um outro momento – respondeu Ara.

Akos não conseguia mais aguentar.

— Não quero ser rude – disse ele –, mas preciso saber de Cyra.

Ara pousou as mãos sobre o ventre.

— O que quer saber sobre a senhorita Noavek?

— Ela está...? – Ele não conseguiu dizer a palavra.

— Ela está viva.

Akos fechou os olhos apenas por um tique para se permitir pensar nela novamente. Estava viva em suas lembranças, lutando na sala de treinamento como se a guerra fosse uma dança, procurando janelas no espaço escuro como se fossem pinturas. De algum modo, tornava belas as coisas feias, e ele nunca compreenderia. Mas estava viva.

— Eu não comemoraria ainda – falou uma voz atrás dele. Ele se virou para ver uma garota magra com cabelos loiros esbranquiçados e um tapa-olho rosa sobre um dos olhos. Ele a reconheceu da nave de temporada, mas não lembrava seu nome.

Jorek estava atrás dela, seus cabelos cheios e encaracolados caindo nos olhos, a sombra de uma barba emoldurando o rosto.

— Akos? – disse ele. – O que você...?

Ele parou quando viu Cisi e Isae.

— Cisi, Badha — disse Akos. — Este é Jorek e...?

—Teka — disse a garota familiar. Era isso; era a filha daquela renegada que Ryzek executou antes da temporada. Cyra foi falar com ela antes de partirem para Pitha.

— Obrigado — disse Akos. — Bem, Cisi é minha irmã, e Badha é minha... amiga. De Thuvhe. Cisi não fala shotet. — Ele esperou um momento. — O que você quis dizer com "não comemorar"?

Teka sentou-se em uma das cadeiras vazias. Na verdade, despejou o corpo sobre ela, os joelhos abertos e o braço pendendo do encosto da cadeira.

— Pelo jeito, a pequena Noavek não vai durar muito — disse ela. — Estamos tentando pensar em uma maneira de resgatá-la. Agora que você está aqui, uma decisão estúpida, tenho que acrescentar, talvez possa nos ajudar.

— Resgatá-la? — Akos virou-se para Jorek. — Por que *vocês* querem fazer isso?

Jorek sentou no balcão diante de Cisi. Ele abriu um sorriso para ela, os olhos sonolentos, do jeito que as pessoas em geral faziam quando estavam perto da irmã. Akos reconheceu o dom. Não apenas a força que estrangulava Cisi, impedindo-a de chorar, mas também aquela que lhe dava poder sobre as pessoas.

— Bem — disse Jorek —, aqui é uma fortaleza dos renegados. Como você já deve ter percebido.

Akos não tinha pensado naquilo ainda. Jorek parecia saber de coisas que outros não sabiam, mas aquilo não significava que ele era um renegado. E Teka não tinha um olho, o que significava que não era amiga de Ryzek, mas aquilo também não era garantia.

— Então? — perguntou Akos.

— Bem. — Jorek parecia confuso. — Ela não lhe disse?

— Me disse o quê? — questionou Akos.

— Cyra estava trabalhando conosco — interveio Teka. — Durante o ataque à nave de temporada, eu devia tê-la tirado de lá... tirado o Flagelo de Ryzek enquanto anunciavam a fortuna dele no intercomunicador, entende?

— Não fale dela assim — pediu Akos. Ele sentiu os olhos de Isae pairando sobre ele, e suas bochechas avermelharam.

— Tudo bem, tudo bem. — Teka acenou para acalmá-lo. — Bem, ela me dominou e me soltou em seguida. E depois me encontrou, pediu uma reunião. Ofereceu nos dar o que quiséssemos... informações, ajuda, o que fosse... se fizéssemos algo por ela em troca: tirar você de Shotet. — Teka olhou para Jorek. — É por isso que ela não disse para ele. Porque queria que fosse embora, mas ele não iria sem o irmão.

Jorek estalou a língua.

Naquelas semanas depois de Ryzek tê-lo ameaçado, depois de Cyra ter torturado Zosita e mantido as aparências em Pitha, ela fez com que ele pensasse que estava fazendo tudo o que Ryzek dizia. Fez Akos pensar o pior dela. E o tempo todo estava tramando com os renegados, dando tudo que podia para tirá-lo dali. Era como se ela tivesse se transformado em outra pessoa, e ele sequer percebeu.

— Cyra estava nos ajudando a assassinar Ryzek quando foi presa. Ela nos tirou da mansão, mas era tarde demais para ela — disse Teka. — Mas fomos até o fim com nossa promessa. Entramos lá de novo, às escondidas, e ela havia desaparecido... não sabemos onde eles a colocaram... mas você estava lá, incapacitado, preso de novo em seu quarto. Quase morto de fome, devo acrescentar. Então, o tiramos de lá. Pensamos que talvez você fosse útil para mantê-la do nosso lado.

— Eu também quis ajudar você — comentou Jorek.

— Sim, você é um herói. Bem observado — disse Teka.

— Por que ela... — Akos balançou a cabeça. — Por que Cyra faria uma coisa dessas?

—Você sabe o porquê – disse Teka. – Qual é a coisa mais importante para ela, mais do que o medo do irmão? – Como Akos não respondeu, ela suspirou. Claramente exasperada. – *Você*, claro, tem essa honra singular.

Isae e Cisi estavam encarando, uma desconfiada, a outra confusa. Ele nem sabia como começar a explicar. Cyra Noavek era um nome que todo thuvhesita conhecia, uma história de monstro que contavam para botar medo uns nos outros. O que dizer quando se descobre que o monstro não faz por merecer esse nome?

Nada. Não se diz nada.

– O que Ryzek fez com ela? – perguntou ele, sombrio.

– Mostre para ele – disse Teka a Jorek.

Jorek tocou a tela na parede ao fundo, mostrando um anfiteatro com uma jaula com luz branca no alto. Os assentos do anfiteatro estavam lotados, as fileiras inferiores com bancos de pedra e as superiores com bancos de metal, mas era óbvio, pelos rostos sérios, que não se tratava de um dia de celebração.

As câmeras estreitaram-se ao redor de uma plataforma, suspensas sobre os assentos de madeira e metal. Ryzek estava no alto dela, polido dos sapatos pretos à armadura que cobria seu peito. O cabelo recém-raspado, mostrando os ossos da cabeça, o brilho do escalpo. Cisi e Isae sentaram-se ao mesmo tempo com aquela visão. Akos já não tinha medo de Ryzek naquele momento. Havia tempo que se transformara em pura repulsa.

Em pé, à esquerda de Ryzek, estava Vas, e à direita...

– Eijeh – sussurrou Cisi. – Por quê?

– Ele sofreu... uma lavagem cerebral. Mais ou menos isso – disse Akos, com cuidado, e Jorek bufou.

As câmeras giraram para a esquerda, até a ponta da plataforma, onde soldados cercavam uma mulher ajoelhada. Cyra. Usava as mesmas roupas que ele tinha visto dias antes, mas estavam rasgadas em alguns lugares e escuras pelo sangue. Os cabelos grossos cobriam seu rosto, então, por um tique, ele não soube se Ryzek havia arrancado um de seus olhos. Às vezes, fazia aquilo quando uma pessoa caía em desgraça para que ela não pudesse esconder seu status.

Cyra ergueu a cabeça, mostrando algumas escoriações roxo-azuladas e um olhar opaco... com dois olhos.

Ryzek anunciou:

— Hoje, trago notícias difíceis. Alguém que pensávamos ser uma das mais fiéis, minha irmã, Cyra, revelou ser o pior tipo de traidora. Ela estava colaborando com nossos inimigos de além da Divisão, oferecendo informações sobre nossas estratégias, forças militares e movimentos.

— Ele não quer admitir que existe um grupo real de renegados aqui — disse Jorek, mais alto que o urro de desgosto da multidão. — Melhor dizer que ela está colaborando com os thuvhesitas.

— Ele escolhe bem suas mentiras — disse Isae, e aquilo não pareceu como um elogio.

Ryzek continuou:

— Recentemente, descobri a prova de que esta mulher — ele apontou para a irmã, convenientemente exibindo a linha de marcas de assassínio que se espalhava do pulso até o ombro — foi responsável pela morte de minha mãe, Ylira Noavek.

Akos cobriu o rosto. Não havia golpe pior que Ryzek poderia ter dado em Cyra do que esse. Ela sempre soube disso.

— Confesso que meu laço familiar obscureceu meu julgamento nessa questão, mas agora que soube de sua traição e de sua... — Ryzek fez uma pausa. — E do assassinato cruel de nossa mãe, minha visão está clara. Determinei que o nível adequado de punição para esta inimiga dos shotet é a execução por meio de nemhalzak.

Quando a gravação voltou para Cyra, Akos viu os ombros dela tremerem, mas não havia lágrimas em seus olhos. Ela estava rindo. E enquanto ria, as sombras-da-corrente dançavam, não embaixo da pele como sangue correndo pelas veias, mas *sobre* ela, como fumaça ao redor de um turíbulo. Estavam como na noite em que Ryzek a forçou a machucar Akos, flutuando sobre seu corpo como uma névoa.

O dom-da-corrente havia mudado.

Ryzek meneou a cabeça para Vas, que atravessou a plataforma, puxando a faca que trazia nas costas. Os guardas ao redor de Cyra deram passagem. Cyra abriu um sorriso afetado para ele e disse algo inaudível. Ryzek respondeu algo inaudível também, aproximou-se, inclinou-se, os lábios movendo-se rápido com palavras que ninguém mais podia ouvir. Vas agarrou-a pelos cabelos, forçando a cabeça para trás e para o lado. A garganta ficou exposta; Vas inclinou a lâmina sobre ela e, quando a faca foi enterrada, Akos cerrou os dentes e virou o rosto.

— Deu para ter uma ideia — disse Jorek. Veio o silêncio quando a gravação parou.

— O que ele fez? — perguntou Akos, direto.

— Ele... a marcou com uma cicatriz — contou Teka. — Tirou toda a pele da garganta até o topo da cabeça. Não sei por quê. Tudo o que o ritual exige é carne. À escolha do mutilador.

Ela riscou uma linha do lado do pescoço até o meio do escalpo. Akos sentiu vontade de vomitar.

— Aquela palavra que ele usou, eu não conheço — disse Isae. — Nem... nemhalzet?

— Nemhalzak — disse Jorek. — É a eliminação do status de uma pessoa, seja ele apenas percebido ou real. Significa que qualquer um pode desafiá-la na arena, lutar até a morte, e significa que ela não é mais formalmente considerada uma shotet. Com todas as pessoas que ela feriu por ordem de Ryzek, e todas as pessoas que amavam sua mãe, bem... tem muita gente que deseja desafiá-la. Ryzek vai permitir quantos forem necessários até matá-la.

— E com aquele ferimento na cabeça, está perdendo sangue bem rápido — comentou Teka. — Puseram uma atadura nele, mas claro que não o suficiente para o que ele fez.

— Ela vai enfrentar esses desafios no anfiteatro? — quis saber Akos.

— Muito provavelmente — respondeu Teka. — Precisa ser um evento público. Mas aquele campo de força vai fritar qualquer coisa que to--cá-lo...

Akos interrompeu-a:

— Claro que vocês têm uma nave, ou não poderiam ter me deixado na plataforma de aterrissagem do hospital.

— Temos — disse Jorek. — Rápida e furtiva, também.

— Então, sei como resgatá-la — disse Akos.

— Não lembro de concordar com nenhum desvio da missão de resgate — ralhou Isae. — Em especial, não pelo pequeno monstro de Ryzek Noavek. Acha que não sei as coisas que ela fez, Kereseth? O restante da galáxia sabe de muitos rumores sobre os shotet.

— Não me importa o que você acha que sabe — disse Akos. — Quer minha ajuda para chegar mais longe? Vai ter que esperar eu fazer isso primeiro.

Isae cruzou os braços. Mas Akos a tinha nas mãos, e ela parecia saber disso.

Ara ofereceu os quartos livres no andar de cima para Cisi e Isae, e um catre no chão do quarto de Jorek para Akos. Mas, a julgar pelo olhar que Cisi lançou para o irmão quando chegaram ao alto da escadaria, ela não queria deixá-lo ir. Então, Akos a seguiu até o pequeno quarto com um colchão grande e macio e uma fornalha no canto. Luz multicolorida pintava o chão, o pôr do sol brilhando através das janelas.

Ali, ele tirou a armadura, mas deixou a faca na bota. Não havia como dizer o que aconteceria. Akos sentia como se Vas e Ryzek estivessem em cada canto.

— Is... Badha — disse Cisi. — Por que você não toma banho primeiro? Preciso falar com Akos.

Isae fez que sim com a cabeça e saiu, empurrando a porta com o calcanhar para fechá-la. Akos estava sentado na cama ao lado de Cisi, pontos azuis, verdes e púrpura de luz marcando seus sapatos. Ela pousou a mão no pulso do irmão.

— Eijeh — foi tudo o que ela disse.

Então, Akos lhe contou. Tudo sobre as lembranças que Ryzek despejara em Eijeh e todas as lembranças que foram drenadas. Sobre as novas palavras que Eijeh usava e a maneira que ele girava uma faca na palma da mão, como Ryzek fazia. Ele não contou para ela como Eijeh assistiu a Ryzek ferir Akos não uma, mas duas vezes, e não falou como Eijeh usava suas visões para ajudar Ryzek. Não havia motivo para fazê-la perder as esperanças.

— Foi por isso que você não tentou escapar — disse Cisi com suavidade. — Porque você precisaria sequestrá-lo para fazer isso, o que é... mais difícil.

Quase impossível, isso sim, pensou Akos.

— Exato — disse ele —, e que tipo de futuro eu tenho em Thuvhe, Cisi? Acha que vou ser o primeiro na galáxia a desafiar sua fortuna? — Ele balançou a cabeça. — Talvez seja melhor se encarássemos a verdade. Nunca mais seremos uma família.

— Não. — Ela foi muito firme. — Você achava que não me veria nunca mais, e aqui estou eu, certo? Não sabe como a fortuna encontrará você, nem eu. Mas, até que ela encontre, temos que ser o que podemos ser.

Ela colocou a mão sobre a dele e a apertou. Ele viu um pouco de seu pai em suas sobrancelhas arqueadas, solidárias e a covinha na bochecha. Ficaram sentados ali por um tempo, os ombros se tocando, ouvindo o barulho da água vindo do banheiro do outro lado do corredor.

— Como é Cyra Noavek? — perguntou ela.

— Ela é... — Akos balançou a cabeça. Como poderia descrever uma pessoa por completo daquele jeito. Ela era firme como carne ressecada. Amava o espaço. Sabia dançar. Era boa em ferir as pessoas. Tramou para que alguns renegados o deixassem em Thuvhe sem Eijeh porque ela não respeitava as malditas decisões dele, e ele estava estupidamente agradecido por isso. Ela... bem, ela era *Cyra*.

Cisi estava sorrindo.

— Você a conhece bem. É mais difícil descrever as pessoas quando você as conhece bem.

— É, acho que conheço.

— Se você acha que vale a pena salvá-la, acho que todos temos que confiar em você — disse Cisi. — Por mais difícil que seja.

Isae saiu do banheiro, os cabelos molhados, mas presos em um nó firme, como se estivessem grudado com verniz na cabeça. Usava uma camisa diferente, outra de sua mãe, com pequenas flores bordadas na gola. Ela estendeu a anterior, úmida, como se tivesse sido lavada a mão, e pendurou-a em uma cadeira perto da fornalha.

— Você tem capim no cabelo — comentou Isae para Cisi com um sorrisinho.

— É um novo visual que estou testando — disse Cisi como resposta.

— Fica bem em você — disse Isae. — Quer dizer, tudo fica, não é?

Cisi ficou corada. Isae evitou os olhos de Akos, voltando-se à fornalha para esquentar as mãos.

Havia mais algumas pessoas juntas na sala sombria e de teto baixo com paredes descascando quando Cisi, Isae e Akos desceram de volta.

Teka usava o tapa-olho rosa. Jorek apresentou-os a Sovy, uma das amigas de sua mãe, que vivia no fim da estrada e usava um xale bordado sobre os cabelos, e Jyo, que não era muito mais velho que eles, com olhos que pareciam muito com os de Isae, sugerindo algum ancestral comum. Ele estava tocando um instrumento pousado em seu colo, apertando botões e puxando cordas mais rápido do que Akos podia acompanhar. Eles já haviam começado a comer o que foi servido na grande mesa.

Akos se sentou ao lado de Cisi e botou um pouco de comida no prato. Não havia muita carne — era difícil conseguir ali, fora de Voa —, mas muita fruta-sal, o que era suficiente. Jyo ofereceu um talo de capim-pena frita para Isae, mas Akos pegou antes que ela pudesse aceitá-lo.

— Você não vai querer comer isso — disse ele. — A menos que pretenda passar as próximas seis horas alucinando.

— Da última vez em que Jyo empurrou uma dessas para alguém, ela ficou andando ao redor da casa falando sobre bebês gigantes dançando — disse Jorek.

— Tá, tá — disse Teka. — Riam o quanto quiserem, mas vocês ficariam apavorados também se tivessem alucinações com bebês gigantes.

— Valeu a pena, mesmo que você nunca me perdoe — falou Jyo, dando uma piscadinha. Tinha um jeito suave, delicado de falar.

— Funciona em você? — Cisi perguntou para Akos, acenando com a cabeça para o talo em sua mão.

Em resposta, Akos deu uma mordida no talo, que tinha gosto terroso, salgado e azedo.

— Seu dom é estranho — disse Cisi. — Tenho certeza de que a mamãe teria alguma coisa vaga e sábia para dizer sobre ele.

— Aah. Como ele era quando criança? — perguntou Jorek, apertando as mãos e inclinando-se para mais perto da irmã de Akos. — Era mesmo uma criança ou meio que apareceu um dia como um adulto crescido, todo ansioso?

Akos olhou-o com raiva.

— Ele era baixinho e gordinho — contou Cisi. — Fácil de irritar. Principalmente quando se tratava de suas meias.

— Minhas meias? — perguntou Akos.

— É! — disse ela. — Eijeh me disse que você sempre organizava as meias em ordem de preferência da esquerda para a direita. Suas preferidas eram as amarelas.

Akos se lembrou delas. Amarelo-mostarda, com fios grandes que faziam parecer encaroçadas quando não estavam calçadas. Seu par mais quentinho.

— Como vocês todos se conheceram? — perguntou Cisi. A questão delicada foi suficiente para dispensar a tensão que surgiu com o nome de Eijeh.

— Sovy costumava fazer doces para todas as crianças da vila quando eu era pequeno — disse Jorek. — Infelizmente, ela não fala thuvhesita muito bem, ou contaria o que eu aprontava por aqui.

— E conheci Jorek em um banheiro público. Eu estava assobiando enquanto... — Jyo fez uma pausa. — Estava me aliviando, e Jorek decidiu que seria divertido assobiar comigo.

— Ele não achou muito encantador — disse Jorek.

— Minha mãe era uma espécie de... líder da revolta. Uma delas, de qualquer forma — disse Teka. — Ela voltou da colônia de exilados do regime Noavek uma estação atrás para nos ajudar com as estratégias. Os exilados apoiam nossos esforços para acabar com a vida de Ryzek.

A testa de Isae estava crispada — ficava franzida a maior parte do tempo, na verdade, como se ela não gostasse do espaço entre as sobrancelhas e quisesse escondê-lo — e, dessa vez, Akos entendeu por quê. A diferença entre exilados e renegados, a relação entre eles, não era muito interessante para ele — tudo o que queria era garantir que Cyra ficasse em segurança e tirar Eijeh das mãos dos shotet, não se importava com o que acontecesse ali. Mas para Isae, chanceler de Thuvhe, era obviamente importante saber que havia uma onda de dissidentes contra Ryzek, tanto dentro como fora de Shotet.

— Quantos de vocês... renegados... existem? — perguntou Isae.

— Eu devo responder a essa pergunta? — foi a resposta de Teka. A resposta era claramente um não, então Isae mudou de assunto.

— Seu envolvimento na revolta foi o que causou... — Isae estendeu a mão para o rosto de Teka. — O olho?

— Isso? Ah, eu tenho dois olhos, só gosto do tapa-olho — respondeu Teka.

— Sério? — perguntou Cisi.

— Não — disse Teka, e todos riram.

A comida era simples, quase sem gosto, mas Akos não se importava. Era pouco mais que um lar, um pouco menos que o refinamento dos Noavek. Teka começou a cantarolar junto com a música de Jyo, e Sovy tamborilava no tampo da mesa tão forte que o garfo de Akos se sacudia contra o prato sempre que ele o deixava de lado.

Teka e Jorek se levantaram e dançaram. Isae inclinou-se para Jyo enquanto ele tocava e perguntou:

— Então, se esse grupo específico de renegados está trabalhando para resgatar Cyra... o que os outros grupos renegados estão fazendo? Digo, hipoteticamente.

Jyo estreitou um olho para ela, mas respondeu de qualquer forma:

— Hipoteticamente, aqueles de nós em Shotet que têm status baixo precisam de coisas que não conseguem arranjar. E precisam de alguém para contrabandear essas coisas para eles.

— Como... armas hipotéticas? — perguntou a chanceler.

— É possível, mas não são prioridade máxima. — Jyo puxou algumas cordas erradas, xingou, e voltou às corretas. — Prioridade máxima são comida e remédios. Muitas viagens de ida e volta até Othyr. Temos que alimentar as pessoas antes que elas possam lutar, certo? E quanto mais longe do centro de Voa você está, mais doente e faminto o povo é.

O rosto de Isae ficou tenso, mas ela assentiu.

Akos não pensava muito nisso, o que acontecia fora do emaranhado dos Noavek onde ele havia se embrenhado. Mas pensou no que Cyra havia dito sobre Ryzek manter os suprimentos para si, repartindo com seu pessoal ou acumulando para depois, e se sentiu um pouco enojado.

Teka e Jorek giravam um ao redor do outro, e se balançavam, Jorek surpreendentemente gracioso, considerando seu jeito desengonçado. Cisi e Isae sentaram-se lado a lado, recostadas à parede. Às vezes, Isae abria um sorriso cansado. Não parecia se encaixar em seu rosto — não era um dos sorrisos de Ori, e ela carregava o rosto de Ori, por mais que tivesse cicatrizes. Mas Akos entendeu que teria de se acostumar com ela.

Sovy cantou algumas estrofes da canção de Jyo, e eles comeram até ficarem aquecidos, cheios e exaustos.

CAPÍTULO 29 | CYRA

Era difícil dormir depois de alguém ter arrancado sua pele com uma faca, mas eu me esforcei ao máximo.

Meu travesseiro estava encharcado de sangue quando acordei naquela manhã, embora, obviamente, eu tivesse dormido do lado que Vas não havia esfolado da garganta ao escalpo. O único motivo pelo qual eu não havia sangrado até a morte ainda era que a ferida aberta foi coberta com um tecido-ponto, uma inovação médica de Othyr que mantinha ferimentos fechados e se dissolvia enquanto se curavam. Não era feito para ferimentos tão graves quanto o meu.

Tirei a fronha do travesseiro e joguei-a num canto. As sombras dançavam sobre meu braço, fazendo-o formigar. Durante a maior parte de minha vida, elas correram pelas minhas veias, visíveis através da pele. Quando acordei depois do interrogatório – um guarda me disse que meu coração havia parado, depois recomeçado a bater sozinho –, as sombras estavam percorrendo a superfície do meu corpo. Ainda me causavam dor, mas era mais tolerável. Eu não entendia por quê.

Mas então Ryzek declarou nemhalzak, mandou Vas cortar minha pele como casca de fruta e me forçou a lutar na arena, então voltei a sentir tanta dor como de costume.

Ele me perguntou onde eu queria a cicatriz. Se é que poderia ser chamada assim – cicatrizes são linhas escuras na pele de uma pessoa, não... *pedaços*. Mas nemhalzak precisava ser pago com carne e ficar à mostra, prontamente visível. Com minha mente apodrecida pela raiva, eu lhe disse para fazer a cicatriz como tinha feito em Akos, quando os irmãos Kereseth haviam chegado. Da orelha ao queixo.

E quando Vas chegou àquele ponto, Ryzek disse para que continuasse.

Arranque um pouco de cabelo, também.

Eu respirava pelo nariz. Não queria vomitar. Não podia me dar ao luxo de vomitar, na verdade – eu precisava de toda a força que me restava.

Como fez todos os dias desde que me ressuscitei sozinha, Eijeh Kereseth vinha observar meu café da manhã. Deixava uma bandeja de comida aos meus pés e se recostava contra a parede à minha frente, encurvado, a postura ruim de sempre. Naquele dia, sua mandíbula trazia a escoriação que eu havia lhe causado um dia antes, quando tentei escapar a caminho da arena e consegui acertar uns golpes antes de os guardas no corredor me arrastarem para longe dele.

– Não pensei que você voltaria, depois de ontem – falei.

– Não tenho medo de você. Você não vai me matar – retrucou Eijeh. Ele havia sacado sua faca e girava a lâmina na palma da mão, pegando-a quando ela completava um círculo inteiro. Fazia aquilo sem olhar.

Eu bufei.

– Vou matar qualquer um, não ouviu os rumores?

– Você não vai me matar – repetiu Eijeh. – Porque você ama meu irmão maluco bem mais do que deveria.

Tive de rir daquilo. Eu não havia percebido que Eijeh Kereseth, com sua voz sedosa, me conhecia tão bem.

– Sinto como se conhecesse você – disse Eijeh de repente. – Acho que eu *conheço* você, não é? Conheço agora.

— Não estou muito a fim de ter discussões filosóficas sobre o que faz de uma pessoa quem ela é – respondi. – Mas, mesmo se você for mais Ryzek que Eijeh neste momento, ainda não me conhece. Você... quem quer que seja... nunca se importou.

Eijeh revirou um pouco os olhos.

— Pobre e incompreendida filha dos privilégios.

— Olha quem fala, a lata de lixo ambulante de todas as coisas que Ryzek quer esquecer – retruquei. – Aliás, por que ele não me mata de uma vez? Todo esse drama antecipado é muito elaborado, mesmo para ele.

Eijeh não respondeu, o que era uma resposta em si. Ryzek não havia me matado ainda porque precisava fazer desse jeito, em público. Talvez tenha havido rumores de que ajudei em uma tentativa de assassinato, então ele precisava destruir minha reputação antes de me deixar morrer. Ou talvez apenas quisesse assistir ao meu sofrimento.

Não sei por quê, eu não acreditava naquilo.

— É mesmo necessário me dar esses talheres inúteis? – perguntei, espetando minha torrada com a faca em vez de cortá-la.

— O soberano está preocupado que você acabe com sua vida antes do tempo – disse Eijeh.

Antes do tempo. Imaginei se Eijeh havia escolhido o jeito como eu morreria. O oráculo, escolhendo o futuro ideal entre uma série de opções.

— Acabar com minha vida com *isso*? Minhas unhas são mais afiadas. – Empurrei a faca com a ponta para baixo em direção ao colchão. Bati tão forte que a estrutura da cama tremeu e soltei. A faca caiu, não era afiada nem mesmo para perfurar tecido. Eu me encolhi, sem saber que parte do meu corpo doía mais.

— Acredito que ele pense em você como alguém criativa o bastante para descobrir um jeito – disse Eijeh, suavemente.

Enfiei o último pedaço de torrada na boca e me sentei com as costas para a parede, de braços cruzados. Estávamos em uma das celas polidas e brilhantes no ventre do anfiteatro, abaixo dos assentos do estádio que já estava se enchendo de gente ansiosa para me ver morrer. Eu venci o último desafio, mas estava ficando sem forças. Naquela manhã, caminhar até a privada foi um feito.

— Que lindo — falei, estendendo os braços para mostrar minhas escoriações. — Vê como meu irmão me ama?

— Você está fazendo piadinhas — disse Ryzek do lado de fora da cela. Pude ouvi-lo, abafado, através da parede de vidro que nos separava. — Deve estar ficando desesperada.

— Não, desespero é fazer esse tipo de jogo estúpido antes de me matar, apenas para estragar minha reputação — retruquei. — Tem medo de que o povo de Shotet se organize para me apoiar. Como você é patético.

— Tente ficar em pé, e todos nós veremos o que é "patético" — disse Ryzek. — Vamos. Hora de ir.

— Você vai ao menos me contar quem vou enfrentar hoje? — perguntei. Encaixei as mãos no estrado da cama, cerrei os dentes e empurrei.

Precisei de todas as minhas forças para engolir o grito de dor que inflou minha garganta. Mas consegui.

— Você vai ver — disse Ryzek. — Estou ansioso... e sei que você também... para acabar com isso de uma vez. Então, preparei um desafio especial esta manhã.

Ele estava vestido com uma armadura sintética — era preta opaca e mais flexível do que a versão shotet tradicional — e calçado com botas pretas que o faziam parecer ainda mais alto do que era. A camisa, branca com colarinho, estava abotoada até a garganta, aparecendo sobre o colete da armadura. Era quase o mesmo traje que tinha usado no funeral de nossa mãe. Justo, pois ele queria que eu morresse naquele dia.

– É uma pena seu amado não poder estar aqui para assistir – disse Ryzek. – Tenho certeza de que ele teria gostado.

Eu repassava na cabeça o tempo todo o que Zosita, mãe de Teka, havia me dito antes de se entregar para a execução. Perguntei para ela se valia a pena perder a vida desafiando Ryzek, e ela me dissera que sim. Queria poder lhe dizer que a compreendia.

Ergui meu queixo.

– Sabe, estou tendo problemas para descobrir quanto de você ainda é realmente meu irmão nesses dias. – Quando passei caminhando por Ryzek para fora da cela, me inclinei mais perto e disse: – Mas seu humor estaria muito melhor se seu pequeno plano de roubar o dom-da-corrente de Eijeh tivesse funcionado.

Por um momento, tive certeza de que pude ver a concentração de Ryzek vacilar. Seus olhos encontraram os de Eijeh.

– Entendi – falei. – Tudo o que você tentou fazer não funcionou. Ainda não tem o dom dele.

– Leve-a – ordenou Ryzek para Eijeh. – A morte está esperando por ela.

Eijeh empurrou-me para frente. Estava usando luvas grossas, como se fosse treinar uma ave de rapina.

Se eu me concentrasse, conseguiria andar em linha reta, mas era difícil com minha cabeça e garganta latejando tanto. Um pingo de sangue – bem, eu esperava que fosse sangue, pelo menos – correu pelas minhas costas.

Eijeh empurrou-me pela porta da arena, e eu saí aos tropeços. A luz lá fora era ofuscante, o céu sem nuvens e pálido ao redor do sol. O anfiteatro estava cheio de observadores, todos gritando e comemorando, mas eu não conseguia entender nada do que estavam dizendo.

À minha frente, Vas Kuzar aguardava. Ele sorriu para mim e em seguida mordeu os lábios rachados. Sangraria, se continuasse com aquilo.

— Vas Kuzar! — anunciou Ryzek, sua voz amplificada pelos dispositivos pequeninos que pairavam sobre a arena. Bem acima da borda amurada do anfiteatro, consegui ver os prédios de Voa, a pedra manchada sobre metal e vidro, brilhando ao sol. Um deles, com pináculo de vidro azul, quase se misturava ao céu. Cobrindo a arena havia um campo de força que protegia o lugar do clima severo — e de fugas. Os shotet não gostavam que nossos jogos de guerra fossem interrompidos por tempestades, frio e prisioneiros fujões.

— Você desafiou a traidora Cyra Noavek a lutar com lâminas-da-corrente até a morte! — Como se fosse a deixa, todos gritaram as palavras *traidora Cyra Noavek*, e eu revirei os olhos, embora meu coração estivesse batendo acelerado. — Em reação à sua traição ao povo de Shotet. Está pronto para prosseguir?

— Estou — disse Vas em seu tom monótono de costume.

— Sua arma, Cyra — disse Ryzek. Ele puxou uma espada-da-corrente da bainha às costas e girou na mão para que eu pudesse pegá-la pelo cabo.

Aproximei-me dele, desejando que as sombras-da-corrente crescessem dentro de mim, invocando a dor que as acompanhava. Minha pele estava salpicada de linhas escuras. Fiz que pegaria o cabo da faca, mas em vez disso prendi minha mão ao redor do braço de Ryzek.

Queira mostrar a essas pessoas quem ele realmente era. E a dor sempre fazia isso, virava a gente do avesso.

Ryzek gritou com dentes cerrados e se debateu, tentando se livrar de mim. Com todos os outros, eu simplesmente deixava meu dom-da-corrente ir aonde queria, e ele sempre desejava ser compartilhado. Com Akos, eu o segurei, quase acabando com minha vida no processo.

Mas com Ryzek, eu o empurrei na direção dele com toda a força que pude reunir.

Foi uma pena, na verdade, que Eijeh tenha chegado tão rápido, agarrando-me e me arrastando para longe.

Ainda assim, o dano havia sido feito. Todos na arena ouviram meu irmão gritar ao meu toque. Ficaram quietos, observando.

Eijeh me segurou enquanto Ryzek se recompunha, empertigando-se e embainhando a faca. Ele pôs a mão no ombro de Vas e disse, alto suficiente para apenas Vas e eu ouvirmos:

— Mate-a.

— Que pena, Cyra — disse Eijeh com suavidade em meu ouvido. — Não queria que chegasse a esse ponto.

Eu me livrei de Eijeh enquanto ele se afastava e recuei, respirando fundo. Não tinha arma. Mas era melhor desse jeito. Ao me negar uma lâmina-da-corrente, Ryzek apenas mostrou a todos na arena que não me daria uma chance justa. Em seu ódio, ele mostrou medo, e aquilo era suficiente para mim.

Vas avançou na minha direção, seus movimentos confiantes, predadores. Sempre me dera nojo, desde a minha infância, e eu não sabia exatamente por quê. Era alto e bem formado como qualquer outro homem que eu talvez achasse atraente. Um bom lutador, também, e seus olhos, ao menos, eram de uma cor rara, bonita. Mas também era recoberto de escoriações e arranhões acidentais. Suas mãos eram tão secas que a pele fina entre os dedos rachava. E eu nunca havia conhecido alguém tão... vazio. Infelizmente, era também o motivo que o tornava tão temido na arena.

Estratégia agora, pensei. Lembrei-me da gravação de Tepes a que havia assistido na sala de treinamento. Aprendi os movimentos bruscos e instáveis de seu combate quando minha mente estava aguçada.

A chave para sustentar o controle de meu corpo era manter o centro forte. Quando Vas avançou para atacar, virei e tropecei para o lado, meus membros sacudindo. Um de meus braços que se agitavam atingiu-o na orelha com força. O impacto fez meu corpo tremer, enviando uma onda de dor através das minhas costelas e costas.

Eu me encolhi e, no tempo que levei para me recuperar, Vas golpeou. Sua lâmina afiada marcou uma linha no meu braço. O sangue espirrou no chão da arena, e a plateia comemorou.

Tentei ignorar o sangue, a pontada, a aflição. Meu corpo pulsava com dor, medo e fúria. Segurei o braço contra o peito. Tinha de agarrar Vas. Ele não podia sentir dores, mas, se eu canalizasse suficiente do meu dom-da-corrente, conseguiria matá-lo.

Uma nuvem passou diante do sol, e Vas atacou de novo. Dessa vez eu desviei e estendi uma das mãos, raspando a parte de dentro de seu pulso com os dedos. As sombras dançaram sobre ele, sem potência suficiente para afetá-lo. Ele golpeou de novo com a faca, e a ponta da lâmina se enterrou no meu flanco.

Gemi e caí contra a parede da arena.

Então, ouvi alguém gritar: "Cyra!"

Uma figura escura, levantou-se sobre a parede da arena na primeira fileira de assentos e pulou no chão com joelhos dobrados. A escuridão cobria os cantos de minha visão, mas eu sabia que era ele, apenas vendo como corria.

Uma corda longa, escura, havia caído no centro da arena. Olhei para cima e não era uma nuvem cobrindo o sol, mas uma antiga nave de transporte, feita de fileiras de metal, amarela, enferrujada e tão brilhante quanto o sol, pairando bem acima do campo de força. Vas agarrou Akos com as duas mãos e jogou-o contra a parede da arena. Akos cerrou os dentes e cobriu as mãos de Vas com as suas.

Então, algo estranho aconteceu: Vas *se encolheu* e o soltou.

Akos correu até mim, inclinou-se e passou o braço pela minha cintura. Juntos, corremos até a corda. Ele a puxou com uma das mãos, e ela foi recolhida rapidamente. Rápida demais para Vas agarrá-la.

Todos ao redor estavam urrando. Ele gritou no meu ouvido:

— Vou precisar que você se segure sozinha!

Eu o xinguei. Tentei não olhar para os assentos lá embaixo, o frenesi que havíamos deixado para trás, o chão distante, mas era difícil. Em vez disso, me concentrei na armadura de Akos. Envolvi seu peito com os braços e prendi minhas mãos na gola da armadura. Quando ele me soltou, cerrei os dentes — estava muito fraca para segurar daquele jeito, fraca demais para aguentar meu peso.

Akos ergueu a mão que estava usando para me segurar, e seus dedos aproximaram-se do campo de força que cobria o anfiteatro. O brilho aumentou quando eles o tocaram, e, em seguida, piscou e desapareceu. A corda subiu com tudo, me fazendo gritar entre dentes e quase soltar as mãos, mas nesse momento já estávamos dentro da nave de transporte.

Estávamos lá dentro, e o silêncio era mortal.

— Você fez Vas sentir dor — falei, sem fôlego. Toquei o rosto dele, corri um dedo pelo nariz, pelo lábio.

Ele não estava tão machucado como da última vez em que o vi, encolhido no chão ao meu toque.

— Fiz — respondeu ele.

— Eijeh estava no anfiteatro, estava *bem ali*. Você podia tê-lo pegado. Por que não...

Sua boca — ainda sob meus dedos — retorceu-se num sorriso.

— Porque vim por sua causa, idiota.

Eu ri e despenquei contra seu corpo, sem forças para aguentar mais nada.

CAPÍTULO 30 | AKOS

Por um tique, havia apenas o peso de Cyra, seu calor e seu alívio.

E depois tudo ficou preto: o choque de pessoas na nave de transporte, seu silêncio enquanto se encaravam, Isae e Cisi presas aos cintos no fundo do convés da nave. Cisi abriu um sorriso para Akos quando ele pegou Cyra pela cintura e a levantou. Cyra era alta e estava longe de ser magra, mas ele ainda conseguiu carregá-la. Por um tempo, ao menos.

— Onde estão seus suprimentos médicos? — Akos perguntou a Teka e Jyo, que estavam se aproximando.

— Jyo tem treinamento médico; ele pode cuidar dela — respondeu Teka.

Mas Akos não gostou do jeito que Jyo olhou para Cyra, como se fosse algo valioso que ele poderia comprar ou negociar. Esses renegados não haviam resgatado Cyra apenas pela bondade do coração; queriam algo em troca, e ele não estava disposto a entregá-la.

Os dedos de Cyra enrolaram-se na correia da armadura ao lado das costelas dele, e Akos estremeceu um pouco.

— Ela não vai a lugar nenhum sem mim — disse ele.

A sobrancelha de Teka ergueu-se sobre o tapa-olho. Antes que ela pudesse ralhar com ele – o que ele sentiu estar prestes a acontecer –, Cisi desafivelou seu cinto e se aproximou.

– Eu posso fazer isso. Tenho treinamento – disse ela. – E Akos vai me ajudar.

Teka olhou para ela por um momento e, em seguida, apontou para a galé.

– Certamente, senhorita Kereseth.

Akos carregou Cyra até a galé. Ela não estava completamente inconsciente – seus olhos ainda estavam abertos –, mas não parecia estar *ali* também, e ele não gostava daquilo.

– Vamos, Noavek, recomponha-se – disse Akos quando se virou de lado para levá-la à porta. A nave não era muito estável; ele cambaleou. – A minha Cyra teria feito ao menos duas observações cáusticas agora.

– Hum. – Ela abriu um sorrisinho. – Sua Cyra.

A galé era estreita e suja, pratos e copos usados empilhados ao redor da pia, deslizando um contra o outro sempre que a nave virava, iluminada por faixas de luz branca que piscavam como se estivessem prestes a apagar; tudo feito do mesmo metal fosco, sarapintado com parafusos. Akos esperou enquanto Cisi limpava a pequena mesa entre duas prateleiras e a secou com um trapo seco. Seus braços doíam quando abaixou Cyra.

– Akos, não consigo ler os caracteres shotet.

– Hum... nem eu, na verdade. – O gabinete de suprimentos estava organizado, todos os itens embalados individualmente em fileiras ordenadas. Em ordem alfabética. Ele conhecia alguns de vista, mas não o suficiente.

– Pensei que você tivesse aprendido alguma coisa durante todo esse tempo em Shotet – disse Cyra de seu lugar na mesa, as palavras meio sussurradas. Seu braço estendeu-se de lado, e ela apontou. –

Tem pele-prata ali. Antisséptico à esquerda. Faça um analgésico para mim.

— Ei, aprendi algumas coisas — disse ele, apertando a mão dela antes de ir ao trabalho. — A lição mais desafiadora foi como lidar com você.

Ele trazia um frasco de analgésico na bolsa, então saiu para o convés principal de novo e procurou-a embaixo dos assentos dobráveis, encarando Jyo quando ele não moveu as pernas rápido. Encontrou o rolinho de couro — feito com pele de Encouraçado tratada, então ainda era duro, não exatamente um "rolo" —, onde mantinha seus frascos sobressalentes, e localizou o púrpura que ajudaria com a dor de Cyra. Quando voltou à galé, Cisi estava usando luvas e abrindo embalagens.

— Suas mãos são firmes, Akos? — perguntou Cisi.

— Firmes o suficiente. Por quê?

— Sei como fazer os procedimentos, claro, mas não posso tocá-la por conta da dor, lembra? Ao menos, não de forma tão contínua quanto ela precisaria que eu tocasse; é um trabalho delicado — respondeu ela. — Então, vou apenas dizer a você o que fazer.

Riscos escuros ainda percorriam os braços e a cabeça de Cyra, embora estivessem diferentes desde a última vez que Akos os viu, dançando sobre suas linhas angulares.

Cyra gralhou da mesa:

— Akos, esta é...?

— Minha irmã? — completou ele. — Sim, é. Cyra, esta é Cisi.

— É um prazer conhecê-la — disse Cyra, procurando o rosto de Cisi. Procurando semelhanças, se Akos bem a conhecia. Ela não encontraria; ele e Cisi nunca foram muito parecidos.

— O prazer é meu — disse Cisi, sorrindo para Cyra. Se tinha medo da mulher à sua frente, a mulher de quem ouvira tantos rumores a vida toda, não deixou transparecer.

Akos levou o analgésico até Cyra e tocou o frasco em seus lábios. Era difícil olhar para ela. O tecido-ponto que cobria o lado esquerdo da garganta e da cabeça era de um vermelho profundo e estava encrustado. Ela estava toda escoriada e esgotada.

— Me lembre — disse Cyra quando o analgésico fez efeito — de brigar com você por ter voltado.

— Tudo que você quiser — disse Akos.

Mas ele estava aliviado, porque ali estava sua Cyra, afiada como lâmina de serra, forte como gelo no Apagamento.

— Ela dormiu. Que bom — disse Cisi. — Afaste-se, por favor.

Akos abriu um pouco de espaço para ela. Era habilidosa, com certeza; pinçou o tecido-ponto com a delicadeza de alguém que passava linha na agulha, com cuidado para não tocar a pele de Cyra, e o puxou para trás. Ele saiu do ferimento com facilidade, úmido com sangue e pus. Ela o soltou, uma faixa encharcada por vez, em uma bandeja ao lado da cabeça de Cyra.

— Então, você está treinando para ser médica — disse Akos enquanto a observava.

— Pareceu uma boa escolha para meu dom — comentou Cisi. Seu dom era a tranquilidade, sempre tinha sido, mesmo antes de o dom-da-corrente emergir, mas não era o único, pelo que Akos pôde ver. Tinha mãos firmes, temperamento controlado e mente aguçada. Mais do que uma pessoa doce com boa disposição, pois ninguém é apenas isso.

Quando o ferimento todo estava livre do tecido-ponto inútil, ela derramou antisséptico sobre ele, enxugando as pontas para tirar o sangue seco.

— Tudo bem, acho que é hora de aplicar a pele-prata — disse Cisi, endireitando o corpo. — Ela age como uma criatura viva; precisamos apenas encostá-la do jeito certo, e ela adere permanentemente à pele.

Ficará ótimo, desde que você mantenha as mãos firmes. Tudo bem? Vou cortar uma faixa agora.

A pele-prata era outra inovação de Othyr, uma substância estéril, sintética, que, como disse Cisi, quase parecia estar viva. Era usada para substituir tecido que havia sido muito danificado, em geral por queimaduras. Tinha esse nome por sua cor e textura — era lisa e possuía um brilho prateado. Quando aplicada, era permanente.

Cisi cortou as faixas com cuidado, uma para a parte de pele bem acima da orelha de Cyra, uma para trás e outra para a garganta. Após um ou dois tiques, ela voltou para curvar as beiradas da pele-prata. Como vento na neve, como pétalas de flor-do-gelo.

Akos calçou as luvas para que a pele-prata não grudasse em suas mãos, e Cisi entregou a primeira faixa para ele. Era pesada e fria ao toque, não tão lisa como ele imaginou. Cisi o ajudou a posicionar as mãos sobre a cabeça de Cyra.

— Abaixe reto — disse ela, e Akos obedeceu. Não precisava pressionar no lugar; a pele-prata ondeou como água e afundou-se no escalpo de Cyra no momento em que encontrou carne.

Com a voz clara de Cisi o orientando, Akos encaixou o restante da pele-prata. Cada pedaço se juntava imediatamente, sem pontos para contar história entre as diferentes faixas.

Akos fez as vezes de mãos de Cisi nos outros ferimentos de Cyra também, os cortes no braço e no flanco cobertos com tecido-ponto, as escoriações tratadas com um unguento curativo. Não levou muito tempo. A maioria se curaria sozinha, e o truque verdadeiro para ela seria esquecer como os conseguiu. Não havia tecido-ponto para os ferimentos da mente, embora eles fossem reais.

— É isso — disse Cisi, tirando as luvas das mãos pequenas. — Agora, você só precisa esperar ela acordar. Ela precisa descansar, mas deve ficar bem agora que não está mais perdendo sangue.

— Obrigado — disse Akos.

— Nunca pensei que um dia estaria tentando *curar* Cyra Noavek — disse Cisi. — Muito menos em uma nave de transporte cheia de shotet. — Ela olhou para ele. — Agora entendo por que você gosta dela, sabe?

— Sinto como... — Akos suspirou e se sentou à mesa perto da cabeça de Cyra. — Como se eu tivesse entrado na minha fortuna sem querer.

— Bem — disse Cisi —, se você *está* predestinado a servir à família Noavek, acho que conseguiu se sair pior que a mulher que estava disposta a passar por tudo isso para mandá-lo de volta para casa.

— Então, você não acha que eu seja um traidor?

— Isso depende do que ela representa, não é? — disse Cisi. Tocou o ombro do irmão. — Vou lá falar com Isae, tudo bem?

— Claro.

— Que olhar é *esse*?

Ele estava segurando um sorriso.

— Nada.

As lembranças de Akos do interrogatório eram confusas, e os fragmentos que se esgueiravam em sua mente já eram ruins por si só, sem quaisquer detalhes para torná-los ainda mais reais. Mesmo assim, ele deixou que a lembrança de Cyra se acomodasse.

Ela lembrava um cadáver, com as sombras-da-corrente fazendo seu rosto parecer esburacado e apodrecido. E havia gritado tão alto, cada izito dela resistindo; não quis feri-lo. Se ele não havia dito a Ryzek o que sabia sobre Isae e Ori, talvez ela tivesse dito apenas para impedir que Akos fosse morto. Não que ele a culpasse.

Ela acordou na mesa da galé com um tremor e um gemido. Em seguida, estendeu a mão para ele, tocando o rosto do rapaz com a ponta dos dedos.

— Estou marcada em sua memória, agora? — perguntou ela com voz amolecida. — Como alguém que machucou você? — As palavras ficaram presas na garganta como se estivesse engasgando com elas. — Os sons que você fez, não consigo esquecer...

Cyra estava chorando. Meio entorpecida pelo analgésico também, mas ainda assim chorava.

Akos não se lembrava do som que havia feito quando ela o tocou — ou melhor, quando Vas a *forçou* a tocá-lo, torturando os dois. Mas sabia que ela havia sentido tudo que ele sentiu. Que era como o dom funcionava, enviando dor nas duas direções.

— Não, não – disse Akos. — O que ele fez, fez a nós dois.

Sua mão pousou no peito dele, como se Cyra fosse empurrá-lo, mas não foi o que fez. Ela correu os dedos pelo peito, e, mesmo através da camisa, Akos sentiu como ela estava quente.

— Mas agora você sabe o que fiz — disse ela, encarando a própria mão no peito dele, qualquer lugar, menos seu rosto. — Antes, você apenas me viu fazer isso com outros, mas agora conhece o tipo de dor que causei a essas pessoas, a tantas pessoas, apenas porque fui covarde para enfrentá-lo. — Ela fechou a cara feia e ergueu a mão. — Tirar você de lá foi uma das únicas coisas boas que fiz, e agora é ainda pior, porque você está aqui de novo, seu... seu idiota!

Ela agarrou com força o flanco, dolorida. Estava chorando de novo.

Akos tocou seu rosto. Quando a conheceu, achou que ela era uma coisa assustadora, um monstro de quem precisava escapar. Mas Cyra se desabrochou pouco a pouco, mostrando-lhe um humor deturpado ao acordá-lo com uma faca no pescoço, falando de si mesma com honestidade agressiva, para o bem e para o mal, e amando tão profundamente cada pedacinho desta galáxia, mesmo as partes que ela deveria odiar.

Ela não era um prego enferrujado, como havia lhe dito antes, ou um atiçador quente, ou uma arma na mão de Ryzek. Ela era uma flor-

-sossego; puro poder e possibilidade. Capaz de fazer o bem e o mal na mesma medida.

— Não foi a única coisa boa que você fez — disse Akos em thuvhesita. Parecia o idioma correto para aquele momento, o idioma de seu lar, que Cyra entendia, mas não falava de verdade quando ele estava por perto, como se tivesse medo de ferir os sentimentos dele. — O que você fez significou tudo pra mim — disse ele, ainda em thuvhesita. — Muda tudo.

Ele tocou sua testa na dela, então dividiram o mesmo ar.

— Gosto do jeito que você fala no seu idioma — comentou ela, suave.

— Posso beijar você? — perguntou Akos. — Ou vai doer?

Os olhos dela arregalaram-se. Ela respondeu, ofegante:

— E se doer? — Sorriu um pouco. — A vida é cheia de dor mesmo.

A respiração de Akos estremeceu quando apertou os lábios contra os dela. Não sabia ao certo como seria beijá-la daquele jeito, não porque ela o surpreendeu e ele não pensou em se afastar, mas porque ele apenas queria. Seu gosto era maltado e picante pelo analgésico que havia tomado, e ela ficou um pouco hesitante, como se tivesse medo de feri-lo. Mas beijá-la foi como acender um fósforo. Akos ardia por ela.

A nave sacudiu, fazendo todas as tigelas e canecas baterem umas contra as outras. Estavam aterrissando.

CAPÍTULO 31 | CYRA

Finalmente me permiti esse pensamento: ele era bonito. Os olhos cinzentos me lembravam das águas tempestuosas de Pitha. Quando tocou meu rosto, havia uma risca em seu braço onde um músculo forte encontrava o outro. Seus dedos ágeis, sensíveis, se moveram sobre meu rosto. As unhas estavam manchadas de pó amarelo — das flores de inveja, tive certeza. Fiquei ofegante ao pensar que ele me tocava porque queria.

Eu me sentei, lentamente, tocando a pele-prata atrás da orelha. Logo ela aderiria aos nervos no que havia restado do meu escalpo, e eu poderia senti-la como se fosse minha pele, embora nunca fosse crescer cabelos de novo. Imaginei minha aparência naquele momento, com pouco mais de metade dos cabelos na cabeça. O que, de verdade, não importava.

Ele quis me tocar.

— Quê? — perguntou Akos. — Você está me olhando de um jeito estranho.

— Nada — respondi. — Você só... parece bem.

Foi uma estupidez dizer aquilo. Ele estava cheio de poeira, suado e todo sujo de sangue. Os cabelos e as roupas estavam desgrenhados.

Bem não era a palavra exata, mas as outras que pensei eram demais, era cedo demais.

Ainda assim, ele sorriu como se entendesse.

— Você também.

— Estou suja — comentei. — Mas obrigada por mentir.

Me apoiei na beirada da mesa e tentei me equilibrar. No início, ainda segurando, sem saber se conseguiria ficar em pé.

— Precisa que te carregue de novo? — perguntou ele.

— Aquilo foi humilhante e nunca mais vai acontecer.

— Humilhante? Algumas pessoas talvez usassem outra palavra — disse ele. — Como... galante.

— Vou te dizer uma coisa — falei. — Algum dia, vou carregar você por aí como um bebê na frente de pessoas de quem está tentando conquistar o respeito, e aí você vai poder me dizer o quanto gosta dessa situação.

Ele abriu um sorrisinho.

— Combinado.

— Vou deixar que você me ajude a caminhar — aquiesci. — E não pense que não notei a chanceler de Thuvhe em pé na sala ao lado. — Balancei a cabeça. — Adoraria saber o princípio de elmetahak que encoraja trazer sua chanceler ao país de seus inimigos.

— Acho que se encaixa no "hulyetahak" — falou ele com um suspiro. — A escola dos estúpidos.

Segurei firme em seu braço e caminhei — me arrastei, na verdade — até o convés principal. A nave de transporte era pequena, com uma janela de observação ampla na ponta. Através dela enxerguei Voa de cima, cercada em três lados por encostas lisas e em um, pelo oceano, florestas se espalhavam sobre colinas distantes até onde meu olhar alcançava. Trens, acionados em grande parte pelo vento que vinha das águas, cercavam a circunferência da cidade e viajavam até seu centro como os raios de uma roda. Nunca havia andado em um.

— Como Ryzek não nos encontrou? — perguntei.

— Capa holográfica — explicou Teka da cadeira do capitão. — Nos faz parecer uma nave de transporte do exército shotet. Eu mesma projetei.

A nave mergulhou, afundando por um buraco no teto apodrecido de algum prédio nas cercanias de Voa. Ryzek não conhecia aquela parte da cidade — ninguém se importava, na verdade. Era óbvio que aquele prédio em especial havia sido um complexo de apartamentos, esvaziado por algum tipo de evento destruidor, talvez uma demolição que cancelaram no meio do caminho. Enquanto a nave afundava dentro dele, enxerguei dezenas de vidas: uma cama com travesseiros diferentes em um quarto partido ao meio, metade de um balcão de cozinha pendurado em um precipício; almofadas vermelhas cobertas de poeira e pedaços de escombros em uma sala de estar desmoronada.

Aterrissamos, e alguns dos renegados usaram uma corda enrolada em uma polia próxima ao teto para cobrir o buraco ali com um pedaço imenso de tecido. A luz passava por ele — quase fazendo a nave brilhar com o calor de seus remendos metálicos —, mas havia ficado mais difícil de ver os apartamentos por dentro. O espaço onde estávamos era meio de terra batida, meio de ladrilhos manchados de poeira. Crescendo nas fendas do piso rachado havia frágeis flores shotet, cinza, azuis e púrpura.

E no último dos degraus que se abriam do porão da nave, com os olhos angulosos de que me lembrei da gravação a que Akos e eu havíamos assistido juntos, estava Isae Benesit. Tinha cicatrizes que eu não havia imaginado, cicatrizes feitas por uma lâmina shotet.

— Olá — disse para ela. — Ouvi falar muito de você.

Ela retrucou:

— Eu também.

Eu tinha certeza. Ouviu sobre como eu causava dor e morte em tudo que tocava. E talvez tivesse ouvido da minha suposta loucura também, que eu era insana demais para falar, como um animal doente.

Verifiquei se a mão de Akos ainda estava no meu ombro e estendi a mão para ela apertar, curiosa para ver se ela o faria. Sua mão parecia delicada, mas tinha calos, e me perguntei como havia ficado assim.

— Acho que deveríamos trocar histórias — falei com cuidado. Se os renegados já não soubessem quem ela era, era melhor não lhes contar por segurança. — Em algum lugar, em particular.

Teka se aproximou de nós. Quase ri com o tapa-olho brilhante que ela usava; embora eu não a conhecesse bem, parecia que queria chamar a atenção para o olho que lhe faltava em vez de disfarçá-lo.

— Cyra — disse ela. — Ótimo ver que você está se sentindo melhor.

Eu me afastei da mão firme de Akos, então as sombras-da-corrente se espalharam pelo meu corpo. Eram tão diferentes, girando ao redor dos meus dedos, como fios de cabelo, em vez de correr como veias. Minha camisa estava manchada de sangue e rasgada onde haviam aplicado o tecido-ponto, e eu estava escoriada em mais lugares do que podia contar. Ainda assim, tentei fingir que tinha alguma dignidade.

— Obrigada por me resgatar — falei para Teka. — Acredito, pelas nossas interações passadas, que haja alguma coisa que vocês queiram em troca.

— Vamos chegar lá mais tarde — disse Teka, apertando os lábios. — Mas acho que podemos dizer que nossos interesses se alinham. Se quiser se limpar, tem água corrente no prédio. Água quente. Escolha um apartamento, qualquer apartamento.

— Luxo dos luxos — disse. Olhei para Isae. — Talvez você devesse vir conosco. Temos muito que conversar.

Fiz o melhor que pude para fingir que estava tudo bem até chegarmos a uma das escadarias, longe da visão de todos. Então, parei para me recostar a uma das paredes, ofegante. Minha pele pulsava ao redor da pele-prata. O toque de Akos estava tirando a dor de meu dom-da-

-corrente, mas não havia nada que pudesse fazer para me salvar do restante, os rasgos na minha carne, as batalhas que combati por minha vida.

— Já chega, isso é simplesmente ridículo — disse Akos. Ele colocou a mão atrás dos meus joelhos e me ergueu nos braços, não com a gentileza que eu teria gostado. Mas eu estava cansada demais para contestar. Os dedos de meus pés raspavam as paredes enquanto ele me carregava pelas escadas.

Encontramos um apartamento no segundo andar que parecia relativamente intacto. Estava empoeirado, e metade da sala de estar que resistia dava de frente para a área escavada onde a nave havia estacionado, então podíamos ver o que os renegados faziam, enrolando colchões, separando suprimentos, fazendo fogo em uma pequena fornalha que provavelmente haviam tirado de algum apartamento.

O banheiro, ao lado da sala de estar, era confortável e amplo, com uma banheira no centro do cômodo e uma pia ao lado. O chão era de ladrilhos azuis vítreos. Akos testou as torneiras, que primeiro cuspiram água, mas ainda funcionavam, como prometido por Teka.

Fiquei dividida, por um momento, entre me lavar e conversar com Isae Benesit.

— Posso esperar — disse Isae quando percebeu minha indecisão. — Vou ficar distraída demais para ter uma conversa decente enquanto você estiver coberta de sangue.

— Sim, não estou adequada para a companhia de uma chanceler — falei com um tanto de ironia na voz. Como se fosse minha culpa eu estar coberta de sangue. Como se eu precisasse ser lembrada disso.

— Passei grande parte da minha vida numa pequena nave que cheirava a chulé — respondeu ela. — Nem eu estou adequada para minha companhia, se pensarmos bem.

Ela escolheu uma das almofadas grandes da sala de estar e bateu a mão espalmada nela, fazendo subir uma nuvem de poeira. Depois de limpá-la, arrumou-a e se sentou, conseguindo parecer elegante enquanto procurava o equilíbrio. Cisi sentou-se ao lado dela, embora com menos cerimônia, lançando um sorriso carinhoso para ela. Fiquei perplexa com seu dom, como ele diminuía meus pensamentos turbulentos e fazia minhas piores lembranças se afastarem. Senti que estar perto dela podia ser viciante, se o desconforto fosse grande.

Akos ainda estava no banheiro. Havia fechado o ralo da banheira e aberto as torneiras. Agora, estava abrindo as correias da armadura com dedos rápidos, habilidosos.

— Não me diga que não precisa de ajuda — disse ele para mim. — Não vou acreditar em você.

Saí da sala de estar e tentei puxar a camisa para cima. Quando chegou na altura da barriga, tive de parar para respirar. Akos deixou a armadura no chão e pegou a barra da minha camisa. Eu ri, suavemente, enquanto ele guiava a roupa sobre minha cabeça, puxando-a de meus braços, e depois disse:

— Isso é estranho.

— Sim, é — confirmou ele. Manteve os olhos no meu rosto. Estava ficando vermelho.

Não havia sequer permitido a mim mesma imaginar uma situação daquelas, seus dedos correndo pelos meus braços, a lembrança de sua boca na minha tão próxima que eu ainda conseguia senti-la.

— Acho que posso tirar a calça sozinha — comentei.

Não ligava de mostrar meu corpo. Eu estava longe de ser frágil, com coxas grossas e peito pequeno, e aquilo não me preocupava. Aquele corpo havia me acompanhado por uma vida dura. Tinha exatamente a aparência que devia ter. Ainda assim, quando seus olhos se abaixaram, apenas por um instante, eu segurei uma risadinha nervosa.

Ele me ajudou a entrar na banheira, onde fiquei sentada, deixando minhas roupas de baixo se encharcarem. Ele procurou no gabinete embaixo da pia, derrubando uma navalha reta, uma garrafa vazia com rótulo gasto e um pente com dentes quebrados antes de encontrar um pedaço de sabão para me oferecer.

Ficou quieto, repousando a mão em mim para suprimir as sombras-da-corrente enquanto eu tirava as manchas vermelhas do corpo. A pior parte foi tatear as pontas da pele-prata para lavar um pouco do sangue acumulado por dias, então foi a primeira coisa que fiz, mordendo os lábios para não gritar. Em seguida, seu dedão fez pressão, desfazendo um nó no meu ombro, no meu pescoço. Arrepios espalhavam-se pelos meus braços.

Seus dedos tremiam pelos meus ombros, encontrando pontos para aliviar. Seus olhos, quando encontravam os meus, eram suaves e quase envergonhados, e eu quis beijá-lo até ele ficar vermelho de novo.

Mais tarde.

Com uma espiada na sala de estar para garantir que Cisi e Isae não podiam me ver, soltei a armadura ao redor do meu braço esquerdo e desgrudei-a da minha pele.

— Tenho mais alguns para cravar — disse baixinho para Akos.

— Essas perdas podem esperar — disse Akos. — Você já sangrou demais.

Ele pegou o sabão de mim e girou-o na mão para fazer espuma. Depois correu os dedos pelo meu braço cicatrizado com gentileza. Era, de algum jeito, melhor do que ser beijada por ele. Ele não tinha nenhuma ilusão frágil sobre minha bondade, que devia ter se estilhaçado quando descobriu a verdade. Mas ele me aceitou mesmo assim. Se importou comigo de qualquer maneira.

— Tudo bem — falei. — Acho que já acabei.

Akos se levantou, segurando minhas mãos, e me ajudou enquanto eu tentava me erguer. A água corria pelas minhas pernas e costas. Enquanto eu colocava de volta a guarda no meu braço, ele encontrou uma toalha em um dos gabinetes e em seguida juntou roupas para mim —

calças de Isae, roupas de baixo de Cisi, uma de suas camisas e um par de meias, minhas botas ainda intactas. Olhei para a pilha de roupas um pouco apavorada. Uma coisa era ele me ver com roupas de baixo, mas me ajudar a tirá-las...

Ora, se fosse acontecer, queria que ocorresse em circunstâncias diferentes.

— Cisi — disse Akos. Ele também estava olhando para a pilha de roupas. — Talvez você pudesse ajudar com essa parte.

— Obrigada — falei.

Akos sorriu.

— Está ficando *realmente* difícil manter os olhos no seu rosto.

Fiz uma careta para ele quando saiu.

Cisi entrou, e a paz veio com ela. Ela me ajudou a tirar a faixa de meus peitos. Era, pelo que eu sabia, um modelo shotet exclusivo, feito não para aumentar minhas formas, mas para manter meus seios imóveis embaixo da armadura rígida. O substituto que ela me entregou parecia mais uma camiseta, feita para esquentar e dar conforto, o tecido macio. A versão thuvhesita. Era grande demais para mim, mas teria de ser assim.

— Esse seu dom — falei quando ela me ajudou a prendê-lo. — Não fica difícil confiar nas pessoas com ele?

— Como assim? — Ela ergueu a toalha para que eu pudesse trocar minhas roupas de baixo com privacidade.

— Digo... — Depois de vestir a calcinha, enfiei a primeira perna na calça. — Você nunca sabe de verdade se as pessoas querem você ou seu dom por perto.

— O dom vem de mim — disse Cisi. — É uma expressão da minha personalidade. Então, acho que não vejo diferença.

Era, essencialmente, o que dr. Fadlan dissera a minha mãe em seu consultório, que meu dom era um desdobramento de partes mais profundas de mim, e apenas mudaria quando eu mudasse. Observando as sombras envolvendo meu pulso como um bracelete, me perguntei se sua mudança significava que eu havia despertado como uma mulher diferente desde aquele interrogatório. Talvez melhor, mais forte.

Perguntei:

— Então, você acha que causar dor às pessoas é parte de minha personalidade?

Ela franziu a testa enquanto ajudava a guiar minha cabeça e meus braços na camisa limpa. As mangas curtas eram muito longas para mim, então eu as enrolei, deixando os braços nus.

— Você quer manter as pessoas distantes — disse Cisi finalmente. — Não sei ao certo por que a dor é a maneira que seu dom faz isso acontecer. Não conheço você. — O franzir da testa ficou mais fundo. — É estranho. Em geral, não consigo falar tão abertamente com ninguém, muito menos com alguém que acabei de conhecer.

Ela e eu trocamos um sorriso.

Na sala de estar, onde Isae ainda estava sentada com as pernas dobradas para um lado, os tornozelos cruzados, havia uma pequena pilha de almofadas já pronta para mim. Afundei nela, aliviada, e puxei meus cabelos úmidos sobre um dos ombros. Embora a mesa entre nós estivesse quebrada — era feita de vidro, então estilhaços cobriam o chão ao nosso redor —, e as almofadas estivessem sujas e no chão, Isae parecia olhar para mim como se estivesse na corte, e eu fosse a súdita. Bem, aquilo era uma habilidade.

— Como é seu thuvhesita? — perguntou Isae.

— Muito bom — falei, trocando de idioma.

Akos virou-se para prestar atenção ao som de seu idioma nativo saindo de minha boca. Ele já tinha ouvido, mas ainda assim pareceu assustá-lo.

— Então — falei para ela. — Você veio até aqui por sua irmã.

— Exato — confirmou Isae. — Você a viu?

— Não — respondi. — Não sei onde ela está sendo mantida. Mas, no fim das contas, ele terá de removê-la. É para isso que vocês precisam se planejar.

Akos colocou a mão no meu ombro de novo, dessa vez ficando atrás de mim. Eu nem sequer notei as sombras-da-corrente começando seu movimento de novo, estava muito distraída por todas as outras dores.

— Ele vai machucá-la? — perguntou Cisi, baixinho, tomando lugar ao lado de Isae.

— Meu irmão não causa dor em ninguém sem motivo — respondi.

Isae bufou.

— Estou falando sério — rebati. — É um tipo peculiar de monstro. Teme a dor, e nunca gostou de observá-la. É um lembrete de que ele pode senti-la, eu acho. Pode ficar tranquila quanto a isso... ele provavelmente não vai machucá-la sem motivo, sem razão.

Cisi cobriu a mão de Isae com a sua e segurou-a com força, sem olhar para ela. As mãos unidas apoiavam-se no chão entre elas, os dedos tão entrelaçados que eu diferenciava a pele de Cisi da de Isae apenas por seu tom mais escuro.

— Acredito que, seja lá o que ele pretenda fazer com ela... que podemos concluir ser uma execução... será pública e tem a intenção de atrair você até ele — comentei. — Ele quer matar *você*, muito mais do que ela, e quer que seja nos termos dele. Confie em mim, não vai querer combatê-lo nos termos dele.

— Talvez a gente precise de sua ajuda — disse Akos.

— Minha ajuda já é de vocês — confirmei.

Pousei minha mão sobre a dele e apertei. Para tranquilizá-lo.

— O truque será persuadir os renegados — disse Akos. — Eles não querem saber de resgatar uma filha dos Benesit.

— Deixe que eu cuido disso com eles — comentei. — Tenho uma ideia.

— Quantas das histórias suas que ouvi são verdadeiras? — perguntou Isae. — Vejo como cobre seu braço. Sei o que pode fazer com seu dom. Então, sei que algumas coisas que ouvi devem ser verdade. Como posso confiar em você, se for o caso?

Tive a sensação, olhando para ela, de que queria que o mundo ao seu redor fosse simples, inclusive as pessoas dentro dele. Talvez precisasse se sentir assim, carregando o destino de um planeta-nação nos ombros. Mas aprendi que o mundo não se tornava justo apenas porque você precisava que ele fosse assim.

— Você deseja ver as pessoas como extremos. Boas ou más, confiáveis ou não — respondi. — Entendo. É mais fácil dessa forma. Mas não é como as pessoas funcionam.

Ela olhou para mim por um bom tempo. Tempo suficiente para até mesmo Cisi se mexer, incomodada, onde estava.

— Além disso, se você vai ou não confiar em mim não faz diferença — falei, por fim. — Vou picar meu irmão em pedacinhos de qualquer jeito.

No fim dos degraus, quando todos ainda estávamos cobertos pela escuridão da escadaria, puxei a manga de Akos para segurá-lo. Não estava escuro a ponto de eu não enxergar seu olhar confuso. Esperei até Isae e Cisi estarem longe antes de recuar, soltá-lo e deixar as sombras-da-corrente aumentarem entre nós, como fumaça.

— Tem algo errado? — perguntou ele.

— Não — respondi. — Só... me dê um segundo.

Fechei os olhos. Desde que havia acordado depois do interrogatório com a sombra sobre minha pele e não embaixo dela, pensava no consultório do dr. Fadlan, em como meu dom havia se transformado. Parecia, como a maioria das coisas em minha vida, ligado a Ryzek. Ryzek temia a dor, então a corrente me deu um dom que ele temia, talvez o único dom que realmente poderia me proteger dele.

A corrente não me dera uma maldição. E eu fiquei mais forte com seu ensinamento. Mas não havia como negar outra coisa que dr. Fadlan havia dito – que, em algum nível, eu sentia como se eu e todo mundo merecêssemos a dor. Eu sabia de uma coisa, no fundo da minha alma: Akos Kereseth não a merecia. Agarrando-me a esse pensamento, estendi a mão e toquei seu peito, sentindo o tecido.

Abri os olhos. As sombras ainda corriam sobre meu corpo, pois eu não estava tocando a pele dele, mas meu braço esquerdo inteiro, do ombro até as pontas dos dedos que o tocavam, estava nu. Mesmo se ele fosse capaz de sentir meu dom-da-corrente, eu ainda não o teria ferido.

Os olhos de Akos, em geral tão desconfiados, estavam arregalados de surpresa.

– Quando mato pessoas com um toque, é porque decido dar a elas toda a dor, sem reter nenhuma para mim. É porque fico tão cansada de carregá-la que tudo que desejo é afastá-la por um tempo – falei. – Mas, durante o interrogatório, me ocorreu que talvez eu fosse forte o bastante para carregá-la toda comigo. Que talvez ninguém mais além de mim poderia fazer isso. E nunca teria pensado nisso sem você.

Pisquei para evitar as lágrimas.

– Você me viu como alguém melhor do que eu era. Você me disse que eu poderia escolher ser diferente do que tinha sido, que minha condição não era permanente. E eu comecei a acreditar em você. Absorver toda a dor quase me matou, mas, quando acordei, o dom estava diferente. Não dói tanto. Às vezes, consigo controlá-lo.

Afastei minha mão.

– Não sei como você quer chamar o que somos um para o outro agora – continuei. – Mas queria que você soubesse que sua amizade... me transformou de verdade.

Por alguns longos segundos, ele apenas me encarou. Ainda havia coisas novas a descobrir em seu rosto, mesmo depois de tanto tempo tão próximo de mim. Sombras leves embaixo das maçãs do rosto. A cicatriz que corria na sobrancelha.

— Você não sabe como chamar? — perguntou ele, quando finalmente falou de novo.

Sua armadura atingiu o chão com uma pancada, e ele estendeu a mão para mim. Envolveu minha cintura com o braço. Puxou-me contra ele. Sussurrou perto da minha boca:

— Sivbarat. Zethetet.

Uma palavra shotet, uma thuvhesita. *Sivbarat* referia-se ao amigo mais querido de uma pessoa, alguém tão próximo que perdê-lo seria como perder um membro. E a palavra thuvhesita eu nunca tinha ouvido antes.

Não sabíamos bem como nos encaixar, lábios úmidos demais, dentes onde não deveriam estar. Mas tudo bem; tentamos de novo, e dessa vez foi como a centelha que vinha do atrito, um solavanco de energia atravessou meu corpo.

Ele agarrou a lateral do meu corpo, puxando minha camisa com os punhos. As mãos eram ágeis por lidarem com facas de entalhe e pó, e ele também tinha esse cheiro de ervas, poções e vapores.

Recostei o corpo no dele, sentindo a parede rústica da escadaria contra as mãos, e sua respiração rápida e quente no meu pescoço. Imaginava como seria passar a vida sem sentir dor, mas aquilo não era a ausência de dor que eu sempre ansiei, era o oposto, era sensação pura. Suave, quente, dolorida, pesada, tudo, tudo.

Ouvi, ecoando através do esconderijo, uma espécie de comoção. Mas, antes que pudesse me afastar para que pudéssemos ver o que era, perguntei para ele, baixinho:

— O que significa "zethetet"?

Ele desviou o olhar, como se estivesse envergonhado. Avistei aquele avermelhar sorrateiro ao redor da gola da camisa.

— Amada — disse ele, suave. Beijou-me de novo e depois ergueu a armadura e seguiu na frente, na direção dos renegados.

Eu não conseguia parar de sorrir.

A comoção era porque alguém estava aterrissando um flutuador em nosso esconderijo, atravessando o tecido que nos protegia. A faixa de luz no meio dele era púrpura escuro, e respingava de lama.

Congelei, aterrorizada pela forma escura descendo, mas depois vi palavras que não eram familiares na parte de baixo da nave redonda: *Nave de passageiros nº 6734.*

Escritas em thuvhesita.

CAPÍTULO 32 | AKOS

A NAVE QUE HAVIA ATRAVESSADO a cobertura era um flutuador de passageiros volumoso, grande o bastante para levar algumas pessoas. Pedaços rasgados do tecido que havia furado desceram flutuando atrás dele, pairando na brisa. O céu, agora visível, estava azul-escuro, sem estrelas, e o fluxo-da-corrente, ondulando através dele, estava vermelho arroxeado.

Os renegados cercaram o flutuador, armas sacadas. A escotilha na lateral se abriu, e uma mulher desceu, mostrando a palma das mãos. Era mais velha, com mechas de cabelos brancos, e seu olhar era qualquer coisa, menos de rendição.

— Mamãe? — disse Cisi.

Cisi correu até ela, envolvendo-a em um abraço. A mãe a abraçou, mas olhava os renegados por sobre o ombro de Cisi. Em seguida, encarou fixamente Akos.

Ele se sentiu incomodado na própria pele. Tinha pensado que talvez, se ele alguma vez voltasse a vê-la, ela o fizesse se sentir uma criança. Mas foi justamente o contrário — ele se sentiu velho. E enorme. Segurava sua armadura shotet diante do corpo como se aquilo fosse protegê-lo dela, em seguida desejou desesperadamente não estar segurando aquilo, pois assim ela não saberia que ele a mereceu. Não queria assustá-la, decepcioná-la nem ser diferente do que ela esperava, apenas não sabia o que era isso.

— Quem é você? — questionou Teka. — Como nos encontrou?

A mãe soltou Cisi.

— Meu nome é Sifa Kereseth. Desculpe alarmar vocês, não quis incomodar.

— Você não respondeu a minha pergunta.

— Sei onde encontrar vocês porque sou a oráculo de Thuvhe — revelou a mãe e, de uma vez, como se fosse ensaiado, os renegados abaixaram suas lâminas-da-corrente. Mesmo aqueles shotet que não adoravam a corrente não ousariam ameaçar uma oráculo, sendo seu histórico religioso tão forte. Reverenciá-la, reverenciar aquilo que ela podia fazer e ver, estava entranhado neles, corria como sangue nas veias.

— Akos — disse a mãe, quase como se fosse uma pergunta. E em thuvhesita: — Filho?

Ele pensou nesse reencontro dezenas de vezes. O que diria, o que faria, como se sentiria. E principalmente, naquele momento, tudo o que sentiu foi raiva. Não tinha ido até ele no dia do sequestro. Não tinha alertado sobre o horror que viria até sua porta, nem disse um adeus mais expressivo naquela manhã, quando foram à escola. Nada.

Ela estendeu as mãos ásperas para ele, pousou-as nos ombros. A camisa surrada que ela usava, remendada nos cotovelos, era uma das camisas do pai. Cheirava a folha de sendes e fruta-sal, como em casa. Da última vez que havia estado diante dela, ele batia apenas no ombro da mulher; agora era um palmo mais alto.

Seus olhos faiscaram.

— Eu gostaria de poder explicar — sussurrou ela.

Ele também. Desejava, mais que isso, que ela pudesse deixar de lado a fé maluca que tinha nas fortunas, as convicções que ela considerava maiores até mesmo que os próprios filhos. Mas não era tão simples.

— Eu perdi você, então? — A voz dela vacilou um pouco com a pergunta, e era fácil sua raiva se dissipar com isso.

Ele se curvou e puxou-a para um abraço, erguendo-a do chão sem nem perceber.

Sentiu que ela estava pele e osso. Sempre fora magra assim, ou, por ser criança e ela sua mãe, ele pensava que ela era forte? Sentiu como se fosse fácil demais quebrá-la ao meio.

Ela balançou de um lado para o outro um pouco. Sempre fazia isso, como se o abraço não acabasse até ela testar sua estabilidade.

— Oi — disse ele, porque foi tudo em que conseguiu pensar.

— Você cresceu — disse a mãe enquanto se afastava. — Eu vi meia dúzia de versões deste momento e ainda não tinha ideia de que você ficaria tão alto.

— Nunca pensei que veria você surpresa.

Ela riu um pouco.

Nem tudo fora perdoado, nem metade. Mas, se aquela fosse uma das últimas vezes que ele conseguiria vê-la, não passaria por esse momento com raiva. Ela ajeitou os cabelos de Akos, e ele deixou, embora soubesse que seus cabelos não precisavam ser ajeitados.

A voz de Isae rompeu o silêncio:

— Olá, Sifa.

A oráculo inclinou a cabeça para Isae. Akos não precisou alertá-la para não dizer aos renegados quem Isae era; ela já sabia, como sempre.

— Olá — disse para Isae. — Fico feliz em vê-la de novo, também. Ficamos preocupados com você, lá na nossa terra. E com sua irmã também.

Palavras reservadas, cheias de subtextos. Thuvhe provavelmente estava um caos, em busca de sua chanceler perdida. Akos perguntou-se, então, se Isae havia dito para alguém aonde estava indo ou que ainda estava viva. Talvez não tivesse se importado com isso. No fim das contas, não havia crescido em Thuvhe, certo? Quanta lealdade ao país gelado realmente tinha a chanceler?

— Bem — disse Jorek, carinhoso como sempre —, estamos honrados com sua presença, Oráculo. Por favor, junte-se a nós para a refeição.

— Vou sim, mas preciso alertar vocês, vim cheia de visões — disse Sifa. — Acho que elas vão interessar a todos.

Alguém estava murmurando, traduzindo as palavras thuvhesitas para os renegados que não falavam o idioma. Akos ainda se esforçava para ouvir a diferença entre as duas línguas, exceto quando prestava muita atenção. Achava que era uma questão de conhecer uma coisa pelo sangue e não pelo cérebro. Simplesmente estava *lá*.

Ele avistou Cyra no fundo da multidão, a meio caminho entre os renegados e a escadaria de onde haviam saído. Ela parecia... bem, ela parecia assustada. Por encontrar a oráculo? Não... por conhecer sua mãe. Tinha de ser.

Peça para essa garota assassinar o próprio irmão ou lutar com alguém até a morte e ela não vai sequer piscar. Mas estava com medo de conhecer sua mãe. Ele sorriu.

Os outros estavam voltando para a fornalha baixa, que os renegados haviam acendido para manter todos aquecidos. Enquanto Akos subia para ajudar Cyra, eles tiraram algumas mesas dos apartamentos, e meia dúzia de estilos diferentes estava representada: uma quadrada de metal, uma estreita de madeira, outra de vidro, outra talhada. Havia um pouco de comida nelas, fruta-sal cozida e tiras desidratadas de carne, uma fileira de pão tostando em um espeto, e cascas de fenzu torradas, uma iguaria que ele nunca havia provado. Ao lado da comida havia pequenas tigelas de flores-do-gelo, esperando para serem misturadas e preparadas. Provavelmente por Akos, se ele conhecia Jorek tão bem como pensava. Não era tão elaborado quanto o que tinham para comer na noite anterior, mas era o bastante.

Ele não teve de guiar a mãe até Cyra. Ela a viu e caminhou em sua direção. Não fez Cyra parecer menos assustada.

— Senhorita Noavek — disse sua mãe. Havia um tom contido na garganta. Ela inclinou a cabeça para ver a pele-prata no pescoço de Cyra.

— Oráculo — disse Cyra, inclinando a cabeça. Ele nunca tinha visto Cyra prestar reverência de verdade para ninguém antes.

Uma das sombras desabrochou no rosto de Cyra e depois se espalhou em três linhas escuras que correram garganta abaixo como uma engolida em seco. Ele pousou os dedos em seu ombro para que ela pudesse apertar a mão de sua mãe quando ela a estendesse, e Sifa observou o toque levemente interessada.

— Mamãe, Cyra armou para me mandar para casa na semana passada — disse ele. Não sabia o que mais dizer sobre ela. Ou o que mais dizer, ponto. O rubor que o perseguiu durante a infância voltava, sorrateiro; ele sentiu atrás da orelha e tentou reprimi-lo. — Como pode ver, custou bem caro para ela.

A mãe olhou para Cyra de novo.

— Obrigada, senhorita Noavek, pelo que fez por meu filho. Estou ansiosa para, mais tarde, descobrir por quê.

Com um sorriso estranho, Sifa afastou-se, dando o braço para Cisi. Cyra ficou para trás com Akos, sobrancelhas erguidas.

— Essa é minha mãe — disse ele.

— Eu percebi — comentou ela. — Você está... — Ela passou os dedos atrás da orelha dele, onde a pele estava quente. — Você está ficando vermelho.

Por mais que ele tentasse reprimir. O calor espalhou-se pelo rosto de Akos, e ele sabia que estava vermelho brilhante. Já não devia ter ultrapassado essa fase?

— Você não sabe como me explicar. Você só fica vermelho quando não sabe que palavras usar, já notei isso — disse ela, o dedo correndo para o rosto dele. — Está tudo bem. Eu não saberia como explicar você para minha mãe também.

Ele não sabia o que esperava. Provocação, talvez? Cyra não deixaria de provocá-lo, mas parecia saber, de alguma forma, que naquele momento estava fora de cogitação. A compreensão simples, silenciosa, aliviou-o por dentro. Ele cobriu a mão dela. Prendeu os dedos ao redor dos dela, assim ficavam ligados.

— Talvez agora não seja hora de dizer a você que provavelmente não conseguirei ser charmosa com ela — disse Cyra.

— Então, não seja charmosa — disse Akos. — Certamente ela não será.

— Cuidado. Você não sabe o quanto eu consigo ser "não charmosa". — Cyra levou os dedos unidos deles à boca e mordeu de leve.

Akos sentou-se em um lugar na mesa de metal ao lado de Sifa. Se houvesse um uniforme de Hessa, era o que ela estava usando: as calças eram de material robusto, provavelmente forrado com alguma coisa para mantê-la aquecida, e as botas tinham pequenos ganchos nas solas para se prender ao gelo. O cabelo estava amarrado para trás com fitas vermelhas. De Cisi, ele tinha certeza. Havia novas linhas de expressão em sua testa e ao redor dos olhos, como se as estações tivessem tirado algo dela. E, claro, tinham.

Os renegados sentaram-se todos ao redor deles, passando tigelas de comida, pratos vazios e talheres. Diante deles estavam Teka, com um tapa-olho com estampa floral dessa vez, Jorek, seu cabelo encaracolado úmido por ter tomado banho, e Jyo, com seu instrumento de colo virado, o queixo pousado sobre ele.

— Primeiro a comida — disse Sifa, quando percebeu que os renegados estavam esperando por ela. — Depois, a profecia.

— Claro — concordou Jorek com um sorriso. — Akos, será que você pode fazer um pouco de chá para a gente se soltar um pouco?

Como previsto, Akos nem se importou em fingir irritação por ser escalado para trabalhar quando sua mãe havia acabado de furar o teto em um flutuador thuvhesita. Precisava fazer alguma coisa com as mãos.

— Posso.

Encheu a chaleira com água e pendurou-a com um gancho sobre a pequena fornalha, depois foi até a outra ponta da profusão de mesas, misturando chás para tantas canecas quantas conseguiu encontrar. A maioria era de fórmulas padrão para tirar a inibição, destinadas a elevar os humores e facilitar a conversa. Mas fez um analgésico para Cyra e algo calmante para si. Quando se ergueu com as tigelas de flores-do-gelo em mãos, ouviu sua mãe e Cyra conversando.

— Meu filho estava ansioso para eu conhecê-la, tenho certeza — disse sua mãe. — Deve ser uma boa amiga.

— Hum... é — disse Cyra. — Acho que sou.

Você acha que é, pensou Akos, resistindo ao desejo de revirar os olhos. Ele havia lhe dado rótulos claros o suficiente lá na escadaria, mas ela ainda não conseguia acreditar. Aquele era o problema de ter tanta convicção de que se é terrível — a pessoa acha que os outros estão mentindo quando não concordam com você.

— Ouvi que você tem um talento para a morte — disse sua mãe. Ao menos Akos avisara Cyra sobre a falta de charme de Sifa.

Ele olhou para Cyra. Ela pousou a guarda de braço sobre a barriga.

— Suponho que sim — concordou. — Mas não tenho paixão por isso.

O vapor escapou do bico da chaleira, mas não estava denso o bastante para Akos servir. A água nunca demorou tanto para ferver.

— Vocês dois passaram bastante tempo juntos — comentou a mãe dele.

— Passamos.

— E você é responsável por ele sobreviver a essas últimas estações?

— Não – respondeu Cyra. – Seu filho sobrevive por vontade própria.

A mãe dele sorriu.

— Parece estar na defensiva.

— Não gosto de receber crédito pela força dos outros – disse Cyra. – Apenas pela minha.

O sorriso da mãe de Akos ficou mais largo.

— Também parece um pouco arrogante.

— Já fui chamada de coisa pior.

O vapor engrossou o suficiente. Akos pegou o gancho com o cabo de madeira que pendia ao lado da fornalha e prendeu-o à chaleira. Ele o encaixou e travou no lugar enquanto vertia água em cada uma das canecas. Isae avançou para pegar uma, ficando na ponta do pé para conseguir cochichar no ouvido dele.

— Se não tiver percebido, talvez vá se dar conta neste momento de que sua namorada e sua mãe são muito semelhantes – disse ela. – Vou deixar que esse fato irrefutável arrepie você até a alma.

Akos a encarou.

— Que *humor*, hein, Chanceler?

— De vez em quando, dizem que faço observações bem-humoradas.

Ela bebericou o chá, embora ainda estivesse borbulhando de tão quente. Aninhou a caneca contra o peito.

— Você conheceu bem minha irmã quando eram crianças?

— Não tão bem quanto Eijeh – disse Akos. – Era um pouco mais difícil de conversar comigo.

— Ela falou muito dele – comentou Isae. – Ficou arrasada quando o levaram. Ela fugiu de Thuvhe por um tempo para me ajudar a me recuperar do *incidente*. — Ela apontou para o próprio rosto, para as cicatrizes. — Não teria conseguido sem ela. Aqueles idiotas do Quartel-General da Assembleia não sabiam o que fazer comigo.

O Quartel-General da Assembleia era um lugar de que Akos apenas tinha ouvido falar de passagem. Uma nave gigante em órbita ao redor do Sol, pairando com um bando de embaixadores e políticos.

— Parece que você se deu muito bem com eles — disse Akos. Não era exatamente um elogio, e ela não pareceu entender dessa forma.

— Não sou tudo que pareço — retrucou ela, dando de ombros. *Isae estava usando sapatos brilhantes no hospital em Shissa, claro*, pensou ele, *mas não havia reclamado de conforto nenhuma vez esse tempo todo*. Se realmente passou a maior parte da vida em uma nave de transporte vagando pelo espaço, não tinha vivido como a realeza, aquilo era bem claro. Mas era difícil desvendá-la. Era como se não pertencesse a ninguém e a lugar nenhum.

— Bem, não importa o quanto você a conheça — disse Isae. — Eu... sou grata por sua ajuda. E pela ajuda de Cyra. Não é o que eu esperava. — Ela olhou para o buraco no teto. — Nada disso é.

— Sei como é.

Isae fez um barulhinho com a garganta.

— Se você tirar Eijeh daqui e não morrer no processo, virá para casa conosco? — perguntou ela. — Eu posso precisar de seus conhecimentos da cultura shotet. Minha experiência com eles foi um tanto limitada, como pode imaginar.

— Acha que pode ter um traidor afortunado a seu serviço sem levantar suspeitas? — perguntou Akos.

— Você poderia usar outro nome.

— Não posso esconder quem sou — disse ele. — E não posso fugir do fato de que minha fortuna fica além da Divisão. Não mais.

Ela bebericou de novo o chá. Parecia quase... triste.

— Você chama de "Divisão" — destacou ela. — Como eles chamam.

Akos havia usado esse nome sem querer, sem sequer pensar nisso. Thuvhesitas chamavam simplesmente de capim-pena. Até pouco tempo atrás, ele também.

Isae repousou a mão na lateral da cabeça de Akos, de leve. Era estranho para ela tocá-lo — a pele dela era fria.

— Lembre-se — disse Isae. — Essas pessoas não ligam para vidas thuvhesitas. E tenha você os últimos vestígios de ancestralidade shotet ou não, você ainda é um thuvhesita. Você é do *meu* povo, não do deles.

Ele nunca esperou que ninguém de Thuvhe fosse reivindicá-lo. Esperava muito mais o contrário, na verdade.

Ela deixou a mão cair e levou a caneca de volta à sua cadeira ao lado de Cisi. Jyo estava tocando uma música para ela, com aquele olhar sonolento que estava se tornando familiar para Akos. Muito pior para Jyo; qualquer um com dois olhos abertos podia ver que Cisi desejava apenas Isae. E ele tinha certeza de que era mútuo.

Akos levou o analgésico para Cyra. Ela e sua mãe tinham avançado para outro tema. Sua mãe estava molhando um pedaço de pão feito com sementes moídas, colhidas nos campos fora de Voa, no molho de fruta-sal. Não era muito diferente do que comiam em Hessa — uma das poucas coisas que Shotet e Thuvhe tinham em comum.

— Minha mãe nos levou uma vez até lá — Cyra estava dizendo. — Foi quando aprendi a nadar em um traje especial que protegia do frio. Talvez tivesse sido útil na última temporada.

— Sim, vocês foram a Pitha, não é? — perguntou Sifa. — Você esteve lá, não foi, Akos?

— Estive — respondeu ele. — Passei a maior parte do tempo sobre uma ilha de lixo.

— Você viu a galáxia — disse ela com um sorriso estranho. Sua mãe deslizou a mão sob a manga esquerda de Akos, tocando cada marca de assassínio. Seu sorriso desapareceu quando ela as contou.

— Quem eram eles? — perguntou, com suavidade.

— Dois dos homens que atacaram nossa casa — respondeu ele em voz baixa. — E o Encouraçado que me deu sua pele.

Os olhos voltaram-se para Cyra.

— Eles sabem quem ele é aqui?

— Pelo que sei, há alguns rumores, a maioria deles mentira — contou Cyra. — Sabem que ele pode me tocar, que pode fazer venenos fortes e que é um prisioneiro thuvhesita que de alguma forma mereceu uma armadura.

Sifa estava com aquele olhar, aquele que aparecia quando profecias vinham à tona. Aquilo o assustava.

— Eu sempre soube o que você se tornaria, lembra? — disse Sifa, baixinho. — Alguém que sempre seria objeto de atenção. Você é o que precisa ser. Independentemente de qualquer coisa, amo a pessoa que você era, a que você é e aquela que você se tornará. Entendeu?

Ele ficou preso em seu olhar, em sua voz. Como se estivesse no templo com flores-do-gelo secas queimando ao redor dele, olhando para Sifa através da fumaça. Como se estivesse sentado no chão da casa do Contador de Histórias, observando-o tecer o passado no vapor. Era fácil entrar nesse fervor, mas Akos passou tempo demais sofrendo sob o peso de sua fortuna para deixar que isso acontecesse.

— Me dê uma resposta direta, ao menos dessa vez — disse-lhe Akos. — Vou salvar Eijeh ou não?

— Tenho visto futuros em que você salva e futuros em que você não salva — respondeu ela. E, sorrindo, acrescentou: — Mas você sempre, sempre tenta.

Os renegados sentaram-se atentos, os pratos empilhados em uma ponta da grande mesa de madeira, e suas canecas em grande parte vazias. Teka estava enrolada num cobertor que Sovy bordara para ela, pelo que Akos a ouviu dizer, e Jyo havia deixado seu instrumento de lado. Até Jorek escondeu os dedos agitados sob a mesa enquanto a oráculo descrevia suas visões. Akos observava, desde que era jovem, como as pessoas eram muito respeitosas diante de sua mãe, mas ali parecia diferente. Como se houvesse outro motivo para não pertencer, como se precisasse de mais.

— Três visões — começou Sifa. — Na primeira, partimos desse lugar antes do raiar do dia para que ninguém nos veja passar através daquele buraco no teto.

— Mas... *a senhora* fez aquele buraco — interrompeu Teka. Significava que ela havia alcançado os limites de sua reverência muito rápido, pensou Akos. Teka não parecia gostar de maluquices. — Se a senhora sabia que teríamos de ir embora por causa disso, poderia ter evitado abrir o buraco para começo de conversa.

— Fico feliz que esteja acompanhando — disse Sifa, serena.

Akos engoliu uma risada. Alguns bancos à frente, Cisi parecia estar fazendo o mesmo.

— Na segunda visão, Ryzek Noavek está diante de uma multidão imensa quando o Sol está alto. — Ela apontou para cima. Um Sol da tarde, em Voa, que ficava mais próximo do equador do planeta. — Em um anfiteatro. Há câmeras e amplificadores em todo lugar. Muito público... uma cerimônia, talvez.

— Vão homenagear um pelotão de soldados amanhã — disse Jorek. — Pode ser isso... pois não há nenhuma outra cerimônia até o próximo Festival de Temporada.

— É possível — disse Sifa. — Na terceira visão, vejo Orieve Benesit lutando para se livrar das mãos de Vas Kuzar. Ela está em uma cela. Grande, feita de vidro. Não há janelas. O cheiro é... — Ela fungou, como se o cheiro ainda estivesse no ar. — De mofo. Subterrâneo, eu acho.

— Lutando — repetiu Isae. — Está ferida? Está... bem?

— Tem muita vida nela ainda — disse Sifa. — Ou parece ter.

— A cela feita de vidro... essa cela fica embaixo do anfiteatro — contou Cyra, devagar. — Onde eu fui mantida, antes... — Ela se refreou, os dedos tamborilando no pescoço. — A segunda e a terceira visões acontecem no mesmo local? Acontecem ao mesmo tempo?

— Sinto — disse Sifa — que estão sobrepostas. Mas meu sentido de localização no tempo nem sempre é preciso.

Suas mãos caíram no colo, deslizaram para dentro do bolso. Akos observou-a tirar algo, um pequeno objeto. Ele brilhou chamando sua atenção — era o botão de um casaco. Pintado de amarelo nas bordas, onde o acabamento havia saído de tanto abotoar. Quase conseguia ver os dedos do pai mexendo nele enquanto gemia por ter de ir a um dos jantares militares da irmã, em Shissa, representando os campos de flores-do-gelo de Hessa. *Como se esse casaco fosse enganar alguém*, disse ele para a mãe certa vez, quando os dois estavam se aprontando no banheiro do corredor. *Eles vão dar uma olhada nos riscos de gelo das minhas botas e saberão que sou um fazendeiro de flor-do-gelo*. A mãe apenas riu.

Talvez, em outro futuro, Aoseh Kereseth esteja sentado ao lado de Sifa naquele estranho círculo de pessoas, dando a Akos uma segurança que sua mãe nunca poderia incentivar, profeta instável que era. Talvez tivesse trazido aquele botão para lembrá-lo de que seu pai não estava onde deveria por causa de Vas. Quando pensou nisso, soube que estava certo, soube que era exatamente por isso que ela havia pegado aquele botão.

— Você está me manipulando com isso — ralhou Akos, interrompendo algo que Teka estava dizendo. Ele não ligava. Sifa estava apenas olhando para ele. — Guarde isso. Eu já me lembro dele o bastante.

Afinal, pensou ele, *fui eu quem o viu morrer, não você*.

Algo violento lampejou nos olhos da mãe, quase como se ela estivesse ouvindo seus pensamentos. Mas ela devolveu o botão para o bolso.

O botão foi um bom lembrete, não de seu pai, mas de como a mãe podia ser manipuladora. Se estava compartilhando as visões, não era porque eram absolutas, fixas no tempo como uma fortuna. Era porque ela havia escolhido a versão de futuro que *ela* queria, e estava tentando empurrar todos nessa direção. Quando criança, talvez ele tivesse confiado em seu julgamento, confiado que, qualquer que fosse o futuro que ela escolhesse, seria o melhor. Agora, depois de seu sequestro e de tudo que havia passado, não tinha tanta certeza.

— Como Teka estava dizendo — disse Jorek em meio àquele estranho silêncio. — Me perdoem, sei que ela é irmã de sua chanceler, mas o destino de Orieve Benesit não é particularmente relevante para nossos interesses. Estamos interessados apenas em destronar Ryzek Noavek.

— Matando-o — acrescentou Teka. — Se ainda não estiver claro.

— Vocês não têm interesse em resgatar a irmã de uma chanceler? — perguntou Isae, ríspida.

— Ela não é *nossa* chanceler — disse Teka. — E não somos um bando de heróis, nem nada disso. Não vamos arriscar nossa vida e segurança por estranhos thuvhesitas.

A boca de Isae se contraiu.

— É relevante para seus interesses, pois é uma oportunidade — disse Cyra, erguendo a cabeça. — Desde quando Ryzek Noavek convoca cerimônias oficiais para pelotões de soldados de temporada? Está fazendo isso apenas para que tenha uma audiência cativa quando assassinar Orieve Benesit, para provar que pode desafiar sua fortuna. Ele vai garantir que toda Shotet esteja assistindo. Se quiserem atacá-lo, façam agora. Façam isso quando todos estiverem assistindo e tirem dele esse momento de triunfo.

Os olhos de Akos passaram pela fileira de mulheres ao lado dele. Isae, surpresa e talvez um pouco grata a Cyra por defender Ori, os dedos soltos ao redor da caneca. Cisi, enrolando um cacho de cabelo no dedo, como se não estivesse ouvindo. E depois Cyra, as luzes baixas refletindo o brilho na lateral da cabeça, a voz rouca.

Teka levantou a voz:

— Ryzek estará no meio de uma multidão imensa de pessoas, muitas delas apoiadoras fervorosas e soldados cruéis. Que tipo de "ataque" você sugere que façamos?

Cyra respondeu:

— Você mesma disse, não foi? *Matá-lo*.

— Ah, claro! — Teka bateu na mesa, obviamente irritada. — Por que não pensei em *matá-lo*? Que simples!

Cyra revirou os olhos.

— Dessa vez você não vai se esgueirar para dentro da casa dele enquanto ele dorme. Dessa vez, vou desafiá-lo na arena.

Todos ficaram quietos de novo. Por diferentes motivos, Akos tinha certeza. Cyra era uma boa lutadora, todos sabiam disso, mas ninguém sabia o quanto Ryzek era bom — eles não o tinham visto em ação. E, por outro lado, havia a questão de chegar a um lugar onde Cyra poderia de fato desafiá-lo. E levá-lo a aceitar o desafio em vez de simplesmente prendê-la.

— Cyra — disse Akos.

— Ele declarou nemhalzak... apagou seu status, sua cidadania — disse Teka, falando sobre ele. — Ryzek não tem motivo para honrar seu desafio.

— Claro que tem. — Isae estava franzindo a testa. — Ele poderia ter se livrado dela secretamente quando soube que era uma renegada, mas não fez isso. Queria que a desgraça de Cyra e sua morte fossem públicas. Isso significa que ele tem medo dela, medo de que ela tenha poder sobre Shotet. Se ela o desafiar na frente de todos, não poderá voltar atrás. Vai parecer um covarde.

— Cyra — disse Akos de novo, baixo dessa vez.

— Akos — respondeu Cyra, com um toque de gentileza que ele vira na escadaria. — Ele não é páreo para mim.

A primeira vez que Akos viu Cyra lutar — *realmente* lutar — foi na sala de treinamento da mansão Noavek. Ela havia ficado frustrada com ele — afinal, não era uma professora paciente — e, mais relaxada que de costume, o derrubou. Apenas quinze estações de idade na época, mas já se movia como uma adulta. E havia apenas melhorado desde então. Em todo esse tempo treinando com ela, nunca havia vencido. Nenhuma vez.

— Eu sei — disse ele. — Mas, só para garantir, vamos distraí-lo.

— Distraí-lo — repetiu Cyra.

— Você entra no anfiteatro. Você o desafia — disse Akos. — E eu vou para a prisão. Digo, Badha e eu. Vamos resgatar Orieve Benesit... vamos tirar esse triunfo dele. E você vai tirar sua vida.

Parecia quase poético, por isso havia colocado naqueles termos. Mas era difícil pensar em poesia quando os dedos de Cyra pousavam sobre seu braço coberto, como se ela estivesse imaginando a marca que Ryzek faria ali. Não que ela fosse hesitar. Mas Cyra sabia o que custavam aquelas marcas; sabia melhor do que ninguém.

— Está decidido, então — disse Isae, sua voz cortando o silêncio. — Ryzek morre. Orieve vive. Justiça é feita.

Justiça, vingança. Era tarde demais para calcular a diferença.

CAPÍTULO 33 | CYRA

Assim que me ofereci para combater meu irmão na arena, senti o gosto do ar empoeirado do anfiteatro na boca. Ainda podia sentir seu cheiro: os corpos apinhados, suando; o odor químico da prisão desinfetada logo abaixo; o amargor do campo de força que zumbia lá em cima. Tentei me livrar disso enquanto falava com os renegados, fingindo autoconfiança, mas tudo estava lá, persistindo na lembrança.

O respingar do sangue. O grito.

A mãe de Akos observou meu braço com armadura, tapado naquele momento pelo cobertor de um dos renegados. Provavelmente estava se perguntando quantas cicatrizes havia por baixo dela.

Que partido eu era para seu filho. Ele, condoído com cada vida que havia tirado. Eu, esquecendo o número de marcas no braço.

Quando a maior parte das pedras ardentes na fornalha havia virado pó, escapuli, passei pela sombra do flutuador de Sifa, subi as escadas até o lugar em ruínas onde lavei o sangue de minha pele. Lá embaixo, pude ouvir Jorek e Jyo cantando em harmonia – às vezes, não tão bem –, e os outros irrompendo num coro de risadas. À luz fraca do banheiro, aproximei-me do espelho, primeiro encontrando apenas uma silhueta escura no vidro, e então...

Isso não é uma crise, disse a mim mesma. *Você está viva.*

Tateei a pele-prata na minha cabeça e garganta. Coçava onde havia começado a se entremear em meus nervos. Meu cabelo estava empilhado sobre um lado da cabeça, a pele-prata lisa do outro lado, a pele ao redor vermelha e inchada, ajustando-se ao novo material. Mulher de um lado e máquina de outro.

Apoiei-me na pia e chorei. Minhas costelas doíam, mas não havia como parar as lágrimas naquele momento. Elas vieram, indiferentes à dor, e eu parei de refreá-las.

Ryzek havia me mutilado. Meu próprio irmão.

— Cyra — disse Akos, e foi a única vez que eu desejei que ele não estivesse ali. Tocou meus ombros de leve, mandando as sombras embora. Estava com as mãos frias. Um toque leve.

— Estou bem — confirmei, correndo os dedos pelo meu pescoço prateado.

— Não precisa estar bem agora.

A pele-prata refletiu a luz opaca que se esgueirava para dentro daquele lugar meio destruído.

Com voz baixa, fiz a pergunta que estava enterrada dentro de mim:

— Estou feia agora?

— O que você acha? — devolveu a pergunta, e não era uma pergunta retórica. Era mais como se soubesse que eu não queria que me apaziguasse, então estava me perguntando o que eu achava. Ergui os olhos para o espelho de novo.

Minha cabeça parecia estranha com apenas metade dos cabelos, mas algumas pessoas em Shotet usavam os cabelos assim, raspados de um lado e longos do outro. E a pele-prata parecia um pedaço da armadura que minha mãe havia coletado em suas temporadas. Como a armadura no meu pulso, eu sempre a usaria, o que faria com que me sentisse forte.

Encarei meus olhos no vidro.

— Não — falei. — Não estou.

Eu não achava aquilo ainda, mas pensei que talvez, com o tempo, eu pudesse começar a achar.

— Concordo — disse ele. — Caso não tenha ficado claro depois de todos os beijos que trocamos.

Sorri e me virei, recostando-me na beirada da pia. A preocupação repuxava o canto dos olhos de Akos, embora estivesse sorrindo. Estava daquele jeito desde a discussão com os renegados sobre nosso plano.

— O que está acontecendo, Akos? — perguntei. — Você está realmente em dúvida se não vou conseguir derrotar Ryzek?

— Não, não é isso. — Akos parecia tão inquieto quanto senti. — É que... você realmente vai matá-lo?

Não era exatamente o que eu esperava que ele perguntasse.

— Vou. Vou matá-lo — respondi. As palavras tinham um gosto ferrugento, como sangue. — Pensei que estivesse claro.

Ele concordou com um aceno de cabeça. Olhou para trás, para os renegados, ainda juntos no primeiro andar. Segui seu olhar até sua mãe, que estava tendo uma conversa com Teka, uma caneca de chá encaixada entre as duas mãos. Cisi não estava longe delas, encarava a fornalha, distante. Não havia falado nem se mexido desde a sessão de planejamento. Muitos dos outros estavam próximos à nave de transporte, enfiando-se embaixo de cobertores, usando as malas que carregaram até ali como travesseiros. Levantaríamos com o nascer do sol.

— Preciso pedir uma coisa — disse ele, voltando a me olhar. Tomou meu rosto entre as mãos com suavidade. — Não é justo pedir isso, mas quero pedir para que você poupe a vida de Ryzek.

Hesitei, certa por um momento de que estava brincando. Eu até ri. Mas ele não parecia estar brincando.

— Por que você me pediria uma coisa dessas?

— Você sabe por quê — disse Akos, deixando as mãos penderem.

— Eijeh — falei.

Sempre Eijeh.

Ele disse:

— Se você matar Ryzek amanhã, vai selar a vida de Eijeh para sempre com as piores lembranças de Ryzek. A situação dele será permanente.

Uma vez eu lhe disse que a única recuperação possível para Eijeh estava em Ryzek. Se meu irmão podia trocar lembranças à vontade, com certeza podia devolver todas as lembranças de Eijeh ao seu lugar correto e tomar as suas de volta. Consegui imaginar uma maneira de obrigá-lo a isso. Ou duas.

E para Akos, Eijeh era um brilho suave a distância até onde ele possivelmente conseguia lembrar, uma centelha mínima de esperança. Sabia que era importante para ele se livrar daquilo. Mas eu não podia arriscar tudo.

— Não — falei, minha voz firme. — Antes de qualquer coisa, não sabemos como toda a troca de lembranças afetou também seus dons-da-corrente. Não sabemos nem se ele ainda pode consertar o que fez com Eijeh.

— Se existir apenas uma chance — disse Akos —, uma chance de recuperar meu irmão, eu tenho...

— Não! — Empurrei-o para trás. — Olhe o que ele fez comigo. Olhe para mim!

— Cyra...

— Isso...! — Apontei a lateral da minha cabeça. — Todas as minhas marcas...! Anos de tortura e uma fileira de corpos, e você quer que eu o *poupe*? Está maluco?

— Você não entende — disse ele, afoito. Tocou a testa dele na minha. — Por minha causa, Eijeh está como está. Se eu não tivesse tentado escapar de Voa... se eu tivesse apenas me rendido a minha fortuna antes...

Senti uma dor.

De algum jeito, nunca havia me ocorrido que Akos se considerava responsável por Ryzek descarregar suas lembranças em Eijeh. Estava claro para mim que Ryzek teria encontrado um motivo para fazer o que fez com Eijeh num momento ou em outro. Mas tudo o que Akos sabia era que Ryzek havia causado aquele dano específico em Eijeh como resultado de sua fuga malsucedida.

— Sempre esteve nos planos de Ryzek fazer o que fez com Eijeh, tentasse você escapar ou não — falei. — Eijeh não é sua responsabilidade. Tudo o que aconteceu com ele é culpa de Ryzek, não sua.

— Não é só isso — disse Akos. — Quando fomos levados de sua casa... foi por minha culpa que eles souberam que criança levar, ele ou Cisi. Porque falei para ele correr. Fui *eu*. Então, prometi ao meu pai, eu *prometi*...

— De novo — falei, mais nervosa dessa vez —, a responsabilidade é de Ryzek! Não sua! Com certeza seu pai entenderia isso.

— Eu não posso desistir dele — disse Akos, a voz vacilante. — Eu *não posso*.

— E eu não posso participar dessa busca ridícula em que você se meteu, não mais! — ralhei. — Não posso continuar vendo você destruir sua vida para salvar alguém que não quer ser salvo. Alguém que se *foi* e nunca mais vai voltar!

— Se foi? — Os olhos de Akos ficaram enlouquecidos. — E se eu tivesse dito que não havia mais esperança para *você*, hein?

Eu sabia a resposta. Eu nunca teria me apaixonado por ele. Nunca teria procurado os renegados para ter ajuda. Meu dom-da-corrente nunca teria mudado.

— Escuta — falei. — Eu preciso fazer isso. Sei que você entende, mesmo que não consiga admitir isso agora. Preciso... *preciso* que Ryzek morra. Não sei mais o que posso dizer.

Akos fechou os olhos por um momento, então se afastou.

§

Todos os outros estavam dormindo. Inclusive Akos, deitado a alguns metros de mim no chão, perto das naves. Eu, no entanto, estava muito acordada, apenas com meus pensamentos em disparada como companhia. Apoiei-me no cotovelo e olhei para os montinhos de renegados embaixo dos cobertores, a luz agonizante da fornalha. Jorek estava enrolado como um caracol, os cobertores puxados sobre a cabeça. Teka estava sob um raio de luar que deixava seus cabelos branco-prateados.

Franzi a testa. Bem quando algumas lembranças começaram a emergir, vi Sifa Kereseth cruzando a sala. Ela saiu pela porta traseira e, antes que eu soubesse o que estava fazendo, ou por quê, enfiei os pés nas botas e a segui.

Ela estava em pé, do lado de fora, as mãos cruzadas nas costas.

— Olá — disse ela.

Estávamos em uma parte pobre de Voa. Ao nosso redor, todos os prédios baixos tinham pintura descascando, janelas com barras retorcidas em padrões decorativos para disfarçar seu verdadeiro objetivo, portas pendendo das dobradiças. As ruas eram de terra batida e não de pedra. No entanto, flutuando entre os prédios, havia dezenas de fenzu selvagens, brilhando com o azul shotet. As outras cores haviam desaparecido dezenas de estações atrás.

— De todos os muitos futuros que vi, este é um dos mais estranhos — contou Sifa. — E aquele com o maior potencial de bom e mau resultado na mesma medida.

— Sabe de uma coisa — falei —, talvez ajudasse se você apenas me dissesse o que fazer.

— Não posso, porque, honestamente, não sei. Estamos em um ponto nebuloso — disse ela. — Cheio de visões confusas. Centenas de futuros nebulosos espalhados até onde posso enxergar. Por assim dizer. Apenas as fortunas são claras.

— Qual é a diferença? — perguntei. — Fortunas, futuros...

— Uma fortuna é algo que acontece, não importa qual versão de futuro eu veja — disse ela. — Seu irmão não teria perdido tempo em tentar fugir de sua fortuna se soubesse que é verdadeira, sem dúvida. Mas preferimos manter nosso trabalho em segredo, sob o risco de sermos controladas muito rigorosamente.

Tentei imaginar aquilo. Centenas de caminhos acidentados desdobrando-se diante de mim, a mesma fortuna no fim de cada um. Aquilo fazia minha fortuna parecer ainda mais estranha... não importava aonde eu fosse, e não importava o que eu fizesse, eu cruzaria a Divisão. Então, e daí? O que importava?

Não perguntei para ela. Mesmo se eu achasse que ela me diria — ela não diria —, eu não queria saber.

— Nós, os oráculos dos planetas, nos reunimos anualmente para discutir nossas visões — disse Sifa. — Concordamos mutuamente que futuro é mais crucial para cada planeta. Para este planeta, meu trabalho... meu único trabalho, além de registrar as visões, é garantir que Ryzek conduza Shotet pelo menor tempo possível.

Eu disse:

— Mesmo à custa de seu filho?

Eu não tinha certeza de que filho eu estava falando: de Akos ou de Eijeh. Talvez dos dois.

— Sou uma serva da fortuna — respondeu ela. — Não disponho do luxo da parcialidade.

O pensamento fez até meus ossos se arrepiarem. Entendia os feitos pelo "bem maior" em teoria, mas na prática não tinha nenhum interesse neles. Sempre protegi a mim mesma, e naquele momento protegia Akos, quando podia. Além do mais, não havia muitas coisas que eu não estivesse disposta a tirar do meu caminho. E talvez por isso eu fosse ruim, mas era a verdade de qualquer forma.

— Não é fácil ser mãe e oráculo, nem esposa e oráculo — disse ela, naquele momento sem parecer tão firme como antes. — Eu fiquei... tentada muitas vezes. A proteger minha família em detrimento do bem maior. Mas... — Ela balançou a cabeça. — Devo permanecer no caminho. Devo ter fé.

Ou o quê?, eu quis perguntar. O que havia de tão ruim em agarrar seus entes queridos e fugir, recusar-se a aguentar uma responsabilidade que nunca se quis?

—Tenho uma pergunta que talvez você possa responder — falei. — Já ouviu falar de Yma Zetsyvis?

Sifa inclinou tanto a cabeça que os cabelos grossos caíram sobre um dos ombros.

— Conheço.

— Sabe qual era o nome dela antes de ser casada com Uzul Zetsyvis? — perguntei. — Ela era afortunada?

— Não — disse Sifa. Ela suspirou o ar frio da noite. — O casamento deles foi uma espécie de aberração, muito improvável para ficar registrada nas visões dos oráculos de Shotet. Uzul casou-se muito abaixo de sua posição, por amor, aparentemente. Uma mulher comum, com um nome comum. Yma Surukta.

Surukta. Era o nome de Teka e de Zosita. Mulheres de cabelos brancos e olhos brilhantes.

— Foi o que pensei — falei. — Eu ficaria aqui conversando, mas preciso fazer uma coisa.

Sifa balançou a cabeça.

— É estranho para mim não saber o que alguém está decidindo.

— Aceite a incerteza — falei.

§

Se Voa era um círculo, eu estava caminhando por sua circunferência. A família Zetsyvis vivia do outro lado da cidade, a casa ficava em uma encosta com vista para Voa. De longe, consegui ver a luz brilhando dentro da propriedade, as ruas ainda rachadas sob meus pés.

O fluxo-da-corrente, girando pelo céu sobre mim, estava púrpura profundo, na transição para o vermelho. Quase parecia sangue. Adequado, considerando nossos planos do dia seguinte.

Eu me sentia confortável no distrito dos pobres, rejeitados, onde os renegados haviam escolhido montar seu esconderijo. Com muita frequência, as janelas estavam escuras, mas às vezes eu via figuras sombrias encurvadas sobre pequenas lamparinas. Em uma casa, vi uma família de quatro pessoas juntas, jogando cartas coletadas de Zold. Estavam gargalhando. Houve um tempo em que eu não teria ousado caminhar por aquelas ruas, como irmã de Ryzek, mas agora eu estava em desgraça e não era amiga do regime. Estava o mais segura possível ali.

Fiquei menos confortável quando cruzei o território dos mais ricos. Todos em Voa professavam lealdade ao regime Noavek – não era opcional –, mas Ryzek mantinha as famílias mais antigas e mais confiáveis de Shotet em um círculo ao redor dele. Eu sabia que estava naquele círculo apenas pelos edifícios: eram mais novos, ou restaurados, reformados e repintados. A rua agora tinha pedras sob meus pés. Havia luzes ao longo do caminho. Observei através da maioria das janelas, onde pessoas em roupas limpas e bem-arrumadas liam suas telas à mesa da cozinha, ou observavam o canal de notícias.

Assim que pude, virei na direção das encostas até um dos caminhos que me levariam até ela. Muito tempo atrás, os shotet cavaram degraus nas paredes dessa encosta. Eram íngremes e estreitos, sem muita manutenção, então não eram para os fracos de coração. Mas eu nunca havia sido acusada, nenhuma vez, de ter um coração fraco.

Sentindo dores pelos ferimentos do dia anterior e pelo meu dom--da-corrente, mantive uma das mãos na parede à esquerda, ficando bem perto dela. Não havia percebido quando fui embora o quanto meu corpo ainda estava dolorido e exausto, como cada passo latejava em minha garganta e escalpo em processo de cura. Parei e peguei o pacote de frascos que havia levado dos pertences de Akos antes de sair.

Estava diante de uma fileira de frascos em cores diferentes. Conhecia a maioria deles de vista – uma poção do sono, um analgésico e, na ponta, sua rolha selada duas vezes com cera derretida, o extrato puro e vermelho de flor-sossego. Naquela quantidade, com sua potência, era suficiente para matar um homem.

Tomei metade do frasco de analgésico, em seguida enfiei o pacote na minha pequena mochila.

Levei uma hora de subida para alcançar o topo. Precisei parar várias vezes ao longo do caminho para descansar. A cidade ficava menor a cada momento, suas janelas iluminadas eram apenas pontinhos luminosos lá de cima. Sempre conseguia encontrar a mansão Noavek, brilhando branca perto do centro da cidade, e o anfiteatro, mesmo agora protegido por uma teia de luz. Em algum lugar embaixo daquele anfiteatro estava Orieve Benesit, esperando para morrer.

Quando cheguei ao topo, afastei-me da beirada o mais rápido que pude. Só porque eu não era fraca de coração não significava que gostasse de desafiar a morte.

Segui a estrada até a casa dos Zetsyvis, para dentro da floresta onde criavam fenzu para exportação. O caminho que trilhei era protegido por grades de metal para impedir que as pessoas roubassem os insetos valiosos. Penduradas sobre as árvores havia redes para impedir que os fenzu escapassem, mais por precaução do que por qualquer outra coisa. Os fenzu faziam seus ninhos ao redor dos galhos delicados mais próximos do céu. As árvores em si eram altas e finas, os troncos tão escuros que pareciam pretos, adornados com montes de folhas resistentes e verde-escuro, e não de folhas flexíveis que eu tinha visto em outros planetas.

Por fim, a casa dos Zetsyvis surgiu. Havia um guarda no portão, mas já era tarde demais para ele se defender no momento em que eu desferi um murro em sua boca. Usei a mão amolecida para destrancar o portão. Parei ali, lembrando como minha mão não havia destrancado o quarto de Ryzek na mansão Noavek. Como meu sangue, meus *genes*, não a destrancaram. E eu ainda não sabia por quê.

Agora não é hora. Afastei aquele sentimento confuso e continuei meu caminho. Não achei que encontraria algum outro segurança; apenas Yma vivia ali agora.

Eu tinha me certificado disso, não tinha?

A casa era moderna, recém-reformada a partir do frio castelo de pedra que havia ali antes. Grandes seções de parede haviam sido substituídas por vidro, e pequenos globos cheios de insetos azuis brilhantes ficavam pendurados nas árvores adiante, criando uma abóbada de luz que refletia na janela. Plantas estranhas retorciam-se juntas na frente da casa, algumas delas subindo na pedra que restara. Algumas floresciam também, flores imensas de mundos diferentes em cores que raramente víamos no nosso: rosa como uma língua, de um verde-azulado intenso, forte, pretas como o espaço.

Quando cheguei à porta da frente, saquei minha pequena lâmina-da-corrente embainhada na minha cintura apenas por segurança. Quase tive medo de romper o silêncio que me cercava, mas, então, bati com força na porta com o cabo da faca até Yma Zetsyvis atender.

— Senhorita Noavek — disse Yma. Desta vez, não estava sorrindo. Encarou a arma na minha mão direita.

– Olá – falei. – Você se importa de eu entrar?

Não esperei resposta. Entrei no vestíbulo. O chão era de madeira, provavelmente das árvores escuras que cercavam a propriedade dos Zetsyvis, a mesma madeira usada de forma tão abundante na mansão Noavek. Havia poucas paredes ali, o primeiro andar inteiro aberto diante de mim, e toda a mobília de um branco brilhante.

Yma usava um robe de brilho pálido, e os cabelos estavam soltos sobre os ombros.

– Veio me matar? – perguntou ela, o rosto tranquilo. – Suponho que faça sentido você terminar o que começou. Primeiro meu marido, depois minha filha...

Pensei em lhe dizer que não quis matar nenhum deles, que as mortes ainda me assombravam em sonhos. Que ouvia o coração de Uzul batendo antes de acordar e via Lety em cantos onde ela nunca esteve. Mas não havia motivo para dizer aquelas coisas.

– Vim apenas falar com você – disse. – A faca é para minha proteção.

– Não achei que você precisasse de facas – disse Yma.

– Às vezes, elas são mais eficientes – comentei. – Intimidação sutil e tudo o mais.

– Ah. – Yma afastou-se. – Venha, então, vamos nos sentar.

Ela me guiou até a sala de estar, que eu conseguia ver de onde estava, os sofás baixos arranjados em um quadrado. Yma ligou algumas luzes com um toque suave, então os sofás brilharam por baixo, e os fenzu juntaram-se em uma luminária na pequena mesa de vidro. Eu não me sentei até ela se sentar, arrumando o robe sobre as pernas para que não ficassem expostas. Era uma mulher elegante.

– Você parece melhor do que estava da última vez que a vi – disse ela. – Não posso dizer que não gostei de ver você sangrar.

– Sim, tenho certeza de que foi uma diversão para alguns – falei, sarcástica. – Mas é um pouco mais difícil para você alegar superioridade moral quando está sedenta pelo sangue de outra pessoa, não é?

— Seu crime veio primeiro.

— Nunca disse que sou algum tipo de paladina da moral — falei. — Apenas que talvez você esteja no mesmo baixo nível que eu.

Yma riu, e ela estava prestes a soltar outro insulto contra mim, tive certeza. No entanto, falei antes dela:

— Sei que você tem tanta aversão a meu irmão quanto eu. Já sei há bastante tempo. E costumava me sentir mal por você, por ter que ficar perto dele para sobreviver. Costumava pensar que você estava apenas desesperada e fazendo o que precisava fazer.

O rosto de Yma se retorceu. Ela olhou para Voa através de uma das janelas enormes, o oceano além dela visível daquela altura, embora parecesse apenas o vazio, como as beiradas do espaço.

— Costumava? — perguntou ela finalmente.

— Hoje comecei a entender que você não está desesperada... ao menos não do jeito que pensei. Tudo está perfeitamente sob controle para você, não está?

Ela esticou o pescoço na minha direção, com seriedade repentina. Consegui chamar sua atenção.

— Você perdeu muito mais do que imaginei. Perdeu antes mesmo de eu botar a mão em seu marido. Surukta é seu nome — falei. — Sua irmã era Zosita Surukta, que fugiu do planeta depois de ter sido flagrada ensinando outros idiomas para seus vizinhos e mais tarde foi executada por participar da revolta. Antes de ela ser pega, no entanto, seu sobrinho foi morto por seus crimes, e sua sobrinha, Teka, perdeu um olho nas mãos de meu irmão.

— Os crimes de minha família ficaram para trás — disse Yma, a voz falhando um pouco. — Dificilmente você poderá me responsabilizar por eles.

— Não vou — disse com uma risadinha. — Estou dizendo a você que sei que você faz parte da revolta, e já há algum tempo.

— Nossa, dá para ver que você criou toda uma teoria, não foi? — ironizou Yma, e seu sorriso estranho voltou. — Estou quase me casando com seu irmão e solidificando meu lugar como uma das pessoas mais poderosas em Shotet. Casei-me com Uzul Zetsyvis como meio para alcançar um fim, *esse* fim. Avanço social. Sou habilidosa nisso. Algo que você não entenderia, pois nasceu com privilégios.

— Quer saber o que a desmascarou no fim das contas? — perguntei, ignorando sua explicação. — Em primeiro lugar, foi você que entregou Uzul. Sabia o que meu irmão faria com ele. As pessoas que agem por desespero não fazem movimentos calculados como esse.

— Você... — Ela tentou interromper, mas continuei:

— Em segundo, você me alertou que eles culpariam um inocente pelo ataque renegado, sabendo que eu faria algo a respeito.

Ela fechou a cara.

— Primeiro você me fala de pessoas que eu perdi e depois me acusa de tramar a execução de minha irmã? Como isso pode fazer sentido?

— E por último — prossegui —, todas as *batidinhas* que você faz. O que há com você, Teka e as batidinhas? Nem é um padrão muito bom.

Os olhos de Yma confrontaram os meus.

— Você é uma renegada — falei. — É por isso que, depois de tudo que ele levou de você, ainda consegue ficar ao lado de meu irmão. Porque sabe que precisa estar perto dele para se vingar.

Ela se levantou, o robe ondulando atrás dela enquanto se movia até a janela. Por um bom tempo ficou parada, um pilar branco ao luar. Então, na lateral, ela bateu o primeiro dedo contra o dedão. Um, três, um. Um, três, um.

— As batidas são uma mensagem — disse ela sem se virar. — Uma vez, minha irmã e eu criamos uma música para nos lembrar das fortunas da família Noavek. Ela também ensinou para sua filha, Teka. — Ela cantou, a voz falhando. — *A primeira criança da família Noavek cairá pelas mãos da família Benesit*. — Acompanhei seus dedos enquanto encontravam o ritmo de novo, e seu corpo se moveu. — O ritmo era um, três, um, três...

Como uma dança.

— Faço isso — continuou ela, lentamente — quando preciso de força para a tarefa que tenho que cumprir. Canto essa música na cabeça e bato o ritmo com os dedos.

Como na execução de sua irmã, os dedos no corrimão. Como no jantar com meu irmão, com as mãos em seu joelho.

Yma se virou para mim.

— E então? Veio para conseguir uma vantagem? Pretende me trocar por sua liberdade, ou o quê?

— Confesso que admiro seu compromisso com esse jogo de fingimentos — falei. — Entregou seu marido...

— Uzul tinha Q900X. Vários ingredientes no protocolo de tratamento violavam nossos princípios religiosos — retrucou Yma. — Então, ele se sacrificou pela causa. Garanto, não era o que eu queria, mas como resultado de sua abnegação... algo que você claramente desconhece... ganhei meu posto ao lado de Ryzek.

Minhas sombras-da-corrente moveram-se mais rápido, ainda estimuladas pelas mudanças em minhas emoções.

— Vejo que você não falou muito com os outros renegados — comentei. — Sabe que eles são responsáveis por salvar minha vida? Estou trabalhando com eles já faz um tempo.

— Está? — falou Yma, franzindo a testa para mim.

— Você não acredita na desculpa que Ryzek deu para esfolar meu rosto, acredita? — perguntei. — Ajudei os renegados a entrarem na mansão Noavek para assassiná-lo e, depois que o plano falhou, eu os tirei de lá em segurança. Foi assim que fui presa. Teka, sua sobrinha, estava lá.

O franzir de testa de Yma ficou mais profundo. Àquela luz, as marcas no rosto ficavam mais pronunciadas. Tinha essas marcas não da idade – ainda era jovem demais para isso, por mais que seus cabelos fossem prematuramente brancos –, mas causadas pela dor. Agora eu sabia como avaliar seu sorriso constante. Era apenas uma máscara.

– A maioria dos outros... – Yma suspirou. – Eles não sabem quem sou. Zosita e Teka são... eram... as únicas. Estando tão próxima de concluir minha missão, teria sido arriscado demais ter contato com qualquer um deles de qualquer maneira.

Eu me levantei, ficando ao seu lado diante da janela. O fluxo-da-corrente já havia assumido um tom de vermelho profundo.

– Amanhã, os renegados vão atacar Ryzek – revelei. – Antes que ele execute Orieve Benesit, vou desafiá-lo na arena de tal forma que não poderá recusar.

– O quê? – questionou ela, ríspida. – Amanhã?

Concordei com a cabeça.

Ela deu uma risadinha, os braços cruzados.

– Criança tola. Acha que poderá derrotar Ryzek Noavek na arena? Você realmente pensa apenas de um jeito. Como uma assassina treinada.

– Não – falei. – Eu vim até aqui com um plano. Seu papel nele seria simples. – Puxei a mochila ao lado do corpo e peguei um frasco do pacote que havia trazido comigo. – Tudo que precisa fazer é despejar este frasco no tônico calmante de Ryzek pela manhã. Suponho que você estará ao lado dele quando ele beber.

Yma olhou feio para o frasco.

– Como sabe que ele está bebendo tônico calmante?

– Sempre faz isso antes de matar alguém – respondi. – Para conseguir aguentar.

Ela bufou de leve.

— Acredite no que quiser sobre o caráter dele, eu não me importo, de verdade – falei. — Mas ele bebeu no dia em que ordenou que me cortassem em pedaços para deleite do público, e garanto que vai beber antes de matar Orieve Benesit. E tudo que estou pedindo é que você ponha isso no tônico, nada mais. Se eu falhar, então seu lugar ao lado dele ainda estará seguro. Ele não tem motivos para desconfiar de você. Mas, se fizer isso, e eu tiver sucesso no meu plano, não vou precisar encostar a mão nele, e você poderá ter sua vingança sem ter que se casar com ele antes.

Ela pegou o frasco, examinando-o. Estava selado com a cera que Akos pegou da minha mesa; eu usava para selar envelopes com o símbolo Noavek, como minha mãe e meu pai faziam.

— Farei isso – disse Yma.

— Ótimo – disse. — Confio que será cuidadosa. Você não pode ser flagrada.

— Tenho tido cuidado com cada palavra e olhar desde que você era criança – retrucou Yma. — Espero sinceramente, senhorita Noavek, que não esteja fazendo isso para se retratar, porque não vai conseguir. Não comigo. Não depois de tudo que fez.

— Ah, não sou nobre o bastante para tanto – falei. — Para mim, é tudo uma vingança mesquinha, eu garanto.

Yma olhou com desdém para meu reflexo na janela. E eu fui embora. Precisava ser rápida se quisesse estar de volta ao esconderijo antes de os outros acordarem.

CAPÍTULO 34 | AKOS

CYRA ESTAVA À FRENTE DE AKOS, ao sol, com um capuz para proteger o rosto. Usava um manto pesado para disfarçar as sombras-da-corrente, as mãos enterradas nas mangas longas. Atrás dela estava o anfiteatro, onde quase havia perdido a vida, mas observá-la andando, com a coluna ereta, era como se ninguém tivesse tentado esfolá-la viva.

Um grupo de soldados shotet estava ao lado das grandes portas duplas que levavam direto à arena do anfiteatro. Os rumores nas ruas – coletados por Sovy que, de acordo com Jorek, "conhecia *todo mundo*" – eram que os soldados convocados para aparecer no anfiteatro naquele dia estavam sendo recompensados por uma boa coleta. Akos não sabia o que supostamente haviam trazido de volta que valesse tal honra, mas não importava de verdade – eram apenas parte de uma artimanha de qualquer forma. Ryzek queria que uma multidão testemunhasse a execução de Ori.

As grandes portas duplas abriram-se. Akos apertou os olhos para a luz clara, e o rugir de uma multidão preencheu seus ouvidos. Havia tantos rostos lá dentro que ele sentia que a cidade inteira estava lá, embora fossem um quinto dela – e os outros quatro quintos assistiriam à transmissão ao vivo nas telas ao redor de Voa. Quando se davam ao trabalho de assistir.

Cyra virou-se para trás com um brilho prateado, o Sol batendo em sua garganta, agora curada. O queixo subiu e desceu em um meneio de cabeça, e em seguida a onda da multidão a carregou para longe dele. Hora de ir.

— Então. — Isae havia se aproximado dele. — Nunca determinamos de verdade como faremos para passar pela *primeira* porta.

— Para ser sincero, eu estava bem decidido a simplesmente... bater com a cabeça do guarda na parede — respondeu Akos.

— Tenho certeza de que não vai chamar nenhuma atenção — retrucou Isae. — Lá está a Tapa-Olho. Vamos.

Isae decidiu chamar os renegados por apelidos em vez de aprender seus nomes. "Tapa-Olho", obviamente, era Teka, Jorek era "Nervoso", Jyo era "Paquera" e Sovy era "Aquela Que Não Fala Thuvhesita", que era longo, mas ela não usava muito. Porém, era mútuo — Akos flagrou Teka chamando Isae de "A Arrogante" naquela manhã, enquanto todos comiam às pressas, olhando o buraco que a mãe de Akos havia feito no teto com seu flutuador.

Akos avistou Teka e Cisi em pé, perto das portas do anfiteatro, e foi até lá, mantendo Isae ao seu lado. Ficaram todos surpresos quando Teka se ofereceu para ajudá-los a entrar na prisão subterrânea. Estava claro que ela não se importava em salvar a vida de Ori. Mas talvez a fala de Cyra sobre tirar o momento de triunfo de Ryzek sobre sua fortuna a tivesse convencido.

— Qual sua opinião sobre o guarda? — perguntou Teka quando Akos se aproximou. Ela estava envolta em um tecido cinza, o cabelo penteado sobre o olho faltante em uma cascata dourada. Ele olhou sobre o ombro da moça para o guarda diante da porta que Cyra havia indicado para eles. Era da mesma cor que a parede, com uma fechadura antiga com uma chave de metal. Provavelmente enfiada em um dos bolsos do guarda.

Mas Akos não devia estar examinando a porta, devia estar examinando o homem. Não tinha nem cinco estações a mais que Akos, ombros largos, e usava uma armadura conquistada. A palma da mão apoiava-se no cabo da lâmina-da-corrente, que estava embainhada na cintura. Hábil, imaginou Akos, e não tão fácil de derrubar.

— Eu poderia derrubá-lo, mas não em silêncio – disse Akos. – Provavelmente vou ser preso.

— Bem, vamos apelar para nosso plano dois – disse Isae. – Que tal a distração?

— É, boa. – Teka cruzou os braços. – O homem foi contratado para proteger a porta que leva à prisão subterrânea secreta de Ryzek Noavek, e sua falha provavelmente vai resultar em execução, mas claro que ele vai abandonar seu posto só porque você vai agitar algo brilhante para ele.

— Por que não fala "prisão subterrânea secreta" um pouco mais alto? – disse Isae.

Teka retrucou, mas Akos não estava prestando atenção. Cisi puxava a manga de sua camisa.

— Deixe-me ver seus frascos – disse ela. – Tive uma ideia.

Akos mantinha alguns frascos consigo aonde ia – elixir do sono, tônico calmante e uma mistura fortalecedora deles. Não sabia do que Cisi precisava, mas desamarrou a faixa que prendia os frascos no braço e entregou o pacotinho rígido para a irmã. Todos os vidros tilintaram enquanto ela procurava, escolhendo o elixir do sono. Ela destampou e cheirou.

— Que *forte* – disse Cisi. Isae e Teka ainda estavam discutindo. Sobre o quê, ele não sabia, mas não se meteria a menos que começassem a trocar socos.

— É útil para certas situações – respondeu Akos, vagamente.

— Pode comprar alguma coisa para eu beber daquele carrinho ali adiante, por favor? – perguntou Cisi, apontando com o queixo a grande carroça do outro lado da praça. Ela parecia muito confiante, então Akos não fez perguntas. Ele se esgueirou pela multidão, o suor correndo pela nuca. Como Teka, usava uma túnica cinza sobre a armadura, que não o deixava exatamente discreto — ainda era a pessoa mais alta por ali —, mas o fazia parecer um pouco menos com a pessoa que resgatou Cyra Noavek do anfiteatro um dia antes.

A carroça estava afundada nas rodas e tão inclinada que Akos se perguntou como todas as canecas — cheias de alguma bebida forte e picante de Othyr que deixava as pessoas animadas, segundo os gritos do vendedor — não deslizavam e caíam no chão. O othyriano falou um preço em shotet ruim, e Akos lhe deu uma moeda. Cyra havia deixado uma pilha de dinheiro em seus aposentos na nave de temporada, abrindo-a para Akos sem cerimônia uma manhã enquanto ela limpava os dentes, e ele pegou um pouco, apenas por garantia.

Levou a caneca quente, que ficava pequena em sua mão, até Cisi, que derramou o elixir do sono nela e caminhou tranquilamente até o guarda. Sem uma palavra de explicação.

— Duvido que ele fale thuvhesita — disse Teka.

A postura de Cisi relaxou e um sorriso se espalhou no rosto quando ela cumprimentou o guarda. No início, o homem parecia a ponto de gritar com ela, mas depois assumiu aquele olhar sonolento, o mesmo que Jorek e Jyo lançaram para Cisi no dia anterior.

— Ela poderia estar falando ograno — disse Akos. — Pouco importaria.

Ele já vira os efeitos do dom de Cisi antes, mas apenas quando ela não estava realmente *usando*. Não tinha ideia da potência do efeito quando ela de fato se esforçava. O guarda estava recostado à parede do anfiteatro, um sorrisinho curvando seus lábios, e quando ela lhe ofereceu a caneca, ele a pegou com as duas mãos. E bebericou.

Akos avançou pela multidão, rápido. Se o guarda fosse tombar, queria que acontecesse com o máximo de discrição. E, claro, quando ele chegou ao lado da irmã, o guarda estava cambaleando, o resto da bebida othyriana se derramando na terra batida. Akos pegou-o pelo ombro e o deitou, lentamente. Teka já estava agachada sobre o corpo do homem, vasculhando os bolsos. Ela pegou a chave rapidamente, olhou para trás e enfiou na fechadura.

– Certo – disse Isae para Cisi. – Aquilo foi realmente assustador.

Cisi apenas sorriu.

Akos arrastou o guarda adormecido para o lado, perto do prédio, em seguida correu para se juntar às outras na porta aberta. O túnel de manutenção cheirava a lixo quente e mofo, e o odor, por algum motivo, fez com que seu estômago doesse, parecia uma agulhada. O ar era denso, como se houvesse umidade demais nele. Teka trancou a porta e pôs a chave no bolso.

Agora que estavam lá dentro, não havia briguinhas, nem piadas, nem improvisação. O túnel de manutenção era silencioso, exceto por um som de pingo distante, e era pior não ser capaz de ouvir a multidão lá fora nem as comemorações da arena lá em cima. Não saber se Cyra havia conseguido entrar, se já havia feito o desafio, ou se seriam capazes de sair dali com Ori. Aquele túnel parecia menos um porão, e mais uma tumba.

– Cyra disse para entrarmos pelo centro – disse Isae, baixinho. – Ela não se lembrava do caminho exato. Disse que estava fora de si quando foi levada até ali da última vez.

Mas Cyra não era a única pessoa que tinha estado lá. Akos fechou os olhos, pensando na noite em que Vas o arrancou da cama depois de deixá-lo com fome por dias – ele não sabia com precisão quanto tempo fazia, apenas porta trancada e de ninguém explicar para ele o que estava acontecendo, e que seu estômago *doera* por horas no final. E depois parara de doer, como se tivesse desistido.

Vas bateu em Akos algumas vezes no corredor, em seguida o jogou dentro de um flutuador e voou com ele *até ali*. Até aquele túnel, até aquele cheiro de lixo mofado e sua escuridão peculiar.

— Eu lembro — disse ele, e passou por Isae para poder tomar a liderança.

Ainda suava, então desamarrou o tecido pesado que cobria a armadura e o jogou de lado. Aquele caminho era nebuloso em suas lembranças, e a última coisa que queria fazer era voltar àquele momento, quando tudo doía e ele se sentia tão fraco que mal conseguia ficar em pé. Eijeh encontrou com ele e Vas na porta dos fundos, e ele enganchou os dedos na armadura que cobria o ombro de Akos. Por um tique, aquilo pareceu reconfortante, como se o irmão estivesse tentando apoiá-lo. E então Eijeh o arrastou até a prisão. Para ser torturado.

Akos cerrou os dentes, apertou sua faca e continuou. Quando virou a primeira esquina, viu o primeiro guarda no caminho, nem sequer pensou e se adiantou para o ataque. Bateu a cabeça do homem menor e mais largo na parede, usando o queixo para empurrar o crânio do outro contra a pedra. Uma faca riscou a armadura de Akos, e uma labareda saindo da palma da mão do guarda apagou-se imediatamente com o toque do rapaz.

Akos bateu com a cabeça do guarda de novo, de novo, até seus olhos se revirarem e ele despencar. Um tremor passou por Akos, e seus cabelos ficaram em pé. Ele não verificou se o homem estava morto. Não quis saber.

Olhou para Cisi. Sua boca estava retorcida de aversão.

— Bem — disse Isae, gorjeando. — Funcionou.

— Sim — disse Teka, e pisou na perna do guarda enquanto caminhava até o próximo corredor. — Quem quer que esteja aqui é fiel a Noavek, Kereseth. Nem vale seu choro.

— Está vendo lágrimas nos meus olhos? — perguntou ele, tentando mostrar um tanto da audácia de Cyra, mas fracassou quando a voz vacilou um pouco. Ainda assim, continuou andando. Não podia se preocupar com a opinião que Cisi tinha dele. Não ali.

Mais algumas viradas, e Akos não estava mais suando; estava tremendo. Os corredores pareciam todos iguais: chão de pedra irregular, parede de pedra empoeirada, teto baixo de pedra. Para onde avançassem, Akos precisava abaixar para não raspar a cabeça. O cheiro de lixo havia desaparecido, mas o mofo estava de volta com força, fazendo-o engasgar. Ele se lembrou de ter encarado a lateral da cabeça de Eijeh quando o irmão o empurrara para frente por essas passagens. Percebendo que Eijeh havia cortado o cabelo bem curto, como Ryzek.

Não posso continuar vendo você destruir sua vida para salvar alguém que não quer ser salvo, Cyra havia dito na noite anterior. Akos mostrou para ela o quanto era profunda sua insanidade, e ela se recusou a aceitar o que ele pedira. Era difícil ressentir-se dela por isso. Mas ele se ressentiu. Teve de se ressentir.

A porta adiante não parecia bem encaixada em seu batente de pedra e madeira. Era feita de vidro preto, opaco, e o mecanismo de tranca ficava ao lado. Um teclado. Cyra lhe dera uma lista de combinações — todas, disse ela, relacionadas à sua mãe de alguma forma. Aniversário, dia da morte, aniversário de casamento, números da sorte. Akos ainda não conseguia enxergar Ryzek como uma pessoa que se importava tanto com a própria mãe a ponto de trancar suas portas com a data de seu aniversário.

Mas, em vez de tentar uma das combinações, Teka apenas começou a desaparafusar a placa que cobria o teclado. Sua chave de fenda era tão delicada quanto uma agulha, polida e limpa. Ela movia a ferramenta como um sexto dedo. Tirou a cobertura do teclado e o deixou ao lado, em seguida pegou um dos fios, de olhos fechados.

— Hum... Teka? — Passos foram ouvidos em algum lugar atrás deles.

— Cale a boca — ralhou ela, pegando um fio diferente. Sorriu um pouco. — Ah — disse ela, e ficou claro que não estava falando com eles. — Entendo. Tudo bem, venham...

Todas as luzes se apagaram, exceto a luz de emergência acima, que, do canto, brilhava sobre eles, tão clara que provocou pontinhos nas pálpebras de Akos. A porta de vidro abriu-se de uma vez, revelando o chão de vidro de que Akos se lembrava em sua pior lembrança: seu irmão forçando-o a ficar de joelhos diante de Cyra Noavek. As luzes pálidas de emergência refletiram no chão do corredor da prisão, dividindo-o em riscas.

Isae correu porta adentro e depois bem para o meio do corredor, olhando à esquerda e à direita a cada vez que chegava a uma nova cela. Akos foi atrás dela, examinando o espaço, mas sentindo-se apartado dele ao mesmo tempo. Isae voltou correndo, e ele sabia o que ela diria antes de falar.

De alguma forma, ele sentiu como se soubesse desde o início, desde que observou sua mãe girar aquele botão nos dedos, desde que percebeu como seria fácil para Sifa manipulá-los para o futuro que *ela* queria, não importava o que custasse.

— Ela não está aqui — disse Isae. Desde que havia conhecido a chanceler, ela sempre esteve em pleno controle, não se descontrolou nem quando descobriu que Ori havia sido sequestrada. Nunca vacilou, nenhuma vez. Mas, naquele momento, estava quase berrando. Frenética. — Ela não está aqui, Ori não está aqui.

Ele piscou, lentamente, como se todo o ar ao redor da cabeça houvesse se transformado em xarope. Todas as celas estavam vazias. Ori se fora.

CAPÍTULO 35 | CYRA

Depois que as portas duplas para o anfiteatro se abriram, soube que era hora de me mexer. Olhei para Akos uma última vez, notando a mancha vermelha de preparar misturas de flor-sossego na noite anterior na ponta dos dedos e a linha branca ao longo da mandíbula onde ficava sua cicatriz, e o franzir natural entre as sobrancelhas que lhe davam uma expressão de preocupação perpétua. Em seguida, passei entre duas pessoas que estavam em pé na minha frente e avancei para dentro da matilha de soldados que estavam prestes a receber a honraria de meu irmão.

Quando um deles me notou caminhando entre eles, dentro do túnel aberto para a arena do anfiteatro, eu já estava com minha lâmina-da-corrente sacada, então não me preocupei.

— Ei! — soltou um dos soldados. — Você não deveria...

Agarrei-o pelo cotovelo e o puxei para perto, tocando a ponta da faca na parte abaixo da armadura, bem acima de seu quadril. Apertei até ele sentir a pontada.

— Deixe-me entrar — disse para ele, alto o suficiente para os outros ouvirem. — Eu vou soltá-lo assim que estivermos lá dentro.

— Essa é...? — perguntou um dos outros, inclinando-se para ver meu rosto.

Não respondi. Continuei com a mão na armadura, não na pele, e empurrei meu cativo para o fim do túnel. Nenhum dos outros se moveu para ajudá-lo, e atribuí isso à minha reputação – à minha reputação e aos cordões de sombra que se enrolaram naquele momento no meu pescoço e pulsos.

Estreitei os olhos com o brilho no fim da passagem, e o rugido de uma multidão imensa preencheu meus ouvidos. As portas grandes, pesadas, fecharam-se lá atrás e se trancaram, deixando apenas meu refém e eu na arena. Os outros soldados ficaram para trás. Acima de nós, o campo de força zumbiu. Tinha o cheiro azedo da fruta-sal e era familiar como a poeira que se erguia a cada passo que eu dava.

Eu havia sangrado ali. Havia feito outros sangrarem ali.

Ryzek estava em uma plataforma ampla, na metade da lateral do estádio. Um amplificador voou sobre sua cabeça e pairou. A boca estava aberta, como se estivesse pronto para falar, mas naquele momento tudo que podia fazer era me encarar.

Empurrei meu refém de lado, embainhei minha lâmina-da-corrente e puxei o capuz que cobria meu rosto.

Levou apenas um momento para Ryzek abrir um sorriso zombeteiro.

– Bem. Olhe para isso. Cyra Noavek voltou tão rápido? Sentiu nossa falta? Ou é assim que uma shotet em desgraça comete suicídio?

Um coro de risadas veio da multidão. O estádio estava cheio de seus apoiadores mais leais, as pessoas mais ricas, privilegiadas e mais bem alimentadas de Shotet. Ririam de qualquer coisa que parecesse uma piada.

Um dos amplificadores – controlado remotamente por alguém no anfiteatro – flutuou até minha cabeça para captar minha resposta. Observei-o subir e descer como uma ave. Não tinha muito tempo antes que ele enviasse alguém atrás de mim; precisava ser direta.

Tirei cada uma das luvas e desabotoei o manto pesado que me fazia suar. Embaixo dele, usava minha armadura. Meus braços estavam nus, e uma camada de maquiagem – aplicada por Teka naquela manhã – disfarçava as escoriações no meu rosto, parecendo que havia me curado de repente. A pele-prata brilhava na minha garganta e cabeça. Coçava muito, agora que já havia se fundido ao meu escalpo.

Se meu corpo estava doendo, nem parecia. Eu estava sob o efeito do analgésico de Akos, mas era a adrenalina que realmente me afastava da dor.

— Estou aqui para desafiá-lo para a arena – falei.

Houve algumas risadas da multidão, como se não soubessem direito se era o esperado deles. Ryzek certamente não estava rindo.

— Nunca soube que você podia ser tão teatral – disse Ryzek por fim. Seu rosto estava molhado de suor; ele limpou o lábio superior com as costas da mão. – Entrar aqui com um refém para atentar contra a vida de seu irmão é... bem, tão cruel quanto já esperávamos de você, eu acho.

— Não mais cruel do que espancar sua irmã até a morte e gravar para que todo mundo pudesse assistir – falei.

— Você não é minha irmã – disse Ryzek. – Você é a assassina de minha mãe.

— Então, desça até aqui e vingue-a – falei, furiosa.

O anfiteatro encheu-se novamente de murmúrios, o ruído preenchendo-o como água em um copo.

— Você não nega que a matou? – perguntou Ryzek.

Eu não podia fingir que negava. Mesmo depois de todo esse tempo, a lembrança era muito próxima. Eu estava gritando com ela na hora, fazendo pirraça. *"Não quero ir a outro médico! Não vou!"* Agarrei seu braço e empurrei a dor para ela como uma criança jogando um prato de comida indesejada longe. Mas empurrei forte demais, e ela caiu aos meus pés. O que mais me lembrava era das mãos dela, cobrindo a barriga. Tão elegante, tão perfeita. Mesmo na morte.

— Não estou aqui para trocar acusações com você — falei. — Estou aqui para fazer o que deveria ter feito muitas estações atrás. Lute comigo na arena. — Eu saquei minha faca e estendi ao lado do corpo. — E antes que me diga que não estou em posição de fazer esse desafio, quero deixar claro que isso é bem conveniente para você.

Os dentes de Ryzek estavam cerrados. Quando éramos jovens, ele perdeu um dente porque os rangia durante o sono. Fraturado pela força. O dente substituto era protegido com metal. Às vezes, eu via como brilhava quando ele falava, uma lembrança da pressão que havia criado o homem diante de mim.

Continuei:

— Tirou minha posição para que ninguém pudesse jamais ver com os próprios olhos que sou mais forte que você. Agora, você se esconde atrás de seu trono como uma criança acuada e chama isso de lei. — Inclinei a cabeça. — Mas ninguém consegue esquecer sua fortuna por completo, não é? Cair pelas mãos da família Benesit? — Sorri. — Recusar-se a lutar comigo apenas confirma o que todo mundo desconfia: que você é um fraco.

Ouvi sussurros baixos na multidão. Ninguém havia declarado a fortuna de Ryzek de forma tão ousada, tão pública, sem sofrer as consequências. A última que tentou havia sido a mãe de Teka, no sistema de comunicação da nave de temporada, e ela estava morta. Os soldados ao lado das portas se mexeram, esperando a ordem para me matar, mas ela não vinha.

Tudo o que veio de Ryzek foi um sorriso, mostrando os dentes. Não era o sorriso de alguém que estava incomodado.

— Tudo bem, pequena Cyra. Vou lutar com você — concordou ele. — Pois parece que é o único comportamento que faz sentido para você.

Não podia deixar que Ryzek me abalasse, mas estava conseguindo. O sorriso me causou um arrepio. Fez as sombras-da-corrente aumentarem a velocidade em torno dos meus braços e pescoço, meus adornos eternos. Sempre mais densas, mais rápidas, quando meu irmão as provocava com sua voz.

— Sim, vou executar esta traidora sozinho — disse ele. — Abram caminho.

Conhecia seu sorriso e o que ele escondia. Tinha um plano. Mas, felizmente, o meu era melhor.

Ryzek desceu até a arena lentamente e com graça, atravessando o caminho que a multidão havia feito para ele, parando na barreira para que um serviçal pudesse verificar a tensão das correias de sua armadura e a afiação de suas lâminas-da-corrente.

Em uma luta honesta, eu derrubaria Ryzek em minutos. Meu pai ensinou a Ryzek a arte da crueldade, e minha mãe lhe ensinou as artimanhas políticas, mas todos me deixavam sempre sozinha com meus estudos. Meu isolamento me tornou superior em combate. Ryzek sabia disso, então nunca faria uma luta honesta. Ou seja, eu não sabia que arma ele realmente trazia.

Ele caminhou devagar até a arena, o que significava que provavelmente estava esperando por algo. Não pretendia lutar comigo de verdade, obviamente, assim como eu não pretendia lutar com ele.

Se tudo estivesse de acordo com o plano, e Yma tivesse derramado o conteúdo do frasco no tônico calmante que ele tomava no café da manhã, as flores-do-gelo já estariam nadando através de seu corpo. O tempo não era exato, dependia da pessoa. Eu teria de estar pronta para a poção me surpreender ou falhar totalmente.

— Você está ganhando tempo — falei, tentando provocá-lo e fazer com que se apressasse. — O que está esperando?

— Estou esperando a lâmina certa — respondeu Ryzek e desceu até a arena. A poeira subia como nuvem ao redor de seus pés. Ele enrolou a manga esquerda da camisa, deixando as marcas de assassínio expostas. Havia acabado com o espaço em seu braço e começado uma segunda fileira ao lado da anterior, perto do cotovelo. Reclamava cada assassinato que ordenava, mesmo que não fosse o executor.

Ryzek puxou lentamente a lâmina-da-corrente e, quando ergueu o braço, a multidão explodiu em gritos. Os urros nublaram meus pensamentos. Eu não conseguia respirar.

Ele não parecia pálido nem desconcentrado, como se tivesse realmente consumido o veneno. Parecia, se isso fosse possível, mais concentrado que nunca.

Queria correr até ele com a lâmina estendida, como uma flecha saída de um arco, uma nave de transporte rompendo a atmosfera. Mas não corri. Nem ele. Ficamos parados na arena, esperando.

— O que *você* está esperando, irmã? — perguntou Ryzek. — Perdeu sua coragem?

— Não — disse. — Estou esperando o veneno que você tomou hoje pela manhã fazer efeito.

Um arquejo passou pela multidão, e, pela primeira vez, o rosto de Ryzek se contorceu com o choque. Finalmente eu o surpreendi.

— Durante toda a minha vida você me disse que eu não tinha nada a oferecer além do poder que vive no meu corpo — falei. — Mas eu não sou um instrumento de tortura e execução; sou a única pessoa que conhece o verdadeiro Ryzek Noavek. — Caminhei na direção dele. — Eu sei como você teme a dor mais do que qualquer coisa neste mundo. Sei que reuniu essas pessoas aqui, hoje, não para celebrarem uma coleta de sucesso, mas para testemunharem o assassinato de Orieve Benesit.

Embainhei minha lâmina. Estendi as mãos na lateral do corpo para que a multidão pudesse ver que estavam vazias.

— E o detalhe mais importante que sei, Ryzek, é que você não suporta matar alguém, a menos que se drogue primeiro. E por isso eu envenenei seu tônico calmante nesta manhã.

Ryzek tocou a barriga, como se ele pudesse sentir a flor-sossego devorando suas entranhas através da armadura.

— Você cometeu um erro, me dando valor apenas pelo meu dom-da-corrente e pela minha habilidade com a faca — acrescentei.

E, pela primeira vez, acreditei naquilo.

CAPÍTULO 36 | AKOS

O AR NA PRISÃO SUBTERRÂNEA era frio, mas Akos sabia que não era por isso que Isae estava tremendo quando disse:

— Sua mãe falou que Ori estaria aqui.

— Deve ter havido um engano – disse Cisi, baixinho. – Algo que ela não viu...

Akos tinha certeza de que não havia erro, mas não falaria nada naquele momento. Precisavam encontrar Ori. Se ela não estava na prisão, devia estar perto do anfiteatro – talvez sobre ele, na arena, ou na plataforma onde Ryzek havia esfolado a própria irmã.

— Estamos perdendo tempo. Precisamos ir lá em cima encontrá-la – disse ele, surpreso com a potência de sua voz. – Agora.

Pelo visto, a voz dele havia rompido o pânico de Isae. Ela respirou fundo e virou-se para a porta, onde passos distantes alguns tiques antes resultaram na forma ameaçadora de Vas Kuzar.

— Surukta. Kereseth. Ah... *Benesit* – disse Vas, olhando para Isae com um leve esgar no canto da boca. – Não tão bonita quanto sua irmã gêmea, tenho que dizer. Por acaso, essa cicatriz vem de uma lâmina *shotet*?

— Benesit? – perguntou Teka, encarando Isae. – Como...

Isae concordou com a cabeça.

Cisi havia recuado até a parede de uma das celas, as mãos estendidas contra o vidro. Akos perguntou-se se a irmã se sentia como se estivesse em pé na sala de estar novamente, assistindo a Vas Kuzar assassinar seu pai. Foi como ele se sentiu nas primeiras vezes que viu Vas após o sequestro – como se tudo acontecesse dentro dele de uma vez. Não sentia mais aquilo.

Vas tinha, como sempre, o olhar vazio. Era decepcionante perceber que era tão vazio de fúria, entorpecido tanto por dentro quanto por fora. Era mais fácil pensar nele como o mal em pessoa, mas na verdade era apenas um animalzinho fazendo o que seu dono mandava.

A lembrança da morte do pai de Akos emergiu: sua pele partida, a cor forte do sangue, como o fluxo-da-corrente sobre eles; a lâmina ensanguentada que Vas limpou na perna da calça quando saiu da casa. O homem com a armadura shotet polida e olhos castanhos dourados que não conseguia sentir dor. A menos que... *a menos que...*

A menos que Akos o tocasse.

Ele não se deu ao trabalho de discutir com Vas. Era perda de tempo. Akos apenas avançou para cima dele, as botas raspando a areia que eles haviam trazido para o chão de vidro. Os olhos de Vas pareciam ainda mais frios, apesar de terem o tom castanho quente, por causa das luzes que vinham debaixo dele.

Akos tinha o espírito da presa; queria correr, ou ao menos manter o espaço entre eles, mas avançou para cobrir aquela distância. Respirava de boca aberta, com as narinas trêmulas; nunca respirava o suficiente.

Vas atacou, e Akos se deixou virar presa; ele saltou de lado. Não foi rápido o bastante. A faca de Vas riscou a armadura. Akos se encolheu com o ruído, virando-se de novo para enfrentá-lo.

Ele deixaria Vas passar algumas vezes por um triz, deixaria ficar ousado. Ousado significava negligente, e negligente significava que Akos poderia sobreviver.

Os olhos de Vas eram como metal estampado, os braços, como corda trançada. Ele avançou de novo, mas, em vez de tentar acertar Akos, tomou seu braço com a mão livre e jogou-o com força contra a parede da cela. A cabeça de Akos voou para trás, batendo no vidro. Ele viu explosões de cor e o brilho do chão contra o teto liso. A mão de Vas estava agarrada ao redor dele, com força suficiente para deixar marcas.

E perto suficiente para tocar. Akos agarrou-o antes que ele pudesse tentar apunhalá-lo de novo, empurrando o braço com a faca para trás com o máximo de força que pôde reunir. Os olhos de Vas arregalaram-se, assustado pelo seu toque. Dolorido, talvez. Akos tentou bater com a testa no nariz de Vas, mas ele o jogou de lado.

Akos caiu. A areia que haviam trazido para dentro grudou em seus braços. Viu Teka arrastando Isae e Cisi para longe, uma em cada mão. Sentiu alívio, mesmo que sangue ou suor pingassem de sua nuca; não sabia direito o quê. A cabeça latejava pelo impacto com a parede. Vas era *forte*, e ele não era.

Vas lambeu os lábios enquanto avançava de novo na direção de Akos. Ele chutou, acertando a lateral da sua armadura. E de novo, dessa vez com a bota mirando a boca de Akos. Ele caiu estatelado no chão, cobrindo o rosto com as mãos, e gemeu. A dor dificultava o pensamento, dificultava até a respiração.

Vas riu. Curvou-se sobre Akos, agarrou a frente de sua armadura e puxou-a, suspendendo metade do corpo de Akos. Perdigotos atingiram o seu rosto enquanto Vas falava:

— Seja lá que vida vier agora, mande lembranças ao seu pai.

Aquela era sua última chance, percebeu Akos. Ele pôs a mão na garganta de Vas. Nem mesmo agarrou, apenas tocou, o melhor que podia fazer. Vas olhou para ele como havia feito antes, assustado, aquele olhar dolorido. Estava curvado, deixando uma faixa de pele exposta entre a armadura, bem sobre o cós da calça. E enquanto Akos o tocava – forçando-o a sentir dor de novo –, ele sacou a faca que mantinha na lateral da bota e apunhalou com a mão esquerda. Logo acima, embaixo da armadura. Na barriga de Vas.

Os olhos de Vas arregalaram-se tanto que Akos viu a parte branca ao redor da íris brilhante. Então, ele gritou. Ele gritou, e as lágrimas escorreram. Seu sangue era quente na mão de Akos. Estavam agarrados, a lâmina de Akos na carne, as mãos de Vas nos ombros de Akos, os olhos travados. Juntos foram ao chão, e Vas soltou um soluço pesado.

Akos demorou um tempo naquela posição. Precisava garantir que Vas estava morto.

Pensou no botão de seu pai na mão da mãe, seu brilho gasto pelos dedos, e puxou a faca do corpo do outro.

Havia sonhado em matar Vas Kuzar tantas vezes. A necessidade de fazê-lo era como uma parte de seu corpo. Em seus sonhos, no entanto, ficava sobre o corpo e erguia a faca para o céu, deixando o sangue correr pelo braço como se fosse um filete do próprio fluxo-da-corrente. Em seus sonhos, sentia o sabor do triunfo, da vitória e da vingança, e como ele poderia finalmente deixar o pai partir.

Em seus sonhos, não se agachava perto da parede da cela, esfregando a palma da mão com um lenço. Tremendo tanto que deixava o pano cair no chão brilhante.

O corpo de Vas parecia muito menor, agora que estava morto. Os olhos permaneciam entreabertos, como a boca, então Akos conseguia ver os dentes tortos de Vas. Teve de segurar a bile na garganta com a imagem, determinado a não vomitar.

Ori, pensou ele. Então, cambaleou até a porta e começou a correr.

CAPÍTULO 37 | CYRA

Ryzek tirou a mão da barriga. Gotas de suor brotavam da testa, bem na linha dos cabelos. Os olhos, em geral tão penetrantes, estavam desfocados. E a boca repuxou-se para baixo em um franzir que era inesperadamente... vulnerável.

— Foi você que cometeu um erro — disse ele, em uma voz mais alta, mais suave do que jamais tinha ouvido dele. Era uma voz diferente, memorável: a voz de Eijeh. Como Ryzek e Eijeh podiam estar vivendo no mesmo corpo, surgindo em momentos diferentes? — Ao forçar a mão dele.

A mão *dele*?

O som da multidão ao redor havia mudado. Ninguém estava sequer olhando mais para Ryzek. Todas as cabeças estavam voltadas na direção da plataforma elevada de onde ele havia acabado de descer, onde Eijeh Kereseth estava em pé, sozinho, com uma mulher na sua frente, uma faca estendida em sua garganta.

Eu a reconheci. Não apenas da gravação do sequestro que havia passado nas telas em toda a cidade no dia em que ela foi levada, mas do dia anterior, observando Isae Benesit falar, rir, comer. Era sua gêmea, Orieve Benesit, o rosto sem cicatrizes.

— Ah, sim, esta é a lâmina que eu estava esperando — disse Ryzek com uma risada, a voz natural voltando. — Cyra, gostaria que você conhecesse Orieve Benesit, chanceler de Thuvhe.

Seu pescoço estava roxo com as escoriações. Havia um corte fundo na testa. Mas quando nossos olhos se encontraram através daquela grande distância, ela não parecia alguém que temia pela vida. Parecia alguém que sabia o que estava por vir e pretendia aceitar o que viesse com as costas eretas e um olhar firme.

Ryzek sabia que ela não era realmente a chanceler? Ou ela o havia convencido de que era? De qualquer forma, era tarde demais. Tarde demais.

— Ori — falei. Em thuvhesita, acrescentei: — Ela tentou salvar você.

Eu não sabia se ela me ouvia, estava tão rígida.

— Thuvhe é apenas um parquinho para os shotet — disse Ryzek. — Foi fácil entrar, sua chanceler trazida sem esforço pelos meus servos fiéis. Logo, sua chanceler não será a única coisa que tiraremos de lá. Este planeta é nosso, e nós o reivindicaremos!

Ele estava discursando aos apoiadores. O grito deles foi ensurdecedor. Os rostos contorcidos de alegria. A loucura fez as sombras-da--corrente envolverem meu corpo, fortes como cordas amarrando um prisioneiro, e eu vacilei.

— O que vocês acham, shotet? — perguntou Ryzek, erguendo a cabeça para a multidão. — A chanceler deveria morrer nas mãos de um de seus antigos súditos?

Ori, ainda olhando para mim, não fazia um som, embora o amplificador pairasse tão perto de sua cabeça que quase atingia Eijeh. Aquele que carregava os horrores de meu irmão dentro da cabeça.

Os gritos começaram imediatamente.

— Morra!

— Morra!

— Morra!

Ryzek estendeu bem os braços, como se estivesse abraçando o som.

Ele virou, lentamente, acenando, pedindo mais, até que a sede do público pela morte de Ori fosse palpável, um peso no ar. Então, ele manteve as mãos para cima pedindo silêncio, sorrindo.

— Acho que é Cyra quem decidirá quando a chanceler vai morrer — disse ele. Abaixou a voz um pouco: — Se eu cair... se você não me der um antídoto qualquer... ela cairá também.

Eu disse baixinho:

— Não existe antídoto.

Eu poderia salvá-la. Poderia dizer a verdade a Ryzek — a verdade que não disse a ninguém, nem mesmo a Akos, pois ele me implorou para preservar aquela pequena esperança que havia depositado pelo seu irmão — e atrasar sua execução. Abri a boca para ver se a verdade sairia, apesar de eu estar paralisada.

Se eu contasse a verdade a Ryzek — se salvasse a vida de Ori —, todos nós estaríamos presos naquele anfiteatro, cercados por um mar de apoiadores de Ryzek, sem vitória a reivindicar pelos renegados.

Minha boca estava seca. Não conseguia engolir. Não, era tarde demais para Orieve Benesit. Não podia fazer aquilo. Não podia salvá-la sem sacrificar a todos nós. Inclusive a verdadeira chanceler de Thuvhe.

Ryzek cambaleou, e eu avancei, arma estendida, para encontrá-lo quando caísse. Estendi a lâmina, e seu peso nos levou ao chão.

Lá em cima, Eijeh Kereseth — cabelos encaracolados, olhos arregalados, abatido — enterrou a lâmina-da-corrente na barriga de Orieve Benesit.

E girou a lâmina.

CAPÍTULO 38 | AKOS

Quando Ori caiu, Akos ouviu um grito de gelar o sangue. Ryzek tombou de lado, os braços cruzados na frente do corpo e a cabeça virada na terra. Cyra ficou em pé, faca na mão. Ela havia feito. Matara o irmão e a última esperança de recuperação para Eijeh.

Isae avançava na multidão quando tudo virou um caos. Estava arranhando, dentes cerrados, abrindo caminho à força até a plataforma. Akos ergueu o corpo sobre a barreira da arena e correu pela terra, passou por Cyra e Ryzek, sobre a outra barreira e entrou na multidão. As pessoas acotovelavam, chutavam e apertavam, suas unhas ficaram vermelhas com o sangue alheio, e ele não se importou.

Sobre a plataforma, Ori agarrou os braços de Eijeh e se manteve em pé. O sangue brotou dos lábios quando tentou respirar. Eijeh inclinou-se sobre ela, segurando-a pelos cotovelos, e foram ao chão. A testa de Ori franziu-se, e Akos observou, sem querer interromper.

—Tchau, Eij — disse ela, a voz captada pelo amplificador que pairava.

Akos inclinou-se e avançou pela multidão. Crianças gritavam. Uma mulher gemeu quando alguém pisou nela — ela não conseguiu se levantar, as pessoas simplesmente a pisotearam.

Quando Isae chegou a Eijeh e Ori, ela empurrou o irmão de Akos para trás com um rugido. Em meio tique, ela estava sobre ele, as mãos ao redor da garganta de Eijeh. E ele não parecia estar se movendo, embora ela o estivesse enforcando.

Akos não se moveu no mesmo instante, apenas observou como o enforcava. Eijeh havia matado Ori. Talvez merecesse morrer.

— Isae — disse Akos, rouco. — Pare.

Ori estendia a mão para a irmã, os dedos esticando-se no espaço vazio. Apenas quando a viu Isae soltou Eijeh, agachando-se ao lado da irmã. Ori segurou firme a mão de Isae sobre o peito e seus olhos se encontraram.

Um pequeno sorriso. E acabou.

Akos chegou até a plataforma aos empurrões, onde Isae estava curvada sobre o corpo de Ori. As roupas escuras de Ori estavam úmidas de sangue. Isae não chorou, gritou nem tremeu. Atrás dela, estava Eijeh — por algum motivo — deitado ainda, olhos fechados.

Uma sombra passou sobre eles. A nave renegada, brilhando laranja, amarela e vermelha, vindo resgatá-los, pilotada por Jyo e Sifa.

Teka já estava curvada sobre o painel de controle no lado direito da plataforma. Tentava separar a tela do restante do mecanismo, mas sua mão tremia com a chave de fenda e acabava soltando os parafusos. Por fim, Akos sacou a faca e forçou-a entre a tela e o mecanismo, separando-os. Teka assentiu e enfiou os dedos dentro do painel para desabilitar o campo de força.

Houve um flash de luz branca quando o campo de força desapareceu. A nave de transporte desceu ao anfiteatro e pairou o mais baixo que pôde sem esmagar os assentos. A escotilha inferior abriu-se sobre eles, e os degraus desceram.

— Isae! — gritou Akos. — Temos que ir!

Isae lançou um olhar envenenado para ele. Pôs as mãos sob os braços de Ori e tentou arrastá-la na direção da nave. Akos foi até as pernas de Ori para ajudar, mas Isae o impediu:

—Tire as mãos dela!

Então, ele se afastou. Nesse momento, Cisi chegou à plataforma, e Isae não gritou com ela. Juntas, carregaram o corpo de Ori degraus acima para dentro da nave.

Akos virou-se para Eijeh, que não havia se movido de onde estava quando Isae o agarrou. Quando Akos balançou os ombros do irmão mais velho, ainda assim ele não se moveu, então encostou os dedos no pescoço de Eijeh para saber se estava vivo. E estava. Pulso forte. Respiração forte.

— Akos! — gritou Cyra da arena. Ela ainda estava ao lado do corpo de Ryzek, com a faca na mão.

— Deixe-o aí! — gritou ele de volta. Por que não deixar simplesmente o corpo para as aves carniceiras e os apoiadores de Noavek?

— Não! — gritou Cyra, os olhos arregalados, afoitos. — Não posso!

Ela ergueu a faca. Ele não havia olhado de perto antes; tudo que viu foi o corpo de Ryzek, caído, e Cyra em pé sobre ele com a lâmina sacada. Mas quando ela apontou para a arma, viu que a lâmina estava limpa. Ela não havia apunhalado Ryzek. Se não havia apunhalado, então por que ele tinha despencado?

Akos lembrou-se do rosto de Suzao caindo na sopa na cantina, e o guarda do lado de fora da porta do anfiteatro, desmaiando, e era óbvio: Cyra havia *drogado Ryzek*.

Embora ele soubesse que Cyra era mais que o Flagelo de Ryzek, ou mesmo a Executora de Ryzek — embora tivesse visto as melhores partes dela, ficando mais forte no pior ambiente possível, como a flor-sossego que desabrochava no período do Apagamento —, de alguma forma, nunca havia considerado esta possibilidade: Cyra havia poupado Ryzek.

Por ele.

CAPÍTULO 39 | CYRA

A ESCOTILHA DA NAVE RENEGADA fechou-se atrás de nós. Verifiquei o pulso de Ryzek antes de desamarrar a corda de seu peito. Estava fraco, mas contínuo, como deveria. Pelo tempo de sua queda e a força do sonífero de Akos, levaria um tempo ainda antes que acordasse. Não o apunhalei, embora tivesse me custado muito fingir que eu havia, no caso de alguém estar observando mais de perto pelas câmeras.

Yma Zetsyvis havia desaparecido em um floreio azul pálido na sequência caótica do desafio. Queria ter tido a chance de agradecer; por outro lado, ela não havia envenenado Ryzek por mim. Acreditava que aquilo o mataria, como eu a levei a acreditar que faria. Provavelmente teria me odiado pela gratidão. E quando descobrisse que menti para ela, me odiaria ainda mais do que antes.

Isae e Cisi agacharam-se, uma de cada lado do corpo de Ori. Akos estava em pé, atrás da irmã. Quando ela moveu o braço para trás para tocá-lo, ele já estava estendendo-lhe a mão; eles cruzaram os dedos, o dom de Akos liberando as lágrimas de Cisi.

— Que a corrente que flui através e ao redor de cada um de nós, vivos e mortos, guie Orieve Benesit para um lugar de paz — murmurou Cisi, cobrindo as mãos ensanguentadas de Isae com as suas. — Que nós, os vivos, ouçamos seu conforto claramente e nos esforcemos para fazer valerem nossas ações no caminho que ela determinar.

Os cabelos de Isae estavam desgrenhados e molhados de saliva, grudando em seus lábios. Cisi tirou os fios do rosto de Isae, encaixando-os atrás das orelhas. Senti o calor e o peso do dom-da-corrente de Cisi me recompondo.

— Que assim seja — disse Isae por fim, aparentemente encerrando a prece. Eu nunca tinha ouvido preces thuvhesitas antes, embora soubesse que eles falassem com a própria corrente, em vez de seu suposto criador, como as seitas shotet menores. As preces shotet eram listas de certezas e não pedidos, e eu gostava da honestidade da hesitação thuvhesita, o reconhecimento implícito de que não sabiam se suas preces seriam atendidas.

Isae levantou-se, as mãos caídas ao lado do corpo. A nave balançou, deixando todos sem equilíbrio. Eu não me preocupei se seríamos perseguidos pelos céus de Voa; não havia restado ninguém lá para ordenar a perseguição.

— Você sabia — disse Isae, olhando para Akos. — Você *sabia* que Ryzek havia feito uma lavagem cerebral nele, que ele era perigoso... — Ela apontava para Eijeh, ainda caído inconsciente no assoalho de metal. — Desde o início.

— Eu não achei que ele... — Akos engasgou um pouco. — Ele a amava como uma irmã...

— Como se atreve a dizer uma coisa dessas para mim? — Isae cerrou as mãos em punho, os nós dos dedos ficando brancos. — Ela era *minha* irmã. Ela não pertence a ele, nem a você, nem a ninguém!

Eu estava distraída demais pela conversa para impedir Teka de se ajoelhar ao lado de Ryzek. Ela pôs a mão contra a garganta dele, em seguida, no peito, deslizando-a sob a armadura.

— Cyra — disse Teka em voz baixa. — Por que ele está vivo?

Todos — Isae, Cisi, Akos — viraram-se para Teka, o momento tenso interrompido. Isae olhou do corpo de Ryzek para mim. Fiquei paralisada. Havia algo de ameaçador na maneira como se movia, falava, como se fosse uma criatura armando o bote, pronta para atacar.

— A última esperança de recuperação de Eijeh está em Ryzek — falei, com o máximo de calma possível. — Eu o poupei por enquanto. Depois que ele devolver as lembranças de Eijeh, ficarei muito feliz em arrancar seu coração.

— Eijeh. — Isae riu. E riu de novo, enlouquecida, olhando para o teto. — A droga que você deu a Ryzek o pôs para dormir... ainda assim você escolheu não compartilhar isso com ele quando a vida de minha irmã estava ameaçada?

Ela avançou na minha direção, esmagando os dedos de Ryzek sob os pés.

— Você escolheu a esperança ínfima de recuperação de um traidor — disse ela em voz baixa — no lugar da vida da irmã de uma chanceler.

— Se eu dissesse a Ryzek sobre a droga, ele teria cercado o anfiteatro, sem vantagem e sem esperança de fuga para nós, e teria matado sua irmã de qualquer maneira — retruquei. — Escolhi o caminho que garantiu nossa sobrevivência.

— Mentira. — Isae inclinou-se para perto do meu rosto. — Você escolheu Akos. Não finja que não escolheu.

— Ótimo — falei, baixo também. — Era Akos ou você. Eu o escolhi. E não me arrependo.

Não era toda a verdade, mas certamente era verdade. Se era o puro ódio que ela ansiava, eu facilitaria as coisas para ela. Estava acostumada a ser odiada, especialmente pelos thuvhesitas.

Isae meneou a cabeça, concordando.

— Isae... — começou Cisi, mas Isae já estava se afastando. Desapareceu na galé, fechando a porta.

Cisi limpou o rosto com as costas da mão.

— Não consigo acreditar. Vas está morto, e Ryzek está vivo — disse Teka.

Vas estava morto? Olhei para Akos, mas ele evitava meus olhos.

— Me dê um motivo para não matar Ryzek agora mesmo, Noavek — disse Teka, virando-se para mim. — E se esse motivo for algo sobre os Kereseth, eu avanço em você.

— Se você matá-lo, não terá minha cooperação em qualquer plano que os renegados tenham a partir de agora — falei, indiferente, sem olhar para ela. — Se me ajudar a mantê-lo vivo, ajudo vocês a conquistarem Shotet.

— É? E que tipo de ajuda seria, exatamente?

— Ah, não sei, Teka — retruquei, finalmente rompendo o encanto para olhá-la com raiva. — Ontem, os renegados estavam encolhidos em um esconderijo em Voa, sem saber o que fazer, e agora, por minha causa, você está em pé sobre o corpo inconsciente de Ryzek Noavek, com Voa em pleno caos embaixo de você. Acho que isso sugere que minha capacidade de ajudar a causa renegada seja considerável, não é?

Ela mordeu a boca por dentro por alguns segundos, em seguida disse:

— Tem uma área de armazenagem embaixo do convés com uma porta pesada. Vou jogá-lo lá dentro, para que não acorde no meio de nós. — Mas ela balançou a cabeça. — Sabe, guerras começaram por muito menos. Você não deixou uma nação inteira nervosa, você a enfureceu.

Senti um nó na garganta.

— Você sabe que não há nada que eu pudesse ter feito por Ori, mesmo se eu *tivesse* matado Ryzek — falei. — Estávamos todos presos.

— Eu sei disso. — Teka suspirou. — Mas tenho certeza de que Isae Benesit não acredita.

—Vou falar com ela — disse Cisi. — Vou ajudá-la a entender. O que ela precisa agora é de gente para culpar.

Ela tirou a jaqueta que usava, deixando os braços nus e a pele arrepiada, e cobriu o corpo de Ori. Akos ajudou-a a encaixar as pontas sob os ombros e os quadris de Ori, para esconder o ferimento. Cisi arrumou os cabelos de Ori com os dedos.

Os dois saíram, Cisi para a galé e Akos para o porão, com passos pesados e mãos trêmulas.

Virei-me para Teka.

— Vamos trancar meu irmão.

Teka e eu arrastamos Ryzek e Eijeh para áreas de armazenagem separadas, um por vez. Encontrei mais elixir do sono para drogar Eijeh. Não sabia ao certo o que havia de errado com ele — ainda estava inconsciente e não respondia —, mas se acordasse o mesmo homem desvirtuado que havia assassinado Ori Benesit, não era uma situação com a qual eu queria lidar ainda.

Então, fui para o convés de navegação, onde Sifa Kereseth estava sentada na cadeira de capitão, as mãos nos controles. Jyo, ao lado, usava sua tela para contatar Jorek, que havia voltado para casa depois da queda de Ryzek para buscar sua mãe. Me sentei na cadeira vazia próxima à da mãe de Akos. Voávamos alto na atmosfera, quase ultrapassando a barreira de azul que nos separava do espaço.

—Aonde estamos indo? — perguntei.

— Para a órbita, até termos um plano — respondeu Sifa. — Não podemos retornar a Shotet, obviamente, e não é seguro voltar a Thuvhe ainda.

—A senhora sabe o que há de errado com Eijeh? — questionei. — Ele ainda está catatônico.

— Não — disse Sifa. — Ainda não.

Ela fechou os olhos. Imaginei se o futuro era algo que ela podia vasculhar, como as estrelas. Algumas pessoas tinham domínio sobre seus dons, e algumas eram simplesmente servas deles – eu nunca havia parado para me perguntar antes em que categoria a oráculo de Hessa se encaixava.

– Acho que a senhora sabia que íamos falhar – falei, baixinho. – Disse a Akos que suas visões vinham em camadas, umas sobre as outras, que Ori estaria na cela ao mesmo tempo em que Ryzek me enfrentaria na arena. Mas sabia que não seria assim, não é? – Fiz uma pausa. – E sabia que Akos teria de enfrentar Vas. Queria que ele não tivesse escolha a não ser matá-lo, o homem que assassinou seu marido.

Sifa tocou o mapa de autonavegação para que as cores se revertessem – preto para a expansão do espaço e branco para a rota que seguíamos – e recostou-se na cadeira, as mãos sobre o colo. A princípio, pensei que estava apenas esperando para me responder, mas, quando não disse nada por um tempo, percebi que não tinha intenção de fazê-lo. Não a pressionei. Minha mãe era intratável também e eu sabia quando desistir.

Então, me surpreendeu um pouco quando falou:

– Meu marido precisava ser vingado – disse ela. – Um dia, Akos vai enxergar isso.

– Não, não vai – falei. – Ele vai ver apenas que a própria mãe o manipulou a fazer a coisa que mais odeia.

– Talvez.

A escuridão do espaço nos envolveu como uma mortalha, e eu me senti mais calma, consolada pelo vazio. Era uma espécie diferente de temporada. Longe do passado, em vez de longe do lugar que eu deveria chamar de casa. Ali, as linhas entre shotet e thuvhesitas eram mais difíceis de enxergar, e eu quase me senti segura de novo.

— Vou ver como está Akos — falei.

Antes que eu pudesse ir, a mão dela tomou meu braço, e ela se aproximou tanto que pude ver as riscas de castanho suave nos olhos escuros. Hesitou, mas não se afastou.

— Obrigada — disse ela. — Tenho certeza de que escolher a misericórdia por meu filho no lugar da vingança contra seu irmão não foi fácil para você.

Dei de ombros, desconfortável.

— Não poderia me ver livre de meus pesadelos trazendo os de Akos à tona — falei. — Além disso, posso lidar com alguns pesadelos.

CAPÍTULO 40 | AKOS

Depois que os shotet levaram Akos e Eijeh de sua casa e os arrastaram para além da Divisão; depois que Akos se libertou das algemas, roubou a faca de Kalmev Radix e o apunhalou; depois que espancaram tanto Akos que ele mal conseguia caminhar, levaram os irmãos Kereseth a Voa para entregá-los a Ryzek Noavek. Descendo a encosta e através de ruas empoeiradas e serpenteantes, com a certeza de que estavam prestes a morrer ou coisa pior. Tudo era tão barulhento, tão lotado, tão pequeno quanto em casa.

Enquanto atravessavam o túnel curto que levava ao portão principal da mansão Noavek, Eijeh havia sussurrado: "Estou tão assustado."

A morte de seu pai e seu sequestro haviam rachado Eijeh como a casca de um ovo. Ainda estava vazando, os olhos cheios de lágrimas. O oposto acontecia com Akos.

Ninguém havia rachado Akos.

— Prometi ao papai que tiraria você daqui — disse ele a Eijeh. — Então, é o que vou fazer, entendeu? Você vai conseguir sair. Dessa vez, é uma promessa para você.

Ele passou o braço sobre os ombros do irmão mais velho, puxou-o para perto de si. Eles caminharam juntos.

Agora, haviam saído de lá, mas não caminharam juntos para fora. Akos teve de arrastá-lo.

O porão era pequeno e úmido, mas tinha uma pia, e aquilo era tudo que importava para Akos. Tirou toda a roupa da cintura para cima, a camisa manchada demais para ser salva, esquentou a água o máximo que pôde aguentar e esfregou o sabão oleoso nas mãos até fazer espuma. Em seguida, enfiou a cabeça embaixo da torneira. Água salgada correu por sua boca. Enquanto esfregava braços e mãos, raspando o sangue seco embaixo das unhas, ele se soltou.

Apenas chorou sob o fluxo d'água, meio horrorizado, meio aliviado. Deixou o som da água afogar os barulhos estranhos, cada vez mais altos, que vinham de sua boca. Deixou os músculos doloridos estremecerem no calor.

Não estava realmente em pé quando Cyra desceu as escadas. Estava pendurado na beira da pia pelas axilas, os braços pendendo ao redor da cabeça. Ela disse seu nome, e ele se forçou a ficar em pé, encontrando os olhos de Cyra no espelho trincado sobre a torneira. A água corria em rios pelo pescoço e costas, encharcando a cintura da calça. Ela desligou a água.

Cyra levou a mão à cabeça para puxar seus cabelos para um lado. Seus olhos, escuros como o espaço, ficaram suaves quando olhou para ele. As sombras-da-corrente flutuavam sobre os braços, enrolavam-se pelos ombros. Seus movimentos eram lânguidos.

—Vas? — perguntou ela.

Ele confirmou com a cabeça.

Naquele momento, ele gostava mais das coisas que ela não dizia do que das coisas que dizia. Não havia "Acabou o problema" ou "Você fez o que devia ter feito" ou mesmo um simples "Vai ficar tudo bem". Cyra não tinha paciência para esse tipo de consolo. Atacava a verdade mais dura, mais certa, repetidamente, como uma mulher determinada a esmagar os próprios ossos, sabendo que eles se curariam e ficariam mais fortes.

— Vamos — foi tudo que ela disse. — Vamos encontrar roupas limpas.

Parecia cansada, mas apenas do jeito que uma pessoa ficaria após um longo dia de trabalho. E essa era outra coisa sobre ela — como grande parte de sua vida foi dura, ela ficava mais firme que outras pessoas em situações difíceis. Às vezes, não de um jeito bom.

Ele puxou o tampão do ralo para que a água avermelhada desaparecesse, izito por izito; se secou com a toalha que estava próxima da pia. Quando se voltou para Cyra, as sombras-da-corrente ficaram finas como arame, dançando pelos braços e sobre o peito. Ela se encolheu um pouco, mas era diferente agora, não tão intenso. Aquela era uma Cyra que tinha um pouco de espaço entre ela e a dor.

Ele a seguiu escada acima, atravessou o corredor estreito até a cabine de armazenagem. Estava cheia de panos — lençóis, toalhas e, ao fundo, mudas de roupa. Ele puxou uma camisa grande demais. Vestir algo limpo parecia deixar as coisas melhores.

Naquele instante, Cyra estava a caminho do convés de navegação vazio, pois a nave de transporte havia sido configurada para ir à órbita. Perto da escotilha de saída, a mãe e Teka envolviam o corpo de Ori em lençóis brancos. A porta da galé permanecia fechada, sua irmã e Isae estavam lá dentro.

Ele ficou em pé atrás de Cyra, na janela de observação. Ela sempre era atraída por vistas como aquela, grandes e vazias. Ele não conseguia suportá-las, mas gostava do piscar das estrelas, o brilho de planetas distantes, o púrpura-escuro avermelhado do fluxo-da-corrente.

— Há um poema shotet que eu gosto — disse ela em thuvhesita claro. Akos tinha ouvido Cyra falar poucas palavras em thuvhesita em todo o tempo que passaram juntos. Aquela fala, naquele instante, significava alguma coisa; estavam em pé de igualdade, de uma maneira que não podiam estar antes. Ela quase teve de morrer para que chegassem a esse ponto.

Ele franziu a testa enquanto ruminava aquilo. O que uma pessoa fazia quando estava com dor dizia muito sobre ela. E Cyra, sempre com dores, quase tinha aberto mão da própria vida para libertá-lo da prisão shotet. Akos nunca esqueceria.

— A tradução é difícil — continuou ela. — Mas, mais ou menos, um dos versos diz "O coração pesado sabe que a justiça está feita".

— Sua pronúncia é muito boa — disse ele.

— Gosto do jeito que as palavras soam. — Cyra tocou o pescoço. — Me lembram você.

Akos tomou a mão que estava no pescoço e entrelaçou os dedos com os dela. As sombras desapareceram. Sua pele morena havia ficado opaca, mas seus olhos estavam alertas como sempre. Talvez pudesse aprender a gostar do grande vazio do espaço se pensasse nele como os olhos de Cyra, a escuridão suave com uma ponta de calor.

— A justiça está feita — repetiu ele. — É uma maneira de olhar as coisas, eu acho.

— É minha maneira — disse ela. — Vendo pela sua expressão, acho que você escolheu o caminho da culpa e da autodepreciação.

— Eu queria matá-lo — disse ele. — Odeio querer fazer uma coisa dessas.

Ele deu de ombros de novo e encarou as próprias mãos. Completamente feridas por bater nas coisas, da mesma forma que as de Vas.

Cyra esperou um pouco antes de responder:

— É difícil saber o que é certo nesta vida. Fazemos o que podemos, mas o que realmente precisamos é de compaixão. Sabe quem me ensinou isso? — Uma risadinha. — Você.

Ele não sabia bem como havia ensinado para ela sobre compaixão, mas sabia o quanto isso custara para ela. Ter compaixão por Eijeh — e poupar a vida de Ryzek por enquanto — significava guardar o pior de sua dor por mais tempo. Significava trocar o triunfo *final* pela raiva de Isae e pela repulsa dos renegados. Mas parecia tranquila com aquilo, calma. Ninguém sabia como aguentar o ódio de outras pessoas como Cyra Noavek. Às vezes, até incentivava esse ódio, mas aquilo não o incomodava muito. Akos entendia. Ela realmente pensava que as pessoas ficavam muito melhores longe dela.

— Quê? — perguntou Cyra.

— Eu gosto de você, sabia? — respondeu ele.

— Sabia.

— Não, digo que gosto de você do jeito que é, não preciso que mude. — Ele sorriu. — Nunca pensei em você como um monstro nem como uma arma nem... como você se chamou? Um...

Ela prendeu as palavras *prego enferrujado* na boca. As pontas de seus dedos eram frias, cuidadosas enquanto corriam sobre as cicatrizes e escoriações dele, como se as tivesse tomando de volta. Tinha gosto de folha de sendes e flor-sossego, como fruta-sal e como lar.

Ele pousou as mãos nas dela, com saudades de sua pele. Ficaram mais ousados, dedos entrelaçados, enrolados nos cabelos, puxando camisas. Encontrando pontos macios que ninguém mais havia tocado, como a curva na cintura de Cyra, como embaixo do queixo de Akos. Os corpos apertados um contra o outro, quadril contra ventre, joelho contra coxas...

— Ei! — gritou Teka do outro lado da nave. — Vocês dois não estão aqui sozinhos!

Cyra pôs os calcanhares com firmeza no chão e olhou para Teka com raiva.

Ele sabia como se sentia. Ele queria mais. Ele queria tudo.

CAPÍTULO 41 | CYRA

Desci as escadas que levavam até o porão na parte de baixo da nave renegada, onde meu irmão estava trancado em uma das áreas de armazenagem. As portas eram de metal sólido, mas cada uma tinha um respiradouro perto do teto baixo para que o ar pudesse circular pela nave. Me aproximei lentamente, correndo os dedos pela parede lisa. As luzes piscavam sobre minha cabeça quando a nave sacudia.

O respiradouro ficava na altura dos olhos, então eu conseguia enxergar lá dentro. Esperava que o corpo de Ryzek estivesse caído no chão perto das garrafas de solvente ou tubos de oxigênio, mas não estava. No início, não o vi em parte alguma e engoli em seco, frenética, prestes a gritar por ajuda. Mas então ele apareceu na minha linha de visão, o corpo todo recortado em faixas pelas aletas do respiradouro.

Ainda assim, pude ver seus olhos, desconcentrados, mas cheios de desprezo.

— Você é mais covarde do que eu pensei — disse ele em um grunhido baixo.

— É interessante estar deste lado da parede desta vez — falei. — Tenha cuidado, ou serei tão indelicada com você quanto você foi comigo.

Estendi a mão, deixando a corrente enfumaçada desenrolar-se ao redor dela. Tentáculos de escuridão forte enrolaram-se em meus dedos como cabelos. Corri as unhas pelo respiradouro, de leve, maravilhada em como seria fácil machucá-lo ali, sem ninguém para me impedir. Bastava abrir a porta.

— Quem fez isso? — perguntou Ryzek. — Quem me envenenou?

— Eu já disse — respondi. — Fui eu.

Ryzek balançou a cabeça.

— Não, eu mantenho minhas misturas de flor-do-gelo trancadas desde a tentativa de assassinato da qual você participou. — Ele estava quase sorrindo, mas não muito. — E quando digo "trancada" digo com tranca de gene, acessível apenas com sangue Noavek. — Ele esperou um instante. — Trancas que, nós dois sabemos, você não pôde nem pode abrir.

Minha boca ficou seca, e eu o encarei através do espaço estreito. Ele guardava a gravação de segurança da primeira tentativa de assassinato, claro, então provavelmente me viu tentando abrir a tranca daquela porta sem sucesso. Mas aquilo não parecia surpreendê-lo.

— O que quer dizer com isso? — perguntei baixinho.

— Você não tem o mesmo sangue que eu — disse ele, pronunciando cada palavra deliberadamente. — Você não é uma Noavek. Por que acha que comecei a usar aquelas trancas? Porque sabia que a única pessoa que seria capaz de passar por elas era eu.

E eu nunca havia tentado passar por elas antes da tentativa de assassinato, porque sempre mantive distância dele. Mesmo se tivesse, tinha certeza de que ele teria uma mentira convincente pronta para a ocasião. Ele sempre estava preparado para mentir.

— Se não sou uma Noavek, então o que sou? — questionei, ríspida.

— Como eu posso saber? — Ele riu. — Fico feliz em ter podido olhar na sua cara para dizer isso. Cyra emotiva, volátil. Quando vai aprender a controlar suas reações?

— Eu poderia perguntar o mesmo para você. Seus sorrisos estão ficando cada vez menos convincentes, Ryz.

— Ryz. — Ele riu de novo. — Você acha que venceu, mas não venceu. Há coisas que não lhe contei, além de seus pais verdadeiros.

Dentro de mim, tudo era turbulência. Mas fiquei o mais quieta possível, observando seus lábios abrirem-se naquele sorriso, os olhos enrugados nos cantos. Procurei em seu rosto um sinal de sangue compartilhado e não encontrei. Não nos parecíamos, mas aquilo em si não era estranho — às vezes irmãos puxavam ao pai ou à mãe, a parentes distantes, trazendo genes esquecidos de muito tempo atrás de volta à vida. Ou ele estava me contando a verdade ou estava brincando com minha mente, mas, de qualquer forma, eu não lhe daria a satisfação de me ver reagindo mais àquilo.

— Esse desespero — falei em voz baixa — não é digno de você, Ryzek. É quase *indecente*.

Estendi a mão e fechei as aletas do respiradouro com as pontas dos dedos.

Mas ainda pude ouvi-lo quando disse:

— Nosso pai... — Ele fez uma pausa e se corrigiu: — Lazmet Noavek ainda está vivo.

CAPÍTULO 42 | AKOS

Ele olhou pela janela de observação para o céu escuro. Uma faixa de Thuvhe aparecia à esquerda, branca com a neve e a cobertura de nuvens. Não era de se estranhar que os shotet tivessem chamado o planeta de "Urek", que significava "vazio". Ali de cima, sua brancura era a única coisa dele que se notava.

Cisi ofereceu para ele uma caneca de chá-verde amarelado. A mistura para fortalecer, a julgar por sua cor. Ele não era muito bom naquele preparo, pois havia passado grande parte de seu tempo trabalhando com flor-sossego para fazer as pessoas dormirem e para acabar com a dor. Não tinha um gosto forte – amargo como um talo novo, recém-arrancado –, mas o deixou mais firme do que imaginava.

— Como está Isae? — perguntou Akos.

— Isae está... — Cisi franziu a testa. — Acho que ela me ouviu, em algum nível além da dor. Mas veremos.

Akos tinha certeza de que veriam, e provavelmente não o que queriam enxergar. Ele viu o ódio no rosto de Isae quando ela encarou Cyra perto da escotilha, o corpo da irmã caído aos seus pés. Uma fala de Cisi não afastaria o ódio assim, não importava quanto afeto houvesse entre elas.

— Vou continuar tentando – disse Cisi.

— Essa é a característica evidente de todos os meus filhos – disse a mãe, subindo os degraus até o convés de navegação. – São persistentes. Ao ponto do delírio, alguns poderiam dizer.

Ela falou aquilo com um sorriso. Sua mãe tinha uma maneira estranha de elogiar as pessoas. Akos se perguntou se ela estava contando com a persistência delirante quando armou para que eles chegassem à prisão tarde demais. Ou talvez ela realmente não contasse com Eijeh interrompendo seus planos com uma manobra de oráculo própria. Ele nunca saberia.

— Eijeh está acordado? – perguntou para ela.

— Acordado, sim. – Sifa suspirou. – Mas olhando para o vazio, por ora. Não parece me ouvir. Não sei o que Ori fez com ele antes de... bem...

Akos pensou nos dois, Eijeh e Ori, na plataforma, agarrados. A maneira como disse adeus como se ele fosse partir em vez dela. E depois ele partiu, desaparecendo apenas porque ela o tocou. O que o toque de Ori podia fazer? Akos nunca lhe perguntou.

Sifa disse:

— Temos que dar tempo ao tempo e ver se conseguimos usar Ryzek para recuperá-lo. Acho que Cyra tinha algumas ideias sobre isso.

— Aposto que tem – disse Cisi, um pouco sombria.

Akos bebericou o chá de Cisi e se permitiu sentir um tanto de alívio. Eijeh estava fora de Shotet, Cisi e Sifa estavam vivas. Trazia um pouco de tranquilidade à consciência que todos os homens que invadiram sua casa e mataram seu pai também estivessem mortos. Eram marcas em seu braço. Ou seriam, quando ele desse um jeito de cravar a marca de Vas.

A pequena nave girou, mostrando menos de Thuvhe e mais do espaço além dele, tudo escuro a não ser pelo salpicar de estrelas e pelo brilho de um planeta distante. Zold, se ele se lembrasse corretamente de seu mapa, o que não era uma garantia. Nunca havia sido muito estudioso.

Foi Isae quem rompeu o silêncio, finalmente saindo da galé. Ela parecia melhor do que estava poucas horas antes: havia amarrado o cabelo com firmeza para trás e encontrou uma camisa para substituir o suéter ensanguentado. As mãos estavam limpas, mesmo embaixo das unhas. Ela cruzou os braços e se empertigou na ponta da plataforma do convés de navegação.

— Sifa — disse ela. — Saia de órbita e configure a autonavegação para o Quartel-General da Assembleia.

Sifa sentou-se na cadeira de capitã e disse, a princípio casualmente, mas terminando nervosa:

— Por que iremos para lá?

— Porque precisam saber, em primeira mão, que estou viva. — Isae a encarou de forma fria, avaliadora. — E porque terão uma cela que poderá conter Ryzek e Eijeh até decidirmos o que fazer com os dois.

— Isae... — começou Akos. Mas não havia nada a dizer que ele já não tivesse dito.

— Não teste minha paciência ou vai descobrir que ela tem limites. — Isae havia incorporado a chanceler. A mulher que havia tocado seu rosto e lhe dito que ele era thuvhesita tinha desaparecido. — Eijeh é um cidadão thuvhesita. Ele será tratado como um, como o restante de nós. A menos que você, Akos, queira declarar sua cidadania shotet e ser tratado do mesmo jeito que a senhorita Noavek.

Ele não era um cidadão shotet, mas era esperto suficiente para não se indispor. Ela estava de luto.

— Não — disse ele. — Eu não quero.

— Muito bem. A autonavegação está configurada?

Sifa acionou a tela de navegação, que flutuava em pequenas letras verdes diante dela, e digitou as coordenadas. Ela se recostou na cadeira.

— Está. Chegaremos lá em algumas horas.

— Até lá, você vai garantir que Ryzek Noavek e Eijeh sejam mantidos sob controle – disse Isae para Akos. – Não tenho interesse em ouvir nada sobre deles, entendido?

Ele assentiu.

— Ótimo. Estarei na galé. Me avise quando começarmos a nos aproximar, Sifa.

Sem esperar resposta, ela se afastou de novo. Akos sentiu os passos dela vibrando pelo gradil do assoalho.

— Eu vi guerra em todos os futuros – disse a mãe do nada. – A corrente nos guia até lá. Os agentes mudam, mas o resultado é o mesmo.

Cisi tomou a mão da mãe, e depois a de Akos.

— Mas estamos juntos agora.

O olhar perturbado de Sifa deu lugar a um sorriso.

— Sim, estamos juntos agora.

Agora. Por apenas um suspiro, ele tinha certeza, mas já era alguma coisa. Cisi pousou a cabeça no ombro de Akos, e a mãe sorriu para ele. Quase conseguiu ouvir o capim-pena ao vento, raspando as janelas da casa. Mas ele ainda não conseguia sorrir de volta.

A nave renegada descreveu uma curva para longe de Thuvhe. Adiante, ele viu a pulsação nublada da corrente marcando um caminho através da galáxia. Ligava todos os planetas e, embora não parecesse se mover, cada pessoa conseguia senti-la cantando no sangue. Os shotet até pensavam que ela lhes dava sua língua, como um tom que apenas eles conheciam, e tinham razão. Akos era prova disso.

Mesmo assim, ainda sentia – ouvia – apenas o silêncio.

Ele pôs o braço sobre os ombros de Cisi e olhou suas marcas, viradas para a luz. Talvez fossem marcas de perda, como Cyra disse, mas ali, com sua família, ele percebeu algo. Que era possível ter as coisas de volta.

GUIA DE PRONÚNCIA

AKOS – Á-kos
ALTETAHAK – Ál-te-tahr-rak
AOSEH – Ál-ça
BENESIT – Be-ne-zit
CISI – Ci-zi
CYRA – Sái-ra
EIJEH – Ái-djah
EJI – Ái-dji
ELMETAHAK – Él-me-tahr-rak
HARVA – Rar-va
HESSA – Ré-ça
ISAE – Ís-sei
IZITO – Í-zito
JOREK – Jó-rek
KUTYAH – Kú-tiah
LAZMET – Lás-met
NEMHALZEK – Ném-rra-zak
NOAVEK – Nô-a-vék
OGRA – Óu-gra
ÓRI – Ó-ri
ORIEVE – O-ri-é-va
OSOC – Ô-zók
OTEGA – Ô-té-ga
OTHYR – Ô-thi-êr
PHITA – Pí-tha
RIHA – Ri-rra
RYZEK – Rí-zek
SHOTET – Xô-tet
SIFA – Si-fa
SIVBARAT – Sív-ba-rat
SUZAO – Su-záu
TEPES – Té-pes
TEPESSAR – Té-pe-çar
THUVESITA – Thú-ve-zi-ta
THUVHE – Thú-va
VOA – Vô-ah
ZETSYVIS – Zé-tsí-ves
ZIVATAHAK – Zi-va-tahr-rak
ZOLD – Zôld
ZOSITA – Zo-zí-ta

GLOSSÁRIO

ALTETAHAK — Escola do braço, um estilo de combate do povo shotet mais apropriado para alunos fisicamente fortes.

BENESIT — Uma das três famílias afortunadas do planeta-nação Thuvhe. Uma criança da atual geração está destinada a ser chanceler de Thuvhe.

CAPIM-PENA — Planta poderosa originária de Ogra. Causa alucinações, principalmente quando ingerida.

CORRENTE — Fenômeno natural e símbolo religioso. A corrente é um poder invisível que confere habilidades às pessoas e pode ser canalizada para naves, máquinas, armas etc.

DOM-DA-CORRENTE — São dons e habilidades, únicos para cada pessoa, resultantes da corrente fluindo por seu corpo. Desenvolvidos durante a puberdade e nem sempre benevolentes.

ELMETAHAK — Escola da mente, um estilo de combate shotet que já não é mais aplicado. Enfatiza o pensamento estratégico.

ESTAÇÃO — Unidade de tempo originada em Pitha, onde uma volta ao redor do Sol é chamada de brincadeira de "estação das chuvas", já que lá chove constantemente.

FLOR-SOSSEGO — É a flor-do-gelo mais importante para os thuvesitas. A flor-sossego é de um vermelho intenso e pode ser venenosa quando não está diluída. É usada como analgésico e como substância recreativa.

FLORES-DO-GELO — As únicas plantas cultivadas em Thuvhe. Flores-do-gelo têm caules grossos e botões de diferentes cores, cada uma usada para um propósito singular em remédios e outras substâncias.

FLUXO-DA-CORRENTE — Representação visual da corrente no céu. O multicolorido e brilhante fluxo-da-corrente flui ao redor e através de todos os planetas do sistema solar.

HESSA — Uma das três maiores cidades do planeta-nação Thuvhe. Tem a reputação de ser rudimentar e pobre.

IZITO — Unidade de medida que tem aproximadamente a largura de um dedo mindinho.

KERESETH — Uma das três famílias afortunadas do planeta-nação Thuvhe. Reside em Hessa.

NOAVEK – Única família afortunada de Shotet, conhecida por sua instabilidade e brutalidade.

OGRA – Planeta obscuro e misterioso no outro extremo do sistema solar.

OSOC – A mais fria das três maiores cidades de Thuvhe; fica mais ao norte.

OTHYR – Planeta próximo ao centro do sistema solar, conhecido por suas riquezas e contribuições tecnológicas, particularmente na área da medicina.

PITHA – Também conhecido como "planeta de água". É um planeta-nação habitado por pessoas extremamente práticas estimadas pelas técnicas de engenharia de materiais sintéticos.

SHISSA – A mais rica das três cidades de Thuvhe. Os prédios de Shissa ficam pendurados bem acima do solo, como gotas d'água suspensas.

TEMPORADA – Jornada sazonal pela galáxia realizada pelos shotet em uma gigantesca nave espacial. Eles dão a volta pelo sistema solar e realizam a coleta de materiais em planetas favorecidos pela corrente.

TEPES – Conhecido como "planeta deserto", é o planeta-nação mais próximo do Sol, famoso por ser extremamente religioso.

THUVHE – Nome validado pela Assembleia para a Nação e para o Planeta, é também conhecido como "planeta de gelo". Habitado pelos thuvhesitas e pelos shotet.

UREK – Nome shotet para o planeta Thuvhe (embora eles se refiram à nação Thuvhe pelo nome correto); significa vazio.

VOA – Capital de Shotet, onde a maior parte da população vive.

ZIVATAHAK – Escola do coração, um estilo de combate shotet mais apropriado para alunos de mentes e corpos velozes.

OBRIGADA, OBRIGADA, OBRIGADA:

Nelson, marido, amigo, por me acompanhar nos *brainstorms*, ler meus primeiros rascunhos e compartilhar essa vida estranha e maravilhosa comigo.

Katherine Tegen, minha editora, por suas observações transformadoras, sua insistência em levar este livro adiante, seus instintos firmes e seu coração gentil.

Joanna Volpe, minha agente, por saber que *esta* era a ideia certa, por ser meu leme e por seu *Real Talk* oportuno. E por trocar *gifs* esquisitos comigo. Eu adoro.

Danielle Barthel, pela paciência em me manter responsável, por seu feedback e por nossos telefonemas à tarde em sextas-feiras malucas. Kathleen Ortiz, por seu trabalho incansável e animado para garantir que este livro encontrasse a melhor casa em tantos países. Pouya Shahbazian, por ser um ser humano bom, pelas fotos de crianças adoráveis e por seu insight maravilhoso. Todo mundo da New Leaf Literary, por seu apoio e trabalho excelente no mundo dos livros (e dos filmes).

Rosanne Romanello, por me equilibrar, planejar e por aqueles pequenos empurrões que me ajudam a crescer. Nellie Kurtzman, Cindy Hamilton, Bess Braswell, Sabrina Abballe, Jenn Shaw, Lauren Flower, Margot Wood e Patti Rosati, do marketing, por sua paciência e flexibilidade (um viva especial para a TABELA DA BESS!). Josh Weiss, Gwen Morton, Alexandra Rakaczki, Brenna Franzitta e Valerie Shea pelas habilidades inigualáveis em preparação e revisão, especialmente nas incoerências e lógicas de *world building*. Andrea Pappenheimer, Kathy Faber, Kerry Moynagh, Heather Doss, Jenn Wygand, Fran Olson, Deb Murphy, Jenny Sheridan, Jessica Abel, Susan Yeager, das vendas; Jean McGinley, dos direitos subsidiários; Randy Rosema e Pam Moore, gênios das finanças; Caitlin Garin, extraordinária nos áudios; Lillian Sun, da produção; e Kelsey Horton, do editorial, por todo o seu trabalho árduo (!!!), gentileza e apoio. Joel Tippie, Amy Ryan, Barbara Fitzsimmons e Jeff Huang, pelo livro realmente lindo. Não podia ter pedido um melhor. E, claro, Brian Murray, Suzanne Murphy e Kate Jackson, por tornar a editora um lugar que chamo de lar com alegria.

Margaret Stohl, cavaleira jedi e mulher que quero ser quando crescer, por cuidar bem do meu cérebro. Sarah Enni, por ser minha parceira, leitora beta e mulher poderosa. Courtney Summers, Kate Hart, Debra Driza, Somaiya Daud, Kody Keplinger, Amy Lukavics, Phoebe North, Michelle Krys, Lindsey Roth Culli, Maurene Goo, Kara Thomas, Samantha Mabry, Kaitlin Ward, Stephanie Kuehn, Kirsten Hubbard, Laurie Devore, Alexis Bass, Kristin Halbrook, Leila Austin e Steph Sinkhorn por seu apoio infinito, humor e honestidade. Caraca, eu <3 muito vocês. Tori Hill, por sua experiência nos cuidados e alimentação de autores (neuróticos). Brendan Reichs, coconspirador nas travessuras em Charleston, por manter tudo chique. Todo o povo do YALL por me deixar fazer planilhas malucas para vocês duas vezes ao ano. As pirações na minha caixa de entrada, por me mostrar que não estou sozinha.

Alice, MK, Carly e todos os outros não escritores da minha vida que aguentam minhas tendências eremitas e me lembram de que trabalho não é vida e vida não é trabalho.

Mamãe, Frank III, Ingrid, Karl, Frank IV, Candice, Dave, Beth, Roger, Tyler, Rachel, Trevor, Tera, Darby, Andrew, Billie e Fred: minha obsessão com a importância da família na minha escrita é por causa de vocês, pessoal.

Katalin, por me ensinar como dar um soco — escrevo cenas de treinamento com muito mais precisão agora! Paula, por dizer todas as palavras brilhantes que me fizeram cuidar melhor de mim mesma.

Todas as mulheres que sei que sofrem de dor crônica por me ajudar a encontrar Cyra.

Meninas adolescentes, porque vocês são incríveis, inspiradoras e valiosas.

Impressão e Acabamento:
EDITORA JPA LTDA.